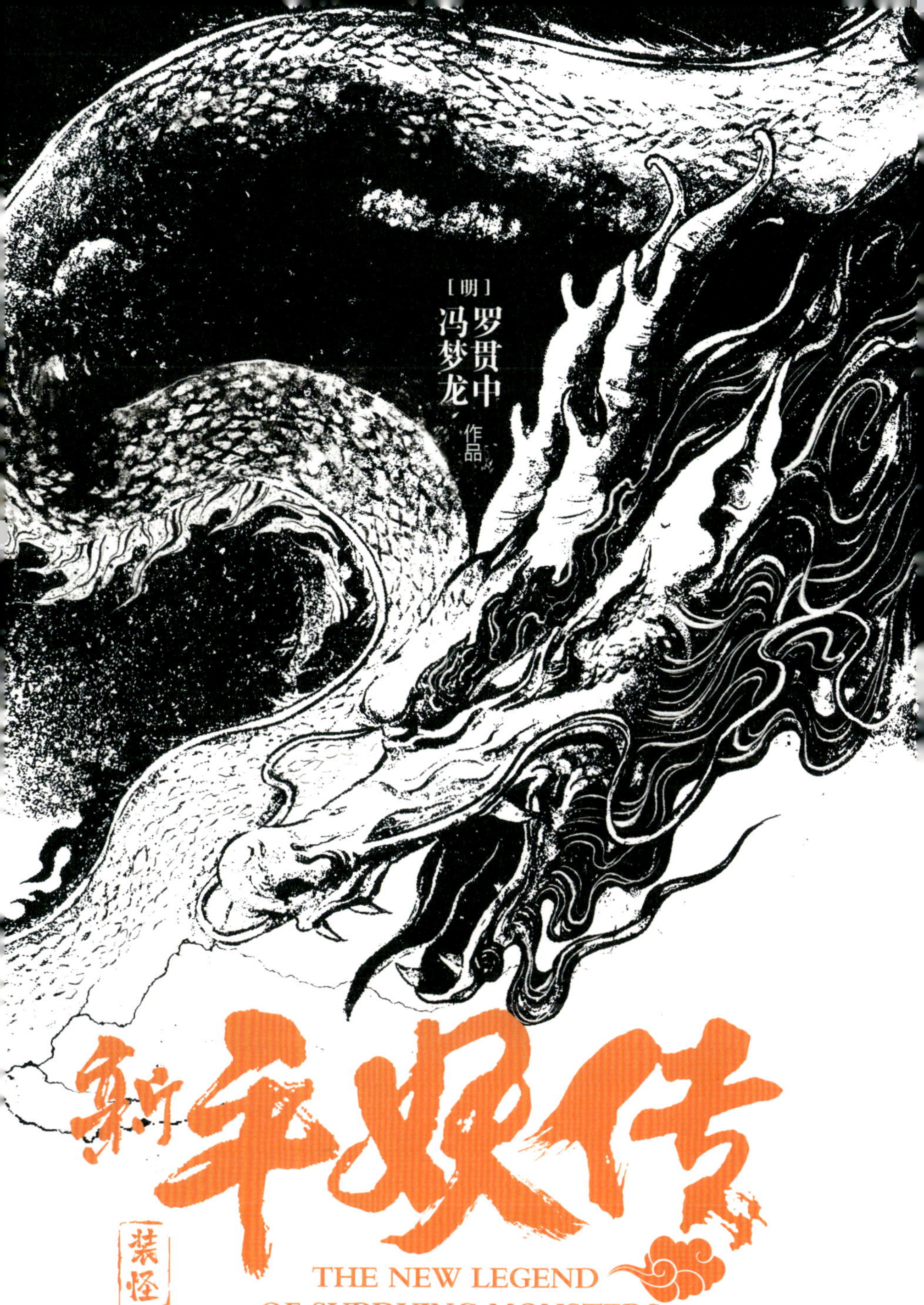

[明]
罗贯中
冯梦龙
作品

新平妖传

装怪

THE NEW LEGEND
OF SUBDUING MONSTERS

巴蜀书社

出版说明

古典小说《三遂平妖传》，旧题“东原罗贯中编次”，原为二十回，是根据北宋时王则起义于贝州的历史事件、罗烨《醉翁谈录》中“贝州王则”的妖术记载为故事雏形，并在此基础上吸收民间传说，改编而成的中国历史上第一部长篇神魔小说。但其故事常常前后不衔接、人物的出现和消失常常十分突兀，一般认为该书并不完整。有鉴于此，明代冯梦龙广泛吸收民间的妖异故事，交代主要人物的来龙去脉，将其增补为四十回，题《新平妖传》。《新平妖传》前三十回写袁公、圣姑姑、蛋子和尚、胡永儿等学道修炼，大部分均为新增故事，人物塑造得十分饱满；后十回才叙及王则等人造反，文彦博得“三遂”（蛋子和尚化身的诸葛遂智以及马遂、李遂）之力予以平定，较为沿用二十回本的梗概。该书在情节发展、人物塑造、语言运用等方面多有独到之处，故四十回本出而二十回本几乎绝迹。

经冯梦龙改编的《新平妖传》，不仅故事曲折、法术惊奇，处处引人入胜，对后世神魔故事描写影响巨大，且十分重视人性善恶的探讨，极具人文气息，堪称当代仙侠小说的鼻祖。蛋子和尚一心求道、疾恶如仇，在看清圣姑姑一伙人的真面目后能够迷途知返，却好显摆法术、捉弄他人；圣姑姑总是装神弄鬼迷惑凡人，对一双儿女却无私爱护；胡永儿虽是狐妖转世，年少时却心地善良、温婉可爱；即使是贪恋权势、残忍好色的王则，也有勇于反抗赃官逼迫、为人豪迈慷慨的一面……总之，书中几乎没有纯粹的善人，也没有纯粹的恶人，呈现的是一个个立体的、活生生的人物。除此之外，该书在反映古代政治风云、社会生活、民间风俗、语言演变等方面，都具有极高的价值，是古典小说中难得的佼佼者。

四十回本《新平妖传》，最早的刻本为泰昌元年（1620）天许斋（猜测为冯梦龙斋名）批点本（收入《古本小说丛刊》），后来板片被毁，崇祯年间又有墨憨斋（确定为冯梦龙斋名）手授、嘉会堂重刻本（收入《古本小说集成》）。清代翻刻本较多，但质量不高。两个明代刻本除序文之外，并无不同。正如《古本小说集成》魏同贤先生为《新平妖传》所做提要所说：天许斋本文字模糊处较多，且有缺页，嘉会堂本则版面清晰，且为足本。兹即以嘉会堂本为底本，参考他本校正明显错误，略加注释，标点排印。

巴蜀书社编辑部

目 录

叙

小说家以真为正，以幻为奇。然语有之：“画鬼易，画人难。”《西游》幻极矣，所以不逮《水浒》者，人鬼之分也。鬼而不人，第可资齿牙，不可动肝肺。《三国志》人矣，描写亦工，所不足者幻耳。然势不得幻，非才不能幻。其季孟之间乎？尝辟诸传奇：《水浒》，《西厢》也；《三国志》，《琵琶记》也；《西游》则近日《牡丹亭》之类矣。他如《玉娇丽》《金瓶梅》，另辟幽蹊，曲终奏雅，然一方之言、一家之政，可谓奇书，无当巨览，其《水浒》之亚乎。他如七国、两汉、两唐、宋，如弋阳劣戏，一味锣鼓了事，效《三国志》而卑者也；《西洋记》如王巷金家神，说谎乞布施，效《西游》而愚者也；至于续《三国志》《封神演义》等，如病人呓语，一味胡谈；浪史、野史等，如老淫吐招，见之欲呕，又出诸杂刻之下矣。王缑山先生每称罗贯中《三遂平妖传》，堪与《水浒》颉颃。余昔见武林旧刻本止二十回，开卷即胡员外逢画，突如其来，圣姑姑不知何物，而张鸾、弹子和尚、胡永儿及任、吴、张等，后来全无施设，方诸《水浒》，未免强弩之末。兹刻回数倍前，盖吾友龙子游所补也，始终结构，有原有委，备人鬼之态，兼真幻之长。余尤爱其以伪天书之诬，兆真天书之乱，妖繇人兴，此等语大有关系。即质诸罗公，亦云青出于蓝矣。使缑山获睹之，其叹赏又当如何邪？书已传于泰昌改元之年，子犹宦游，板毁于火，余重订旧叙而刻之。子犹著作满人间，小说其一斑，而兹刻又特其小说中之一斑云。

楚黄张无咎述。

引首

词：

国泰时平，月白风清。兴来时酒盏频倾。茫茫今古，一局棋枰。看几人争，几人败，几人成。　　休逞英雄，莫弄聪明。生一事，一害还生。满盘算子，交付黔赢①。只得顺他来，顺他止，顺他行。

这篇词名为《行香子》，大概说人穷通有命，只宜安分，不可强求。且如读书等辈，有高才绝学，辛苦一生，未遇知己，终于沦落。又有小小年纪，才学诌得几句，尚未成章，便联科及第去了，千人喝采，万人夸强。若是不达的，就说试官没眼睛，皇天没耳朵，却不知那小小年纪的，或是前生读书行善，积下今生蚤享荣贵。所以古人说得好："要知前世因，今生受者是。"又道："一饮一啄，莫非前定。"若是数合承当，为王称帝，也是等闲。比如宋太祖陈桥兵变，一朝黄袍罩体，不费丝毫气力，子子孙孙安享三百余年天下，岂不是个天命？若是命中没有时节，眼盼盼看着一个铜钱，到拾起时，还要变了个柿蒂。可笑那一种最没挞煞②歪肚肠、空脑子的人，痴心妄想。如唐末进

---

① 黔赢：古代神话传说中天上司造化的神。
② 挞煞：事情有着落。没挞煞即指事情没着落。

士黄巢，一个及第也挣不来，却想要做皇帝，杀人百万，流血千里，后来被其甥林言所诛，贻臭于万年之下。又如汉末黄巾贼首张角，依着左道，招引三十六方之众，一时俱叛，自称天公将军，亦为皇甫嵩所破，弟兄三人俱死无葬身之地。那两个人便搅坏了汉唐两家的社稷：汉家天下，分为三国；唐家天下，变做梁朝。这也是两家国运将终，天使其然，不在话下。还有不达时务的，遇国家全盛的时节，也去弄一场把戏，不能个称孤道寡，只落得身首异处，把与后人看样，则今《三遂平妖传》这本话头便是。有诗为证，诗曰：

饮啄由来总是天，须将行素学前贤。
饭蔬饮水真吾分，食禄乘车亦偶然。
纸虎狗形空费笔，井蛙龙势岂安眠。
请看三遂平妖传，祸福分明在简编。

第一回

授剑术处女下山　盗法书袁公归洞

生生化化本无涯，但是含情总一家。

不信精灵能变幻，旋风吹落活灯花。

话说大唐开元年间，镇泽地方，有个刘直卿官人，曾做谏议大夫，因上文字打宰相李林甫不中，弃职家居。夫人曾劝丈夫莫要多口，到此未免抢白几句。那官人是个正直男子，如何肯伏气。为此言语往来上，夫人心中不乐，害成一病，请医调治，三好两歉，不能痊可①。

忽一日夜间，夫人坐在床上，吃了几口粥汤，唤养娘收过粥碗，只见银灯昏暗，养娘道："夫人，且喜好个大灯花！"夫人道："我有甚喜事？且与我剔去则个，落得眼前明亮，心上也觉爽快。"养娘向前，将两指拈起灯杖打一剔，剔下红焰焰的灯花蕊儿，落在桌上，就灯背后起阵冷风，吹得那灯花左旋右转，如一粒火珠相似。养娘笑道："夫人，好耍子，灯花儿活了！"说犹未了，只见那灯花三四旋，旋得像碗儿般大一个火球，滚下地来，啪的一响，如爆竹之声，那灯花爆开，散作火星满地，登时不见了。只见三尺来长一个老婆婆，向着夫人叫万福："老媳妇闻知夫人贵恙，有服仙药在这里，与夫人吃。"那夫人初时也惊怕，闻他说出恁样话来，认做神仙变现，反生欢喜。正是药医不死病，佛度有缘人。当时吃了他药，虽然病得痊可，后来这婆子缠住了夫人，要做个亲戚往来，抬着一乘四人轿，前呼后拥，时常来家聒噪。遣又遣他不去，慢又慢他不得。若有人一句话儿拘着他，他把手一招，其人便扑然倒地，不知什么法儿，血沥沥一副心肝，早被他擎在手中；直待众人苦苦哀求，把心肝望空一撇，自然向那死人的口中溜下去，那死人便得苏醒。因此一件怕人，刘谏议合家烦恼，私下遣人踪迹他住处，却见他钻入莺脰湖水底下去了。你想莺脰湖是什么样水？那水底下怎立得家？必然是个妖怪！屡请法官书符念咒，都禁他不得，反吃了亏。直待南林庵老僧请出一位揭谛尊神，布了天罗地网，遣神将擒来，现其本形，乃三尺长一个多年作怪的猕猴。那揭谛名为龙树王菩萨，刘谏议平时供养这尊神道，极其志诚，所以今日特来救护，斩妖绝患。诗曰：

① 痊可：即痊愈。

人家切莫畜猕猴，野性奔驰不可收。

莫说灯花成怪异，寻常叵耐是淫偷。

那猕猴似人之形，性最灵巧，就是寻常爬窗上桌、开盘倒瓮、扯袖牵衣、搔虱子、弄鸡巴，气质十分不雅，况且多年，岂不作怪？又有长大一种，其名为猿，尤为矫捷。那猿内又有一种通臂的，两臂相通，随他伸那边一只臂，这边一只就缩进去，做一条臂膊舒将出来，所以善能缘崖登木。人若把箭去射他时，右来右接，左来左接，近来近接，远来远接，全然不怕。还有年深得道的，善晓阴阳，能施符咒，神通广大，不可尽述。怎见得？但见：

生居申位，裔出巴山。生居申位，申阳官子孙聚居；裔出巴山，巴西侯宗族繁衍。柔肠易断啸月明，谁不含悲？长臂能通登树杪，何愁善射？数学传风后，谁知是前代历师；刀法授云长，错认做人间剑侠。神通却似降龙祖，变化平欺弼马温。

话说春秋周敬王时，吴越交争，吴王夫差围困越王勾践于会稽山之上，亏得下大夫文种，卑词厚礼去请行成①，吴王依允，将越王夫妇摘去冠服，囚于石室之中，替吴国养马三年，方始放回。越王一心要报此雠，想吴国有鱼肠之剑三千，难以抵敌，有上大夫范蠡献计，挑选六千君子军，朝夕训练。访得南山有个处女②，精通剑术，奉越王之命，聘请他为教师。那处女收拾下山，行到半途，逢着一个白发老人，自称袁公，对处女说道："闻小娘子精通剑术，老汉粗知一二，愿请试之。"处女道："妾不敢隐，但凭老翁所试。"袁公觑着树梢头，透出一竿枯竹，踊身一跳，蚤已拔起，撇向空中坠下。那根竹迎着风势，呫

① 行成：讲和。
② 处女：未出嫁的女子。

喇一声折作两段。处女接取竹梢，袁公接取竹根，袁公就势去刺那处女，那处女不慌不忙，将竹梢架住，转身刺着袁公。袁公飞上树梢头，化为白猿而去。原来处女不是凡人，正是九天玄女化身，因吴王无道，玉帝遣玄女临凡，助越亡吴。那袁公是楚国中多年修道的一个通臂白猿，因楚共王校猎荆山，他连接了共王一十八枝御箭，共王大怒，宣楚国第一善射有名百步穿杨之手，唤做养由基，前来射他。白猿知养由基是个神箭，躲闪不及，一溜烟走了。共王教大小三军围住山头，搜寻无迹，把一山树木放火都烧了。至今传说楚国亡猿，祸延林木，为此也。那白猿从此躲入云梦山白云洞中，潜心修道，今日明知玄女下降，故意变作袁公，试他的剑术。后来处女见了越王，教练成了六千君子军，也不回复范蠡，也不拜辞越王，径自飘然而去。有诗为证：

玄女神机岂妄投，六千君子只凡流。
要知天上些须妙，已是人间第一筹。

话说处女下了南山，来于越国，那时有越王差来迎接人众，香车宝马，自不必说；今日不辞而去，却未免独自一身。半云半雾，行至旧路，只听得茂林之中一声叫道“玄女娘娘”，一声叫“师父”。处女按住云头，将慧眼打一看时，原来正是袁公，双膝跪于路旁，手捧着一个石盘，盘中列着四般长命果，口中只叫道：“师父，可怜弟子一片诚心，收留教诲则个！”且说那四般果子，是榛子、松子、榧子、核桃。假如东南橘、柚、杨梅，西北林檎、梨、枣，此等并为佳品，要之只算时新，不堪长久。只有那四般藏在壳中，风吹不干，雨打不湿，久而如新，所以谓之长命果，永为山家之积粮也。后来丹青家有个“白猿献果图”，正此故事。当下袁公放下石盘，连连磕头，又唤道：“师父是必收留弟子，生死不忘！”处女被他识破是九天玄女娘娘化身，道：“这畜生眼睛到也利害！”又见他十分志诚，便将他所献四般长命果，每件取他一个，这是领他的情处，其余都向空中抛散，做个布施功德。当下袁公就茂林中，端端正正，拜了八拜。玄女受了，向袖中取出圆眼般大两个弹丸儿，付与袁公。袁公将双手接着，安放掌中，看这弹丸时，白色如铅铸成，不甚光彩，袁公口虽不语，心中疑惑，想道：若是粉做的两个团子，到好充饥；便是银打的，也不上二两多重，不值甚事；若只是两个铅弹儿，我老袁又不学打弹，要他做甚么？这里心下踌躇，那边玄女早已知道，便向那弹丸上吹一口气，叫声“疾”，只见放起光来，须臾之间，左一跳，右一跃，如两条金蛇缠绕盘旋，只在头上颈下一往一来，迸出寒光万道，凛冽难当；耳中如闻千刀万刃击刺交加之声，吓得袁公紧闭双眼，口中只叫：“好师父！弟子已知师父神威，饶恕俺则个！”原来这两个弹丸，就是仙家炼成雌雄二剑，能伸能缩，变化无穷，若摄了光时，只如两个铅弹相似；倘然动撣起来，能于百万军中，横行直撞，来如箭，去如风，所以仙家飞剑斩妖，百发百中。今日玄女只是小小弄个神通恐唬袁公，虽然利害，只削去了些头毛眼毛，其他并无伤损。若心不至诚时，一万颗头也取下来了。玄女当时把袖一拂，摄了剑光，依然两个铅弹丸儿，收入袖中去了。袁公才敢开眼，吓出了一身冷汗，半晌开不得口。从此死心塌地，跟随玄女，直至南山，终日摘花献果供奉。玄女怜他小心谨慎，把剑法尽传与他，袁公依样炼成雌雄二剑，收藏袖中，亦能变化，欢喜不尽。

此时越王已将君子军六千直入吴国，灭了夫差，独霸江东，思想起玄女前功，再遣人于南山寻访，更无踪迹，即命建仙女祠于南山之上，岁时祭祀不绝。你道为何寻访不着？这里越国成功，那边玄女已自上天回复玉帝去了；况且神仙妙用，要现便现，要隐便隐，亦非凡人之可测也。

且说玄女带袁公上天，朝见了玉帝，玉帝见袁公好道，封为白云洞君，教他掌管着九天秘书。何谓秘书？但是人间所有之书，不论三教九流，天上无不备具。则这天上所有之书，人间耳未闻目未见的，也不计其数，所以总唤做秘书，有金匮玉箧收藏。每年五月端午日，修文舍人来查点一次，此乃修文院之属官也。袁公虽然掌管，奉有天条禁约，等闲①也不敢私自开发。忽一日间，正值西天金母蟠桃胜会，玉帝引着一班仙官将吏，都往昆仑山瑶池赴宴。怎见得？有古风一篇为证：

> 昆仑乃在赤水阳，古称地首天中央。星辰隔辉挂天柱，日月引避行其旁。瑶房积石开玄圃，宝树琪花颜色古。中有蟠桃万丈高，含蕊千年才一吐。千年结实千年熟，渥丹斗大如红玉。此时王母开寿筵，十万仙真共欢祝。寿筵高启碧琳堂，凤钧鸾舞纷回翔。玉童前驱执羽盖，灵妃后列吹笙簧。琼浆饮罢颜婀娜，玉盘托出神仙果。食之寿与天地齐，安得偷尝一二颗。

袁公虽云修道，未证仙果，且是天宫有执事的人员，因此不得随行。他本是个好吃果子的，闻说蟠桃如斗之大，三千年方始开花结果一次，吃此桃者寿与天齐，如何不口内流涎。心中纳闷，袖中取出两个弹丸儿，吹口气，喝声“疾”，化成雌雄二剑，左一跳，右一跃，戏舞了一回，将袖儿一拂，摄了剑光，依旧收藏袖内。正在无聊之际，猛然想起自家掌管着许多秘书，未曾展玩，今日且偷看一会便怎地？一头说，一头便把双眼溜去，只见那金匮玉箧，都编得有三教九流门类字样。袁公觑着许多儒字号，口中喃喃的道：“那秀才买卖，莫去缠他。”指着佛字号，又道：“那黄脸老儿，也不好相处。”看到道字号，道：“这是我老袁的本业。”中间一个小小玉箧儿，面上横着无数封记，原来这箧儿每年修文舍人来检视时，加上御封一道，只见封不见开。袁公暗忖道：这重重封记，必有妙处。扯开御封，把双手去揭那箧盖时，却似一块生成，全然不动。袁公连叫作怪：若是铁打的箧儿，只

---

① 等闲：随随便便，轻易。

恐年远锈结了，这是美玉琢成的，直恁牢紧，不知那[1]个玉工做下的，若与老袁商量，再细细光去一层，便好开闭了。说罢，抖擞平生的精神，又去狠揭一下，那玉篋儿恰似重加钉钉，再用金镕，休想动得半毫。看官听说，若是别个猢狲两番揭不起，未免焦燥，拿起手一丢一去，脚去踏，头去撞，都是有的；那袁公毕竟多年修道，火性已退的，如何肯造次。当下慌得他双手儿捧着玉篋，屈下两只毛腿，叫道："吾师九天玄女娘娘，保佑弟子道法有缘，揭开篋盖，永作护法，不敢为非。"连叩了三四个头，爬起来，把玉篋再揭，那篋盖随手而起，内有火焰般绣袱包裹。打开看时，三寸长，三寸厚，一本小小册儿，面上题着三个字，叫做《如意册》；里面细开着道家一百单八样变化之法，三十六大变，应着天罡之数，七十二小变，应着地煞之数，端的有移天换斗之奇方，役鬼驱神的妙用。袁公心下大喜，道："只此一书，勾[2]我老袁受用矣！一世从师受道，今日到手时，还是我自家检得。正是蚤知灯是火，饭熟已多时。"手中捻着本《如意册》儿，长啸一声，飞下云端，径往云梦山白云洞中钻去。

那里猿子、猿孙和着一班猴猳猱玃之类，跳舞欢欣，都上前拜见。袁公道："我今日得了天书，做个传法教主，得道之日，你们一个个都做真仙。"便教："把洞中两边峭壁，与我削平，我有用处。"众畜听说传法与他，那个不踊跃向前，凿的凿，磨的磨，霎那之间把两壁弄成一片镜面相似。袁公取出笔墨来，就石桌之上，磨得墨浓，蘸得笔饱，向西边壁上写着三十六天罡大变法，又向东边壁上写着七十二地煞小变法，却教众畜动起碓凿，刻成三分深字样。袁公笑道："人说天上无私缘，何也有个私书？你做三十三天老大皇帝，直恁私刻，我老袁且与人为善，你们众弟子孩儿，要学法的，尽着去学。"众畜道："苦也！俺们怎得理会？全仗老公公教导。"袁公道："丫头做媒，自身难保。

---

① 那：同"哪"，古代二字同。
② 勾：同"够"。

我老袁但能记诵，尚未得手哩。且慢消停等他半月十日，玉皇老头儿不言不语时节，我老袁给个宽假，到于本洞，逐节与你们演习。”说犹未了，只听得轰轰的一片声响，众畜道：“雷鸣了，想是天变也！”袁公道：“这不是雷鸣，乃是天门上报鼓响。凡天宫有刑狱问断之事，便鸣着报鼓，儒书上所谓‘鸣鼓而攻’也。你每①紧守洞中，我老袁且上去点个卯，探听个消息。”说罢涌身一跳，早出洞口，冉冉望天门而上。

只此一去，有分教：袁公犯一款不赦的天条，设一重不轻的法愿。正是：会施天上无穷计，难免今朝目下灾。毕竟不知此去吉凶如何，且听下回分解。

---

① 你每：即“你们”。

第二回

修文院斗主断狱　白云洞猿神布雾

茅山万法总虚浮，如意从来不可求。
宝册谁人能会取，刻时羽化上瀛洲。

话说玉帝在瑶池宴回，守天宫的执事人员都来接见，单单不见了袁公。有修文院舍人祢衡字正平，起奏道："白云洞君私发秘书，窃了《如意册》下界已七日矣！"王帝大惊道："这《如意册》乃九天秘法，不许泄漏人间，只因世上人心不正，得了此书，必然生事害民。那畜生兽心不改，有犯天条，不可恕也！"当下鸣起天门报鼓，百神俱至。玉帝传旨，命雷神丰隆遣本部雷公电母，火速下界，擒袁公赴修文院，仰①本院舍人会同北斗真君，鞫问正法。

却说袁公正到天门打探，闻知此信，自言自语道："那个多嘴饶舌的，闲在那里不去打瞌睡，却去报新闻，搬起这样是非。我且把《如意册》包裹停当，仍旧放在玉箧里面，临时与他白赖则个。"一头走，一头伸手去摸那袖儿，却是一个空袖，吃了一惊，原来放在石床上不曾带来！慌忙拨转云头回到白云洞中。这伙猿子猿孙见袁公转回得快，一拥前来问信。袁公此时那有心情回答他一言半字，舒着双臂拉开，径奔石床上，取了《如意册》儿，翻身复上天门。正撞着雷公电母一群圣众，驾着雷车，飞奔前来。电母便将闪电乱掣，火鞭飞舞，金蛇走跃。袁公大惊道："这婆子好利害哩！也到晓得几分剑术！"正要探取雌雄二丸与他赌斗，只见雷部谢仙②等众击起连鼓，如山崩地塌之声，四围雷火焰焰烧着，把袁公分明困在火城之中，险些儿燎去了皮毛。吓得袁公掩着耳，闭着眼，口中叫道："列位有话好讲，不要出粗！"雷公道："奉上帝法旨，与你取讨《如意册》，有无自到修文院中回话。"袁公连声应道："有、有、有！"心中暗想道：既是上帝有旨来拿我，如何却到修文院去？想是着我寻取原书，这修文院自我老袁自家屋里，只消我出诸袖中便了。此时十分惊恐已自放下了七八分，况且眼见得雷部神通，怎敢违抗？当下谢仙取铁链套在袁公颈上，乘着雷车，顷刻进了天门，径投修文院来。正是青龙共白虎同行，吉凶事

① 仰：旧时公文用语，用在上行文中表示恭敬，用在下行文中表示命令。
② 谢仙：传说雷部中姓谢的神仙，其名不详，掌管行火于世间。

全然未保。且说那修文舍人祢衡，早已升座，怎生品格？有《西江月》为证：

作赋平欺时彦，挟才敢傲王侯。怀中刺敝不轻投，只有孔杨好友。　鹦鹉洲前梦掺，渔阳鼓里声愁。一生刚正表清流，天府修文职受。

不多时，只见旌幢宝盖，簇拥着北斗星君到来，怎见得？亦有《西江月》为证：

七政枢机有准，阴阳根本寒门。摄提随柄指星辰，斗四杓三一定。　天道南生北杀，七公理狱分明。招摇玄弋拥前旌，不数人间法令。

当下修文舍人降阶接入行礼，让星君坐于上首。这里雷公电母将袁公解进修文院来交割，一面缴还帝旨，自回本部去了。却说袁公被一番雷电闹吵得不耐烦，到得本院，如醉如梦，左右吏卒，押他跪于阶下，高声禀道：“拿得偷书贼当面！”袁公抬头一看，只见两行摆列得旌幡齐整，棍棒森严，觑上面时，端端正正坐着两位问官，右首修文舍人，是本院职掌，还不在意，左首皂衣玉简，分明认得是北斗星君！这一惊非小，原来南斗注生，北斗注死，随你颜回、扬乌这般寿夭，若求得南斗星君添上几竖几画，便活到一百九十，阎罗天子也不敢去想他会面；倘惹着北斗星君性气，把笔尖略动一动，登时了却性命，便是玉帝御旨降一千道赦书，也休想他起死回生。今日这一番多凶少吉，如何不惊恐？当时袁公不等上面开言，双手擎着《如意宝册》献上，连连磕头，只称死罪。北斗星君喝道：“业畜！你擅启天封，私偷秘法，比监守自盗加等①，合当拟斩!”袁公只叫饶命，磕头不已。祢衡舍人问道：“你有无泄漏天机？从实说来。”袁公道：“我老袁一生不作诳语，那《如意册》上诸般变化之法，已整整齐齐镌在白云洞两旁石壁上了。若说泄露，委是不曾见个生人之面。”星君暗暗想道：这畜生到也老实。又喝问道：“你把秘册镌在石壁，是何主意?”袁公道：“常闻说上帝无私，偏不信有个秘字；既说个秘，便不消留下文书；既留下文书，便是要流传万古。玉帝匣藏，我老袁石刻，同是一般意思。”舍人喝道：“畜生休得强辞夺理!”袁公慌忙叩头，连称死罪，道：“我老袁一生愚直，只是据理自陈，岂敢强辨。”舍人道：“闻得这玉篋是天庭法宝，有三不开：无混元老祖法旨不开，无九天玄女娘娘法旨不开，无玉帝法旨不开。你这毛畜，如何开得?”袁公道：“起初时，实是三番两次展开不得，末后志心皈命吾师九天玄女娘娘，保佑弟子道法有缘，永作护法，不敢为非，这篋盖就登时揭起。若到底揭不起时，我老袁也罢了，终不然唤个碾玉匠碾开来看？早知天条如此严禁，玄女娘娘也不该作成我这个罪名。往时常恨着世路狭窄，每每在一封柬帖、一篇文字上，坐人罪过，不道天庭浩荡，为这三寸长短小小册儿，不鉴我好道之心，翻坐以偷书之贼，悔之无及，死不甘心。”祢衡舍人听说到世路狭窄几句，愀然动色，想着自家得罪于刘表，也只为着孙策一封书上；况且生性刚直，见袁公情辞慷慨，涕泪交下，心中十分不忍，向着北斗星君道：“这毛畜所言，尽自可听，论起道法流传，也有因缘在内；况是九天玄女娘娘高弟，有烦真君同在玉帝面前保奏，许他改过自新，不知真君意下如何?”星君道：“原是先生属下人员，但凭裁决。只是这番鞫问，百神尽知，也须成个招词，以便覆奏。”舍人道：“真君之言甚当。”便教左右将纸笔砚墨付与袁公。袁公此时已知舍人有心出脱他罪过，欢喜不胜，连忙取笔写道：

---

① 加等：指罪加一等。

供状：袁公不知年岁，向在云梦山白云洞住居修道，因本师九天玄女娘娘举荐，蒙帝恩封为白云洞君，掌管九天秘书，属修文院，典守多年，并无过失。近因九天仙真俱赴蟠桃寿宴，自念道微德薄不得从行，不合私发天封，欲窥秘册。两遍揭取箧盖不遂，志心祝祷本师玄女娘娘保佑，方始开箧见书。妄意天上无私，欲作人寰①不朽，辄将册文镌于白云洞壁。缘法自信，专擅难辞，然皆好道本心，并无私毫邪念。倘蒙赦宥，情愿专心护法，不敢妄泄凡人，如有违心，天诛甘受。所供是实。

北斗星君看罢供招，笑道："到好说得身上十分干净。"袁公跳将起来说道："我老袁不但身上干净，心里也干净，说一是一，说二是二，不比他人言三语四!"舍人和左右都笑起来。当下星君和舍人起身，引着袁公径到灵霄宝殿，回奏玉帝道："袁公罪犯虽深，情词可悯；况且混元老祖曾遗下四句云：'玉箧开，缘当来；玉箧闭，缘方去。'缘者袁也，或者袁公有缘，所以玉箧自启。他既无邪心，宜看九天玄女面上，从宽释放为便。"玉帝准奏，免其死罪，革去白云洞君之号，改为白猿神，着他看守白云洞石壁。先发下天符一道，着本境城隍土地，逐去猿子猿孙一切党类，十里之内，不许停留，单单只容一个袁公居住。如若妄传凡人，生灾作耗，一体治罪。袁公谢恩已毕，玉帝传旨，将御前白玉宝炉赐与袁公。这炉名为自在炉，若袁公在洞修行时，炉中香烟缭绕，自然不断，直透天门；倘或袁公离了洞门，香烟便熄，分明把炉中这点真火，降住袁公的野心，使他不敢散乱。袁公又谢了恩，奏道："臣所居云梦山白云洞，虽则险僻，却与尘世未尝隔绝。闻仙官张楷能作五里雾，愿乞天恩借来，遮掩洞门，庶免外窥瞷②。"玉帝准奏道："若要雾，不须烦仙官矣。"便唤掌天库的，取

---

① 人寰：人间，人世。
② 瞷：窥视，偷看。

一件希奇无价之宝出来。这宝名为雾母，原来上界有四母，都是天上至宝：第一是气母，藏着先天一气，大千世界转轮其中，即今弥勒祖师手中提着的布袋便是。有诗为证：

和尚肚皮如瓮，眼儿笑得没缝。布袋早暮提携，手中不知轻重。问渠袋有何物，一气阴阳妙用。笑他世界众生，裤内里蚤虱乱动。

第二是风母，藏着八方风气。怎见得？东方滔风，南方熏风，西方飙风，北方寒风，东南方长风，东北方融风，西南方巨风，西北方厉风。这八风消息于风囊之中，风伯飞廉掌之。亦有诗为证：

人间尚有司风史，况是天庭岂无主。鹿身蛇尾号飞廉，风伯从来功配雨。少女前驱孟母狂，折丹指点封姨忙。纵使扶摇千里势，不离嘘吸一风囊。

第三是云母，乃混沌初分时，山川之气所结，团团如华盖相似。其云五色不一，若岁时丰稔，云色则黄；有兵寇，云色则青；有死丧，云色则白；黑云主水，赤云主旱。若五色葱青，此为祥瑞之征。云师屏翳掌之。亦有诗为证：

白衣苍狗虽无意，红蕊金翘亦有征。
假使云师无职掌，保章云物辨何因。

第四是雾母，状如一副布帘，约长八九尺，亦名雾幕。才展开些子，分明是初启蒸笼一般，热腾腾喷将出来；若展尽时，弥漫百里，把个乾坤都昏罩了；及至卷起，却似水中吸桶，那雾气即渐收藏。当先轩辕黄帝在位时节，有一个诸侯最为无道，名曰蚩尤，他得了这个雾幕，能致大雾，又创造刀戟、大弩，自恃天下无有敌手，鼓众造反，要夺黄帝的天下。黄帝与蚩尤大战于涿鹿之野，一军都被雾气迷惑，东西不辨，三日三夜，不能取胜。赖得九天玄女下降，授黄帝阴符秘策，造成一车，名指南车，车上站一个木人，木人伸一只手，手伸一个指，随你车儿左旋右转，这木人一手一指，准准的对着南方。当下遂破了蚩尤，追而斩之。其血流地，变而为盐，只今陕西庆阳府城北盐池便是。因他创造兵器，罪业深重，故令万世百姓食其血也。这雾幕是九天玄女收得，献上玉帝，收藏天库。亦有诗为证：

黄帝神灵是圣君，蚩尤狂恶亦凶星。
不将雾幕归天库，安得天开日月明。

后人又有诗云：

四母珍奇古未闻，谁知天界假和真。
风云聚散阴阳理，不道成形各有神。

此诗是驳那气母、风囊、云盖、雾幕四件奇宝，乃荒唐之说，不知此乃坐井观天、浅见薄识之辈。假如镜能取火、蚌能出水、猛火生风、蜥蜴致雹，在世间的多有奇奇怪怪，不可思议，何况天界事情。

则今闲话休题。且说玉帝见袁公一心护法，并无虚诳，且是九天玄女弟子，就取这雾幕交与袁公，以为洞口永镇之宝。嘱咐道："此幕只可展开尺余，便有十里雾气，不可全展，恐于世人不便。"又道："你自今改过迁善，专心修道，还有上升之日；不然，天诛不赦，永堕无间地狱矣。"袁公不住口的唯唯，拜辞了玉帝。当下修文舍人再拜，奏请御封，仍将玉箧封记，供养本院。北斗星君亦拜辞而出。袁公又往修文院拜谢了舍人，往北斗司拜谢了星君。右手擎着白玉宝炉，左腋下夹着雾幕，离了天界，望着云梦山白云洞中钻去。

那一班猿子猿孙猱玃之属，已被本境城隍山神土地奉着天符驱逐已尽，袁公单单一身，不胜凄惨。且喜有了性命，又得了两件至宝，正所谓一悲一喜。便将宝炉陈设于石室之前，只见香气氤氲，直透九霄云外。又将雾幕展开尺余，悬于洞口，果然白气腾空，须臾之间，散成十里浓雾，把一个山洞如白面包裹，看不见洞外一些些子，想洞外看着洞中亦如此矣。袁公大喜道："世上事多半是有名无实，只这个洞名向来亦是虚传，今日才不枉唤做白云洞也。"说罢，复身到宝炉前，磕了四个头，以谢天恩。从此日日如此，不敢懈怠。每年五月端午日午时，便把雾幕卷收，到天庭朝见玉帝，谢罪一次；过了午时，仍旧还洞，又将雾幕展挂，内外隔绝，别是一个世界。那洞中到也宽大，各色名花异果，四时不绝，也勾袁公一身受用。

袁公自此只在洞中修真养性，闲时探取雌雄二丸，戏舞消遣。两壁虽镌着一百单八条变化之法，仔细参求，都是偷天换日、追魂摄魄的伎俩，其中却有豆人纸马①、鬼刀神剑种种害人之术。袁公道："怪道玉帝十分秘惜，不许泄露人间，这般法术，分明是金刚禅外道，与自家心性无与。早知如此，便不开得玉箧也罢了。"心下懊悔无及，取笔添数行字于石壁之后云："此系九天秘法，上帝所惜。倘后人有缘得之者，只宜替天行道，保国佑民。每年腊月二十五日夜半子时，衔刀被发，登屋跨脊，向北斗设誓：弟子某持法于今若干年，并无过失，倘生事害民，雷神殛之。"共七十六字，照前镌就。

说话的，这是甚意思？只因袁公在修文院成招立下誓愿，恐后有得法之人，心术不正，带累非小。他自己曾经雷神擒拿、北斗星君勘问，所以说持法者通陈北斗，生事者受报雷神。腊月二十五日乃玉帝下降之辰，到此才见袁公本心好道，并无邪念也。虽如此，依我说来，还是镌在石壁，多了这一番事。想缘会当然，所以天庭亦不曾教他销毁。

---

① 豆人纸马：旧时巫术，谓撒豆成人，剪纸为马。

只因这般，有分教：白雾岩中，再遇偷书之贼；红尘世界，忽生弄法之殃。正是：有事不如无事好，人心怎比道心闲。毕竟后来何人盗法，生出什么事来，且听下回分解。

第三回

胡黜儿村里闹贞娘　赵大郎林中寻狐迹

横生变化亦多途，妖幻从来莫过狐。
假佛装神人不识，何疑今日圣姑姑。

话说诸虫百兽，多有变幻之事，如黑鱼汉子、白螺美人、虎为僧为妪、牛称王、豹称将军、犬为主人、鹿为道士、狼为小儿，见于小说他书，不可胜言。就中惟猿猴二种，最有灵性。算来总不如狐成妖作怪，事迹多端。这狐生得口锐鼻尖、头小尾大，毛作黄色，其有玄狐白狐，则寿多而色变也。按《玄中记》云："狐五十岁能变化为人；百岁能知千里外事；千岁与天相通，人不能制，名曰天狐。性善蛊惑，变幻万端。"所以从古至今，多有将狐比人的。如说人容貌妖娆，谓之狐媚；心神不定，谓之狐疑；将伪作真，谓之狐假；三朋四党，谓之狐群。

看官，且听我解说狐媚二字：大凡牝狐要哄诱男子，便变做了美貌的妇人。牡狐要哄诱妇人，便变做美貌的男子。都是采他的阴精阳血，助成修炼之事。你道甚样法儿变化？他天生有这个道数，假如牝狐要变妇人，便用着死妇人的髑髅顶盖；牡狐要变男子，也用着死男子的髑髅顶盖，取来戴在自家头上，对月而拜。若是不该变化的时候，这片顶盖谷碌碌滚下来了；若还牢牢的在头上，拜足了七七四十九拜，立地变作男女之形。扯些树叶花片遮掩身体，便成五色时新衣服。人有见他美貌华装，又且能言善笑，不亲自近，无不颠之倒之，除却义夫烈妇，其他十个人倒有九个半着了他的圈圚，所以叫做狐媚。不止如此，又能逢僧作佛，遇道称仙，哄人礼拜供养，所以唐朝有狐神之说，家家祭祀，不敢怠慢。当时有谚曰："无狐魅不成村。"此风到五代时稍息，然其种至今未尝绝也。诗曰：

世间事事皆成假，那得妖狐独认真。
若使人情无假伪，妖狐应自得天嗔。

话说大宋咸平改元，真宗皇帝登极，那时民安国泰，自不必说。

却说西川安德州[①]有个梓潼村，村中住个猎户，姓赵名壹，原是败落大户人家，为他行一，人都称他赵大郎。那赵壹有个妻子，姓钱，是府中钱员外家生女儿，年方二十二岁，颇有颜色。赵壹靠打猎为生，那钱氏只在草堂中做些针指，帮家过活，禀性贞洁，人人敬重。一日出门汲水，谁知被一个妖狐窥见，那畜生动了邪心，要去引诱他，变做个俊俏秀才模样，穿一身齐整的衣服，每日只等他丈夫出门，便去到他门首，或立或坐，或时假装饥渴，讨浆讨水，引得妇人开口，他又故意插几句风话。那妇人心坚如石，全然不动，因此魅他不得。赵壹一连两日在自己门首撞见了那秀才，见他踪迹有些奇怪，问他姓名，秀才答应道："在下姓胡名黜，在前村看书，闲步至此。"赵壹有心，到前村访问，并无此人，愈加疑惑。忽一日，钱氏早起梳妆，不见了一只定髻的银簪，衫儿、袖儿、箱儿、笼儿、减妆儿[②]、被窝儿各处都翻遍了，只墙角下有个老鼠穴，也点着灯照过几遍，那有些影像。到午上煮饭熟了，揭开锅盖，这枝簪不歪不斜，插在饭锅中心。拔起看时，却又作怪，这滚热的饭锅里面，簪儿还是冷的。钱氏恐丈夫不信，瞒过不题。又一日早起下床，正要穿绣鞋，不见了一只。赵壹道："想是猫儿衔去了，另换一双穿罢。"那日赵壹出门不多时便回，袖里摸出一只绣鞋儿与妻子看，问道："可是你的？"钱氏道："正是，那里拾来？"赵壹道："在三里之外，一株石榴树上挂着，却不是怪事！"钱氏方才敢把银簪之事对丈夫说，赵壹道："此必山魈野魅所为。常言道：见怪不怪，其怪自坏。莫睬他便了。"自是赵家怪异不绝，亦无伤损。夫妻两个无可奈何，只不理他，后来惯了，越不在意。

其时重阳节近，风高草枯，正是射猎的时候。赵壹和几个一般的猎户，驾着鹰犬，挂了弓箭，各执使惯的器械，出了梓潼村，到山中打猎。但见：

---

① 西川：宋代西川路，大致相当于今四川中西部。安德州：下文又作"德安州"，应是作者伪托的地名。

② 减妆儿：梳妆的匣子。

人人逞勇，个个夸强。逞勇的道，一箭可贯双雕；夸强的道，一人能毙二虎。嗥的嗥，叫的叫，声音凄惨，惊骇的无非是野兽飞禽。死的死，活的活，血肉淋漓，束缚的总只是披毛带角。鹰犬媚人偏作势，刀枪遇物本无情。只图多获作生涯，一任旁人呼乌贼。

赵壹和众猎户打围，将晚，得了些麞、犯、鹿、兔之类，众人均分了。却欲转身，忽然山凹里赶出一群獾来，众猎户道："我们各逞本事，赶取那獾，先得者，众人出采相贺。"赵壹道："说得是！"叫几个没本事的庄户守着鹰犬，赵壹提着一柄钢叉，又同五六个好汉各执些枪棒飞奔上去。那一群獾被人赶急，四散走了，众人分头追赶。赵壹觑定一个绝大的猪獾，尽力赶去。约莫二三里路，那獾已不见了，赵壹心中不舍，跑上高处望时，只见那獾还在前山坡下乱草中，东跳西钻，要寻个孔洞藏躲。赵壹尽力又赶，转过了几个山坡，那獾走得没影，只见一头大角鹿，在坡下吃草，那鹿觉得人来便跑。赵壹道："虽赶獾不着，若得此鹿，也好遮羞。"慌忙脱下布衫，拴在腰里，飞奔下坡，赶了好一程，那鹿又不见了。只听得泉声乱响，赵壹跑得口渴，正要寻口水吃，看着几处涧水，都是小小去处，不甚洁净，依着流泉来路，挨寻上去。又行了一程，直到那山凹之中，一股清泉，如珠帘喷薄下来，下面有个水潭，潭内都是石子，一清澈底。赵壹放下钢叉，将手掬起，呷了几口，道："勾了。"觉得天色已晚，提了钢叉，回身便走。却不知已来了二十多里之地，此是九月初八日，日光才退，早现着出半轮明月。正是乘兴而来，败兴而去，一步懒一步。约莫行不上一二里，月光之下，远远望见前面树林中，有些行动之影。赵壹站住脚头，定睛看时，却原来是一个野狐，头上顶了一片死人的天灵盖，对着明月不住的磕头。赵壹道："奇怪！常闻人说，狐能变化，莫非这业畜弄这道儿？我且悄悄看他怎地。"只见那狐拜了多时，赵壹望去，看看像个美男子，与先时所见胡黜秀才无异。赵壹道："原来如此！"

不觉心中大怒，轻轻的放下钢叉，解下弓来，搭上箭，弓开的满，箭去的疾，看正狐身，飕的射去，叫声："着!"正是明枪易躲，暗箭难防，正中了狐的左腿。那狐大叫一声，把个天灵盖掀将下来，复了元形，带箭而逃。赵壹一来天晚，二来心中也不免有些害怕，打个寒禁，不敢追赶，挂了弓，把布衫展开，披在身上，倒提钢叉，飞奔旧路而回。

却说众猎户向村中，沽了些浊酒，煮熟了些野味，在山下凉棚内围坐吃着，等那赵壹的消息。一人说："大郎来得迟，一定被他得手了。"一人说："两只脚赶着四只脚，也把稳不得。"一人说："赵大手脚原自了得。"又有一人说："此时不见回，莫非赶不着獾，反被獾赶了去?"众人都在耍笑，内一个眼快的指道："这不是他来了!"众人都走出凉棚迎着，只见赵壹空手而回。众人道："我等已赶得两个狗獾，烹煮在此，大郎何故许久方回?眼见得出采有分了。"赵壹道："我虽赶不着这獾儿，却也撞着一装异事，释了一段大大的疑惑。"就把狐精弄月被箭之事，说了一遍。众人道："亏着老兄除了地方一害，似此说，我等反该出采相贺。"中间多有不信的，道："赵大郎赶不着獾，却装这篇鬼话来哄我，我如何肯信?除是我亲眼看见方准。"又有个年长的道："宁可信其有，不可信其无。"一面扯着赵壹进凉棚内坐着，把大碗斟酒送他，一面又引着几个狐狸精故事，与众人闲说。众人到底疑信参半。赵壹道："我一箭射中他后腿，大叫而去，想必地下血点尚存可验。我等明日同去，就依着血迹寻取狐穴，料不是一个两个，尽数拿来，剥他皮做件袄子过冬，却不好么?"众人道："如此再没话说。若果有些证见，我等出采相请；没有时，便是说谎，少不得扰你大大一个东道。"赵壹应允，当晚吃了一回，大家拿些野味回家去。赵壹到家中，把前项事说与浑家，浑家口虽答应，心中也不十分决然。赵壹一夜无眠，巴得天明，便跳起身来，只听门前树叶乱响。赵壹道："今日是初九日重阳，信到风起了。"推窗看时，只见绞得水出的一天乌云。赵壹性急，道："天变了，趁这未下雨时我且扯众人去走一遭，回来早饭未迟。”忙忙的梳洗完了，穿上布衫，走到东邻西舍去敲他门时，一个个都还在床上翻身；叫得他起身，东家又等洗脸水，西家又等点心吃，把赵壹等得不耐烦。看看等下一天大雨，赵壹起初还只指望雨止，一口说：“不妨事，不妨事。”过一会儿，一发下得大了，料是行走不成，只得转回家里，吃了早饭，在草堂中坐着，两只眼睛呆看着天。这雨自朝至晚，何曾住点。有一篇《苦雨词》单道那雨下得不称人心意：

> 雨儿，雨儿，下得好，没挞煞。又不要你插秧，又不用你浇花，又不等你洗脸，又不消你煎茶。急忙忙不住点，为着甚么？檐前溜，紧一番，慢一番，细一番，大一番，聒得人耳朵里害怕，心儿里愁绪如麻。把个活动动的人儿，都困做了笼中之鸟。就是跨下个日行千里的马儿，也讨不得出脚。日宫天子，你在何处闲耍？恨风伯偏不起阵利害的风儿刮刮。雨师呵，你费尽心力，有甚奢遮①，只落些儿咒骂？索性你下个无了无休，我到也无说话。只怕连你也有厌烦的时节，这些浓浓淡淡的云儿，少不得收拾还家。劝你雨师呵，何不早一刻收拾了罢。

赵壹那时恨不得取一根几万丈的竹竿，拨断云根，透出一轮红日。又恨不得爬上天去，拿个几万片绝干的展布②，将一天湿津津的云儿，展个无滴。浑家见丈夫晚饭懒吃，只是纳闷，蓄得两瓶好酒，打开暖下，把煮下的野味，搬来与丈夫吃。赵壹不觉吃得烂醉，进得房来衣也不解，袜也不脱，倒身便睡。直至四更方醒，抬起头来已不听得有雨声，想是晴了。又挨一个更次，窗上渐有些亮光，赵壹起身便去推窗看天，还是乌洞洞的，且喜雨却住了。赵壹道：“这些害睡痨的，此

---

① 奢遮：了不起，出色。
② 展：揩抹。展布即抹布。

时还未醒，索性吃了早饭去不迟。”忙催浑家起身烧汤①梳洗，安排早饭。吃了，出门看时，又下着蒙蒙的细雨，赵壹道：“这些狗毛雨，却不湿衣服，怕怎地。”行上几步，见地下十分泥泞，赵壹复转身来脱了袜，套上一双蜡底的脚屐。走到东邻西舍家去拉他时，一个个都不肯动身，道：“什么紧要？拖泥带水，跑许多路去，若果有野狐被你射着，此时正在害疮②，料不连夜搬去，忙他怎的。”赵壹见去不成，又闷了一夜。到第三日，天色晴明，赵壹道：“今日料无推托了。”侵早先到各家去约了一声，回家早饭过了，又去东邀西拉。有几个老成的回了不去，道：“这般半湿不干的地下，让你后生家走罢。”众人道：“我们跟大郎拿得狐精，却来回话。”一行二十余人，各执器械。赵壹当先领路，弯弯曲曲，走过了多少山坡，众人已自走得个不耐烦；比及到了林子里面，各处搜寻，并无半点血迹，原来被这日大雨冲没了。赵壹也是这般解说，众人那里肯信，道：“这茂林之中，上有树枝遮盖，终不然雨冲得这般干净？就是血迹冲没了，少不得他的穴洞也在左近，如今那里个影儿！”赵壹引着众人，见神见鬼的寻觅了半晌，只管走远了去。众人道：“呸！青天白日，打这样鬼官司！我等不去了，转去扰你的东道罢。”气得赵壹顿口无言。到得村中，你也道“赵大调谎”，我也道“赵大乱说，清平世界，什么狐精狐精，则赵大便是个说谎精”。至今人遇说谎的，还说是精赵，又说是乱赵，都为此也。有诗为证：

妖狐拜月本为真，赵壹原非说谎人。
雨洗血踪无觅处，世间屈事有谁论。

赵壹回来，众人都到他草堂上坐定，要他出采做东道。赵壹无可

---

① 汤：热水。
② 疮：此指外伤，同“创”。

奈何，只得将浑家几件衣衫，向解库解些钱钞，备酒与众人吃。连几个长年的都请得来，众人咬嚼了一番。临起身道："既扰了大郎，今后别人问时，我们便答应一声有狐精也罢。"赵壹愈加不忿，从此更不提起射狐一节。

话分两头，却说被箭的牡狐，是个老白牝狐所生。那老狐也不知年岁，颇能变化，自起一个美号，叫做圣姑姑，在这雁门山下一个大土洞中做个住窟。这山东西两峰突起，其高接天，北来南去之雁，都从两山中间飞过，所以唤做雁门。这圣姑姑生下一牡一牝，牡的叫做胡黜儿，牝的叫做胡媚儿。原来狐精但是五百年的，多是姓白姓康；但是千年的，多是姓赵姓张。这胡字是他的总姓。当夜圣姑姑同媚儿在月明之下，讲些丹术，只见黜儿拐着后腿，一步一颠，叫嗥而来，到得土洞边，便倒在地下打滚乱嗥。老狐上前观看，已知左腿上着了一箭，慌忙去拔时，这箭头入得深了，落得痛苦，全不动弹。圣姑姑心生一计，叫一声："儿子忍痛者！"屏一口气，将牙关紧紧的咬住箭干，用双手把他的腿尽力一推，扑的一声，这箭干便离了皮肉，抽出来撇在一边。那牡狐发昏去了。原来这箭，刚刚射中在腿弯里，筋络已被射断了两条，又且舍命挣回，跑了许多路，如何不死？圣姑姑对着流泪，唤媚儿一同抬他到土床上放下，经两个时辰方醒。这老狐也识得几味草头①，煎汤洗治，全无功效。两日之后，看看待死，正在悲伤，忽想起益州城中有个太医姓严，讳名严三点，此人有起死回生手段，若求得他药来时，有何虞哉。吩咐媚儿好生伏侍哥哥，自己扮做有病的老丐妇，提一条百节竹杖，径望成都府而来。

只因这番，直教老狐平添一段的见识，重启无限的事端。正是：法若有缘终到手，病当不死定逢医。毕竟严太医如何用药，救得那小狐精否，且听下回分解。

---

① 草头：指草药。

第四回

老狐大闹半仙堂　太医细辨三支脉

从来子母钱无种，且喜君臣药有方。
若欲养生兼积德，虚心问取半仙堂。

话说益州有个名医，姓严名本仁，乃严君平之后裔。他看脉与人不同，用三个指头略点着，便知病源，所投之药，无有不愈，故此传出一个诨名叫做严三点。原是太医院御医，因景德年间，蒙召看李宸妃之疾，他伸着三指只一点便走。宸妃只道他不肯精细用心，诉与真宗皇帝知道，真宗要治他不敬之罪，赖得众官保奏道，他得个异人传授，非常医可比，虽然饶他的计较，毕竟不用他方药，逐回原籍。以此他就在益州行医，每月初五、十五、二十五这三日施药，不取分文。就是平日取药的，有药钱也不拒，无药钱也不争，所以其门如市。更有一件奇处，别人看脉只看得本身的病患，就是精通得太素脉理，也只看得本身的贵贱寿夭；偏他三指一点，合家爹儿、娘儿、妻儿、女儿，但系至亲，有灾无灾，尽能悬断。便算命先生，排着十二宫星辰细细推详，也没这样有准。只是他怕泄了天机，不十分肯轻易说。一日，州守相公伤了些风寒，接他去切脉。他点着了脉，便道："尊官所患，不须服药。只消浓煎六安茶一碗，乘热服下，到三更出汗，自然没事。且喜令正夫人，目下当有生男之庆。但令长子妇，秋间主有产厄。"州守相公大笑，想道："我夫人果是怀胎，或者衙内人露了个消息，他就撮文一句，奉承个男喜也不见得。只是我儿妇在襄州家中，三千余里之外，有孕无孕连我也不知。况且媳妇的祸福，如何在公公脉息内看出？万无是理。"当夜知州只一碗热茶，病便好了。后来夫人果产一男，知州也还道是偶中。十月内寄到一封家书，是他大公子亲笔，说他媳妇八月二十七日小产身亡。知州从此敬之如神，呼为半仙。以此外人又号为严半仙，其名天下闻知。有一篇词名《临江仙》，单道严半仙的好处：

世人切脉皆三指，输他一点仙机。合家休咎尽皆知，回生须勺饮，续命只刀圭。　　问切望闻俱不用，隔垣见腑非奇。从来二竖避良医，若教人种杏，花满锦江西。

却说老狐扮做有病的老丐妇，昼夜行走。到得益州城内，已知严半仙住在海棠楼相近。这日正是九月十五，轮该施药之期，恰好是知州生日，半仙备几个盒子，往州里贺寿去了。纷纷的看脉求药之人，何止百数，都四散等着。也有在海棠楼上去游玩，带看州前动静的。这座楼在州衙之西，乃唐时节度使李回所建，为僚佐燕游之所。四围遍植海棠，至今茂盛。每次新官到任，葺理一番，极是整齐。那婆子也无心观看，一径到半仙门首。只见门面是一带木栅，栅内有一座假山，四五株古桂。里面三间小小堂屋，匾上写"半仙堂"三字，这匾乃是知州所送。两旁挂板对一联云：

切脉凭三点；
服药只一剂。

婆子眼快，都看在肚里了。他拄着一根竹杖，只在对门檐下站着。直等到午牌时分，只听得人说道："来了！来了！"走到街上一望，只见半仙骑个白马，家童捧着一套大衣服和几个空盒子，从东而回。因知州留他早饭，所以回得迟了。众人等得不奈烦，三停里头也散了一停，又有一多子在州前伺候，随着马尾来的。半仙到栅栏门首下马，也不进宅，径在堂中站着。众人挨三顶四，簇拥将来，一个个伸出手来，求太医看脉，也有传说家中病源的。半仙挨次流水般看去，一面口中说方，一面家童取药。也有煎剂，也有丸剂，也有内科外科，十来个家童分头打发，不勾两个时辰，都已散完。那半仙早是切脉凭三点，若依着平常医者，调起息来，糖饼般撞起日子，也看不了许多脉；又早是用药只一剂，依着时医动了药箱，便是两三袋、十来剂还未收功，随你茅柴一般堆起药料，千人包、万人配，也发不开这起病人。半仙平日施药，只以午时为限，过午便不发药了。因今日出去回迟，特地忙到申时方毕。有诗为证：

神隐无如西蜀严，仙医仙卜一家兼。
只因乞药门如市，也学君平早下帘。

婆子见众人挨挨挤挤，明知自己有些跷而蹊之，古而怪之，不敢抢前。且暂在假山下打盹，比及众人散了，急跑上前，半仙已自进宅去了。那婆子还望他出来，呆呆地靠着栅门口死等。看看到晚，只见老管家手中拿一巨铁锁出来关栅门，婆子着了忙，迎上前来，深深道个万福，老管家道："你抄化也须赶早，如今关门闭户的时节，谁家这等便当，拿着钱米在门口等你布施？"婆子听说，双眼吊泪道："老媳妇不是抄化的，是求药的。"老管家道："就是求药，也有个时候。俺老爷忙了一日，才讨得半个时辰清闲，终不然为你一个老乞婆，坏了俺家的规矩。俺就是进去禀话，也干讨老爷嗔责。"婆子道："老身安德州居住，来路甚远，赶迟了些儿。只因有个奇症，求太医救疗，望老公公方便则个。救人一命，胜造七级浮屠。医家有割股之心，老公公若肯禀知太医一声，或者太医可怜见，肯出堂来也不见得。"说罢，一手撑着竹竿，一手扯住老管家的衣袂，屈着一只腿，跪将下去。老管家焦燥起来，发作道："你这老乞婆，好不睹事，这般与你讲明了，还要歪缠做甚。你便有奇症，料今晚也不会死。就是皇帝老官儿敕旨宣召，好歹也等明日动身！"说罢，便把手扯起那婆子，扨[①]他出去。那婆子双脚跳地，叫起屈来，惊动了里面严半仙，教个书童传话出来，问道："何人喧嚷？"婆子正待上前分诉，被老管家一手拉开，向书童说道："这老乞婆，人不像人，鬼不像鬼，这般时候却来问老爷取药，教他挨过一夜也不肯，好意劝他出去，到叫起屈来。"书童道："那里走来这老婆子，直恁不达道理，你又不是三次两次的好主顾，作成俺们近过钱的。又不是什么夫人小姐，便死了，只当少了一只老母狗。州守相公是一州之主，他取药也须按着时候，不敢敲门打户，你却如

① 扨（sǒng）：推。

此撒泼放刁，快快出去便休。不出去时惹恼我家老爷，写个三寸阔的帖儿，送你到州守相公处，只怕病到病不死，打到要打死。”一头说，一头帮着老管家，将手劈胸揪那婆子。那婆子发赖起来，大叫一声，把拐杖抛在一边，蓦然倒地。面皮渐黄，四肢不举。正是：

身似三秋坠叶，命如五鼓残钟。
纵然未必便死，目下少吉多凶。

老管家见势头不好，到埋怨书童起来，道：“我老人家数说了他一番，你出来收科便好，也来助兴，骂他一场，又去推推搡搡，这病怯怯的婆子，如何当得！你自去禀复老爷，不干我老人家事。”书童也慌了，只得去报与半仙，如此如此。半仙正在书房内静坐，听说大惊，慌忙走出前堂，到假山边看时，那婆子已被老管家唤醒，睁着双眼呆看，只不动弹。半仙叫老管家扯起他右手，用三个通灵入妙的指头，向他寸关尺三支脉上一点，又教扯起他左手一般点过。叫声：“怪哉！此脉不比寻常。”便回身到后面公事厅里坐下，叫书童：“去唤老嬷嬷扶那婆子进来，我自有话说。”老嬷嬷出堂对婆子说道：“老爷道你脉气有些古怪，唤你进后堂来，有话和你细讲。”那婆子起先还直僵僵的躺在地下，一得了这个消息，分明似木做的跳虎，拨动机括，一跳跳将起来。就地下拾起拐杖，也不用人扶持，把三步并做两步，闹松松的走进后堂去了，连老嬷嬷到赶他脚跟不上，落后了几步。老管家看着笑道：“这乞婆原来会诈死，吓坏了人也。”却说严半仙在后厅，明晃晃点着一枝蜡烛坐着，看见婆子进来，慌忙屏去众人，唤他近前问道：“你那里居住?”婆子道：“老媳妇德安州人氏。”半仙道：“你休要瞒我，我看你人之形，兽之脉，其中必有缘故。”婆子暗暗想道：“好个先生料是瞒他不过。”见四下无人，慌忙跪下道：“实不相瞒，身是雁门山下老狐，因慕半仙大名，特求诊脉。”半仙道：“你的脉我已知道了，你不害别病，只害些救儿女的病。”慌得婆子连磕几个头方爬起来道："太医是真仙，何止半也！老媳妇亲生止存下一男一女，今儿子被人射伤左腿，只要死不要活。"便将黜儿箭疮利害，备细说了一遍。半仙道："疮却不妨事，只是筋骨已伤，便好起来，这左腿已比不得右腿，只怕要做个瘸子。"婆子道："若得了性命，便损却一只腿，也是小事。待儿子疮口合时，老媳妇还要率领他到恩官宅上拜谢。"半仙道："这个断不消得。我还有句话说，据你脉气，你女儿也有灾厄。"那婆子心头，又像被棒槌捶了一下。他见半仙已前语语灵验，又说出这句话来，如何不慌？婆子连忙道："我女儿灾厄，当在何时？有烦恩官做个大方便，索性救取他则个，老媳妇生死不忘。"半仙道："你女儿的灾厄，却有奇奇怪怪，连我也推详不出也，只在这一年半载上便见。大抵你们将兽假人，哄弄愚民，上无超形度世之学，下无惊天动地之术，一旦数穷命尽，鹰犬皆为勍[①]敌矣。比如你儿子，早是射了左腿，若中着要害之处，虽卢医扁鹊，也只好道个可怜两字，似此却不枉了一死。我看你右手尺脉命根牢固，左手寸脉心窍灵通，大有道缘。况你等生于山谷，入世不深，七情六欲，牵累尚少。何不趁此精力未衰，求师访道，一家儿脱落皮毛，永离苦厄，岂不美哉！"只这一席话，说得婆子泪下如雨，又磕下头去道："多谢恩官指教！"半仙唤一个掌外科药的家童出来，吩咐取一丸九灵续命丹，又取两个膏药，各将纸来裹好，把与婆子，道："此丸用好酒调服，自然没事。只是箭既入骨，只怕箭簇还留在里内，若不取出，一生在里面作痛。可将温水洗净疮口，将此拔毒膏贴上，待他紫血流尽，淌出鲜血来，然后换这神仙接骨膏，百日之外，便可行动。"又道："我方才嘱付之言，都是好话，你须记取。"便唤老嬷嬷送他出去。那婆子接了药，谢了又谢，随着老嬷嬷出得前堂，撞见老管家还在那里守门，婆子又对他道个万福，起动莫怪。出了栅门，欢天喜地介去了。这里半仙心中也自骇然，更不向人说知。噫！此其所以为半仙。也有诗为证：

---

① 勍（qíng）：强。

回生起死未为奇，兽脉人形那得知。
心话一番终不泄，始知医术即仙机。

却说那婆子连夜逾城而出，路上买了一大瓶无灰的好酒，直到德安州雁门山下。这里黜儿呻吟不绝，媚儿寸步不离的伴他。哥妹两个悬悬而望。一见婆子钻进土洞，欣喜无量。婆子将瓶酒烧得滚热，把这九灵续命丹用酒薄薄的调在磁瓯里面，扶起黜儿将药灌下去，又把些酒与他过口，如法将拔毒膏贴上患处。只见黜儿对着土床里面，一觉睡去，足足有三个时辰不醒。婆子和媚儿守着看他，都道："他有好几日不曾合眼，这一番睡着，想是不疼痛了，这就见得药力。"看他腿弯里流下一堆脓血，膏药已自浮了，怕惊他睡，不敢动弹。少停黜儿醒来，叫道："疮上好生奇痒难过！"婆子揭开膏药看时，脓血里面，隐隐露出一件东西，婆子将细草展净龌龊，把指爪去拨时，一个铲头箭镞随手而出。原来赵壹用的是个铲头箭，起初只拔出得箭竿，那箭镞刺入骨中，未曾出得，当时心忙意乱的，不及细看。到此方知半仙识见之高，亦见拔毒膏之妙处。婆子煎些解毒的草头汤，轻轻的与他洗净，只见骨损筋伤，肉开皮烂，淋淋的流出鲜血来，惨不可言。忙将神仙接骨膏烘开贴上，用些布绢之类，缓缓札缚；过了一夜，明日又解开收拾一遍。如此七日，脓水便尽。从此不去动他，调养到四五十日，里面长出新肉来，筋络也就和顺，勉强挣扎得起。半眠半坐，不敢出土洞之外。到百日满足，去了膏药，全然不觉。只曾经膏药贴处，赤光光的精肉，半根毛也不生出来。行动之时，左腿比右腿已自短了二寸。婆子兀自欢喜道："严半仙说，只怕不免做个瘸子，今果然矣。可改姓名为左瘸儿，以识半仙之功。"自是唤做左瘸，亦名左黜，去了胡姓不用。

一日，左瘸儿出了土洞，闲走一回。走到林子里面，正是旧时中箭之处。想起一箭之仇如何不报！特地跑回与母狐商议。那婆子正倚个土案坐着，闻此语，忽然掉下泪来。你道为何？这便是母狐道缘深处。正是：富贵场中，反召阴阳之患；灾殃受处，翻开道德之缘。毕竟婆子说出甚话来，这瘸子的仇还报得成报不成，且听下回分解。

第五回

左瘸儿庙中偷酒　贾道士楼下迷花

雠报雠时冤报冤，冤冤相报枉相缠。
请君莫作冤雠想，处处春风自在天。

话说左瘸儿想起自家五体俱足，只为一箭之故，做了个瘸子，行动时右长左短，拐来拐去，好不像样，此雠如何不报！婆子道："冤仇宜解不宜结，你自不小心，把个破绽露在别人眼里，受这一场苦楚。天幸与严半仙有缘，救得性命，就损了一足，不过外相。当初七国时孙膑军师、唐朝娄师德丞相，也都是个跛子，便说上八洞神仙，也有个铁拐在里面。我儿，这个不足为耻。"因提起严半仙三字，猛然想着他嘱咐之言，不觉凄然流泪。瘸儿道："娘，我依着你说话，不记怀便了，你却为何掉泪？"婆子道："凡得道者，神不能制，鬼不能祸，人不能伤。我等身无道术，只是装点人形，幻惑愚众，少不得数有尽时。万一此后再有三长两短。终不然靠着太医活命。况且严半仙说，我儿女俱有灾厄，不知到底做个甚样散场。"因把半仙劝他寻师访道的一席话，细述一遍。说得两个儿女毛骨悚然。

当下婆子便要离却土洞，出外求道。瘸儿媚儿，也都愿跟随。三个商量道打那一路去好。瘸儿道："只有东京汴州，乃当今皇帝建都之地，花锦世界，人烟凑集，多有异人在彼。"婆子道："这般繁华去处，怕你们心神不定，惹出什么是非来。我闻得郢州一带，有三江七泽之胜，你家祖公公传下四句道：要做法中王，除非到沔阳；要出法中弄，除非问云梦。云梦是两个泽名，正在沔阳，万山连绕。闻得其中有个白云洞，乃天书所藏，有白猿神守之。我等道法因缘，若到彼，必有所遇。"瘸儿道："常言出处不如聚处。东京是三教聚集之所，若到那里时，便不能个传道得法，看也看些好景致、吃也吃些好东西。"婆子道："说恁样话就不是专心求道之人了。"媚儿道："此去郢州甚远，哥哥现在一只腿不方便，要他跑许多路，不知何年可到。依我说，不如打永兴一路去，那里有西岳华山，是陈抟先生修行之处。我们一来在圣帝前烧炷香，二来就访陈先生，求他的五龙蛰法。其余终南、太乙、石楼、天柱几个名山，都是神仙来往所在，次第去游玩寻访一番，就是东京那里也七八近了。到了东京，又商议郢州路道，却不是一举两得？"这瘸子听了此言，正合其意，连声道："妹子说的是！"一力撺掇，婆子点头依允。

当下瘸子扮个村农，媚儿扮个村姑，老狐惯扮做老贫婆的，自不必说。离了土洞，望西京一路而进。此时正是二月初旬天气，但见：

> 真山真水，名草名花。湾环碧浪，几行嫩柳舒眉；森耸青峰，数树夭桃露颊。双双粉蝶翩翩，对对蜻蜓点水。乍晴乍雨养花天，不暖不寒游玩日。踏青士女歌连袂，选胜游人醉舞貂。

却说媚儿虽扮做村姑，自是妖丽。这瘸子行步不便，别人两步，他只一步，不时的落后去了，走不上十来里，便要歇脚，娘女两个，只得随他。每遇歇息处，村中女眷们，张姑李嫂，互相呼唤，聚集观看，都道："这一个老贫婆，到有恁般好女儿，若肯把与人家做媳妇，百来贯钱钞也肯出。这瘸子不知他甚么人?"也有说："这瘸子必是老妇人的亲儿，这女子一定是养媳妇。"又有多嘴的，上前问他，才晓得是哥妹，便道："一个店儿，搬出两样货来。同是这老妇人肚皮里出来的，男的恁丑，女的恁俊。"亦有轻薄子弟，故意盘问搭话，挨挨擦擦。媚儿也到老成，总不理他，只低着头走路。以后缠得不耐烦了，只拣静办所在方歇，一日只好行得五六十里。他三个本是个狐精，饥餐花果，渴饮清泉，夜间拣长林茂草中便住宿，路上就担搁几日，不为大事。不比做人的出门，便有许多费用，就是日里一碗稀粥，夜间一条草荐，若没有几文钱钞在腰囊里也盼不得到手。说到此处，反是畜生便宜。

三个狐精行了数日，且喜都遇却晴和天气。忽一日刮起大风，浓云密布，降下一天春雪。原来这雪有数般名色：一片的是蜂儿，二片的是鹅毛，三片的是攒三，四片的是聚四，五片唤做梅花，六片唤做六出。这雪本是阴气凝结，所以六出应着阴数。到立春以后，都是梅花杂片，更无六出了。这瘸儿好天好地兀自一步一颠，况遇恁般大雪，越发动弹不得，只管叫苦叫屈。婆子道："此去离剑门山不远，那里好歹有个庵院，可以安身，说不得再挨几步。”当下摘些树叶顶在头上，权当箬笠遮盖。瘸儿也不免把着滑，逐步挨去。约莫又走了两个时辰，看看望着剑门山相近。这剑门乃五丁力士所开，有《西江月》为证：

大剑插天空翠，嵯峨小剑连云。天生险峻隔西秦，插翅难飞过岭。　一自五丁开道，至今商贾通行。蜀王空自凿凶门，毕竟金牛没影。

未到山下，只见前面林子里面，隐隐露些红墙头出来。婆子指道：“到这个所在暂歇却不好？”三个努力走上前去，看那金字牌额原来是座义勇关王庙。前面门道三间，中间朱门两扇，半开半掩。挨身进去再看时，右一间塑个狰狞军汉，控着一匹赤兔胭脂马，左一间竖起一道石碑，两旁都有栅栏。第二层正殿三间，极其宏丽，一带朱红槅子闭着，殿前右边，砌一座化纸的大火炉，左边设一座井亭，四围半墙朱红栏杆，只留个打水的道儿。婆子道：“殿内必有道流居住，我们莫惊动他，只在井亭上安歇些时也好。”三个走进亭上，只见中间是个八角琉璃井，两旁设得有石凳，三个刚才坐定，看这雪越下得大了。瘸子道：“这天也会作弄人，又不是腊雪报丰年，没要紧下着许多做甚么，我们也好没来由，那见得死期就到，寻甚么师，访甚么道，如今受这般苦楚！”婆子道：“当初达摩祖师面壁九年，藤萝穿膝他只不动，那九年之内，不知受了多少雨雪，终不然有房子盖着他。这雨雪是大概天时，那在为你一个，你却抱怨他，不是罪过？”

说犹未了，只听得大门呀的一声开响，瘸子把眼向栏杆漏空处张时，只见外面走个人进来：头上裹着破唐巾，身穿百补褐袄，腰系黄绳，脚曳草履。你道是谁？正是本庙管香火的乜道人。那人一只手拿个雨伞，一只手提着一个绳络的大瓦罐子，约莫容得五六斤酒，口中喃喃的道：“出家人却把酒当性命。这般大雪，要我村里去买这脓血，跑上了许多路。老天有眼，只教他吃了肚痛！”一头说，一头把伞和瓦罐子放下，却抬那大门闩子去撑门。瘸子心里想道："正在寒冷，得些酒吃也好。"这瘸子常时只是懒走，到此偏健，说时迟，那时快，出了井亭，做三四步拐去，早把那酒罐儿提起，嘴对嘴骨都都咽将下去，吃一个不亦乐乎。道人听得声响，回头看见，大喝道："那里穷鬼！来这里做贼偷酒吃，我辛辛苦苦向村里多少路买得来，你却见成受用！"瘸子忙把酒罐放下要走，被道人劈脸打上一掌，打个翻筋斗，爬起来，拐着腿，向井亭乱跑。道人赶到井亭里面，只见娘儿女儿，一窠子坐着。那婆子慌忙起身，道个万福，说道："我娘儿三口往西京省亲的，路上遇了大雪，权借此躲一时。我这村儿是个憨子，着老媳妇赔礼，莫计较罢！"道人正变着脸，还要发作几句，一眼睃见婆子背后，遮遮隐隐站个俊俏的女儿，心肠就软了，把这股热腾腾的气，撇向爪哇国里去了。忙改口道："你儿子忒不通理，做出恁般手脚，既是憨子，也罢了。只是吃去好多酒哩，怕里面师父问时，你老人家照样答应则个。"出了亭子，复身向前面栅栏边取雨伞，拍干夹着，提了酒罐，望大殿东廊下，嘻嘻的带笑而去。

这里婆子向瘸儿埋怨道："你直恁贪嘴惹祸，天罚你带个残疾，若生下两只快腿，连这石井栏子都偷去换酒吃了。"媚儿取笑道："只这翻筋斗的本事，也换得酒吃。"瘸子笑道："虽然翻个筋斗，落得肚子里比你们暖和。"

正在说话，只听得廊下脚步响，里面走个后生道士出来。原来这庙中有个老道士，姓陈，道号空山，年纪虽不上七十，得个痰火症，终日静养，吃饭痾尿，都只在房里，再不出门。只这后生道士，便是庙主，他姓贾，道号清风，年方二十四五，虽是羽流，平生有些毛病，专好的是花酒。因这剑门山是个险僻去处，急切要见个妇人之面，也不能勾。听得乜道说，有个俊俏村姑，在井亭内坐着，这罐子内酒多酒少，也不去看，连忙走出殿前，踏着雪地，一径到井亭内来，问道："你这一家眷属，那里来的？"婆子道："老媳妇是剑门山下居住，至亲三口。因欲往西岳华山进香，途中遇雪，到此打搅。适来村①儿不知进退，偷了些酒吃，老媳妇已埋怨他半日了，望法官休责。”贾道士道：“这小事何妨，不劳挂怀。”两只眼睛谷碌碌，觑定背后的小牝狐，魂不附体。怎见得，有词名《驻马听》为证：

堪羡村姑两鬓，乌云巧样梳。生得不长不短，不瘦不肥，不细不粗。　　芙蓉为面雪为肤，看他衣衫上皆齐楚。曾否当炉。相如若遇，错认了卓家少妇。

贾道士又道：“这雪天出路，极是难为人的，你娘儿受过辛苦了。”瘸子跳起道：“便是辛苦，再得口酒儿下肚方好。”婆子嗔着眼看他，便住了口。道士又道：“这井亭也不是安身之处，日里还好，夜间风呫呫的，怎过得。殿后有洁净房子，来往客官常来借寓的。请老娘到里面去煨些炭火，烘烘这些打湿的衣服也好。”婆子道：“不消得，胡乱过了一夜，明日便趱路的。”贾道士道：“这天倒还不像晴的。况这里山路不比别处极是崎岖难走，便晴了雪，路上也还泥泞，我们兀自害怕，教这小娘子如何行动。这庙宇是个公所，就住上十来日，那个要你房钱，只管等天晴了，日色晒几日，却上路也未迟。”婆子道：“多谢法官，只是打搅不当。”道士道：“说那里话，谁个顶着房子走。常言道：与人方便，自己方便。就是枯茶淡饭，小道也供给得起几日，若不嫌怠慢，胡乱吃些，不用打火。”瘸子道：“娘！难得法官如此好善，我们便在房子里住去，夜里睡着，也做个好梦。”婆子看着媚儿道：“我儿心上如何？”媚儿道：“但凭娘做主。”贾道士见他依允，欢喜无限，便道：“小道引路了，随我进来。”当下娘儿三口，随着道士从东廊下去，转过正殿，又过了斋堂，打厨下穿过，直到后边，只见两间新造的小小楼房，天井里种几株花木。三口儿到楼下站定，道士

---

① 村：粗野，土气。

重新讲礼，一个个都作揖过，方才看坐。问道："老娘高姓?"婆子道："老媳妇姓左，这村儿原名左黜，为他损了一足，唤做左瘸儿。这小女叫做媚儿。"道士道："小道姓贾，贱号清风。今日不期而会，也是有缘。"婆子道："有掌家的老师父，请来相见则个。"道士道："家师老病，几年不见客了。方才殿后西边的这小小角门里面，便是他的卧房。如今只是小道掌家。"婆子道："法侣共有几位?"道士道："还有个小徒，正月里丧了父亲，往俗家去了未来。方才买酒的道人，姓乜，也是新进庙门不多时的。厨下还有个老香公，单管烧火煮饭，此外并无他人。三位一路来的，怕肚里饿了，有见成①素斋可用些。"婆子道："不消得，带有干粮。"道士道："干粮留在改日路上吃。"

道士连忙到厨下去乱了一回，弄了些素肴面饭，叫乜道捧出，摆上一桌子，又向自房中取几碟干果也摆着。婆子谢道："何劳盛设。"道士道："山中乏物款待休笑。"只见乜道旋了一大壶酒来，把四个磁杯，一套子放着。道士摆开三个杯儿，满满斟酒，对婆子道："请老娘居中坐了，小哥居左，小娘子居右，宽心请一盏消寒。"婆子道："老媳妇母子大胆相扰，也请法官坐地。"道士道："怕小娘子见嫌，不敢奉陪。"婆子道："但坐何妨。"道士道："既蒙老娘吩咐，小道礼当执壶。"便取个杌子，在这瘸儿肩下抹角儿坐了。媚儿害羞，还站在婆子背后。婆子道："在客边比不得家里，我儿只管坐下，休虚了法官的盛意。媚儿方才坐了。不坐犹可，一坐之时，道士斜对着，看得十分亲切，比前愈加妖丽，把这三魂七魄，分明写个谨具帖子，尽数送在他身上了。有词名《黄莺儿》为证：

仔细觑妖娆，转教人神思劳。看他不言不语微微笑，貌儿恁娇。　年儿尚小，不知曾否通情窍。小身腰，若还搂抱，不死也魂消。

---

① 见：同"现"。见成即"现成"。

婆子教黜儿也斟一杯酒，回敬道士。四个坐下，又饮了几巡，说了些闲话。只见乜道也精精致致的戴了一顶新帽子，身上换了一件干净布袄，又旋着一壶酒，到楼下来说道："热酒在此，多用些儿。若要吃米饭时，厨下也有。"婆子道："勾了，不消得。"道士便将壶内余酒，斟上一大磁瓯，拈个火烧，把与他吃，取他手内这壶热酒，放在桌上，换这空壶与他叫拿向厨下去。这分明嫌他碍眼，打发他开去的意思。谁知这乜道年纪不多，也是个不本分的。原是剑州一个宦家的幸童，因偷了本家使婢，被乡宦打个半死，赶出叫化。他父亲乜老儿在日，与本庙老香公，曾做过旧邻，所以老香公在道士面前多了这嘴，收留他在庙里答应，他的旧性尚存，见了花扑扑的好女儿，怎肯转脚。当下一眼睃定了那小鬼头儿，站在道士背后，只是不走。道士也忘怀了，只顾其前，不顾其后，大家又坐了一回，只见婆子起身道："蒙赐酒食俱已醉饱，天色晚了，告止罢。"道士觑着媚儿，正在出神；听说告止，便道："再请一杯儿。"慌忙取壶斟酒，却不知酒壶已被瘸子在他手中取去，吃个罄尽了，端的是心无二用。

当下娘儿三口，下席称谢，道士也起身答礼，只见乜道手中捧着一把空壶，兀自呆呆的站着。道士问道："你几时来的?"乜道答应道："我几曾去的?"道士一肚子气，又不好发作，只得忍住教他快快收拾，便向婆子说道："这两间楼房，是小道春间自家造的，虽说蜗窄，极是幽静，就是过往客官借宿，也只在前面斋堂两厢房住下，并不曾到此，因怕小娘子要稳便，特地开来奉借。"婆子道："多承过爱，我娘儿们无可为报。"道士又道："这楼上有凉床，这里又有个小木榻，尽你们随意自在。"指着天井侧里一个小门说道："这里面便是小道的卧室，倘或少东缺西，只烦小哥呼唤一声就是。"婆子见他十二分殷勤，甚不过意，便道："法官请自便，来日再容相谢。"道士去不多时，忙忙又取个灯儿，放在桌上，又泡些茶来道："请三位吃茶安置。"又教乜道到老道房中，借个净桶放在楼上，恐怕他娘女两个夜间要起来解手。

原来这贾道士有个的①亲姑娘年纪有五十余了，也在涪江渡口净真庵为尼，去这剑门不远。这老尼隔几个月便来看他侄儿，或住一日两日方去，每遍来时，借惯净桶用的，所以今日老道更不疑惑。

却说贾清风也防乜道有些馋脸，直等他下楼去了，方才转身。婆子道："难得这法官如此用心，处分得恁精细，明日若没雪时，我们快走罢，顾不得路滑难行了。出家人的东西，一个便是两个，莫要太蒿恼他不当人事。"瘸子道："有心打搅他了，便老着脸再住几日，索性等个晴干好走，莫待走不动又退转来，反惹他笑话。你们若执性要去时，我只在这里等你。"媚儿笑道："哥哥吃得快活，不肯去了。"瘸子道："闲常赶你们脚跟不上，你只是焦燥。此去剑门这一路，好不险峻难走哩。拖泥带水的，弄甚把戏。我也是从长计较，可行则行，可止则止。你却说我吃得快活了，不肯走，终不然在此处朝朝寒食，夜夜元宵。这法官今日也只是敬着新客，难道日日如此坏钞？我吃得快活，偏你不曾动口。"媚儿道："我是耍子，你便认真起来。"婆子道："你两个休斗口，到天明我自有个计较。"那瘸子趁着些酒意，便向榻上倒头而睡。婆子携着灯，和媚儿上楼去了。

道士在房中暗想道："天生这般好女子，若肯嫁我时，情愿还俗。"又想道："这女子初时害羞，以后却熟分了。老天若肯再降几日大雪，留得他多住些时，不怕他不上手。明日料行不成，我且再陪些下情，着实钓他一钓，人心是肉做的，难道是铁打的？这老娘又是个贫婆，瘸子只贪些酒食，都不是难处之事。"那贾道士准准的想了一夜，眼缝也不曾合。这还不足为奇，谁知那乜道也自痴心妄想，魂颠梦倒，分明是癞虾蟆想着天鹅肉吃，怎能勾到口。正是：痴心羽士，专盼着握雨携云；老脸香童，也乱起心猿意马。剑门不是巫山庙，错认襄王梦里人。毕竟这些道家与小狐精弄出甚事来，且听下回分解。

---

① 的：此处同"嫡"。

第六回

小狐精智赚道士　女魔王梦会圣姑

从来色字最迷人，烈火烧身是欲根。
慧剑若能挥得断，不为仙佛亦为神。

话说贾道士因看上了胡媚儿，心迷意乱，一夜无眠。不到天明，便起身开了房门，悄悄的踅到楼下打探。只见瘸子在榻上正打齁睡哩，楼上绝无动静。回到房中，坐不过，一连出来踅了四五遍，好似蚂蚁上了热锅盖，没跑一头处。跑到厨下，唤起老香公来，教他烧洗脸水，打点早饭。庙中只有一只报晓公鸡，教乜道宰来安排吃罢。乜道已知这道士的心事，忙忙的收拾。老香公还是梦哩，便道："阿弥陀佛，留他报晓不好？没事坏这条性命做甚？"乜道笑道："师父新学起早，不用报晓了。"

且说婆子和媚儿两个，在楼上商议道："我们出外的日子多，行走的路程少，都为着这瘸子带住了脚，不得方便。这个法官甚好意思，不如把瘸子与他做个徒弟，寄住此间，我们自去。倘然访得明师，有个住脚去处，来唤他也不迟。"到天明，先叫瘸子上楼，对他说了。瘸子正怕走路，恰似给了一个免帖，欢喜无量。

三个商议已定，只听得楼下咳嗽响，是贾道士的声音，说道："婆婆可曾起身？我教道人送洗脸水上来。"婆子应道："起动了，待瘸儿自来担罢。"瘸子下楼担水，没拐得四五层梯子，那乜道早已送到。瘸子接上，约莫梳洗了当。贾道士走上楼来作揖问道："昨夜好睡？"婆子道："多谢。"这番看媚儿容貌，又与昨日不同。昨日冒雪而来，还带些风霜之色，今番丰采倍常，正是桃源洞里登仙女，兜率宫中稔色人。道士看了，没搔着痒处，恨不得一口水咽他在肚子里头。当下殷殷勤勤的问道："婆婆高寿了？小娘子青春多少？"婆子道："老媳妇齐头六十，小女一十九岁了。"道士道："是四十二岁上生的？"婆子道："正是。"道士道："这小哥几岁？缘何损了一足？"婆子道："村儿二十三岁了。这只脚是幼时玩要跌损的。因是他跑走不动，带迟我们多少脚步。"道士道："昨日雪下得大了，要销镕干净，也得四五日后，才好走哩。既是小哥不方便，多住些时也无妨。"婆子道："老媳妇正有一句不识进退的言语告禀。"道士道："有话尽说。"婆子道："老媳妇亡夫，当先原是个火居道士，与法官同道，只是法术不高。这村儿虽然丑陋，到有些道缘。去年一个全真先生，会麻衣相法，说他是出家之相，要他去做个徒弟，是老媳妇舍不得罢了。今见法官十分怜爱，意欲教小儿拜在门下，伏侍焚香扫地，不知肯收留否?”道士有心要勾搭那小狐精，正没做道理，这一节非亲是亲，正合其机，便应道：“得小哥在此做个法侣，甚好。只是小道也有句话，小道从幼父母双亡，没个亲戚看觑，若蒙不欺，愿拜婆婆为干娘。”婆子道：“老媳妇怎当得起?”两下谦让了一回，道士拜了婆子四拜，瘸子也拜了道士四拜，从此瘸子称道士做师父，道士称婆子为干娘。道士又与媚儿重见个礼道：“今后就是哥妹一家了。”

却说乜道煮熟了鸡，切做两碗，又整几色素菜，将早饭摆在楼下。道士同婆子娘儿三口下楼，照先坐定。只因瘸子这番做了徒弟，却让道士坐于上首。道士道：“雪天没处买东西，只宰得个鸡儿，望干娘贤妹随意用些。”便拣下席碗内好的将筋夹几块送上去。婆子道：“老身与小女都是奉斋的，只这村儿用荤，不知法官这等费心，不曾说得。”道士道：“奇怪，贤妹小小年纪，如何吃素?”婆子道：“他是个胎里素。”道士道：“改日嫁到人家去，好不便当。”婆子道：“那里嫁什么人家？他是个有发的尼姑，时常想着出家哩。”道士想道：“这个又有机会了。”便道：“出家是好事，只怕出不了时，反为不美。孩儿有个的姑，见在净真庵做主持。干娘、贤妹若肯离尘学道，径到那里去修行。这庵离此处止四十多里，小哥又在这庙中，相去不远，又好照顾，免得两下牵挂。”婆子道：“如此甚好。只我媚儿许下西岳华山圣帝的香愿，必要去的。老身伴他去进香过了，转来时，还到庙中来商议。”道士道：“这个却容易。”

吃过早饭，婆子见道士好情，已是骨肉一家，也不性急赶路了。道士将自己身上一件半新不旧的道袍，与瘸子穿了，教众人称他是瘸师，又把自房间壁一间空屋与瘸子做卧室，唤个木匠收拾，做些窗槅。却教瘸子监工，夜来瘸子也不到楼下来睡了。又整些菜果摆设自家房里，请干娘、贤妹，到房中闲坐。说话中间捉个空，就把个眼儿递与那小妖精。媚儿只是微笑，因此这道士越发迷了。有诗为证：

一腔媚意三分笑，双眼迷魂两朵花。
只道武陵花下侣，却忘身是道人家。

道士托熟了兄妹，紧随着媚儿的脚跟，一步不离，两个眉来眼去，也觉得情意相通。再过些时，捏手捏脚都来了，只碍着婆子，没处下手。正是折脚鹭鸶立在沙滩上，眼看鲜鱼忍肚饥。一连的过了三日，天已晴得好了，婆子打点作别起身。道士苦留再过一日，婆子被央不过，只得允从。道士回到房中，闷闷而坐，想着只有这一日了，若不用心弄他上手，却不是枉费无益。走来走去，皱眉头、剔指甲，想了三个时辰，忽然笑将起来道："有计了！"慌忙在箱笼里面寻出两个绝细的绿色梭布，抱到楼下来，对婆子说道："干娘、贤妹，这一去不知几时回转，拣得两匹粗布，各做件衫儿穿去，也当个挂念。已唤下裁缝了，明日做完，后日行罢。"婆子道："重重生受，甚是惶恐。"教媚儿谢了师兄。道士转身出去，就教乜道村中去唤两个裁缝，明日侵早要赶件衣服。乜道答应了就去。那乜道一点淫心也不输与那贾清风，因见那道士手慌脚乱，讨不得上手，自己明知不能了，却也每日留心去觑他的破绽。这番唤裁缝，已定又做出甚么把戏，且冷眼看他怎地。

话分两头，却说贾道士那日又白想过了一夜，到得天明，又着乜道去催取裁缝，不多时回复道："裁缝已唤到斋堂了。"道士慌忙跑到楼上，教婆子将这布出去，又道："不知合长合短，须干娘自去看裁，就吩咐他如何样做。我这村里的裁缝，没有高手，若随他弄去，怕不中意。"婆子真个捧着两匹布，随着道士出去。一到斋堂，道士忙覆身转来，跑到楼下，趁着媚儿独自一个在那里，便上前抱住，道："贤妹，我留心多时了，乘此机会，快快救我性命则个！"媚儿道："青天白日，羞人答答的，这怎使得！我娘就进来了。"道士道："你娘处分裁缝，还有好一会。一刻千金，望贤妹作成做哥的罢，休要作难。"便偎着脸去做嘴，媚儿也把舌尖儿度去，叫道："亲哥，做妹子的也不是无情，怎奈不得方便，日间断使不得。今晚下半夜，母亲睡着，我悄悄下楼来，在这榻上与你相会，切莫失信。"道士便跪下去磕个头道："若得贤妹如此，此恩生死不忘。"说犹未了，只见老香公叫声："贾师父！前面老妈妈问你讨线哩。"道士慌忙答应，又叮嘱媚儿道："适才所言，贤妹是必休忘。"道士到自房取线去了。不提防乜道正在楼上担净桶，听得贾道士的声音，悄悄地伏在楼梯边听着，虽然两个说话不甚分明，这个肉麻光景都已瞧在眼里，料是有个私约了。专等道士出去，便走下楼来将媚儿双手抱住道："你与俺师父有情我都知道了，不说破你，只要拈个头儿便罢，井亭上是我起手，少不得谢一谢媒人。"媚儿终是心灵性巧，眉头一皱计上心来，便道："你放手，恐怕人来瞧见不好意思，包你有好处。"乜道真个放了便道："你怎生发付我去?"媚儿道："恰才被你家师父缠不过了，教他夜间开着房门，我到半夜到房里去。你今夜等师父进房去了，悄地先到楼下榻上睡着，我下楼时先与你勾帐，才到他房中去，却不好?"乜道也磕个头道："小娘子果然如此，便是救度生命了!"说罢乜道出去了。媚儿暗笑道：机关泄露大家不成了，我且要他一要，教他今夜里一场没趣。

却说婆子吩咐裁缝了当，唤瘸子到楼下，嘱咐他道："你在此间须要学好，我与你妹子明早定是行了。若有些好处，便来挈带着你，你休只贪图酒食，讨他厌贱，下次做娘的到此也没光采。"当日道士又来陪吃晚饭，两个裁缝赶完了衣服，送了进来。道士又向婆子道："干娘明日准行了，也不须十分早起，用些早饭了去。"婆子道："多感厚意，来朝总谢。"

道士有了媚儿的私约，十分快活，回到房中暖起一壶好酒，自家吃个三分醉意，且坐在醉翁床上打个盹，养些精神到下半夜去行事，却说乜道收拾完了，捉个空先踅在楼下天井里芭蕉树下蹭倒。窥见道士房门已闭，娘女两个也上楼去了，便悄悄地走在榻上眠着，只等楼上的消息，等了半个时辰不觉睡去。这里道士打了一回盹，不知早晚，只恐失了期约，急急的将双手抬着房门轻轻扯开，做个鹤步空庭，一脚一脚的捉步儿走去。到得榻边将手向榻上摸时，知有个人在榻上睡倒，心里想道：“这冤家果然有情，已先在此等了。慌忙脱了鞋儿，倒身做一头睡去。那乜道被他惊醒，也只想这小娘子不失信，果然来了。两个并不说话，抱着先做了个甜嘴，彼此欲火如焚，你手插向我腰里，我手插向你腰里，大家去摸那东西。这道士摸去是件铁硬的行货吃了一吓，那乜道也摸着道士的硬物心中疑道：这姑娘莫非是二行子，如何也有那话儿？只听得道士低低问道：“你是那个？”乜道已认得是道士声音，便应道：“师父是我。”道士也认得是乜道了：他如何也在这里？一定这贼精晓得了些风声，在此打断我的好事。然虽如此，怎奈欲火动了，一时禁遏不住，又听得楼上婆子唧唧哝哝的说话，料不成了，便扯开乜道的裤儿，把他后庭戏弄起来，权做个望梅止渴。那乜道也动了火，缠着道士讨个还席，道士幼年曾被老道弄过，是熟惯的，也不拒他，当夜做了一场交易。有只小曲儿，道得有趣：

> 小狐精使乖弄巧，直恁的推调。白白里送些补药，与你你却不要。做个金蝉脱壳，躲去九霄。却教两个出家人，头对头，脚对脚，做个鸾颠凤倒，当下把火儿杀了。早知一个是贾清风，一个是乜道，你两个朝暮在庙里做蚼，却缘何半夜三更，担惊受怕，到这楼儿下，榻儿上，急急忙忙的弄着这把刀。到明朝，你看着我，我看着你，可不羞杀了老曹？到明朝，雌的是雌，雄的是雄，可不干折了这遭？

两下行事了毕，依先悄悄的各自去睡了。这道士分明做了一个魇梦，自己也不信有这事，那时到放下了心肠，一觉睡去。看看天晓，众人都起身了，道士看着乜道只管笑，乜道看着道士也只管笑，这小狐精看着道士和那乜道也只管笑。正是：今日相逢无一语，想来都是会中人。

那道士虽然夜来失望，还想他西岳进香转回，尚有相会之日，这个相思担儿便不肯抛下。当时叫乜道安排早饭，陪他娘儿吃了。婆子把新做的两件布衫与媚儿各穿了一件，收拾起程。又嘱咐瘸子几句，教他耐心。瘸子答应道："我都晓得。"道士和瘸子送出庙门，婆子又殷勤称谢。道士道："干娘转来是必到我庙里来看看小哥。孩儿明日便寄信到净真庵姑娘那里去，倘或发心修行时节，无如那里清净。"又对媚儿说道："贤妹保重，相见有日。"不觉两眼堕泪，险些儿哭将出来，怕人知觉，背地掩着眼急急里跑进去了。媚儿心里也觉惨然。看官牢记话头，这左黜自在剑门山下关王庙里做道士。

再说娘儿两口离了庙中，望剑阁而进。此时没有瘸子带脚，行得较快，一路无话，看看永兴地方相近，天色已晚，远远望见前面有个林子，约去有十里之程。婆子道："媚儿，赶到这树林里面歇宿，此去到西岳不远了。"娘女两个行不多几步，忽然对面起一阵大黑风刮得人睁眼不开，立脚不住，那风好狠。正是：

无影无形寒透骨，忽来忽去冷侵肤。
若非地府魔王叫，定是山中鬼怪呼。

风头过处，只见两个戎装力士上前躬身道："天后有旨，教请圣姑相见。"婆子道："天后何人？"力士道："唐朝武则天娘娘也。"婆子道："则天娘娘弃世已久，如何还在？且与老媳妇素不识面，有何事相唤？"力士道："娘娘见居此地，与圣姑有段因缘，数合相会，便请同行。圣姑到彼处自知端的。"婆子心下有些害怕，欲待不去，两个力士左右的夹帮着，不由你不走。才动身时，脚不点地，不一时来到一个所在，古木参天，藤萝满径，阴风惨惨，夜气昏昏。过了两重牌坊，现出一座大殿宇来。力士都不见了，又见两个宫妆侍女，提着紫纱灯笼，前来引接，道："娘娘候之久矣。"婆子进殿看时，中间却虚设个盘龙香案，并无人坐在上面。侍女道："圣姑姑在此少待。"去不多时便出来道："天后有旨，请圣姑姑到后殿相见。"

婆子随着侍女进去，但见珠帘高卷，里面灯烛辉煌。天后居中坐下，两旁站着几个紫衣纱帽的女官，口中唱："拜！"婆子朝上依唱拜罢，方才平身。天后传旨赐坐，婆子谦让道："天颜之下怎敢大胆。"天后道："不须过逊，今日之会亦非偶然，朕方欲与卿细论因缘，岂一立谈可尽也。"便教取锦墩相近，御手相搀而坐。婆子又道："山野丑类，人所不齿，过蒙娘娘俯召，有何见谕？"天后道："卿勿以非人自嫌，卿乃狐中之人，朕乃人中之狐，读骆生檄至今寒心，朕反愧卿耳。"遂吟诗一首，诗曰：

朕本百花王，权闰人间帝。
应运合龙兴，作态非狐媚。
国法岂不伸，文人亦可畏。
不敢照青铜，对面还知愧。

又道："朕那时甚惜骆宾王之才，献俘时闻有他的首级，不忍视之，谁知首级是个假的，骆宾王逃去为僧。从来做官的欺蔽朝廷，都似此类。外人犹以朕为诛戮太甚，公道何在？"又叹口气道："骆生做了和尚，反得升天，朕今犹滞于幽冥。黄巢之乱，百年朽骨，重被污辱，金玉之类发掘一空，致朕今日冠佩残缺，诚羞见卿之面也。"婆子抬头看时，果然天后头上挽个朝天髻，绝无簪珥，身上有袍无带。婆子道："黄巢草寇无礼，娘娘神灵何不禁之？"天后道："凡杀运到时，天遣魔王临世。朕生在唐初，黄巢生在唐末，男女现身不同，为魔一也。朕当权之时，天下谁能禁朕？朕独能禁黄巢乎？"婆子道："闻天后在位日，铸像造塔，广作佛事，功德不小，为何尚滞于冥途也？"天后道："凡人先发清净心，后获布施福，朕居心不净，修成魔道，当时享尽女福，单恨不得为男，佞佛祈求，无非为此。今因缘将到，已蒙上帝遣作男身矣。"婆子道："娘娘此番托生富贵，还如旧否？"天后道："既成魔道，必乘魔运而生，若无权势，魔力安施？朕前是女身且为帝王，何况男乎？卿女媚儿冥数合为朕妃，即今已托之冲霄处士，卿勿虑也。"婆子道："娘娘既转男身，复得称孤道寡，岂少三宫六院美丽妖娆，而择取异类之女乎？"天后道："卿有所不知。媚儿前身乃张六郎，当时称他貌似莲花者。朕与六郎恩情不浅，曾设私誓云：生生世世愿为夫妇。不幸事与心违，参商[1]至此，今朕为君，彼复得为后，鸳鸯牒已注定，岂可变哉。朕之发迹当在河北，从今二十八年后与卿于贝州相见。卿宜琢磨道术以佐朕命。"婆子道："吾母子正为求道而来，不知道术在于何处？"天后道："朕有十六个字，卿可记取，必有应验，道是：逢杨而止，遇蛋而明。人来寻你，你不寻人。"天后又道："卿三年之内必有所遇，行住一般不须性急。若得道之后，可往东京度取卿女，虽然改头换面，卿亦自能认矣。天机宜秘，不可轻泄，倘八十翁闻之为祸不小。"婆子问道："八十翁何人？"天后道："汉阳王张柬之也。他为五王之首，与朕世世作对，卿宜避之。"

说犹未了，只听得前殿一片声呐喊。侍女惊惶传报道："汉阳王闻娘娘复有图王之意，统领大军十万，杀将来也！"天后慌得面如土色，起身向座后便跑。婆子道："娘娘挈领老媳妇，一路躲避则个！"心忙脚乱，把锦墩踢倒，扑地绊了一交，惊出一身冷汗，原来卧在一个大坟墓下，殿宇俱无，身边已不见了媚儿。四下叫唤，全无踪影，正不知那里去了。哭了一回，想道："严半仙说我女儿有厄，果然有此不明不白之事。"看看天晓，只见墓前荆棘中横着一片破石，石上镌着"大唐则天皇后神道"字样。婆子道：原来梦中所游，乃天后幽宫，他吩咐许多言语，一一记得，此事甚奇，我且看这十六个字有何应验？虽然如此，想起初离土洞时，母子三口，剑门山留下了黜儿，到此又失去了媚儿，单单一身，好不凄惨！既道是行住一般，不须性急，且到太华山下寻个僻静处住下几时，再作道理。因这一节，有分教：老狐

① 参商（shēn shāng）：参星在西方，商星在东方，此出彼没，比喻隔绝不得相见。

精再遇一个异人，重生一段奇事。正是：踏破铁鞋无觅处，得来全不费工夫。毕竟媚儿何处去了，这圣姑姑有甚人来寻他，且听下回分解。

第七回

杨巡检迎经逢圣姑　慈长老汲水得异蛋

座有闻人堪说鬼，胸无奇字莫吟诗。
但将谈笑消清昼，闲是闲非总不知。

话说圣姑姑似梦非梦，见了武则天娘娘，说起一段因缘。原来媚儿是张昌宗转生，那一世则天娘娘为男，张昌宗为女相会在贝州，复得配合，称王称后。则今媚儿已不见了，又不知托与那一个冲霄处士，好生奇怪。他既说道“行住一般”，明明教我歇脚，我如今想来那里是住处？思量一会，道：“有了，这华山岳庙的香愿，原是媚儿说起，我且到西岳圣帝前进炷香，保佑媚儿。就便看那里有甚僻静之处，可以栖身，好歹等他三年，再作区处。瘸子既把与道士做徒弟，看这道士十分美意，谅不至于失所，到是放得下的。”

当下婆子只身独自往华阴县，太华山去进香。怎见得太华山景致？有《西江月》为证：

峭壁插天如削，危崖仙掌遥擎。莲花涌地灿明星，屈曲苍龙卧岭。　　太白携诗欲问，昌黎贾勇先登。不如收拾利和名，睡个希夷不醒。

婆子到得山上，向西岳圣帝殿前撮土为香，拜了几拜，磕了几个头，通陈了一回，无非是祈求道缘早遇，母女重逢的说话。下得殿来，观看景致，访问陈抟先生。有人指道：“这个希夷峡便是他尸解的去处。”方知陈抟已仙去了。婆子爱这个希夷峡幽静，夜间就在峡下存身，日里只借化缘为名，来山前山后行走，看这来往男女云游僧道，观其动静，若化得几分钱，换些素酒素食受用，也是常事。

一日，同着一般样的贫婆，闲站了半日，不曾撞见个肯布施的香客。看看午牌将过，只见两乘小轿抬着一个妇人，一个丫鬟，上山烧香。众贫婆等他出殿烧纸过了，便去上前抄化。妇人道：“今日没带得钱来。”婆子听得他这话便闪开一边，那些众贫婆因早起到今不曾讨得一文钱，算定这女眷定肯开手的，如何放过，抵死缠住，要他发心喜舍。你说一句，我说一句道：“明中去了暗中来，今生布施来生福，那见海龙王没宝？”妇人焦燥道：“我又不是杨老佛、杨奶奶，你有本事到他那里，享用他大请大受，缠我怎的?”分开众人下了阶，上轿抬着飞奔去了。众贫婆叹声晦气，没兴没致的四散走开。

婆子看个老实知事的，便去问他道：“方才说甚么杨老佛杨奶奶，是甚意思?”贫婆答道：“这里华阴县里有个杨春巡检，出名叫做杨老佛，大富之家。夫妻两口都好道，各处烧香布施，不拘僧尼道士，但是有本事的与他说得来，讲得合，他便准年介供养。这奶奶一年也到这山上两遍，见了我们，每人整十来个钱这样舍，又把大食箩抬着火烧馍馍，给散我们吃。今年二月中来过一遍了，到秋间定是又来，你少不得看见的。”婆子听在肚里，当晚过了一夜。

明日早起，打扮个贫乞老道姑的模样，下山到华阴县前，问了杨巡检家，径到他家门首去。只见门前贴着“谨慎出入”四字，又有两行告示上写道：“一应僧道尼姑，止许于每季首月初一日西园赴斋，本宅门首例不布施。”婆子暗想道：“却又作怪。”只见镇门的石狮子上靠着一个老门公，解开布衫在那里捉虱子，见了婆子进门，慌忙把布衫披上喝道：“快走出去!”婆子上前打个问讯，道：“贫道是西川人氏，发心来朝西岳，经由贵县，缺少了回去盘缠，特求布施则个。”这管门的张公道：“老道姑你没造化，十日前来还没有这告示，如今不布施了。”婆子道：“久闻巡检老爷夫妇好道，四方那个不传说好个杨佛子、杨奶奶，如今怎的就灰了这善心?”张公道：“本宅老爷奶奶，当初果是欢喜施舍，四方僧道若能讲经说法的，便把房子与他住下，不论年月供养。临动身时，又赍助他盘缠、衣服之类。这门首时刻有人募化，不是这般冷静。只为一月前，南路来一个尼姑，约莫四十多岁，会说些因果，奶奶好听的是那因果话儿，留在宅内住了半个多月。又是十四五个游方和尚做一班儿念拂抄化，也有顶包的，也有燃指的，也有点肉身灯的，本宅也斋了他一遍，布施他些钱帛。谁知那一班是大伙强盗，这尼姑正是个引头，暗暗里漏个消息，夜间里应外合，明火执杖，打劫了若干东西去。老爷和奶奶走得快，躲了这性命。他两个老人家商量，说是前生欠下那和尚尼姑的债，莫去告官带累地方邻里了。

从今为始也不布施，也不许放进门来相见。只每年正、四、七、十这四个月初一日，在西园设斋一遍。如今四月初一日又过了，老道姑你不如别处去罢。我这县里除了本宅，也少个慷慨施主，就化了一两个钱来，也济得甚事。”婆子道：“出家人里面，好歹不同，只为他歹的带累了好的。”张公道：“正是。”婆子道：“贫道也不指望布施了。只闻得老爷奶奶是两位现世的菩萨，特求一见，他日西方路上也好做个相识。”

说犹未了，只听得宅里有人开那第二重门出来。张公道：“老爷出厅了，你快些躲避，莫累我们受气。”慌忙向自己腰裤边一个破缠袋里头，拈出个铜钱来放在石狮子头上，道：“我自把这文钱舍你，去罢!”婆子那里肯走。只见里面一个安童①，牵一匹高头白马到大门前，带住缰绳站着。随后杨巡检出来，头戴金线忠靖冠，身穿暗花绢道袍，脚踹乌靴，手执一柄川扇。背后一个安童打伞，一个安童抱着交床②，一个安童捧个盒子，盒内无非香烛之类，盒上又放个紫檀空匣儿。又有一班家用的吹手，各带乐器随着出门。那巡检老爷，踏着交床，跨上雕鞍，众人一拥望西而去。

张公埋怨道：“你不见老爷出去了？早是他没瞧见你，若瞧见你时，又嗔怪我门上人不遵他的告谕。我舍你这文钱，你不收了，还要怎地?”婆子道：“那要你老人家坏钞？没有得布施便罢，这钱贫道决不敢受。”两下里正在你推我辞，只见惯卖山亭儿③的寿哥，挑着担子，打从门首经过。侧首门房里，跑个四五岁的小厮出来，扯住张公叫道：“老爹爹，我要个山亭儿顽耍。”张公见这婆子不肯收受，便唤住寿哥担子，在石狮子头上取下这文钱来买了一个山亭儿，把与小厮道：“好好顽耍，不要弄坏了，再不买与你。”那小厮笑哈哈的跑向门房里去。寿哥挑着担也自去了。婆子道：“这小厮是你老人家甚么人?”张公道：

---

① 安童：侍童、书童。
② 交床：胡床的别称，一种可折叠的轻便绳椅。
③ 山亭儿：佛塔一类的玩具。

"是老汉第二个孙儿。方才抱交床跟随老爷的是大孙儿，就是那小厮的亲哥。"婆子道："怪道一般嘴脸，生得伶俐。你老人家好善积下来的。"张公道："老爷身边许多安童，只欢喜我的大孙儿，出去不拘远近，定要他跟随。"婆子道："方才老爷在那里去？却用着一班吹手。"张公道："西门外迎取梵字金经哩。"婆子道："这经是那里来的？"张公道："是个哈密僧带来的。这哈密僧又哑又聋，在这里西门外观音庵内借住。活到九十九岁，无疾而逝。身边并无一物，存留下这部梵字金经。庵里长老说：有人造个龛子断送了他，就将这部经把与他去。是我家老爷替他造龛烧化，又请僧众做些法事与他。今日到那庵内请这部经，供养在西园佛堂里去。"婆子道："是甚么经？"张公道："知道他是佛经、道经、灶王经？谁识得半个字来？"婆子道："若是梵书，贫道或者到也辨得出。"张公笑将起来，道："闻得此经，是西域天竺国来的，一片泥金写就，与世间字体不同，所以叫做梵字金经。先在庵中经过了许多人的眼睛，并无人识，你这老婆子调这样谎，罪过，罪过！"婆子道："不瞒你老人家说，贫道曾跟普贤菩萨受过一十六样天书，所以诸经梵字无有不识。"原来这老狐精，多曾与天狐往还，果然能辨识天书，说普贤菩萨乃是鬼话。张公听了大惊道："普贤是观世音一辈，你如何看见得他？"婆子道："贫道与这位菩萨有缘，不时相会的。你老爷要瞻礼他也极容易。"张公道："是真也还是假？"婆子道："千真万真。"张公道："若果然如此，等老爷回时，老汉即便禀知。只不知女菩萨尊姓，安歇何处？今恐怕老爷回得迟，你等不及去了，倘或要寻你时，那里相请？"婆子道："贫道唤做圣姑姑，若老爷要请我时，向东南方叫圣姑姑三声，贫道即便来也。"这婆子说罢，飞也似跑去了。常言道一人吃斋，十人念佛，因这杨巡检夫妻好道，连这老门公也信心的，见婆子说话有些古怪，便认真了。

当日，杨巡检到庵中，拜了佛像，请出了梵字金经来。解去旧绣袱，揭开细看，喝采了一回，重换个大红蜀锦袱儿包了，放在紫檀匣内，自己捧着，坐在马上，一班吹手笙箫细乐，迎入西园中佛堂内面供养。在观音菩萨面前烧香点烛，又拜了四拜，打发吹手先回，自己又在园中游玩了一番，临去吩咐园公莫放闲人到佛堂里去，恐不洁净。四个安童跟着骑马而回，有诗为证：

笙箫一队拥雕鞍，手捧金经心里欢。
识得如来真实意，唐书梵字一般般。

这里张公见杨巡检下马，跟进厅来，禀道："老爷贺喜了！今日请得金经，就有个能识梵字的到此求见。"杨巡检问道："是何等样人?"张公道："是个女菩萨，法名圣姑姑。他说是普贤菩萨的徒弟，能识一十六样天书。老爷若要请他相见，只向东南方唤他三声，他立地便到。"杨巡检似信不信道："有这等事？且待明日，看他再到我门首来不?"杨巡检进了内宅，把这迎取金经和那圣姑姑这班说话，一一对奶奶说了。奶奶道："适才有件怪事，正要说知。我到天井中去看石榴花，只见东南方五色祥云一朵，冉冉而来，云上现一位菩萨，金珠璎珞，宝相庄严，端坐在一个白象身上。我心里道是普贤菩萨出现，慌忙礼拜下去，抬起头来就不见了。我只道是眼花，这般说起真个是普贤菩萨，同着这圣姑姑来的。这圣姑姑定不是凡人，据这菩萨出现的，是他徒弟也不见得。明日只依他叫唤，他若来时，把这梵字金经教他识认，看他怎地。若果是普贤菩萨的徒弟，定不说谎的。"说话的，这云端里的菩萨是谁？就是圣姑姑变来的。第二回书上曾说过来，他是多年狐精，变人、变佛，任他妖幻，只没有甚么大神通，所以成不得大器。有诗为证：

藤萝牵就为璎珞，树叶披来当道衣。
堪笑世人皆肉眼，认真菩萨便皈依。

当夜无语。到来朝早起，杨巡检唤当值的，备下香烛，摆在厅上，自己穿着一身洁净新衣，走出厅前，对着东南方，志心的叫了三声圣姑姑。声犹未绝，管门的张公来禀道："昨日的老道姑已在门外了。"杨巡检心中惊异，便道："请进。"这请进两字还说不完，只见厅上站一个老道姑，到向下边打个问讯，道："老檀越，贫道稽首了。"杨巡检已知是圣姑姑，又不见他走进门来，如何的反在厅上？心下又疑又怕，慌忙磕头下去，道："我杨春有何能德，敢烦圣姑下降，有失迎接。"婆子道："不须老檀越过礼。你夫妻都有佛缘的，贫道承普贤祖师吩咐，特来求见。"杨巡检看那圣姑姑模样，虽然发白面皱，两眼如星光，比凡人精神不同，身上褴褛，却也干净。当下杨巡检分明见了个活佛，欢天喜地，接入后堂，请奶奶出来相见。夫妻两口拜为师父，整备素斋款待。圣姑姑上坐，他老夫妻坐于两旁。席间提起金经一事，婆子道："不是贫道夸口，任你龙章凤篆，贫道都知。"

当下斋罢，杨巡检教安童备起轿马，自己夫妻两口和那婆子共是两个轿，一个马，少不得男女跟随，直到西园。这西园虽不比金谷繁华，端的也结构得好。但见：

> 地近西偏，门开南面。行来夹道，两行宫柳间疏槐；步入迷踪，一带竹屏盘曲径。前面设五间饭僧堂，中间造几处留宾馆。楼窥华岳，那数他累石成山；水引渭川，不枉了筑亭临沼。回廊雅致，到书房疑是仙家；净室幽闲，傍佛堂如游僧舍。开径逢人宜置酒，闭门谢客可逃禅。

杨巡检和奶奶让婆子先下了轿，吩咐园公引路，径到佛堂，三个同拜了佛像。杨巡检教安童抬过一张黑漆小桌儿，抹得干干净净，亲手捧那紫檀匣儿，安放桌上，开了匣盖，将经取出，解开红锦包袱，请圣姑观看。这婆子合掌念了一声"阿弥陀佛"，便将经文展开，前后看了一遍，说道："原来是一卷《波罗蜜多心经》，却是天竺梵书。又后面脱了"菩提萨摩诃"五个字，所以世人不能认辨认。"杨巡检不信，教取一卷唐本《心经》，把与圣姑姑逐字配对分说，果然少了五字。杨巡检夫妇自此愈加敬重。

当下杨奶奶要请圣姑姑到家中去同房住下，早晚讲论。这婆子不愿，就在佛堂后边三间净室打扫洁净，收拾铺陈器具，日逐三餐，供养这圣姑姑在内。这婆子只是独自一个住着，夜间也不要个丫鬟婆娘作伴。又对杨奶奶道："素斋素酒有便送些来吃，若不便也不消，贫道可以十年不饮不食。"杨奶奶道："这饮食可是一日少得？便束紧了肚皮，怎过得十年？我且推个事忙，不送他几日供给，看如何？"吩咐园公只说有事家来，锁了园门，一连七日影也没人走去。第八日，杨奶奶乘个小轿亲到西园，开着锁望他。只见圣姑姑在静室中，安然不动，坐在蒲团上念佛。杨奶奶道："圣姑姑可饥么？"婆子摇首道："正饱哩。"杨奶奶回宅，对丈夫说道："圣姑七日不吃东西，全不妨事，越有精神，有恁般奇异。"夫妻两口越发道是活佛了。

从此华阴一县，都传个遍说杨巡检家供养个活佛在那里。论起理来，若是活佛，他也何求于人，受人供养？到底有见识的少。县里若男若女，每日介成群逐队都到西园去求见，也有愿拜做师父的。过了一两个月，沸沸扬扬，隔州外县都知道这话，来的人越发多了。杨巡检恐怕惹是招非不便，对圣姑姑商议，只说闭关三年，一概不接见外客。把佛堂前门锁断，贴下两层封条，却在后边通个私路弯弯曲曲的魆地里①送东送西。杨巡检又向本县知县说知，讨一道榜文张挂，禁绝外人混扰。众人见了县家禁约，再也不来缠帐。只本宅老夫妻两口，有时来园上游玩，私到净室，整日整夜的谈论些因果佛法，众人也不好去管他。自此这老狐精只在华阴县里受杨巡检家供养。他也自家想道："则天娘娘所言'遇杨而止'四字，已应验了，只不知'遇蛋而明'这四个字，又是如何？"

说话的，忘了一桩要紧关目了，那胡媚儿还不知下落，缘何不见

① 魆（xū）地里：暗地里，暗中。

题起？看官且莫心慌。只有一张口，没有两副舌头，怎好那边说一句，这边说一句？如今且丢起胡媚儿这段关目，索性把“遇蛋而明”四个字表白起来。

单说泗城州界内有个迎晖山迎晖寺，寺中住持老和尚法名慈云，只一个房头大小，到有三四众徒弟，又有一个老道叫做刘狗儿。这慈长老年近六旬，极是个志诚本分的。

一日，州里有人家请他看经。慈长老想道：“身上衣服有个把月不曾浆洗了，又没得脱换，且烧锅热汤净一净也好。”拿个桶，到寺前潭中去汲水。只见圆的溜的一件东西在水面上半沉半浮，看看氽①到桶边，乘着长老汲水的手势，扑通的滚进桶里来。慈长老只道是蛋壳儿，捞起来看到是囫囵蛋儿，像个鹅卵。慈长老道：“这近寺人家没见养鹅，那里遗下这个蛋儿？且看他有雄无雄，若没雄的，把与小沙弥咽饭。若有雄的，东邻的朱大伯家鸡母正在那里看鸡，送与他抱了出来，也是一个生命。佛经上说好吃蛋的死后要堕空城地狱，倘或贪嘴的拾去吃了，却不是作业？”把蛋儿向日光下照时，里面满满地是有雄的。忙到朱大伯家教他：“放在鸡窠里面，若抱出鹅来，就送你罢。”朱大伯应承了。不抱犹可，抱到第七日，朱大伯去喂食，只见母鸡死在一边，有六七寸长一个小孩子，撑破了那蛋壳钻将出来，坐在窠内。别的鸡卵都变做空壳，做一堆儿堆着。朱大伯慌了，便去报与住持知道。慈长老听说吃了一惊，跑去看时，连呼：“作怪！作怪！是老僧连累你。这窠鸡卵都没用了，等明年荞麦熟时，把几斗赔你罢。”朱大伯道：“不消得，这也是各人的命运。只怕东邻西舍传说开去，闹动了官府，把小事弄做大事。前村王婆家养一窝小猪，内中有一个猪前面两只脚全然像个人手，被保正知道报了州里，说民间有此怪异。州里差几个公人押了保正到王婆家，要这个猪去审验。这一伙人到时要酒要饭，又要诈钱，连母猪都卖来送了他，还不勾用。如今老师父快快拿

① 氽（tǔn）：同“汆”，漂浮。

这怪物去撇下了，休得要连累我家。”慈长老听了这般说话，嘿嘿①无言，只得脱下皂衫，连窠儿盖着带回寺里。也不对徒弟们说知，径到后面菜园中，拿柄锄儿锄开墙角头一搭地，就把鸡窠做了小孩子的棺木，深深的埋了。正是：一坏②浊土，埋藏不灭的精灵；七日浮生，断送在无常倏忽。死生二字皆由命，祸福三生总是天。若是蛋中的小孩子死了，也到绝了个祸根；只不知能遂长老的意否，且听下回分解。

---

① 嘿：同“默”。
② 坏：此处同“抔（póu）”。

第八回

慈长老单求大士签　蛋和尚一盗袁公法

伊尹空桑说可疑，偃王卵育事尤奇。
书生语怪偏摇首，不道东邻有蛋儿。

话说慈长老在菜园中埋了小孩子，方欲回身，只见那孩子分开泥土，一个大核桃般的头儿钻将出来。慈长老慌了手脚，急将锄头打去，用力过了，扑地跌上一交，把锄头柄儿也打脱了。爬起来看时，那孩子端端正正坐在鸡窠里面，对着慈长老笑容可掬。慈长老心中不忍，便道："小厮，你可惜讨得个人身，若投在求男求女的富贵人家，夜明珠也赛不过你。如何钻在蛋壳里去了？你自走错了路头，不干老僧之事。今番听老僧吩咐别投生路，休得成精作怪，恐吓老僧。"便把锄头柄儿按倒，将鸡窠翻上，冒着添些泥土，堆得高高的，又取几块乱石压在上面，料是出不得头，方才转身。又想道："倘或走个狗子进来，爬开石块，怎么好？我且把园门关上几日，这怪物不是闷死也是饿死。"当下带转门儿，搭上铁钮，回到房中，取一具留镄的新铜锁锁上。吩咐僧众："直等我来自开。"这长老生性有些固执，众僧不知他甚么意思，也不去问他。

一连过了十来日，慈长老心下终是挂欠。想道："眼见得这孩子不活了，我且看他一看，终不然锁断了门，抛荒了这片园地，菜也不要吃一根？"当下取钥匙去开了锁，曳开园门。走到西边墙角头看时，只见乱石四散抛开，鸡窠儿也翻在一边，内中不见了小孩子。慈长老吃一惊，四下寻看，只见那小孩子赤条条地坐在一棵杨柳树下，身上并无伤损。已变做二尺长了，生得清秀，只是不能言语，见慈长老近前，笑嘻嘻的一手扯住他的布衫角儿。慈长老没奈何，把他搪①开，转身便跑，再也不敢回头。离了菜园，心头还突突的跳，暗地想道："我恁般埋了他，又是甚么神鬼弄他出来？终不然，一点点小厮，许大力气自会挣扎？便泥里钻出来时，这些石块如何运得开去？况且十来日里头，就长了一尺多，若过二三十年怕不撑破天哩！恁般怪事，古今罕有。这禅堂中观音大士灵签极准，我且问个吉凶。若是该留下抚养，或者到是个圣僧，不是我们灭得他的；若不该留时，再做商议。"

---

① 搪（tāng）：用手推。

原来禅堂中供养的是一尊檀香雕就的观音大士。案前设个签筒，多有人来求签，吉凶有验。慈长老那时也是无计可施，只得取了签筒，跪在大士前磕头祝告道："弟子出家多年，小心持戒，不合潭边汲水，把个蛋儿携带送与邻家老母鸡，谁知抱出个小无赖。埋之不死，饿之还在，忽然一尺二尺，恁般易长易大，来历甚奇，踪迹可怪，不是妖魔，定是冤债。若还天遣为僧，留下并无灾害，乞赐灵签上吉，使我不疑不骇，特地祈求，诚心再拜。"口疏已毕，将签筒向上摇了一回，扑地跳出一根签来，拾起看时是个第十五签，果然注个上吉二字。那签诀上写道：

风波门外少人知，留得螟蛉只暂时。
来处来时去处去，因缘前定不须疑。

慈长老详看签中之语，道："螟蛉乃是养子，我僧家徒弟便是子孙，这签中明明许我收留，料也没事。"当下就唤老道刘狗儿来到禅堂，吩咐道："不知村里甚么人家养多了儿子，撇下一个在我家菜园里。方才我到那边看见他在杨柳树下，倒好个小厮，可惜他一条性命，我们僧家不便收养，你可领他在身边抚育，倘或成人长大，便剃度为僧，你老人家也有个依靠。"

原来这刘狗儿是本处一个庄户，家中也有得过活，因年老无子，老婆又死了，别着一口气，到赔几两银子，进入本寺做个香火。因自己没儿，平日间见了人家小孩子，便是他的性命，听得慈长老这话，一脚跑到菜园杨柳树下看时，果然好个清秀孩子。连忙抱在怀中，把布衫角儿兜着，刚转身到门口，只见慈长老也走将来了。慈长老见老道抱着孩子，心下倒也欢喜，对他道："你抱进自房里去，我就来。"老道忙忙的去了。慈长老拽转园门，取下这副铜锁带回屋中，便向床边衣架上拣一件旧布衫，一条破裙子，拿到老道卧房里来，把与他包裹孩子。老道道："旧衣旧裳倒也有几件在这里了，还存得几尺蓝布，恰好与他缝个衫儿穿着。只是没讨乳食处，怕饿坏了。”慈长老道：“乳食那里便当，早晚只泡些糕汤喂他。若是他该做你儿子，自然有命活得；倘然没命，也没奈何，强如撇他在菜园，活活的饿死。举心动念天地皆知，你老人家肯收养他时，也是一点阴骘[①]，神明也必然护佑。我先前在观音大士前求下一签，是个上吉，明日长成唤他叫做吉儿罢。”老道道：“且喜这小厮欢喜相，只会笑不会哭。从菜园里抱进来，直到如今也不见则声。”慈长老道：“是不哭的孩子好养。”

两个正在讲话，只见走进个小沙弥来，看见了小厮，便去报与师父师兄知道。三四个和尚都跑将来，把老道半间卧房撑得满满里。众僧问道：“这小厮那里来的？”慈长老道：“不知是张家儿李家子，撇在我家园里头。我见他好个小厮，又可惜他一命，因此教老刘收养做个儿子。”只这几个和尚中，也有好善的，也有恶的。那好善的便道：“阿弥陀佛，养得活时也是我寺中阴德。”那恶的便道：“谁家肯把自养的孩儿撇却？一定是没丈夫的妇女，做下些不明不白的事，生下这小厮，怕人知道，悄悄地抛弃了。我们惹什么是非，却去收他？”好善的又道：“莫说这般罪过的话，知道是那家生的？多有年命刑克，爹娘不肯留下，或是婢妾所生，大娘子妒忌，将来抛却也不见得。那小厮额上又没有姓张姓李字样，有甚是非？”那恶的又道：“抚养他也罢，只是寺院里房头哭出小孩儿声响，外人闻得，不当雅相。”老道道：“这小厮只有这件好处，再不哭一哭儿。”众僧便不言语。慈长老道：“我出去让你们在床铺上坐坐，莫要挤倒了这间房子。”说罢走出房去了。众僧见慈长老有些不悦之意，也各散讫。有诗为证：

收养婴儿未足奇，半言好事半言非。
信心直道行将去，众口从来不可齐。

---

① 阴骘（zhì）：阴德。

再说老道自收了这小厮，爱如己子。早晚调些糕汤喂他，因不便当，就把些粥饭放他口里，这小厮也咽下了，又没病痛。自此老道每日的省粥省饭，养这孩子。过了三五个月，外人都知道寺里老和尚在菜园里拾个小孩儿，交与刘狗儿养着，把做个新闻传说。

东邻的朱大伯闻这句话，暗想道："菜园里那有甚么孩子拾得？莫不是鹅蛋中抱出来的这个怪物，老和尚没有安排杀他，抚养在那里。当时因坏了我一窠鸡儿，曾许下赔我几斗麦子，不见把来与我，我如今只说少了麦种，与他借些麦子做种，只当提头他一般，料他也难回我。顺便就去看那孩子是甚么模样，是那怪物也不是。"当下朱大伯取个叉袋子，拿着走进寺来。正遇见慈长老在廊下门槛上坐着，手中拈个针儿在那里缝补那破褊衫。朱大伯道："老师太，多时不见了。"慈长老一见了朱大伯便想起旧话来，慌忙放下褊衫，起身问讯，道："老僧许你的麦子还不曾相送。"朱大伯道："怎说这话。老汉不是来与老师太讨债的，自家藏下些做种的麦子被一起亲眷到我家住下几日，都吃去了。少了麦种，只得与老师太借些去；待来年种出麦来，做馍馍送老师父吃。"慈长老道："我许下了少不得送你的，那论你有麦种没有麦种。你且回去，一时间我教人送来。"朱大伯道："不消送得，老汉带得有叉袋在这里。若方便时，老汉自家背去罢。"说罢，便把叉袋子提起与慈长老看。慈长老接得在手，便道："既如此，你且在这廊下暂住，等老僧进去取来与你。"朱大伯道："老汉还要寻刘狗儿说句闲话。"慈长老恐怕这老儿进去，看见了小孩儿，口嘴不好，讲出什么是非来，便道："狗儿在园上锄地哩，待老僧唤他出来罢。"慈长老左手拿着叉袋，右手去槛上捡起这件补不完的破褊衫也放在左臂上，对里头便走。朱大伯劈脚也跟随进来，慈长老着了急，连忙闭门，已被老儿踹进一只脚来了。慈长老焦燥道："这里禅堂僧院，你俗人家没事赶进来做甚？止无过要几斗麦子，我又不是不舍得与你，教你廊下等一时儿，你却不依我说。"朱大伯扯开了口，笑嘻嘻的道："老汉闻得刘狗儿领下个小厮，要去认一认，看他是胎生卵生。"慈长老听得卵生二字，说着了筋节，面皮通红，发作道："你这老儿也好笑，胎生卵生干你屁事？他自在路上拾来一个小厮，初时便有二尺多长了，难道卵生是大鹏卵里头抱出来的？你瞧他怎的？终不然看中了意，认做你家的孙儿去罢？"便把叉袋子撇在地下，又道："你既要认你孙儿，我也没气力与你担麦子。"朱大伯见慈长老发怒，便道："不要我看这小厮便罢了，直得[1]恁地变脸？只怕这野种子做不成你徒子徒孙哩。"拾起叉袋子，抖一抖抱着，转身便走。慈长老道："不要麦子也由得你，难道教老僧央你带去不成？"冷笑一声，把门闭了。

朱大伯走出寺门，口里喃喃的道："再没见这样出家人，许多年纪，火性兀自不退。便问得这句胎生卵生，也只当取笑，你便着了忙，发出许多说话，好不扯淡。"众邻舍见朱大伯气愤愤的从寺中出来，便问道："大伯你讨甚么东西不肯，直得如此着恼？"朱大伯道："告诉你也话长哩！去年冬下，这慈长老拿个鹅蛋儿到我家来，趁我母鸡抱卵，也放做一窠儿抱着。谁知蛋里抱出一个六七寸长的小孩子！"邻舍道："有这等事！"朱大伯道："便是说也不信。抱出了小孩子还不打紧，这母鸡也死了，这一窠鸡卵也都没用了。我去叫那长老来看，长老道不要说起，是我连累着你，明年麦熟时把些麦子赔你罢。把这小怪物连窠儿掇去。我想道不是抛在水里便是埋在土里。后来听得刘狗儿抚养着一个小厮，我疑心是那话儿，今日拿个叉袋去寺里借些麦种，顺便瞧一瞧那小厮是甚么模样。你不与我瞧也罢了，恁般发恶道干你屁事，又道认做你家孙儿去罢。常言道：树高千丈，叶落归根。这小厮怕养不大。若还长大了，少不得寻根问蒂，怕不认我做外公么？"众邻舍道："到底是你老人家口稳，有恁样异事，再不见你提起。既是这老和尚做张做智[2]，你只看出家人分上，耐了些罢。老人家着什么紧事，讨这样闲气？再过几日，我们与这老和尚说讨些麦子还你，你莫着恼。"

---

① 直得：值得。
② 做张做智：即装腔作势、装模作样。

大家三言两语，劝那朱大伯回家去了。有诗为证：

别家闲事切休题，题起之时惹是非。
麦子不还翻斗气，何如莫问小孩儿。

再说慈长老因朱大伯这番殴气，吩咐老道再莫抱小厮出来。到了周岁，便替他在佛前祝发。从此废了吉儿的小名，合寺都唤他做小和尚。只因朱大伯与这些邻舍说了鹅蛋中抱出来的，三三两两传扬开去，本寺徒弟们都知道，慈长老也瞒不过了，因此又都唤他做蛋子和尚。

俗语说得好，只愁不养，不愁不长。光阴似箭，这蛋子和尚看看长成一十五岁，怎生模样？有《西江月》为证：

鲜眼浓眉隆准，肥躯八尺多长。生成异相貌堂堂，吐语洪钟响亮。　荤素一齐不忌，勇力赛过金刚。天教降下蛋中王，不比寻常和尚。

又且资性聪明，诸般经典虽不肯专心诵习，若是教他一遍，流水背诵出来。有人不识起倒，与他赌记问时，干自把东道折了。老道将他爱惜自不必说，则这慈长老一条心，也未免偏在他身上。看官，你道为甚的？一来爱他聪明，二来可怜他没有俗家看觑，三来还有一件：这蛋子和尚从幼不忌荤酒，好的是使枪轮棒。虽则寺中没这家伙，时常把大门杠子舞上一回，若教他锄田种地，做一日工抵别人两日还多。只是性气不好，触着他便要厮骂厮打。且喜听人说话，或是老道和这慈长老隔壁喝一声时，气也不敢呵了。有这几件上得了住持之心，吃的穿的每事加倍的照顾他。那起徒弟徒孙，渐有不平之意，常时合计商量要捻他出去。只是没个事头，便有些无礼之处，老道又一口埋怨，下情赔礼，那慈长老又说他是个孤身异种，劝众僧让他一分，所以众僧只得耐他下去。

这蛋子和尚听得人说是蛋壳里头出来的，自家也道怪异，必不是个凡人，要在世上寻件惊天动地的事做一做。众僧背地里都叫他是畜生种，又叫他是野和尚，鸡儿抱的狗儿养的。心中不美，常想走出寺门，云游天下，只为慈长老看待得好，又老道有父子之恩，所以割舍不下。

忽一日，老道得了一个危症，在床数日。蛋子和尚衣不解带，看汤看药的伏侍不痊，呜呼哀哉死了。蛋子和尚哭了一场，少不得棺木盛殓。又与慈长老讨菜园旁边一块空地埋葬。慈长老许了，众僧都有些不像意，唧唧哝哝的说道："老师太越没志气了，一个香火道人也把块葬地与他。若是死了个和尚，必须造个大冢，传下两三代休想剩半亩菜园。终不然把这寺基废了，都做坟墓罢？"慈长老只做耳聋，由他们自言自语，只不则声。

不一日，择吉入土。众僧们也有推伤风的，也有推肚疼的，都不肯来帮助，只一个老和尚把铙钹响着送葬。当晚慈长老就收拾蛋子和尚到自房里去安歇。到第三日，蛋子和尚要做老道的羹饭，念老道是奉斋的，特地买一块豆腐，把碗盛着放在厨下。又去买些纸钱，转来取豆腐时，不知那一个移在烧火的矮凳上，被狗子吃去了。蛋子和尚明知是众僧们故意如此，又恼又苦，对着灶下哀哀的啼哭。众僧出来揽事道："这厨房须不是刘氏门中祠堂孝堂，只管哭甚鸟！早知这块豆腐恁地值钱时，老师太也该替你看守好才是。如今也不消啼哭，左右不是张狗儿吃，也是李狗儿吃，与你亲爷差不多。"

蛋子和尚被众僧一人一句，数落一场，也不回言，撇却纸钱，一径走出寺前，向水潭边一块捣衣石上气忿忿的坐着。想道："这伙秃驴欺得我也勾了！我如今死了养爹，更没个亲人；老和尚虽好，许多年纪，也是风中之烛，朝不保暮。到底是个不好开交，不如半夜三更，放把火烧死了这伙秃驴，方出得这口气。只慈长老这条命要留下他的，怎的哄得他出得寺门便好。"千思百量，心头火按纳不下，提起拳头向那捣衣石上只一下，把一边角儿打个粉碎。

此时东邻的朱大伯也故了，有个儿子唤做丑汉，大伯死后老和尚念其前因，把五斗麦子去助他丧事，又领着蛋子和尚到他灵前磕头，所以蛋子和尚与丑汉一向相识来往。这日丑汉正在潭边埋着头洗菜，只听得石头碎响，抬起头来看时，认得蛋子和尚，问道："蛋师为甚在这里试力？"蛋子和尚坐着只不做声。丑汉道："你与谁斗寡气来？出家人戒的是酒、色、财、气四件，酒是没要紧，虽说色财二字，那里便有什么婆娘与你偷，钱钞儿与你搬？只这气，是日日有的，第一要戒的是他。"蛋子和尚听了这话，十分气已降下三分了，便道："老哥好话，我别无他事，只受这一伙秃驴欺瞒不过。"丑汉道："我父亲在日，常说你是不落血盆的好人，怎的与他们一般见识？自古道欺一压二，他先进寺门一日大，你又是单身，除非别处去，不住这寺中罢了。若要同锅吃饭，后日慈长老去世，还要在他们手里讨针线哩。思前算后，总不如耐气为上。"说罢，提着一把菜，向东去了。

蛋子和尚因这一席话，把放火烧寺的念头撇开，决意出外游方。想着慈长老待我甚好，不对他说一句如何使得，又想道：若对他说，一定不放我去，不如硬着肚肠，就今决撒开罢了。依先进寺到厨下去看时，纸钱还在碗柜上，取来就焚在灶前。踅①到慈长老房中，魆地里将随身衣服被单打个包裹放着。等到天晚，溜出寺门，趁着月光，拽开脚步便走。有诗为证：

不分南北与西东，大步行来去似风。
未必前途都称意，且离此地是非中。

不说蛋子和尚去后，且说慈长老当晚不见蛋子和尚进房，问着众僧，都推不知。过了一夜，明日看他的衣服被单都没有了，心下疑虑，对众僧道："你们那一个与小和尚斗口来？他衣服被单都收拾去了，也

---

① 踅：来回走，中途折回。

不对我说声，定是赌气去的。”众僧那个肯认，都说：“我等并无口面，他立心要游方久了，只牵挂着刘狗儿，昨日烧些纸钱，是打帐①出门的意思。”长老不信，吩咐众僧四下里寻访他回来。众僧口里答应，那个去寻，只在寺前寺后闲荡了个把时辰，回复道：“没处寻，想他去得远了。”吃了早饭，慈长老又催并众僧分头再去，自家拄个竹杖，也去村中走了一回。转到寺前，见这些徒弟徒孙们在水潭边一行儿摆着，捡些瓦片儿赌打水跳要子。慈长老发个喉急道：“我老人家也自家去奔走了一遍，亏你后生们看得过，在这寺里相处几时，全没些情分，就不去访他个下落！”众僧见慈长老认真，越发不在意，一个道：“不消寻得，他想着老师太恁地牵挂，决不去远的，只两日三日，自然来看你。”又一个道：“老师太你便牵挂他，他到不牵挂你。若是他心地好时，不走去了，就去也对你说声。”又一个道：“他将来是一寺之主，我们都没用的，怎教老师太不挂牵。”又一个道：“他又没有俗家，原是个倘来②僧，老师太有处寻他来，还有处寻他去。又不是我们作中过继到寺内的，认得他何州何县，向海底下捞针去？老师太你必定晓得些踪迹，对我们说知，待我们写个长帖请书，请他到来便了。”慈长老被众僧七张八嘴，气得开口不得，回到房中，落了几点眼泪。

以后也不教众僧去寻了。每日锁了房门，自家各处挨问，每遍回来，众僧背后做手势，装鬼脸，慈长老只做不见。过了月余，毫无音耗。慈长老又在观音大士前求了好几遍签，都是不吉话儿，想着起初求的签诀上说道“螟蛉只暂时”，又道“来处来时去处去”，一定是寻不着了。那签是第十五签，刚刚抚养到一十五岁，想是天数已定，无可奈何，叹口气，也只得罢了。正是世上万般哀苦事，无非死别与生离，天下无有不散的筵席。这段话缴过不题。

再说蛋子和尚出了寺门，立心要游各处名山，访个异人，传个惊

---

① 打帐：打算，准备。
② 倘来：不应得而得。

天动地的道法。一路化缘前去，到全州湘山光孝寺中，拜了无量寿佛的真身。又往衡州朝了南岳衡山，把七十二峰、十洞、十五岩、三十八泉、二十五溪都游个遍。逢山看山，逢水看水，遇个游方僧道便跟他半月十日，看他没甚意思，又抛撇了。如此非一。忽一日，同几个僧家，来这沔阳云梦山下经过，到个所在，终无人烟，都是乱山。贪着僻静，只顾走，只见白雾漫漫，前途不辨。心中正在惊疑，内中一僧在后面把手招道："快转来，走错路了。"蛋子和尚随着僧伴转去，问道："这是什么所在？"那僧一头走，一头说道："闻得这里有个白云洞，乃白猿神所完。因有天书法术在内，怕人偷去，故兴此大雾，以隔绝之。一年之内，只有五月五日午时那一个时辰，猿神上天，雾气暂时收敛。过了这个时辰，猿神便回，雾气重遮。内有白玉香炉一座，只香炉中烟起，此乃猿神将归之验。曾有个方上道人，趁着这个时辰进去，将到洞口，看见一条石桥甚是危险，情知走不过，只得罢了。这雾气不知许多里数，若误走进去，被雾迷了，四面皆无出路，就是跑得出时，受了这雾气在肚里，不是死也病个勾。这云梦山共有九百里大，本地还有不晓得白云洞的。"蛋子和尚听了，心下想道："原来真有这个法术在此，我若没缘时，便与那个有缘？"

过了几日，撇却了同行僧伴，独自径到云梦山旧路来，傍着近雾之处，折些枯木，摘些松枝，低低的搭起一个草棚。日里出外投斋化饭，夜间只在棚中歇息，专等端午日，要到白云洞中盗取白猿神的天书道法。若是一偷就偷着了，那一个不去走一遭儿，也不见得天书妙处。正是：受得苦中苦，方为人上人。毕竟蛋子和尚怎么样去盗法，且听下回分解。

第九回

冷公子初试厌人符　蛋和尚二盗袁公法

道法缘流各一宗，白云洞里最神通。
有缘千里能相会，无缘对面不相逢。

话说蛋子和尚在云梦山下草棚中栖身，专等五月端午日雾气开时，便去白云洞中盗法。此时已是四月初旬，算来端午只有一个月了，心下十分焦燥。虽然求法的念头甚诚，还在半信半疑，恐怕那僧伴所言，道听途说，未知是真是假。若是假时，这雾气那里来的？时常跑在山头上打个探望，只见茫茫荡荡的一片白，正不知中间是甚样光景。

一日，吃饱了饭，又买些酒来，吃个半醉，说道："闻得醉饱之人，雾气伤他不得。我头顶着天，脚踏着地，怕甚么袁公袁婆，等甚么端午端六？只管问他要这天书罢了。"乘着酒兴，冒雾而行，约进去还没有一里，那雾气渐浓，眼也开不得了。只得转身出来，方知僧言不谬。

守得到端午日，看看巳牌时分，雾气渐开。交了午时，天气清爽。蛋子和尚道："惭愧！果有此话，今日被我守着了。"脚穿一双把滑的多耳麻鞋，手提一根檀木棍儿，抖擞精神，飞也似的一般奔去。行过二三里路，高高低低，都是乱山深泽，草木蒙茸，不辨路径，只中间一线儿，略觉平稳，似曾经走破的。依着这路行去，约莫十里之程，果然有个石桥，跨在阔涧之上，足有三丈多长，止一尺多阔，桥下波涛汹涌，乱石纵横，如刀枪摆列。蛋子和尚初时看见，未免骇然。一念想着：既到此间，如何生退避心，死生有命，怕他怎的？把双眼只看着前面，大着胆索性跑去，不觉竟一溜烟的走过了。那边便是石洞，洞口上面镌白云洞三字。进得洞时，好大一片田地，别是天日。但见：

平原坦坦，古木森森。奇花异草，四时不谢长春；珍果名蔬，终岁非栽自足。楚王游猎，驰骋未经。司马词章，形容不到。避秦假使居斯地，纵有渔郎难问津。

蛋子和尚观之不足，玩之有余，行到前去，见一座太石峰，峰上供着一个白玉炉，莹洁可爱。蛋子和尚道："且莫论天书法术，只这般景致，这般宝贝，都是世人梦想不到的。今日到此，也是宿缘有幸。"

爬上峰头，正待饱玩，忽闻得香气触鼻，刚说得一声奇怪，早见炉中一缕香烟，袅袅而起。蛋子和尚大惊道：“莫非午时过了，白猿神归来也！”扑地的跳下峰头，也不回顾。一心照着来路狠跑，连这根檀木棍儿也忘失了。到得石桥边，只见霏霏霰霰，雾气渐生。这和尚着了忙，在桥上打个脚跸，险些儿落在下面去。且喜过了石桥，胆便壮了。放开脚步，十来里路须臾走到。方才回头看时，一天浓雾，把洞门依旧遮藏。回到草棚中坐了一个多时辰，喘息方定，心中纳闷道：“特地这遍辛苦，只看些景致，讨不得一点儿消息，还不知天书真个有也没有。正是贪看天上中秋月，失却盘中照夜珠。到那一个端午，整整的还有三百六十日，怎生样挨得过?”又思想了一回道：“一遍生，再遍熟。再等一年，我也不看甚么景致了，一口气跑到那白猿神的卧室，随他藏得天书多多少少，满担的挑他出来，任我拣择取用，却不好?”从此息心息意，做个长久之计。把这草棚儿，权当个家业，整日整月的四处去闲游募化。

一日，行到一个地方，名曰永州，其地有个石燕山，有个浯溪，都有些奇处。那石燕山上堆满的零星碎石，状如燕子，若风雨时节，其石乱飞，就像飞燕一般。人若走近，也扑在身上来，及至拿到手中看时，还是一块石头。风息雨止，便不飞了。那浯溪石崖上，天然嵌下一块镜石，高一尺五寸，阔三尺，厚三尺，其色如漆，明澈异常。虽比不得秦时照胆镜，把五脏六腑都照出来，却也一根根须眉，朗然可数。蛋子和尚因爱这两处古迹，在永州多住些时。

一日，又到石崖边去看时，不见了石镜，单单留下个窟窿。正当惊讶之际，只听得山坡下銮铃声响，一群人众飞奔前来。蛋子和尚伏在一株大松树后，偷眼觑时，为首马上的，是一位年少郎君，生得唇红面白，头戴唐进士巾，身穿吴绫道袍，骑下一匹瓜黄马儿，后面跟着十来个家童。那郎君下了马，步到崖边，看看这个窟窿，指天画地，不知与家童说些甚么。随后四个庄户，牵绳带索的扛着一块黑色大石头来。蛋子和尚心下想道：“一定是这郎君取了那石镜去了，把石头照样做一块来嵌着哄人。”只见庄户抬到崖边，众家童道：“趁这绳索方便，不要歇手。”众人一齐上前助力，也有在上面牵的，也有在下面推的，也有将杠子帮衬的。不一时，将那块石头弄到窟窿跟前，相着体势，安顿停当。慢慢的抽起绳索，那石头恰好嵌下。众人发起一声喊来，原来那块黑色石头，就是石镜。

这郎君姓冷，是本处冷学士的公子，虽然生得标致，为人刻薄，浑名叫做冷剥皮。有个田庄，只在这五里之内，叫做冷家庄。这冷公子一心爱那石镜，蓦地教人偷回庄上去。谁知此镜有神，离了石崖，就如黑炭一般，全无半毫光彩。方才送还旧处，刚刚嵌入，明朗如故。蛋子和尚听得众人发喊，伸出头来看时，冷公子早已瞧见，喝道：“兀那和尚！独自一个在此探头探脑，莫非是剪径[①]的毛贼么?”蛋子和尚只得出身向前，打个问讯道：“贫僧稽首了。贫僧是泗州城人氏，发心要朝各郡名山，经游贵地，不知贵人到来，失于回避。”众家童道：“这行脚僧无礼，见了大爷，头也不磕个儿!”蛋子和尚却待回言，到是冷公子说道：“出家人不须行礼。动问长老尊姓何名？到敝地几时了？挂搭[②]在于何处?”蛋子和尚道：“贫僧在迎晖山迎晖寺出家，叫做蛋子和尚。到贵地虽然将及一月，并不曾落个寺院，只是风餐露宿。”冷公子便道：“难得有缘相遇，敝庄不远，欲屈长老到彼素斋，是必勿拒。”蛋子和尚道：“多承大檀越厚意。”当下冷公子上马先行。吩咐两个家童，跟随长老，随后慢来。

却说两个家童在路上对长老说道：“我大爷好的是道家，不信佛法，从不曾斋一个僧，布施一文钱的。今日见了长老，便请庄上赴斋，是十分敬重，破格相待了。”蛋子和尚道：“你大爷姓甚?”家童道：“姓冷，《百家姓》上冷訾辛阚的冷字。家老爷在朝，官拜翰林院学士。止生下这一位公子，留在家中读书。新近娶了个小主母在庄上，以此

---

① 剪径：拦路抢劫。
② 挂搭：游方僧人投寺寄住。

这几日只在这庄上住。”说话之间，已到庄前。蛋子和尚看时，果然好个冷家庄。但见：

门迎黄道，山接青龙，路列着几树槐阴，面对着一泓塘水。打麦场，平平石碾，正好蹴球；放牛坡，密密草铺，又堪驰马。层层精舍，似齐孟尝养客之居；处处花台，疑石太尉娱宾之馆。定是官家良别业，非同村户小庄园。

蛋子和尚到得堂中，冷公子出来重新讲礼看坐。问道：“长老出家几年了？青春多少？不像有年纪的。”蛋子和尚道：“贫僧虚度一十九个腊了。从幼出家的。”原来僧家不序齿，只序腊。冷公子道：“俗家端的姓甚？难道真个姓蛋不成？”蛋子和尚道：“贫僧在佛门长大，并没有个俗家相认。只这蛋子二字，姓也是他，名也是他。”冷公子道：“闻得命犯华盖的，定要为僧为道，长老从小入空门，是十二分的硬命了。今年十九岁，是那月日生？”蛋子和尚道：“贫僧是月内领进寺门的，说起来像是十一月的光景。日子时辰，都不晓得。”说罢只见一个家童出来问道：“素斋已完，摆设何处？”冷公子沉吟了一会，答应道：“摆在采莲舫里罢。”冷公子先起身道：“请长老到后园赴斋。”蛋子和尚道：“多谢了。”冷公子道：“方才失问了，敢也用些荤酒么？”蛋子和尚道：“荤酒到不曾戒得。”冷公子笑道：“怪道长老这般雄壮！恁地时，小庄到也便当。”吩咐家童把些现成鱼肉之类，暖一大壶好酒，一同素斋送去。又道：“在下有些俗事，不得相陪了。”蛋子和尚道：“不消费心，少停拜谢。”

当下别了冷公子，随着家童弯弯曲曲走到后园。这园上有个鱼池，约莫数亩之大，正中三间小小亭子，仿着江南船样，一顺儿造进去的。亭子四围，种些莲花。此时深秋天气，虽没花了，还有些败叶横斜水面。亭上有个匾额，写“采莲舫”三字，傍注探花冯拯题。池南边三间大敞厅，两旁都是茂竹。厅前大石条砌就一个玩月台，台下系一只小小渡船。家童请长老下了渡船，家人解了缆，把个单桨儿拌着。顷刻便到亭子边，送和尚进那采莲舫内，依先拌着渡船去了。蛋子和尚看时，果然与船舫无异，一间间都有照壁隔断，都是开关得的。第一层是个小坐起；第二层又进深些，摆列有桌椅等件，傍边都是朱红栏杆，挂下斑竹帘儿；第三层四围暖窗中设小榻，分明是个卧室。蛋子和尚心里暗想道："要请我吃斋，到处吃得，如何送我在这水池中间，敢是怕我走了去，不领他的盛意么？终不然，难道他不信佛法，怪我们僧家，哄我到这绝路饿死不成?"正在彷徨之际，只见两个家童，抬着食盒，下了渡船，送到亭子中间，桌上摆着是一碗腊鹅，一碗腊肉，一碗猪膀蹄儿，一碗鲜鱼，一碗干笋，和那香蕈①煮的一碗油炒豆腐，一碗青菜，一碗豆角，共是四荤四素。一大壶酒、一锡掇子白米饭。蛋子和尚叫声起动，也不谦让，恣意饮啖。众人等他吃完，收拾过了，抹净了桌子，却待转身，蛋子和尚问道："你家大爷在那里？贫僧作别了好去。"众人道："大爷还没有主意，想是要留长老过夜哩。"说罢，众人下船，又拌去了。蛋子和尚道："留我过夜是甚么意思？我且耐性住着，看怎地。"看看天晚，又是两个家童，一个抱着一副铺陈，一个拿些茶食点心之类，下了渡船到亭子上。一面摆着茶食，请师父用茶；一面摆设卧具，叫声安置，他两个又下船去了。蛋子和尚道："且快乐睡他一夜，明日却又理会。"

当夜无话，到得天明，两个家童又来送汤送水，摆设早饭。整整齐齐的两荤两素。蛋子和尚吃罢，便道："贫僧无功食禄，今日是必要去了。"家人道："大爷还要与长老面会讲些甚么说话，这几日不得工夫，只教我们好生管待长老，莫要怠慢，你且宽心住下几时，怕他怎的。"蛋子和尚道："你大爷有甚话说，索性说个明白，我住在此也安稳。"家童道："大爷肚里的事，我们手下人怎晓得。长老莫非夜间怕冷静，要个人作伴么？若是要时，莫说别的，就要个婆娘也是容易。

---

① 蕈（xùn）：菌类植物。香蕈即香菇。

去年大爷养个全真道人，也在这个亭子上，讲甚么采阴补阳的法儿，每夜少不得婆娘相伴。大爷曾唤过了三四个娼妓陪伴他来，作成我们也鬼混了一个多月，如今往洛阳去了。约道今年又到，还不见来。”蛋子和尚道：“贫僧从不曾破色戒，也不怕冷静。只是一件，既承你大爷美意相留，放我在这园上闲走闲走，散澹一时也好。”家童指着南边敞厅道：“这厅后一带楼房，就是娶的新姨住下，常有丫鬟们下楼采花，恐怕外人行走不便。”蛋子和尚听得这话，便不开口。

话分两头，却说冷公子生长富贵之家，迷花恋酒之事，到也不在其内。只有一件不老成，好的是师巫邪术，四方荐来术士，无有不纳。恰好这几日前，邻县王枢密的公子荐一个人来，叫做酆净眼，自言眼净能见神鬼，更有厌人之术，且是利害。汉时巫蛊之事，刻成木人，手持木棍，埋于地下，夜间祀鬼咒咀①，使木人往击其人。唐时吕用之在高骈门下用事，专权乱政，将铜铸就高骈一个小小身躯，眼耳俱用物蒙着，藏于箧中，埋于自己卧床之下，使他耳目昏乱，惟我所制。则今酆净眼之术，又自不同。要厌那人时，在僻静处设立祭坛，供养神将，坛前画一大圈，圈内放一个磁坛将那人姓名、籍贯、生年、生月、生日、生时，写置放坛内，他在坛前书符念咒，摄其生魂。三日摄不来，到五日；五日摄不来，到七日。生魂来时，止长一尺二寸，面貌与其人无异。若走进圈内，把令牌一下摄入坛中，书符固封，埋之坎方，其人立死。有诗为证：

当年老耄说高骈，太子曾含巫蛊冤。
若使咒人人便死，谁人不握死生权。

这四句诗言人死生有命，就是魇魅之术弄得死时，也是本人命尽禄绝。俗语道得好：棺材头边，那有咒死鬼？然虽如此，又有一句话

① 咒咀：即诅咒。咀同“诅”。

道是：宁有屈死没有冤生。若是那人后禄正旺，便遣个天雷也打不杀他；若是庸常之辈，一般也有屈死的。终不然阴司设立枉死城，为着甚么？

闲话休提。且说冷公子闻酆净眼有这家法术，急欲学他，但未曾试得真假何如。见这蛋子和尚是个游僧，又不曾落个寺院，一心哄他到家里，要将他试法。已问得他名字、籍贯了，只这生辰单有年月却没有日时。便着人到酆净眼下处，请他到来商议此事。净眼道："若没有生辰，须得本人贴身衣服一件，及头发或爪甲也是一般。"冷公子道："这却容易。"便吩咐家童取匹新布做成衫儿送与那和尚，道大爷恐怕长老身上不净，教送这件布衫，换下旧的来浆洗。又唤个待诏与他净头，吩咐暗地收拾他剃下的头发来回话，莫抛失了。那和尚只认作好意，那知就里。便家童也不晓得主人之意。当下哄得他脱下贴身布衫一件，又收拾得剃下一头短发献与冷公子。冷公子不胜之喜，就同酆净眼到东边一个收米的仓厅上来，如法摆设坛场，办下些纸马香烛之类。只留两个极小的安童答应，将仓厅门儿下锁，每日办下三餐，家人们都在门口声唤，安童开锁接进，并不许进来窥看，真个鸡犬不闻，甚是秘密。

却说酆净眼巴不得魇死那和尚，显他术法有灵，传授与冷公子，得他一主大财，怎不用心。当下取一幅黄纸，写下奉法追取生魂一名蛋子和尚，泗州城人氏，迎晖山迎晖寺出家，今游方到本处缘由。将他头发裹做一个包儿，又将他贴肉布衫书下许多追魂符在上面，总做一束放于净坛之内。坛前将石灰画个大圈，圈中安着净坛一个。酆净眼一日行香三遍，夜间在坛前书符念咒，步罡踏斗，每夜弄到二三更。到第三日这里全无影响，那边蛋子和尚已觉有些头痛身热。到第五日，看看病倒，爬身不起。酆净眼见圈子外微有黑气往来，已知是游魂荡漾。次日教冷公子问取和尚消息，得知卧病不起，越加用心，做张做智的施设。到第七日黄昏以后，那团黑气往来甚频，不住的在圈边打旋。交至三更，果然聚成一尺二寸一个小和尚之形，或退或进，徘徊圈外。被酆净眼圆睁怪眼，把令牌向案桌上狠击一下，喝道：“值日天将，城隍土地！这时候不奉吾法旨，更待何时！”说犹未绝，那小和尚一滚滚进圈来，对着坛中便钻下去。不钻时犹可，一钻下时，忽坛前起阵怪风，空中如霹雳之声，坛儿迸开了七八块。那酆净眼口吐鲜血，死于坛前。可怜做了一世的术士，到此未能害人，先害自己。有诗为证：

邪术有验害他人，无验之时损自身。
圈外游魂仍不灭，坛前净眼总非真。
法随瓮破儿童笑，咒与人空公子嗔。
万事劝人休计较，举头三尺有神明。

后人又有诗云：

毁人还自毁，咒人还自咒。
譬如逆风火，放着我先受。
咒咀祸如灵，祈祷福宜厚。
冥冥司命者，大权宁倒授？
愿发平等心，相安庶无咎。

冷公子惊倒在地，半晌方才苏醒。两个十来岁的安童，吓得啼哭不止。当下冷公子慌忙自去开锁，唤起家人收拾坛场尸首，到来朝买下棺木盛殓。一面写书与王枢密公子，只说中恶身死；一面教人打听蛋子和尚时，那和尚出了一身冷汗，病已好了。冷公子十分没趣，虽然机关不曾漏泄，却也无颜见他之面，封下二两银子，教原伏侍他的两个家童打发他起身去，自己只推远出不与相见。蛋子和尚只道见他有病不留他居住，却不知借他试法，险些儿送了残生。当下蛋子和尚接了银子，千恩万谢道：“多承布施了。”他剃着光光洁洁的头儿，贴肉又换了一件新布衫，欢欢喜喜离了冷家庄而行，依先四处游方去了。

却说王枢密公子接得冷家书信，打发回书，也免不得报与鄷家家小知道。他家也有妻儿、女儿、亲儿、眷儿，闻得此信，赶上一大队过这冷家庄来，守着棺木哭哭啼啼。冷公子没奈何他，自知事不正气，央个主文先生出来，处些殡葬之费与他，又把些盘缠银两送与众人。内中有个出尖的奸猾老儿，与主文先生私讲，得了些偏手①于中，一力担当撺掇，抬回棺木方才清净，也费过百十两银子。冷公子一生刻薄，惯要算计别人，不道这一番做了折本的买卖。地方邻里见是宦家，又是有名的剥皮公子，谁敢出头开口，只背地里暗笑。正是大风吹倒梧桐树，自有旁人说短长，不在话下。

再说蛋子和尚闲游度日，光阴似箭，不觉又是一个年头。闲话休叙，看看花枝变绿，梅子翻黄，已是五月节气。蛋子和尚一月前便回到云梦山下，将草棚添盖完好，依旧住下。预先积下干粮，从初一日起便不出去化缘，只在棚中打坐，蓄养精神。到第五日，早起便扎缚停当，一条搭膊，将布衫儿紧紧拴柱，穿下双多耳麻鞋。约莫午时将到，冒着雾气就走。走到桥边，刚刚雾气敛尽，蛋子和尚喜不自胜。这是第二遍了，越发胆大，信步行去，早过了那三丈长一尺阔的不测飞梁。进得洞门，无心观看景致，望着那座供白玉炉的大石峰一直走去。原来石峰对处是个天生石屋，约有民房五六间之大，中间空空洞洞，并无铺设。穿过石屋后面，又是个小小石洞。蛋子和尚进这洞内，想必是白猿神藏书之所矣，低着头钻进洞去。正是：不施万丈深潭计，怎得骊龙颔下珠。只因这一番，有分教：蛋子和尚空费一片精神，重受一年辛苦。毕竟几时才盗得法来，且听下回分解。

① 偏手：外快，私下得的好处。

第十回

石头陀夜闹罗家畈　蛋和尚三盗袁公法

休将懒惰负光阴，铁枪勤磨变绣针。
盗法三番终到手，世间万事怕坚心。

话说蛋子和尚暗想道：这小洞内必是袁公藏书之所。低着头钻进去时，只见里面弯弯曲曲，或明或暗，或宽或窄，有好几处像屋的所在。内有石床、石凳、石椅、石车之类，亦有石笔、石砚、石碗、石瓮诸般家伙，俱生成形像，拿不起的，并不见有甚么书籍。再进去时，洞渐小了，地下低洼约有一二尺深的水，料是尽头处了。覆身转来再看一回，已知天书不在其内，钻出洞来到前面石屋内，周围细看，叫一声："阿也！"远不远千里，近只在目前，这两边石壁上镌满许多文字，不是天书，又是何物？只是一件，天生石壁掇又掇将不去，要抄录时纸墨笔砚又不曾带来，如何是好？且凭着自己记性看他几条下肚，也不枉辛辛苦苦走这两番。方才站定脚头，抹一抹眼角，仔细从头辨认那字脚，忽闻得一阵香气扑鼻，走出屋外瞧时，白玉炉中蚤已烟起。慌得蛋子和尚不敢回头，拽开两腿，脚不点地一口气直跑过了石桥。到了松棚里面，打坐良久，喘息方定。自古道痛定还思痛，想着两遍到白云洞中，担了多少惊怕，受了多少辛苦，不曾掏摸一些子在肚里，不觉的放声大哭。一连哭了三日三夜，兀自哀哀不止。只听得外面大声问道："棚中何人，如此悲切？"蛋子和尚听得人声，抹干眼泪，钻出棚外。看时，却是个白发老者。怎生模样？但见：

眉端抹雪，颏下垂丝。声似洪钟，形如瘦鹤。头裹着一幅青绢巾，脑后横披大片。身穿着四镶黄布袄，腰间紧束细绦。脚踹方舄，飘飘真欲凌云；手执藤杖，步步真堪扶老。若非海底老龙，定是天边太白。

蛋子和尚见他形容古怪，连忙向前打个问讯。那老者又道："长老不多年纪，缘何独自一个住在这荒山之中，有甚苦情，啼啼哭哭？试向老夫诉说则个。"蛋子和尚道："好教长者得知：小僧从幼出家，并无亲属。只因一心好道，要学个惊天动地之术，闻知此山有个白云洞，内藏着天书道法，因此不辞辛苦，欲求一见。谁知两遍端午到得洞中，全没用处。”便把第一次寻不见天书，第二次见了又不能抄写，备细说了一遍，说罢又哭起来。老者劝道：“长老不须过哀，听老夫一言：这白云洞，老夫少年也曾到过。”蛋子和尚转悲为喜，忙问道：“长者既曾到过，必见天书，不知抄录得多少？”老者道：“虽则看见，无计传取。后来遇着方上一个全真道人，对老汉说此天庭秘法不比凡书可以抄写。要传法时，也不用笔临，也不用墨刷，只用洁白净纸，带去到白玉香炉前，诚心祷告，发个誓愿替天行道，不敢为非。祈祷过了，便将素纸向石壁有字处摹去：若是道法有缘的，就摹得字来；若无缘时，一个字也没有。”蛋子和尚道：“长者可曾摹得？”老者道：“老汉精力已衰，就摹得来也做不及了，故此不曾。”蛋子和尚道：“长者高居何处，若小僧摹得来时，好来请教。”老者道：“老汉离此不远，闲时又来相探。”说罢策着一根藤条，望东路一直去了。蛋子和尚似信不信的道：“一不做，二不休。拼得功夫深，铁枪磨了针。再守他一年十二个月，好歹要掏摸些儿本事到手。终不然这秘法不许人传，又镌他在石壁上怎的？”从此息了念头，又做着下年的指望。一连四五日内留心访那老者住处，并无踪迹，心肠又放慢了。这松棚中怎过得一年四季？少不得打叠个衣包，提一根防身短棍，仍向外方游行化斋。

不一日来到辰州地方。且说辰州是甚样去处？

复岭重冈，控溪扼洞。山有二酉五城之雄，水有黔江武溪之胜。罗公隐处，鸟鸣占雨无差；辛女化来，石立与人不异。明月洞泉澄岩上，桃花山春满峰头。齐天秀色每连云，龙洞腥风常带雨。

蛋子和尚在辰州往来游食，非止一日，无事不题。却说这日偶行至黔阳县界上，到一个旷野所在，高低不等，四望都是乱冢。此时八月下旬天气，草深过膝，甚是荒凉。走了多时，并无处化一口斋饭吃，看看日色矬西，肚中饥饿。正没摆布处，忽见高冈上四五个樵夫挑着柴担，忙忙而走。蛋子和尚赶上一步，扯住个老成的问道："贫僧要到黔阳县中，那一条路去近些？"樵夫指道："向南只管走下了这冈子，便是罗家畈大路，那里有几家庄户，你再问便了。天色已晚，咱们还要赶过界口去，没工夫与你细讲。"说罢，招呼一声前面伙计慢走，挑着担飞也似去了。蛋子和尚不好阻挡，遥问一句道："这里唤做甚么地名？"听得那边答应个"乱葬岗"三字。蛋子和尚点头道："怪得丘冢累累，原来是土人埋骨之所。人生一世，草生一秋；不学些本事，做些功业，扬名于万代之下，似此一坏黄土，谁别贤愚。"叹了一口气，向南而行。又去了好多路，地势渐平，见有几处田畦禾黍，想是罗家畈了。只不见个居人，也有几间零星草房，都封锁着门，没人住下。只得忍饿又走，看看日落天昏，望见隔溪一林树木那里，像有个人家。欲待渡溪而去，不知深浅，走近滩边，把这防身短棍竖起，向水中一按，打个探子，谁知水深丈余，那棍直到水底跳将起来，便半横半竖的向下流溜去了。蛋子和尚打捞不着，只得舍了这棍。沿溪走去看时，约莫又是一箭之地，溪面稍狭，有两根杂木将草绳捆着，横倒水面做个浮桥。蛋子和尚性急，便把双脚踹上，不提防草绳日久朽烂，这边身势去得太重，把两根木头一脚蹬开。好个莽和尚，收脚不迭，蹋地倘将下去。喜得是个浅处，刚刚淹到乳旁，并不曾吃半口水儿，只是衣包都打湿了。左脚陷在深沙里面，挣得脱时，一只麻鞋已失了。当时无可奈何，不管三七二十一，拖泥带水走过那一岸去。将湿布衫和那裙儿裤儿脱下，绞干了水，依旧穿上。把右脚麻鞋一发脱下抛去了。赤了双脚，提了湿衣包，遥望着树林而走。

约莫离那林子还有半里之远，蓦见有数间茅舍。近前看时，却也闭着门在那里。门外茅檐边侧铺着一窝乱草，一个头陀盘着双膝在上打坐，面前摆一卷经典，左首安放包裹，倚着一根两头铁裹的齐眉短棒儿。蛋子和尚向前叫声："老师父，贫僧是失水逃命的，求慈悲救护则个。"那头陀垂着眼皮，全然不睬。蛋子和尚又叫道："贫僧饥饿了，老师父带得有干粮，望布施些儿，见在功德。"那头陀只是不睬。蛋子和尚道："啐！是木的是石的，只不开口。莫待缠他，我且去敲门，敲得开时，化碗热汤水吃也好。"又猛然想道："这屋内不知有人住没人住，那头陀同是佛门中出身，尚然如此，黑夜敲门打户，知道人心喜怒如何？打熬也只一夜，且喜不是个寒天，这湿衣湿裳在身上暖过一夜，好歹也干了，衣包便慢慢的整理也不打紧。"把搭膊将腰束紧，也来檐下向头陀对面打坐。

那头陀见这里和尚坐下去时，便骂道："死秃囚，这檐下是老爷要伸腰倘脚的，恁般不达时务，不管湿衣湿裳胡乱挤来，教老爷怎得安稳？"蛋子和尚想道："那里有这个样出家人，开口便骂，直粗莽。"没奈何耐了气，又对他说道："贫僧走错了路头，一日没讨得口斋饭，又失脚落在溪中，浑身打湿了。夜晚没处去，权借这檐下挨过一宵，明蚤就行，与老师父没甚妨碍，望乞相容则个。"那头陀愈加发狠骂道："死秃囚！你不认得老爷么？老爷叫做石头陀，异名石罗汉的便是。一生游方，行也是独行，卧也是独卧，不惯与人合伙。你这秃驴知是好人歹人，来此诨账！走便走，不走时一棍就结果了你性命。"说罢，便站起身来，将手去摸那棍棒。蛋子和尚又饿又冷，身边又没有器械，只怕那头陀了得，敌他不过，慌忙立起道："老师父息怒，贫僧回避便了。"那头陀又骂道："死秃囚！怕你不回避，须是远远的与我闪开，若近在侧时，老爷一眼瞧见休想恕饶。"

蛋子和尚连声道："不敢，不敢。"提着衣包望屋后便走。黑暗中正不知那里去好，信步走去到得树林中间，只见一株大松时亭亭直上约有百尺之高。心下想道："这树上到好栖身，只是怎得上去？"心生一计，将搭膊解下连衣包拴在腰里，向那松树旁一株小树踛①上去，一手揽着松枝，将身就势跃过那树，又盘上几层，拣个大大丫叉中，似鸟鹊般做一堆儿蹭坐着。

方才安身得牢，忽听得下面声响。蛋子和尚眼快，在星光下仔细

---

① 踛（lù）：跳跃。

一看，只见那头陀提着齐眉短棍在树林左右行来步去，东张西望，口里哼道："死秃囚真个那里去了？"穿过林子又去一段路才缩转来，倒拖着棍棒，向旧路徐徐而去。

蛋子和尚看了叫声惭愧，且喜不遭他毒手。只是一件：那头陀独自一个坐在人家门首，好不冷淡，得个人作伴也好，为甚抵死不容？比及让了他罢了，又来东寻西觅，只恐我还在左近，放心不下。其中必有缘故。终不然要做打家劫舍的勾当，怕我碍眼？这个荒村草舍料有甚大财乡，动了他火，好生难解。且莫管他，自己安息一时再处。方欲闭眼，不觉肚中饿得疼痛，肠鸣起来。蛋子和尚道："这一夜好难过，就熬过了今夜来朝怎得气力跳下树去？便跳下时跑走不动，倘遇了那贼头陀，干折个性命与他。闻得仙人餐松茹柏，我且学他一学。把松枝上嫩毛摘来试尝着，虽不可口，却也清香。吃了些儿，引得性起，不耐烦不论老的嫩的满把的放在口中，乱嚼咽下了许多，也觉得腹中充实了些。

忽然一阵风来，远远的闻得号呼哭泣之声。蛋子和尚道："奇怪，这里又不是热闹村坊，此声从何而来？"侧耳再听时，其声哀急，又像个妇女声音，分明在前面茅屋那一搭儿。蛋子和尚猛省道："是了，一定是那贼头陀干甚不公不法的事出来。"欲待不理，心头气忿忿的怎忍得住！我且悄悄地去探个下落，也得放怀。当时解下腰间衣包，缚在树上，重把搭膊拴紧了腰，分开松枝，望下踊身一跳。两脚点地，毫无伤损。将身抖一抖，走出林子，照前来路一步一步的挨去。

约莫茅屋相近，悄悄地舒头去望那檐下，略无动静。再走上几步，向前看时，已不见了头陀。走上檐头左右细看，端的不见了。侧耳听时，里面哭声也住了。蛋子和尚心下疑惑，轻轻的推那门儿，原来是两扇旧白板门。这石头陀在里面用棍撑着，撑得不牢，初时推不开，以后用力一掀扑的一声棍儿倒地，左一扇门儿早开。这茅房原来是小小三间开阔，两进一披头。一进两边安放些做屋的土砖木料，更有几件粗重家伙，中间空个走路。第二进做个内室，左首披屋里面安排锅灶。石头陀脱得上身赤剥，正在灶下烧火煮饭吃，听得开门响，慌忙起身来看。

说时迟，那时快，蛋子和尚一脚踹进门来，正踹着棍儿，便曲腰下去绰棍在手。知道里面有人出来，急向木料堆里一闪闪过。石头陀黑暗里急切不辨，见大门开着，便钻出外去探望。蛋子和尚乘着披屋下有些灯光透出，到对着里面天井一溜进去。这边进去的还不晓得里面详细，那里面暗处，有个老婆婆先已瞧见和尚，叫声："啊呀！又是一位罗汉来到，死也，死也！"蛋子和尚听得声音，情知有些蹊跷，却待进步盘问，只听得大门右扇开的一响，是那石头陀作势推开。蛋子和尚慌忙退出，仍伏在木料堆边。只见那石头陀踏进门内，复身向外，发狠的鬼叫道："有谁大胆的，敢进来么?"喊了一声便矬身下去摸那地下的棍儿，谁知这棍落在蛋子和尚之手。和尚有了器械，蚤壮了三分胆气，那时看得仔细，就他蹲下去时，做个水面捞衣势，将棍头对着他屁股狠力向上一挑。那头陀出其不意，精头皮倒垂磕下，横身卧地。蛋子和尚怕不了事，举棍又打下去。那边把右手来撑，正迎着棍儿去得重，只一声响，打折了两个指头，连皮儿挂着。石头陀负痛便叫："好汉饶命！"蛋子和尚已知得了便宜，左手持棍，右手查开五指，一把抓去，连腰胯连肚皮做一堆儿提起，到天井里面高高的向下一掷，那头陀杀猪也似叫喊。蛋子和尚向前一步，将右脚劈胸踹定，捻起升箩般大的拳头在他脸上晃一晃，喝道："贼头陀，你要死要活?"那头陀方才认得就是落水的和尚，只叫："师兄，是俺得罪了，饶命罢！"蛋子和尚骂道："贼头陀，我只道你是江湖上有名的好汉，少林寺出尖的打手，原来恁般没用的蠢东西。叫甚么石罗汉，你便是铁罗汉，我也会销镕你起来。迎晖寺前偌大一块捣衣石，我也只一拳打个粉碎。先前我再三让你，是我出家人本等。你又到林子里面来寻趁我，你实说在此做甚勾当，惹得他家啼啼哭哭？快快说来还有个商量，若半句含糊，我也不用棍打，只教把你做个捣衣石儿，试我拳头一试。"

说罢，左手便把棍儿撇下，右手捻起拳头待打。那头陀心慌，又被蹬紧了胸脯好不自在，尽力叫道："佛爷爷佛祖师，放俺起来，待俺细说！"蛋子和尚道："贼头陀，便放你起来，料你也不敢走。"却待松脚放他，只听得屋里黑暗中有人叫道："师父与我家伸冤则个！莫放松他。"蛋子和尚认得就是先前一般的声音，定了脚看时，只见个白发老婆婆，腰驮背曲，半蹩①半走的摸将出来，到天井中，朝着蛋子和尚跪下，连连的磕头，只叫伸冤。蛋子和尚道："老人家不要多礼，你有甚冤情，快说来，我与你做主。"老婆婆道："这天杀的，坏了我家媳妇母子两口的性命。"只这一句引得蛋子和尚心头火起，将脚跟向那头陀的心坎里狠力的蹬上一下，那头陀大叫一声，口中鲜血直喷出来。有诗为证：

僧家净业乐非常，何事芒鞋走十方。
做贼行淫遭恶报，分明好肉自剜疮。

蛋子和尚方才收起了脚，扯起老婆婆，问其缘故。老婆婆啼哭起来，指着披屋里面，说道："师父去看便知。"蛋子和尚还怕那头陀奸诈，再要加他几拳，只见他直挺挺的不动，踢他一脚也不做声了，方才放心。走到披屋里去，把壁上挂的灯儿剔明，那锅中兀自热腾腾的气出，揭开锅盖看时，喷香的一锅热饭，是那头陀才煮下的。蛋子和尚正在要紧之中，便道："我且吃他两碗，却又理会。"向灶前拣起一把茅柴点着，去找个碗儿来用，刚刚的在破厨柜内取得一只瓷碗、一双柳木筋儿，猛看见墙角头又是一个人睡着，倒吃了一吓。仔细打一照，原来是个妇人剥得赤条条的，死在血泊里面。却好老婆婆带着哭也摸进来了。蛋子和尚问道："这妇人是你甚么人？为何而死？"老婆婆道："一言难尽。"拖着凳子头儿教师父请坐："等老身慢慢的告诉。"蛋子和尚道："你莫管我，尽你说，我都听得。"盛着饭一头吃，一头

① 蹩（pán）：匍匐而行，形容行动艰难。

听那老婆婆的说话。

老婆婆坐在门槛上，从头至尾告诉道："老身家姓邢，这死的是老身的媳妇。我的儿子叫做邢孝，在这罗家畈种田为生。因本县县令老爷贪财，责取里正要百来担好丹砂。这丹砂虽说出在辰州，却不是黔阳县土产，却在沅州老鸦井内，这井好不宽大，四围生成的青石壁，须要积下干柴放起火来，烧得那石壁迸开，方才有砂现出。这里罗家畈庄户种田空闲时，都惯做这行生意。里正科敛百姓的银子，顾人去到那边纳了地头钱，采取丹砂奉承县令。这畈里几家庄户都接受得工钱，但是有老婆的都寄在亲眷人家去了。只我家媳妇有了五个月身孕，出门不得，又且老身七十多岁，两口儿做伴，在这房子内看守。一月前邢孝还在家的时节，媳妇患个肚痛的症，急切没有个医人。刚遇这头陀上门化斋，儿子回他道：'见有病人在家，没心绪斋得你。'他问是甚么病，儿子不合对他说道：'媳妇有四个月身孕了，见今患肚疼，只怕小产。'那头陀道：'我叫做石头陀、石罗汉，不但会看经，也晓得些医理。有个草头方儿，依我吃了肚疼便止，又能安胎。'儿子也是没奈何，只得凭他解开包裹，把几味草头药煎来灌下，果然肚疼止了。当日请了他一顿饱斋，又不要钱，竟自去了。只道他是好人。昨日又到这里化斋，媳妇回他道：'男子汉不在家，改日来罢。'他不肯去，就把言语调戏我媳妇起来。媳妇闭了门进来了，不理他。他坐在门首念经，只是不去。到更深时分，老身睡了，媳妇还在中间绩麻，那头陀晓得家里没人，悄地把门弄开，竟走了进来，将媳妇抱住，恐吓他道：'若声唤就杀了你。'当下被他强奸了。这还是小事，又教媳妇：'去烧下一锅滚汤，我要洗个澡。'媳妇只得与他烧了，又教倾一半在桶里，那天杀的原来不要洗澡，把包裹打开取出一丸白药教媳妇吃了，后来易产。吃下便觉有些肚疼。他又解出两只新草鞋来浸在锅内，对媳妇说道：'我要与你借件东西，合个长生不死之药。药成时送些与你吃了，大家升仙。'媳妇问：'是甚么东西？'他道：'要你腹中五个月的血胎。'媳妇慌急了，哭拜告饶。那天杀的双手抱定，剥个寸丝不挂，将他绑住手脚，按在桶上，把热汤揉他的肚皮，媳妇痛极了，再三哀告，只是不允。又将锅内两只热草鞋轮番在肚皮上揉捺，可怜血胎坠下，我媳妇当时血崩而死。老身吓坏了，伏在后面，不敢则声。只听得那天杀的说道：‘到是个男胎。’他又在布袋内取米造饭，只待吃了便走。不期遇着师父到来，奈何了他，正是天理昭彰，恶人自有恶人磨。”

蛋子和尚也笑起来问道：“他取下血胎在那里?”老婆婆道：“想收拾在包裹里面了。”因这老婆婆话长，蛋子和尚也不知吃了几碗饭，把锅里吃个罄尽，只剩个锅底。和尚放下碗筯，向厨柜上层寻着他的包裹，就在锅盖上打开看时，里面又有小小布包儿，解开来是一条布裙子，正裹着血团团的小厮和那胎衣在内。又是一包是十多两散碎银子。又有一匹细白布包着一件烈火袈裟，也有件直裰子，及零星衣服。另有个布囊盛下二三升杂米。蛋子和尚观看血胎，心下想道：“不知他那长生不死的方儿是真是假，配甚药物，怎么取用。可惜造下这罪业，弃之无用了。”念声阿弥陀佛，将血胎连布裙子递与老婆婆。老婆婆看见了，重复哭起肉来。蛋子和尚开了银包，拣几块大的，约莫倒有五六两，把与老婆婆道：“这银子你将去，断送了媳妇。”其余自家收拾起了。

此时天已渐明，走出天井，看那头陀面皮发黄，已自没气。脚下穿的到好一双青布僧鞋，蛋子和尚剥来穿了。将这根齐眉铁包头的棍儿挑了包裹，叫声：“老人家，那贼头陀已死了，太平无事，我去了也。”老婆婆道：“师父你去不得!”蛋子和尚真个住了脚，问道：“为何去不得?”老婆婆道：“你虽然替我除了这害，撇下这两个死尸，教我七十多岁的老婆子如何摆布?”蛋子和尚道：“也说得是。我且把贼头陀的尸首撇在荒僻处，再来计较。”放下棍棒包裹，一手抓着那死头陀的腰裤，恰似小鸡儿一般提起，出了门，直到林子里面。此时天已大明，认得夜来这棵大松树，正待撇下尸首，踜上去取那衣包。只听得远远的有人喝道：“清平世界，那里和尚杀了人，撇在这个地方!”

蛋子和尚定睛看时，林子后面七八个庄家，一个个背着包裹、跨口腰刀、提口朴刀，飞也似奔将来。蛋子和尚不慌不忙撇尸在地，早踛上树去，取得衣包在手。众庄家把这株大松树团团围定，蛋子和尚在树上叫道："贫僧不是杀人的，是杀那杀人贼的。列位闪开，待贫僧下来相见。"说罢，便扑地一跳，跳出众人圈外。众庄家又把和尚围住，盘诘来由。蛋子和尚道："列位且说从那里来?"众庄家道："我们奉县令老爷差委，往沅州采取丹砂。昨晚到县和里正交纳，今蚤起个五更走到这里。"蛋子和尚道："列位中可有邢孝么？贫僧要报个信儿。"见众人里面走出个矮黑汉子，上前道："在下便是邢孝。"蛋子和尚指着这死尸道："这个贼头陀便是你七世的冤仇。"邢孝听罢这句话，好似一千个榔槌在他心上乱敲，面色都变了，一把扯住和尚道："还我个明白!"蛋子和尚道："如今我说时，你也不信。高居去此不远，列位休散了，大家去做个证见。"众人道："邢大哥莫慌。既然同到宅上，自然有个分晓。"当时众人随着和尚一路走，虽然脚尖儿同向前，脚跟儿同向后，却有三种情况不同：蛋子和尚的心下欣欣喜喜，好像撑船的逆风收港，有个结末了；众庄家心下疑疑惑惑，好像看把戏的，不知搬出甚故事来；只邢孝的心下惊惊恐恐，好像解察院的访犯一般，有罚无赏。正是背人偷酒吃，冷暖自家知。

却说老婆婆见和尚去了，心中害怕起来。勉强去铺上拽一条被单，将妇人的尸首就地盖了。摸到门前，两头看着，又不知那一条是来路，东一张西一望，只等和尚到来区画这事，梦里也不想儿子回来。这里老眼模糊还未分明，邢孝先走一步，早已看见，叫道："老娘，你缘何独自一个在门外看谁？媳妇在那里，不陪伴你?"老婆婆一见儿子，扯住放声大哭道："我儿！你蚤归一日，也不见得好端端的媳妇被甚么石头陀石罗汉弄死了!"邢孝道："怎么说?"老婆婆哭道："他死得好苦!"邢孝抢进门来看时，众人随后都到了，一拥上前，到把老婆婆挤在后面。只见邢孝连被单抱起媳妇，放在后屋中间，对着捶胸大哭。众庄家人人凄惨，问蛋子和尚道："这事怎的样起?"蛋子和尚道："等邢大哥哭过了，自问老娘便知。”邢孝道：“我娘年老之人，须是长老与我剖个明白。”蛋子和尚便把自家落水借宿直到打死了头陀，后面你家老娘与我说如此如此这般这般，备细述了一遍。邢孝止不住腮边吊泪。众人无不咬牙切齿。老婆婆埋怨儿子道：“都是你听信了那天杀的鬼话，吃甚么草头方安胎药，引得那贼头陀上门上户，弄出这事来。如今一命便是两命，却不是你自家害了妻儿一般?”众庄家劝道：“老娘如今说也是无益了。且喜得遇这位长老，报了冤仇，死者也得瞑目。只是如今林子里躺着一个，家里躺着一个，不是个道理，也该作速计较。家里有米么？可煮些饭来吃了。相烦长老同到县令相公处首明，等他差官相验，顺便就带口棺木下来盛殓，省得过些时被做公的看见林子内尸首，又造言生事，在地方上做一场生意。”蛋子和尚道：“闻得县令是个赃官，告诉他怎的，要埋时，自家埋下便罢了。”邢孝道：“却使不得。”

当下敲火煮饭，众人各剩得有些干菜，都将出来，等饭熟大家吃饱。老婆婆把银子递与邢孝，说其缘由，邢孝又向和尚致谢。众人道：“也要老娘去走一遭。”邢孝安排个羊头小车，教老娘坐上，锁了门，央一个相厚的庄户同推着车儿。蛋子和尚提了棍，把两个包裹打并做一个背着，跟了众人一拥的到黔阳县来，等不多时候，县令正升晚堂，众人将血胎一包当堂呈上，首告地方人命事。县令把一干人逐一审过，录了口词，当委县尉一员下乡相验。到次日晚堂回话无异，官批：石头陀系无籍游僧，所犯虽重，已死不究其尸，责令地方埋讫。沈氏着邢孝自行殡葬。蛋子和尚因义忿杀伤免罪。余人都发回宁家①，单留蛋子和尚在县有话吩咐。

退堂之后，县令教唤和尚到后堂书房中，屏去左右，夸奖了他几句，次说道：“我有封紧要书信礼物，要寄到庆元府亲戚那边，路程遥远，没个可托之人。适才闻得你恁般义气，又且英雄了得，肯与我干

① 宁家：回家。

这件功劳，回来之日重重酬谢。”蛋子和尚道：“贫僧游方之人，那一处不去．既然相公尊委，不敢有负。”县令大喜，唤心腹吴孔目送长老到城隍庙居住，库上支两贯足钱发与道士，着他供给等候修书完日，摽拨①起身。不题县令进衙收拾金珠银两，打叠箱笼之事。

却说蛋子和尚和吴孔目到城隍庙中，先有官身报知道士，迎进客座里坐下。蛋子和尚看见庙宇倾颓，房室敝坏，道士也衣衫褴褛，便问道：“这神庙香火可盛么？”道士道：“神道极灵，香火也不绝的。”蛋子和尚默然无语。茶罢，吴孔目将两贯钱交付与道士，便起身吩咐好生管待。道士就把三百文钱送与吴孔目，折个东道，送他出门去了。道士问了蛋子和尚吃荤用酒，忙忙的吩咐庙祝买东买西，安排停当，摆设在卧房里面，请他来坐。又把自己铺盖搬了出来，让这房与和尚安歇。蛋子和尚饮酒中间，问起道：“既然神道又灵，香火又盛，为甚庙宇恁般狼狈？”道士叹口气道：“然虽如此，在小道有损无益。”蛋子和尚低声问道：“莫非县令难为你们？”道士脸都红了，不敢答应。蛋子和尚又道：“贫僧与这县令素不相识，只今日要贫僧到庆元府走一遭相留在此，贫僧一时应承了，不知是甚么书信。闻得县令是个贪官，刻剥百姓，足下必知其详，你休疑虑着我，但说不妨。我们出家人，难道到与赃狗做一路不成？”道士见他言语出于至诚，便把两指做个钱圈儿，说道：“县令老爷爱的是那个东西。莫说别件，只这城隍庙里，不论月大月小，要纳还他香火钱十贯，不足数时，小道还要赔补。若布施得些木料在这里，县中便来取用去了，所以门面廊庑都无力修整。他戴了幞头，神道也是势利他的。虽说威灵显赫，只在小百姓上做工夫，撞着做官的全无报应。”蛋子和尚道：“他是那里人氏，有甚亲戚在庆元府，便一封书信打甚么紧，是必用着贫僧？”道士道：“他正是庆元府慈溪人氏，姓侯双名明宰，在此做过四年官了。每年积下若干赃物运至家中，恐有疏虞，定要个有本事的护送将去。去年用人不当，

---

① 摽拨：标明调拨。摽通“标”。

到洞庭湖中被劫去了。闻得今番要走旱路，他留着禅师一定为此。他原是穷儒出身，只这任官，家中解库也开过好几个了，贪心兀自不止，禅师你道狠也不狠。”蛋子和尚道：“原来恁地。”道士道：“适才禅师盘问，小道多口了，路途中在他们管家或公差面前，是必休题。”蛋子和尚道：“不消分付。”当晚酒饭已罢，道士别去了。蛋子和尚在房中思想道：“这些诈人的钱财，到叫我替他送去，这事不成，不成!”睡到五更，只推解手，取了包裹棍棒出了庙门，一溜烟走了。明日道士不见了和尚，慌了手脚，禀知县令。县令道：“蚤是不曾托他干事，这游方和尚全无信行。”也不责备道士，只追他这两贯钱完库，道士又去生钱借债，补完这项，倒折了三百文钱，一顿酒饭。后来侯县令多用贿赂，得升京职，自家建个生祠在县，去任后被众百姓夜半时抬那祠中的土偶，折了脚，撇在粪坑里面了。县令在中途被马惊堕地，折足而死。可见天道不爽，此是后话。有诗为证：

尽人吃着亦无多，苦苦贪求却为何。
试看墨吏终当败，纵免人诛有鬼诃。

却说蛋子和尚那日出了黔阳县，离了辰州，又往湖北荆南一路游去。逢山看山，逢水看水，留连光景，不觉又过了一年。看看李白桃红，又蚤梅黄杏紫，蛋子和尚切记着本等前程，预先买下一百张洁净纯绵大纸，带归云梦山下草棚中来。将纸预先编个一二三四的号数，把石头陀这匹细白布缝个袱包儿包着，又去清水潭中洗个净浴。

到端午日，早起在地灶中煨饭吃饱，正待扎缚停当，只见云暗山头，下着一阵大雨。蛋子和尚道：“却不是晦气！这雨日日不下，偏是今日与我送行起来。”只得在松棚内望空磕头祷告道：“某今日若有缘得见天书之面，望乞敛云收雨，速现红轮。”看看挨到巳牌时分，雨已停止，和尚喜不自胜，取了绵纸，提了齐眉棍棒便走。此是第三遍了，路径已熟。只山地湿，高下崎岖，况且冒雾而行，只恐迟误，忙忙的向前，比及雾气将散，石桥也到了。蛋子和尚看时，吃了一惊：这桥是天生成一条青石，经雨后，其滑如油，随你篰节小心，如何把得脚住？有人问道："那三百六十日的浓雾，难道石桥上没些湿气，直等这番大雨？"看官有所不知：但是寻常的雾，都为地气上升，天气不应，其气氤氲迷乱而成，所以沾衣而湿，触石则润，久而不解。这白云洞的雾，是雾幕中喷出来的，只是干雾，分明是蜃楼海市，望之有形，就之无迹。所以前两遍石桥全无湿气，今番雨后难行也。若是三尺四尺，不多步儿也还好处，这三丈多长哩！下面不测深渊，可是取笑得的？除非插翅飞将去，动脚之时必堕倾。是这般说时，第三番又丢空了。却不道风急雨至，人急计生，毕竟用着甚计来，且听下回分解。

第十一回

得道法蛋僧访师　遇天书圣姑认弟

跳丸双转疾如梭，瞥眼年华又蚤过。
有事做时须急做，谁人挽得鲁阳戈。

话说蛋子和尚第三遍端午，遇了天雨之后，石桥湿滑，行走不得，心生一计。放下齐眉短棍，将这棉纸包袱，紧紧的缚在背上，倒身下去，将双手抱定石桥。那石桥的两旁底下，未免有些棱角，不比桥面光滑，两脚可以做力，逐步挺去，霎时间过了。蛋子和尚爬起身来，合着掌叫声："谢天谢地!"急急的进了白云仙洞。来到白玉炉前，双膝跪下，磕头通陈道："贫僧到此第三番了，望乞神灵可怜，传取道法。情愿替天行道，倘作恶为非，天诛地灭。"发罢愿，走到石屋中，解下包袱，取出纸，就地展开，逐张捡起，照一号二号顺去。先从左壁上起，将手揿定，通前至后，凡有字处，次第拂过，共一十三张。每张摘去纸角，记认了。转向右壁，逐一按摹。右边字又密又长，摹到二十四张，觉得香气来了。后边还有一段，摹不及了。忙将摹过的三十七张，乱乱的卷做一束，用包袱裹了提着，余纸弃下，不及收取，急走出石屋，白玉炉中烟气大发。慌忙跑出洞来，将袱包照前缚在背后，仍用脚手做力，像猢狲踛树一般，踛过了那三丈长、一尺阔、光如镜、滑如油的一条石桥。大凡走路的，去时觉迟，转时觉快。蛋子和尚喜得这番到手，又且险处已过。捡起地下棍棒，拽开脚步，没多时，走到草棚之中。不等喘息定，便解下纸束，展开来看。原来在洞中时，手忙脚乱，心神恍惚，只像黑隐隐的有些字迹一般。如今看时，原是一张素纸，何曾有一点一画？每张检看，都是如此。弄得蛋子和尚目瞪口呆，手瘫足软。这场没兴，不可形容。想着见神见鬼，这许多时，都是瞎帐。受了三番辛苦，险些儿误了性命，竟恁无缘，一两行儿也侥幸不得。前两番虽是空行，还是个不了之局，今番望绝，再没个题目做了。发个恼，把这纸张撇做一地，转思转苦，心下酸痛起来，泪如珠涌，不觉放声大哭起来。

哭了一场，要往清水潭边寻个自尽。出得草棚，行不多步，刚遇见去年的白须老者，迎着问道："长老求道辛苦。"蛋子和尚满脸羞惭答道："不好向长者告诉。命里无缘，一束纸白去白来，全没半字在上。似此薄命不如死休。"说罢，泪下如雨。老者道："长老且莫伤悲，有缘无缘也未可定。这天书既不由笔临墨刷，字迹从何而来?”蛋子和尚大惊道：“去岁长老吩咐不用笔墨，如何又恁般说话?”老者道：“天书不比凡迹。况明授者属阳，私窃者属阴，日光下之阴气伏藏，自然不见，此阴阳相克之理也。要辨得有缘无缘，须于戌亥子三个时辰，择个月盈之夜，在旷野无人处，将纸向月照之，隐隐有绿字现出，这便是机缘已到。若没字时，便是无缘了。”蛋子和尚如梦方醒，如死复生，道：“多承长老指教，只今晚不知有月否。”老者又道：“初旬月光未足，直待至十一至十五这五日内，月渐盈满，如法照之，若见字迹，便将笔墨依样描出。老汉临期又来相会。”

蛋子和尚称谢不尽。老者别了和尚，打弯去了。蛋子和尚不胜欢喜，转到草棚中，把地下纸张重复捡起。照依东西暗记，各顺号数，做两宗儿卷着，藏于布包之中好生安放。依了老者的吩咐，直到十一日，预先磨下一瓯墨汁，黄昏时分带到一个最高的山头上面，拣个平稳处，将布包打开铺在地上。先将左壁上摹过的纸，一张张对月照看，依然半字俱无。蛋子和尚这一慌非小，定了心想，又将右壁上摹过的纸月中照看，果然隐隐现出绿色字样，细字有铜钱大，粗字有手掌大，但都是雷文云篆，半点不识。且喜有了字迹传下时，再作计较。当下将笔醮墨就原纸上照样描写，到下半夜来月色倒西，便不甚分明了。收拾回去，次晚又来，一连五日天气晴明，也是数合如此，到十五日二十四张纸都已描完，收放布包里面。到草棚中一夜不睡，想着：“这天书文字不知何人识得?老者约我临期相会，又不见来，好生闷人。”到五更时才合眼去。只听得草棚外，似老者声音说道：“欲辨天书，须寻圣姑。”蛋子和尚梦中跳将起来，便问：“圣姑是何人?”此时天已黎明，趋出棚外看时，并无人影。蛋子和尚道：“奇怪，明明有人说话，如何不见。”想了一会道：“是了。这白须老者一定就是白猿神化身，因我求道心诚，感动了他，两番到此指迷。今夕在梦中喊我，若果如此，定然真有一个圣姑，能辨天书的在那里。只不知住居何处，天涯海角怎得相逢，不免四处去寻访他，在此守株待兔，料是无益。这草棚也用不着了。”

当下将天书布包一并打叠衣包之内。煨饭吃了，取了衣包棍棒，将他灶中火炊起，用松毛引在草棚上烧着，只看棚倒在那一方便向这方走路，是他心无主意，把这草棚只当听凭天数一般。有诗为证：

三番求真吃尽苦，到头不辨雷文古。
这回拼得走天涯，识字之人在何所。

这一日是东北风，火势被风刮起，必必剥剥把草棚上盖都烧完了。一声响亮，那几根柱子向北带西而倒。蛋子和尚道：“风头向南，那棚柱反倒北去，也好古怪哩。北方带西，正是关中地面，那里是帝王建都之地，多有异人，或者圣姑在彼未可知也。”便遥对白云洞去处，磕了一个头，谢别了白猿神，大踏步望北行去。

后人有古风一篇，单表蛋子和尚三番求道之事，诗云：

洞天深处浓云锁，玉炉香绕千年火。中有袁公饱素书，石壁镌传分右左。畸僧原是蛋中儿，忽发惊天动地思。掉臂出门不返顾，天涯游遍求明师。迷津偶尔来云梦，行人指示神仙洞。年年端午去朝天，香沉雾卷些时空。奇书灵迹神魂骞，餐风宿月何精虔。绝壑千寻甘越海，危梁三丈轻登天。贪看景物炉烟起，一番辛苦成流水。再来绕洞觅天书，觅得天书无笔纪。天书不用兔毫传，空摹石壁愁无缘。堪怜血泪神翁导，千惊万恐刚三年。三年惊恐几捐命，空山独守心坚定。分明绿字现雷文，夜半峰头月如镜。欲辨雷文有圣姑，愁怀谁向梦中呼。一别山灵作行脚，孤征遥望长安途。长安自古繁华府，名山长驻神仙侣。此去逢师万法通，不负三年立志苦。

话说蛋子和尚行至宛州内乡县，此时五月中旬，天气炎热。想着得把扇儿用用才好，走不多步恰好见个扇铺。那时折叠扇还未兴，铺中卖的是五般扇子。那五般？是：纸绢团扇、黑白羽扇、细篾兜扇、蒲扇、蕉扇。蛋子和尚道羽扇倒好，只是写不得字，团扇又不像出家人手中执的，买柄细篾兜扇，写个访圣姑三字在上，倘或路途之间遇个晓得来历的，他也好指引。走上街头，叫店倌取兜扇来看，拣选一柄中意的，讲就五分银子买了。

原来这店面后半间设个小座启，排下一张桌儿，几把椅儿。靠桌处是个半窗，窗外小小天井，种几竿瘦竹。桌上摆得有笔砚之类，蛋子和尚一眼瞧见了，便道："有心辱恼宝店，告借笔砚一用。"店倌道："主人不在，外面但用不妨。"慌忙取出放在店柜上，蛋子和尚才磨下墨，还未曾动笔，只听得里面一声："谁取了笔砚去？"店倌答应道："有个长老在此，借来写个字，就拿来了。"便对和尚道："快写罢，主人出来了。"

说声未绝，只见里面走出个人来，头裹万字头巾，身穿单褂儿。看见和尚扇上写着"访圣姑"三字，拱一拱手便问："长老那里来，要访这圣姑怎的？"蛋子和尚道："贫僧是泗城州迎晖寺来的，闻得圣姑广有道行，特地访他。"那人道："泗城州是岭南地方，这般远处也晓得圣姑哩。"蛋子和尚暗暗里惊讶道："果然有个圣姑了。"便问："施主曾会过圣姑么？"那人道："曾会过来。"蛋子和尚道："现今在何处？有烦施主指引。"那人道："且请到里面坐下，容某细讲。"蛋子和尚走进坐启，那人又道："热天恕无礼了，请坐，某去泼杯茶与长老吃。"那人进去了。蛋子和尚见桌上有几册杂书，内一本是破损不完的，偶然取看其书名《抱朴子》，内一条云：

> 丹水出丹鱼，先夏至十日夜伺之，鱼皆浮水，赤光如火。取其血涂足，可步行水上不溺。

蛋子和尚道："这内乡县有个菊潭，又有个丹水。只闻得菊潭两岸都是天生甘菊，饮此水者多寿，却不知丹水又产此异物，蚤得此法，怎见得罗家畈落水之苦。”正思想间，只见那人自家拿个托盘，盘中放着两碗泡茶，放在桌上道：“长老请茶。”蛋子和尚道：“相扰不当。”两下坐了吃茶。那人开口道：“在下姓秦，单讳个恒字。去年往华阴县西岳华山进香，闻得街坊上人都说道：‘本县杨巡检家，供养个活佛在那里，叫做圣姑姑。’我问他：‘他怎见得是活佛?’他说：‘杨巡检家请得梵字金经，无人识得，只有圣姑姑能识。杨巡检敬之如神，供养在西园。合县的人多多少少去拜他为师，在下也去随喜了两番。后来因四处闻名，人越去得多了，便闭关不接见外人。’如今闻得还在那边，算来住个一年有余了。”蛋子和尚道：“他单识得梵字，还别有甚么道法么?”秦恒道：“闻得也有些异处，能整月不食，也不饥饿。又时常与菩萨们往来，我们却不曾试他。”蛋子和尚道：“施主亲见过圣姑，是甚么模样?”秦恒道：“也只是个老婆婆。但神气不同，像有些仙风道骨。长老此去，只怕他还未出关，不能相见。倘相见时，乞道贱讳，说不日又来参谒。”蛋子和尚道：“当得，当得。”

谢了扰茶，当下问了华阴路程作别去了。寻至菊潭边，果是一潭清水。蛋子和尚道：“虽不是菊花时候，不可当面挫过。”将手掬水来吃了几口，脱得赤膊，又洗了个浴，穿了衣服，问路到丹水那边去。这一年是闰七月，该六月初二日夏至，此时五月二十一日了。蛋子和尚记得分明，坐在近处草宿一晚。到二十二日恰好是夏至前十日了，蛋子和尚来到水边，见是一条大河，问着土人方知原是个通渠，只这二三里河面内所出之鱼都带红色，更不杂乱，所以唤做丹水，可见水族也有个界限，此乃造化之奇也。因这丹鱼又少又小，又不中吃，所以丹水中绝没个打鱼的船儿。

蛋子和尚特地往下流头，雇个小小渔船，移来住下。多买些酒食和渔翁同吃，对他说道：“今夜要烦你下个网，取得几个丹鱼时，我教你个戏法作要。”渔翁道：“甚么样戏法?”蛋子和尚道：“取这丹鱼的血涂在脚底上，念个咒语，呵口气往水面上行走，如履陆地。”渔翁道："此法惟我渔家切用，千万传这口诀与我。"蛋子和尚道："有了鱼，传你却容易。"渔翁乘酒兴，忙去艄头取网。渔婆见他醉了，不肯与他，两人厮闹了一场，夺得网来，整理停当，便要撒将下去，蛋子和尚道："且住。我还有个咒语，停一会儿等鱼自浮水，方可取之。"两个且在船上叙些闲话，渔翁带醉不觉睡去了。蛋子和尚眼睁睁看着水面，亦闻得游泳唼咂之声，并不见有赤光。候至夜深，月从东起，照见水面果然鱼皆浮起，那丹鱼映着月光，其色如火。蛋子和尚急急的唤醒了渔翁，那渔翁醉还未醒，呼幺喝六的望空打下一网，拿不多几个小鱼儿。再下网时，鱼都惊散了。共取得十来尾，杀起来血又不多。蛋子和尚心下想道："有心使这遍乖了，且把渔翁来试一试。若有验，下年来多取些备用也未迟。"教渔翁舒过双脚来，把些鱼血涂在那脚心里，口中假做念咒，呵口气喝声："疾！"叫渔翁下水快走。那渔翁老实，真个望水面双脚跳下，扑通的一声没头沉下。渔婆在艄头看见，叫起屈来。蛋子和尚也着忙了，把船上木板竹篙乱撇下水去。喜得渔翁识水性的，在船头下水，却在船艄上爬起。老夫妻两口缠住蛋子和尚，絮聒个不了不休。蛋子和尚无言回对，只得招个不是，情愿赔礼。到次日天明包裹中取出一块银子，约有二钱重，与他买酒吃压惊，方才罢手放和尚起岸，那渔船自去了。蛋子和尚叹口气道："古人云：'尽信书则不如无书。'世上传留法术都只捕风捉影，有假无真，即是白云洞天书，须是三番亲到，方信其为真，然未曾辨识试验，尚不知其何如也。"只因蛋子和尚好奇太过，求道太急，偶见《抱朴子》书上有这一段话便要试他，及至不验，连白云洞天书都疑心起来了。有诗为证：

世间戏法本无真，载籍传来也哄人。
何事痴僧偏易信，渔翁落得压惊银。

又有人驳这首诗道古人之言定然有据，人自不得其传，不可直谓其妄也。诗曰：

世间变幻尽多奇，抱朴传来未必虚。
自是奉行无秘诀，见今丹水出丹鱼。

蛋子和尚见天气炎热，因过秋林山见其泉石秀丽，心下欢喜道："据秦恒所言，圣姑闭关，未必便能相见，到那边时进退两难，我且住过六月，等秋凉走路未迟。"这山寺中和尚们见他扇上访圣姑三字，也有不晓得的，絮絮叨叨的盘问他，也有晓得的道便是华阴县那个老婆子。蛋子和尚听见僧众闻名，一发放意了①。

话分两头。再提圣姑姑在杨巡检西园住起，是去年五月中，今年又是七月，一载有余了。猛然想起："媚儿不知下落，天后说道自有人来寻你，也不知何年何日，在此内外不通，便有吕纯阳、张道陵出世，那个半夜敲门三更打户，把这仙机妙法特地寻你则甚？还是与外人相接，庶几便于寻访。闻得杨奶奶冒了风寒有十分沉重，诸医不效，杨巡检正在着急，乘此机括，劝他起个无遮大会保禳奶奶安康，那时僧道毕集，必有所闻矣。"当晚送供给的家童来，便将建会保禳的话对他说了。又道："若是老爷肯发心时，贫道只今晚便求普贤菩萨的圣水，来救取奶奶，管情没事。"家童回去述与杨巡检听了，杨巡检顿足道："正忘了圣姑姑，有这个良医到不去求他。"便教掌房的老嬷嬷，快到西园求他圣水，所言保禳道场，但凭开规起建。老嬷嬷到西园见了圣姑姑，把杨巡检吩咐的话一一说了。那老狐精那里有甚么圣水，魆地里到卧室中把个磁碗撒一泼尿，做张做智的擎出房来，交与老嬷嬷。老嬷嬷接在手中，分明捧了玉杯甘露，战兢兢只怕损了一滴，讨个盒儿盛了拿回，献与杨巡检。杨春平日信奉到此，岂疑其诈。真个认做仙丹妙药，教丫鬟扶起奶奶的头，亲手把这碗狐尿灌在他口里去。原

① 放意：即放心。

来药性本草上一款狐尿，主治寒热瘟疟，偶然暗合了，杨奶奶到半夜来顿觉清爽，讨汤水吃。杨春喜从天降，称赞圣姑姑不绝。那时就有个亲知灼见的，对他说是老牝狐撒的臊溺，他家如何肯信。这也是狐精的法缘将到，自然有恁般造化，世间万事皆如此也。有诗为证：

运未至时真成假，时若通时假亦真。
莫向人前夸本事，还愁造化不如人。

次蚤杨春巡检亲到西园，从后边私路进去见了圣姑姑，再三称谢，就问他保禳道场如何规则。婆子道："这个道场名为无遮大会，或是讲经，明心见性，或是念佛，专修西方。世人根器，钝多利少。如今还是说些因果，劝化世人念佛。不论善男信女，在家出家，愿来者听，本宅施主，备斋管待。别个有头发的吃去不算，只光光和尚要斋满一万之数。数满之日，做个回向功德，其福无量。不但老檀越夫妻长寿，还要观音菩萨送子，文昌帝君填禄，世世富贵，才表贫道的一点报效之意。"原来杨巡检夫妻两口，极过得好，真个是如鱼似水，百从千随，虽然偏房有子却不喜欢，只要奶奶有个亲生，方才心满意足，闻了此言，如何不喜。当下取历日看了，择于八月初三启请圣姑出关，十一日道场起手。先去禀通了县尹，自己写个告示，张挂西园门首，写道：

本宅因家眷不安，发心启建无遮大会。以八月十一日为始，一连七日。四方善男信女、僧尼道众真心愿来念佛者，本宅例有斋赚①，如有棍徒乘机啰唣②，扰乱佛场，定行送官惩治不恕。特示

天禧二年七月　日

① 赚（chèn）：施舍给僧人的财物。
② 啰唣：吵闹，寻事。

却说杨奶奶自服过圣水之后，病势渐退，虽然精神未复，且喜没事了。感圣姑姑活命之恩，做下青纻丝道兜一个、紫花细布道衣一件将白绫做了夹里、梅绿暗花锦裙一条、云头道鞋一双，到初二日差两个丫鬟跟着老嬷嬷从西园后边私路进去，送与圣姑姑说：“奶奶多多上复，感谢圣姑姑救命之恩。明日出关不得自来参见，特具拜佛新衣一套，幸勿弃嫌。”圣姑姑道：“日逐扰宅，如何又要奶奶费心。”推辞不过，只得收了。便道：“回去时致意奶奶，耐心保重。十一日道场起手，奶奶那时也康健了，请蚤过拈香。功德满日，还保扶奶奶添个公子哩。”老嬷嬷道：“奶奶诸般称意了，只少一件儿，男男女女也生过五胎，只是不育。”圣姑姑道：“奶奶今年几岁了?”丫鬟道：“老爷四十一岁，奶奶小二岁，今年三十九岁了。”圣姑姑道：“这场病症也是明九年分的晦气，应过便没事。看奶奶不是个孤相，命中定有好子，只是招得迟些。”说了一会，你谢我我谢你的辞别去了。

到初三日，杨巡检自去西园前门揭封皮，开锁。一面着人打扫饭僧堂，修理锅灶，一面请出圣姑姑到佛堂中，商量安排道场，合用家伙。除却菜蔬、茶水临期每日备办，其他米麦、豆粉、油、盐、酱、醋，及桌凳、碗碟件件预先运到。此时哄动了华阴县里，那个不传说杨老佛家斋僧。有等无籍的花子、串街的婆娘，平昔不曾吃一日素念一声佛的，也学裹顶唐巾，戴个道兜，整备起斋之日来道场中趁口和哄。

到了十一日，天色方明，便有人一出一进的观看。但见：

园门洞启，佛室弘开。琉璃灯下，烛台上油烛成行；狮子炉前，香案间牙香满盒。念佛场，高装法座起号，专待供佛头；饭僧堂，杂摆春台放钵，任从僧侣。劈柴煮饭，火工乱叫斧头来；洗菜熬油，厨子只嫌帮手少。可惜富家斋一日，堪充贫户费终年。

少停，杨巡检带了一班家乐，到西园前后左右点检了一回。这些僧徒道友，男男女女，源源而至。又有一等闲汉儿童，虽不念佛投斋，都来趁闹观看。此等最多，越显得人山人海。只听得净室中，共是三遍钟鸣：第一遍，圣姑姑起身梳洗；第二遍，圣姑姑蚤斋更衣；第三遍，乐人一齐打。但见堂中画烛齐明，香烟缭绕。好几个丫鬟养娘簇拥着圣姑姑，齐齐整整，穿着一身新衣摇摆出来，向佛前拈香膜拜。杨巡检随后也拜了。一班吹手迎出前堂，那婆子全不谦让，径往高座上坐了。杨巡检口称师父，倒身下拜。众人中也有去年拜过他的，也有新来的，不分男女，但是佛会中，一齐随着磕头，那婆子端然不动。原来这念佛会上，为首的谓之佛头，他若开谈，众都静听，他若念佛，众都齐和。其人妄自尊大，旁若无人，从来有这个规矩，这婆子也只蹈袭而已。拜罢，圣姑姑吩咐男左女右分班而坐。杨巡检看见人众嘈杂，避在旁边一个书房中，坐了一会先回去了。这伙老少婆娘，张姨李姨，你扯我拽的，各寻伴侣向右首坐下。但是僧流居士都在左边，也有说是女僧，挨向右边坐的，急忙里辨不得真假。亦有挨挤不下，只在两旁站立的。其他投斋行脚都在外边四散，或坐或立。圣姑姑将界方在案上猛击三下，吩咐众善友不许扬声，各宜静听，无常迅速，时至不留，要免轮回，作速念佛，偈曰：

西方有路好修行，阿弥陀佛。劝你登程不肯登，南无阿弥陀佛。你若登程吾助你，阿弥陀佛。只须念佛百千声，南无阿弥陀佛。

每称扬佛号，众人齐声附和毕，圣姑姑道：“贫道从西川到此，感承本宅官府相留，一年有余。今日出关启建这个道场，一来要保国治年丰，民安道泰；二来要保本宅官府人口平安，福禄绵远；三来要保十方大众道心开发，早办前程。贫道今日也不讲甚经说甚咒，且把诸佛菩萨的出身，叙与大众听着。”你道观音菩萨是甚样出身？偈曰：

观音古佛本男人，阿弥陀佛。要度天下裙钗化女身，南无阿弥陀佛。做了妙庄皇帝三公主，阿弥陀佛。不享荣华受苦辛，南无阿弥陀佛。

那婆子将观音菩萨九苦八难，弃家修行的事迹，敷演说来。说一回，颂一回，骗得这些愚夫愚妇眼红鼻塞，不住的拭泪。到午斋时分，圣姑姑收了科下座赴斋。众人也有住下吃斋的，也有竟自回去的。只饭僧堂僧众，齐齐的坐下，每人一大碗饭，碗上顶着一簇干菜、两片大豆腐、两个大馍馍、一索长寿绵线，线上穿三十文赎钱，做七八路的随头派去。这是第一日，来的还少，止有二百余众，管家登记明白了。剩下的饭，大箩装着凭这起黄胖道人、癞皮花子尽意大碗介吃饱，到明日又是如此。来的人一日多似一日，供给的支持不来了，禀过杨巡检，又出个晓示，但是游方僧众，俱于各处庵堂寺院支领斋赎，本宅预先派开钱粮，差人分头主管登记。其饭僧堂，专待四方道友。又吩咐各庵院主细心察访，僧道中果有德行超群，术法惊众者，即时禀知本宅，另行优待。这是圣姑姑的主意。

话休絮烦。再说蛋子和尚在秋林山住了两个月，见天气已凉了，收拾包裹望永兴一路进发，免不得日间化斋，夜间投宿。路上便有人传说华阴县杨乡宦家启建无遮大会，劝人念佛。蛋子和尚猜道：一定是圣姑倡首。趱行前去，不一日，到了华阴，正是八月十七，这里是第七日道场了。婆子逐日的将文殊普贤诸佛化身，随他演说，那个亲眼看见的，敢与他质证道个不字？蛋子和尚到时已知备细，他一心要见圣姑，谁耐烦到庵院中支领常例斋赎。待到西园又怕门上拒阻，沉吟半晌，便径到杨巡检宅门首去，在石狮子边盘膝坐着念佛。管门的张公道："你那长老想是没耳朵的，本宅见今斋僧，却不到庵院中去领受，在此闲坐则甚？"蛋子和尚举扇道："贫僧没耳朵，老菩萨是有眼睛的，怎不看扇上写的字么？贫僧是求见圣姑的，不是讨斋赎的。"

言之未已，只见宅门里面走出两个有年纪的妇人来，背后安童捧双幢的食盒儿跟着。你道那妇人是谁？一个是掌房的老嬷嬷，一个是女陪堂。如何叫做女陪堂？比如男子家读书的有个伴读，顽要的有个帮闲，则这女眷们厮伴的就叫个陪堂。又不是女教学，又不是针线娘，逐日只清话闲要，或是吃茶饮酒下棋投壶，遇着好佛的就陪着烧香佞佛，大人家往往有之。张公指着道："长老你要见圣姑时，只央这两个老人家引进，便得相见。"蛋子和尚慌忙起身，打个问讯道："女菩萨，贫僧稽首了。贫僧要见圣姑，相烦引进则个。"老嬷嬷先立住脚，那女陪堂和安童也住了。老嬷嬷问道："长老那里来的？要见圣姑则甚？"蛋子和尚道："贫僧泗州城人迎晖寺出身，去年得了个不起之疾，梦中亏着圣姑姑救好，特地相访，不期在此。闻知贵府告示，凡远方行脚径赴各庵院支领斋赎，并不许到佛场缠扰，莫非会中都是女菩萨么？佛门广大，如何挈带得贫僧也去磕一个头，也是一场缘法。"老嬷嬷道："一般也有男人在彼，起初长老们也都在一处散斋，后来人众，所以派开了。如今只一位去时，却也不妨。"女陪堂便道："喜得奶奶不在那边，没甚妨碍。"老嬷嬷道："奶奶近日有病，也亏着圣姑姑救好的。这个道场也为保禳启建，因是奶奶身子还不健旺去不得，不然也在彼拈香拜佛了。这食盒内是点心茶果，奶奶着老身送去与圣姑姑用的。"蛋子和尚见那婆子又和气又健谈，便问道："闻得圣姑识字最深，曾在贵府辨甚么梵字金经，果有此事么？"老嬷嬷道："千真万真的，这本经经过许多名僧都不晓得，偏有他妇道家字字能识。老爷为此上敬重他起。"口里自说，脚下自走，不觉到了西园。只见门内门外，闹哄哄的往来，何止千人。都道在佛地上走一遍，过世人身不绝，有这般邪说，所以佛会聚人极易。老嬷嬷道："长老且在饭僧堂暂住，待老身禀过圣姑，方来唤你相见。"走了几步，又缩转来说道："不曾问得长老甚么法名？老身好去说话。"蛋子和尚道："贫尚没姓没名，从小只叫做蛋子和尚。"老嬷嬷道："到是个光头的浑名。"带笑的走进去了。

这一日，圣姑姑正说的是那罗卜救母的因果，说了又念佛，念了佛又说。到午牌时分完了，老嬷嬷将送来茶果摆在净室中间，无非是白糕、油饼、蒸酥麻团及榛、松、枣、栗之类。等候圣姑姑进来，女陪堂迎着相见，便道："连日辛苦，奶奶十分挂欠。特地备下些粗点心，请老菩萨用些。"圣姑姑称谢过了。女陪堂推圣姑姑坐了客席，自家坐了主席，也去扯老嬷嬷同坐。老嬷嬷再三不肯，圣姑姑道："佛门中更无大小，只管坐着不妨。"老嬷嬷方才取个小杌儿放在旁边，叫声大胆坐下去了。殷殷勤勤的送茶送果，说话中间，提起奶奶求子之事，女陪堂问道："老菩萨，你当初曾有儿没有？"圣姑姑道："贫道有个儿子，在远方出家做道士。"女陪堂问道："缘何不做和尚，却做道士？不是女菩萨本等。"圣姑姑道："万法初无二理，三教本是一宗，就是老身佛法也讲，道法也讲。"老嬷嬷就插嘴道："老菩萨你医法也讲，不然如何能救人的病症。"圣姑姑笑道："奶奶贵恙是亏了圣水。"老嬷嬷道："你又会梦中去救人，有恁般事么？"圣姑姑道："没有。"老嬷嬷道："方才有个长老是泗城州人，道你梦中去救了他病，特地寻访，手中拿一把细篾兜扇，上写'访圣姑'三字。他名字又叫得奇怪，叫甚么团子和尚。"女陪堂道："差了，是叫做蛋子和尚。"只这个蛋字，直触在圣姑姑心里，那老狐精最有急智，便忙扯个谎道："这和尚是我前世的兄弟，平生最是孝顺我，曾有病他割下腿上一片精肉煎汤我吃，我就好了。今世我合去救他，正是恩恩相报。如今他在那里？便引来见我则个。"老嬷嬷应承去了。

却说管西园斋饭的，本是不打发游僧，因见是掌房老嬷嬷与女陪堂同引来的，一般有斋有赈。蛋子和尚吃了斋，正靠在门上闲看，只听得叫声："蛋长老，是你前世姐儿唤你。"蛋子和尚回头见是老嬷嬷，问道："谁是贫僧的姐儿？"老嬷嬷便把圣姑姑的说话，述了一遍，"如今唤你相见。"蛋子和尚明晓得是科诨，只得将错就错，把直裰整一整，随着老嬷嬷直至净室中。圣姑姑先起身招架，蛋子和尚一见便放下棍棒、衣包，磕头称谢。圣姑姑慌忙扶起，认做兄弟。再取个杌子，就教他对着老嬷嬷坐了。两下里并没半点相干，未免叙几句鬼话。只因这番相会，有分教：盗法的黠僧兼辨天文蝌蚪，坐关的妖妪顿成地煞神通。破杨巡检几分的家私，费赵管家一番的心计。正是：一茎尽有千寻势，尺水能兴万丈波。要见分明，且听下回分解。

第十二回

老狐精挑灯论法　痴道士感月伤情

千般算计心如渴，不是姻缘总迂阔。
无心栽柳柳成荫，着意栽花花不活。

话说蛋子和尚与圣姑姑认做前世的骨肉，何等荒唐！老嬷嬷与女陪堂偏认做真事，回去报与杨春夫妇知道。他夫妇也只说奇异而已，并不疑其妄也。向来圣姑姑在净室中，原是一个独住，因这几日启建道场，杨奶奶拨几个丫鬟养娘，到彼答应。蛋子和尚见左右有人，不敢细谈，只问："那梵字金经是甚样体制，圣姑如何识得？"婆子自夸曾遇异人，受过一十六样天书，龙章凤篆，无有不识。那梵书出自天竺，是佛门中之一体。当先大藏真经都是梵书，陈玄奘与鸠摩罗什等译过，换了唐字唐音，方有今本。至今名山古刹，还有梵本留传得在。蛋子和尚道："劣弟也遇个异人，传与二十四纸异样文书。把与人看，一字不识。今带得一纸在此，圣姑看是甚样说话？"婆子道："愿借一观。"蛋子和尚预先抽取一幅另放着，当下在包裹中取出，展开放在桌上。婆子一见了大惊，假说道："这又是海外异国字体，我也不识。"一眼瞅着蛋子和尚。和尚会意了，连忙收折，依旧包过。

晚斋后，只见园公引着院子到来，毡包内取出新布直裰一件，新布夹被一条，道："老爷闻得老菩萨遇了前世的兄弟，也是奇缘。这两件粗物，送与长老，权表薄意。明早自来相见。"婆子与和尚同声称谢。院子又吩咐园公教打扫前堂耳房内，与这长老做卧房。和尚将所送直裰、夹被放包裹上，一手抱着，取了棍棒，也随着院子出来，就在耳房中安歇。心下想道："那婆子瞅我一眼，必有缘故。欲待等个更深，再闯入净室去问他，又恐被服侍的人看见，不是个理。"左思右量，怀疑不决。看看黄昏以后，听得远远石磬三声，料是净室中安置的常规了。步出耳房，悄悄的直到佛堂之中，只见冷冷清清一碗琉璃灯火，半明不灭。佛堂后一带就是净室，两扇门儿紧紧闭着。侧耳听时，里面并没声响，放心不下，徘徊了半个时辰，才转步出来。只见佛堂中灯火，暗而复明，圣姑姑倒在外面走进，叫声："贤弟那里去来？"蛋子和尚吃了一惊，想着这婆子果非常人，拱手答应道："正来寻圣姑请教。"婆子道："方才所言二十四纸，都借一观。"蛋子和尚不敢隐瞒便道："其实都在此。"婆子道："此乃九天秘法，雷文云篆，贤弟从那里得来?”蛋子和尚见他说着了，便将白云洞三番求道之事，及梦中神语一一叙过。婆子亦将所梦则天皇后一段说话述了。合掌道：“谢天谢地！遇蛋而明，今日方得明白也，此书非贤弟不能取，非我不能识。彼此各无隐蔽，同修至道，以应奇征。”当时取下琉璃灯火放在地上。蛋子和尚在耳房中，抱进包裹，就蒲团上打开，取出天书二十四纸，递与婆子。两个席地而坐，婆子从头至尾，揭了一遍，道：“此书名《如意宝册》，乃七十二地煞变法。还有三十六天罡变，如何不取将来?”蛋子和尚道：“两壁都曾摹过，只左壁一十三张纸，半字全无。”婆子叹道：“缘也！命也!”蛋子和尚道：“天罡与地煞，有何分别?”婆子道：“天阳，地阴；天虚，地实；天尊，地卑；天简，地烦。地煞法成，但能役使一切有情有形之物，只尽着人世间的变化，终未免为天数所囿。若天罡法成，神游天府，名压仙班，虽上帝亦不得而制之矣!”蛋子和尚道：“一般能驱神役鬼么?”婆子道：“神鬼亦有情之物，如何不能?”蛋子和尚道：“天罡想亦只如此。圣姑既未经目，何以知其胜于地煞也?”婆子道：“天能包地，地不能包天。据今第十六条为壶天法，壶中之天，非天上之天，此不过遁甲缩地之意。第七十二条为地仙法，不曰天仙，而曰地仙。以此度之，其不如天罡明矣。虽如此说，神通亦非小可。你我今日得遇，乃非常之福也!”蛋子和尚道：“地煞变化，这二十四纸已完全否?”婆子道：“完全了。”蛋子和尚道：“后面尚有一段字，未曾摹得，又不知何法?”婆子道：“正语已完，余亦不必问之矣。”蛋子和尚道：“前面有许多大字，何也?”婆子道：“此乃七十二法作用之符，非字也。”蛋子和尚道：“符前先有数十行字，又不在七十二条数内，何也?”婆子道：“凡修炼此法，必先立坛召将，此乃总要之语。”蛋子和尚向来做梦，到此方才大醒，不觉下跪磕头道：“劣弟若不遇圣姑指教，枉费了三番辛苦，如璞不知雕，蚌不知剖，何所用之？今日千万挈带同行修炼则个。”婆子双手扶起道：“此自然之理，何用叮咛！但修炼之事，说时只一句，做时不容易。第一要择地。地须极宽敞，又极幽僻，鸡犬不闻，人迹罕到，方能秘密，使神鬼往来而无碍。第二要聚财。如修炼之时，经年累月，供给须是预备。这还是小可，其合用东西，如五金百货，诸品药料，各项家伙，必须无物不备，临时便于取用也，费得若干钱物，非千金不可。第三要齐心。假如两人同去学道，其心不齐，一人中道而废，连那一人也做不得事了。”蛋子和尚听说，流泪起来道：“我千般辛苦，弄得天书到手，万分侥幸。求得圣姑见面，不指望做天仙，便做一日地仙，死也暝目。据圣姑说起，第三件齐心，不难。第一件择地，或者深山穷谷，还有幽静之所。则这第二件聚财，不做官、不做盗，这千金从何而来？多管又是个画饼充饥，望梅止渴了！”婆子道：“且莫慌，俗语云：一客不烦两主。等这里做过圆满功德，少不得这个东道，仍要在杨巡检身上设处。”蛋子和尚合掌礼道：“全仗圣姑提挈！”直起腰来，早已不见了那婆子。蛋子和尚把眼睛一擦，四围介看道：“莫不做梦么？”又到净室门首看时，寂然如故。想起许多说话，一句句有条有理，方省得婆子原有术法。他要摄去这二十四张天书，独擅其美，亦有何难，明明收放我处，所以安我之心，圣姑真异人，不可及也。

当下将天书收拾，依旧包好，装入包裹里。把琉璃灯扯起高挂，提了包裹，复身往耳房内安歇去讫。有诗为证：

琉璃一盏光不灭，蒲团细论神仙诀。
千金仍欲费东家，法成不把东家挈。

到天明，杨巡检亲到西园，请蛋子和尚相见。问其来历，称赞了几句。便同他到净室中，见了圣姑姑，谢他七日说法念佛之劳。因说各处斋僧，总来尚不满四千之数，不知何日圆满？婆子道：“老檀越发心之顷，便是圆满。只将万僧斋赎之费，派在各庵院去，便了却老檀越的心愿。明日修斋吉日，这里只管做回向功德。”杨巡检道：“如此甚好。一应斋醮文疏，已曾吩咐观音庵中预备。令弟长老，必然道行清高，就相烦主行则个。”蛋子和尚道：“小僧年幼，只可随班效劳而已。”婆子道：“贫道受贵府之恩，无可报答，到明日还要请普贤祖师降临道场，与老檀越夫妇祈福。”却说杨巡检自初见圣姑姑时，闻得奶奶说了普贤菩萨出现，便想慕一见。也曾几次对圣姑姑说，只是口中答应，不能如意。今番听说降临赐福，喜自天来。便道：“我杨春若得瞻礼菩萨宝相，足满平生矣！”当时忙差随身的家人，到西门外观音庵吩咐来日回向，只请六众长老。杨巡检起身去后，当晚观音庵里，将办下文疏、乐器、家伙预先教道人送至。其佛像园中自有，不消请得。圣姑姑只说要室中清净，方好屈菩萨来会，将几个服侍的丫鬟养娘，都打发回去了。

来日黎明时分，观音庵中请到六众长老与蛋子和尚相见，共是七众。一齐击鼓鸣铙，诵经宣号，一依功德常规，不必细说。杨巡检也早到，穿起大衣服拜佛。杨奶奶病体新愈，闻说菩萨降临，也要瞻礼，勉强乘个小轿，亲到园上来拈香。看见净室紧闭，已知就里，不去缠扰。杨巡检教老嬷嬷等送奶奶往书房中静坐，自己往来观看支分①，眼巴巴的只等普贤菩萨下降，便请奶奶一同瞻礼。众僧们共行了三次香，赴过两遍斋，看看日光西坠，烛烬香灰，并不见一毫消息。瞧那净室紧紧的闭着双门，听里面时，绝无动静。杨奶奶等得不耐烦，虽是好佛，挨了一日，自觉身上困倦，只得先回。杨春吩咐添香换烛，重复穿着了幞头圆领，向佛前再三叩首，通陈哀恳。众僧见主家如此，一个也无敢懈怠。直乱到三更，连杨巡检也道是不能勾了，便教将文疏纸札烧化，打点辞佛散场。

众人正在庭中化纸，只见一阵风来，将纸带火卷入空中。杨巡检和众人抬头观看，火光散处，化为五色祥云，云上现出一位菩萨，金珠缨络，宝相庄严，端坐在一个白象身上。杨巡检到吃了一惊，一字也通陈不出，忙忙的倒身下拜。蛋子和尚也认做真了，随着众僧磕头不已。其余走使答应之人，那一个敢不跪拜的。那菩萨也不开口，冉

---

① 支分：处置安排。

冉而行，径到净室中坠下而去。此是八月十九日，月光尚盛，看见分明。杨巡检想道："菩萨今夜必然与圣姑姑叙话，我等凡人，又不敢敲入净室中求见，只这云端出现，也是非常之喜。"众僧都道："全是老爷贵府平昔好善，所以感动了世尊，挈带小僧们也得瞻仰一番，实乃三生有幸。"杨巡检谦逊了几句，又在佛前叩首作谢，别了众人上马先回。众僧到前堂吃斋，方散，香火们收拾家伙回庵去讫。蛋子和尚依旧在耳房安歇。

到第二日侵早，蛋子和尚答拜杨巡检，杨巡检留坐吃茶，称谢昨日有劳，又提起菩萨现身之事，道："下官回家与拙荆说了，拙荆深恨无缘，身子不健，不能久待。"蛋子和尚道："今早蒙圣姑吩咐，要得奶奶到园中一会，有话商议。"杨巡检道："下官正要来见圣姑，问其夜来菩萨相会之事。既如此，下官不去了。长老到在寒舍素斋，等拙荆去圣姑处领教，却不好？且屈长老东厅宽坐一时，下官就来相陪。"说罢，起身入内，对奶奶说知了。奶奶欣然收拾，丫鬟伏侍上轿而去。蛋子和尚本不戒荤酒，因见连日杨巡检一门奉斋，只得假说吃素，这日在东厅，杨巡检陪着素饭，不在话下。

且说杨奶奶来到西园，径入净室。算来与圣姑姑有两个月不曾会面了，这番相见，加倍欢喜。寒温也叙了好多时。杨奶奶道："夜来蒙圣姑请到菩萨真身，弟子无缘，不得参谒，深为懊悔！"婆子道："普贤祖师说奶奶已曾会过一次了。"杨奶奶道："是去年五月中，未曾会圣姑的时节。"婆子道："祖师说你夫妻两口，原是金童玉女降生。只因佛会上，两个把幡幢相击戏耍，谪下尘寰，配合为夫妇。因是好处出身，所以今生好道。若功行完满，仍得超升。贫道欲就本处，建个普贤佛院，铸成金身供养，贫道常住看经念佛，保佑你夫妻拔宅飞升，不知意下如何？"杨奶奶道："多感圣姑美意。寒家东庄倒有块空闲山地，约有四五十亩。旧时原有尼庵，多年废了。只是兴工铸像，要费许多钱粮，寒家就竭力布施，恐不勾用。"圣姑姑道："不费贵府一分钱钞。贫道有个儿子，叫做左黜，见在剑门山关王庙中出家做道士，他从幼传得个丹法，善能点白为黄，只不曾遇着个有福之人，所以不敢轻试。这个福，不是寻常之福，乃是仙福。假如点就黄金，上等者，将来打做饮食的器用，令人颜色不老，百病消除，头顶上有灵光发现，久之便能升举；下等者，将来倒换与人，还是十倍。贵府只出些本钱，待贫道母子点化黄金来用，兴造赢余，还要添些利钱纳还。若多点得些，把来布施贫人也好。昨贫道已将此事过问过祖师，祖师连称善哉善哉，无量功德。你若无此仙福，祖师亦必不轻许。但此事全要秘密，倘或泄漏，事既难成，反为不美。”杨奶奶道：“容弟子与拙夫商议奉复。”杨奶奶归家对丈夫说了。杨巡检五脏六腑，向来已被圣姑姑搅浑，见了这假菩萨，一发死心塌地，便要他割下头来，哄他说不痛的，他也就割一刀了；况且点化乃仙家常事，岂有不信！

当时出厅，在蛋子和尚面前应承过了，教他先去回话。自己乘马到东庄去看了一回，径往西园见圣姑姑，问其点金建院之事。婆子道：“别的不难。只要一所净房，在旷野去处，鸡犬不闻，人迹罕至的，在内作用方妙。”杨巡检道：“弟子适到敝庄看了，地面尽宽，足可启建道院。如今紧要一所净房，除非就在敝庄住下。这庄房去处，相传原是唐朝郭令公的别业，还存得有几根古柏，房子也有三四十间，尽着圣姑姑拣中意的几间，关断了就是。庄仆自在外边一带，与里头绝不相干。吩咐了他，自然不放人来混扰。”婆子道：“待等小儿左黜到日，同往择便而用就是。”杨巡检道：“令郎在何处？星夜差人接取。”婆子道：“我儿子一只腿有病，诨名叫瘸儿。在剑门山，离此颇远。他行走不便，须要个脚力。还有一件，那关王庙中，全靠小儿一个有些道术，撑持房头。若听说贵府接他到此，众道士决是不肯放的。只老身亲笔写个字去，吩咐管家如此如此，小儿脱身方快。”杨巡检大喜道：“有烦圣姑姑快写家书，只明早便差人送去。一路脚力不打紧，有钱可以雇得。”两下别了。圣姑姑慌忙写书封固，教蛋子和尚送到杨巡检处。杨巡检唤个惯打差的杨兴到来，将圣姑姑这封家书细细吩咐了他的说话，限他明日便要起身，与他二十多两银子盘缠，教他一路雇马与左法师乘坐，小心伏侍，蚤去蚤回。

杨兴领了家主之命，连夜收拾。老婆见了一大包银子，抵死缠住，要他做件新布衫，买朵翠花。杨兴被缠不过，只得拈一二块与他，约去了五六钱。到明蚤往解库中赎取自己衣服被窝等件。人都知道他匆匆远行，又闻得盘缠付得有余，有些零星欠账，都来取讨。也只得还他，又去了几两银子。只恐使用不来，路上咬姜呷醋，件件省缩，一去一回，还想落得些儿，拐在腰里做私房。这也是人情之常，不在话下。有诗为证：

烧丹情愿费赀财，只等功成脱九垓。
遥望天涯左瘸子，不知何日拐将来。

话说关王庙道士贾清风，自从去年二月中与胡媚儿分别之后，眠思梦想，如醉如呆，每日向那瘸子讨信，问道几时转回。瘸子只胡应他道："进过香便回。"以后只管多问，一日常两三度，连瘸子也不耐烦了，发个喉急道："师父你也好笑！我与你同在这里，那个是顺风耳，千里眼，晓得他方外郡的事？两只脚生在他们肚子底下，要紧要慢由得他，终不然，我把个细麻绳儿牵得他来的？你道是干娘干妹，偏我嫡亲的心上不牵挂？就是你朝暮问他，他那里也不知道，可不枉了！"贾道士心绪不乐，又被他数落一场，又没得回答他。念他是媚儿的瓜葛，又不敢十分冲撞，只得忍耐。过了几日，三不知又问起来，瘸子竟不答应，好生没趣。看看半年十个月，毫无音信，贾道士心中委决不下。待说来时，去了许多时，也该转了；待说不来，他一个亲儿在此，难道老婆子的肚里也全不挂念？私下各处去问卜打卦，也有说来的，也有说不来的，也有说行人迟慢的，也有说得快，约时约日的。说得贾道士心下喜一回，愁一回，望一回，想一回，猜一回，恨一回。有一班轻薄子弟闻得这桩故事，制就几篇小词儿，唱得有趣：

去年瞥见多娇面，勾去魂灵呀，勾去魂灵。觑定花容不转睛，喜杀人，爱杀人。忙献殷勤呀，忙献殷勤。新楼不许凡人寓，特借多情呀，特借多情。朝暮饔餐咱管承，放宽心，慢登程。且待天晴呀，且待天晴。干娘认了为兄妹，添分亲情呀，添分亲情。日渐相知事可成。他有心，咱有心，不用冰人呀，不用冰人。瘸儿使去监工了，一半功程呀，一半功程。只恼虔婆碍眼睛，眼中钉，厌杀人，不肯开身呀，不肯开身。油绿梭布联衣服，聊表微诚呀，聊表微诚。只怕裁缝不称心，哄娘亲，自监临。私下偷情呀，私下偷情。忙来楼下把多娇抱，一刻千金呀，一刻千金。肯作成时快作成，且消停，到黄昏。捉空应承呀，捉空应承。隔墙有耳机关破，拆散张莺呀，拆散张莺。明日多娇又远行，送出门，痛难禁。珠泪偷零呀，珠泪偷零。烧香约定重来至，专盼回程呀，专盼回程。等待来时续旧盟，感恩情，叫一声，救苦天尊呀，救苦天尊。清明别去重阳到，辜负光阴呀，辜负光阴。再一遍烧香也转程，小妖精，为何因，全没风声呀，全没风声。此情难语他人道，只自酸辛呀，只自酸辛。索性回咱个决绝音，骂一声，放开心，也倒欢忻呀，也倒欢忻。关王不管私情事，也去通陈呀！也去通陈。梦想朝思为此人，说无凭，话无凭，全仗神灵呀，全仗神灵。道人害了相思病，天下奇闻呀，天下奇闻。妄想痴心欠妇人，没正经，老脚跟，难见天尊呀，难见天尊。

大凡不上手的私情有二等：一等郎才女貌，你贪我爱，传书递柬，千期万约，中间有人隔碍，不能成就，花前互想，月下同怜，这谓之相思。一等或男欠着女，那一边女全不挂在心上；或女欠着男，这一边男全不放在肚里，一般情牵意乱，短叹长吁，却是干折了便宜，这谓之单思。今日胡媚儿的精魂，不知那里去了，贾清风还眼盼盼的指望他来，重订鸳鸯之约，满偿云雨之欢，却不是个单思！

这痴道士自犯了单思的病，百事无心。坐如睡，眠如醉，也不诵经，也不打醮，连每月初一、十五，关帝前香烛都不去看了。家中食用，到只凭乜道胡乱扯拽。乜道支持了几日，做起乔家公来，与瘸子渐渐有些口面不和。这痴道士也管不得了。有时节心猿意马禁遏不住，只得把乜道来泻火，一个十三岁的小徒弟是瘌痢头，也生把他后庭弄过。千方百计，无孔可钻，一年之外，渐觉骨疼、身热、肌瘦、面黄，弄成一个痨怯症候。原来这种症候不痛不痒，不死不生，最难过日子的。

涪江渡口有个净真庵，那老尼正是贾道士的亲姑娘，闻知侄儿有病，特地来庙中看他，带一个极丑的女香童来伏侍。贾道士欲心如炽，又与他调戏，不几日就括上了。姑娘知道大怒，骂了侄儿一顿。临去时说，誓再不到庙中来了。

莫说痴道士害病，单表瘸子。初时道士奉承他好酒好食，吃得欢喜，以后渐渐懒散了。到得道士害了痨怯，一发没人照觑他。有些饮食时，先尽乜道背地里受用。便有得到口，也是残盘剩水，着实不敷。况且少一缺二，连瘸子的衣服，也把几件解了钱米，那个取赎？瘸子见光景不好，也未免想起娘来。道："娘呵！三口儿出门，只为我脚腿不便，权留在此。说过一有安身之处，便寄信来唤我，如今一年半了，不成你还在中途飘荡？我这里茶不茶，饭不饭，没人疼痛，你那知道！我若是手脚便当的，跑出庙门，做个云游道士，也度了这张嘴，怎见得不上不下，进退两难。正是人无千日好，花无百日红；又道人心若比初相识，到底终无怨恨心。"

莫说瘸子抱怨，再说杨兴奉了主命，在路打扮做个官差下书的承局①，夜宿晓行，不一日来到剑门山。取路径投关王庙来，只推口渴，问庙里讨汤水吃。乜道先看见是个公差，怠慢不得的，贾道士又病倒了，慌忙舀了一碗米汤，将托盘盛了，叫小瘌痢捧着，唆瘸子出去陪侍。世间只有瘸子最好记认，杨兴一见便晓得了。瘸子作过揖便问：

① 承局：对差役的尊称。

“尊官何来?”杨兴道：“是华州奉差来的。”瘸子将米汤送上道：“荒山乏茶，怕不中吃。”杨兴道：“救渴足矣!”小癞痢收碗进去。杨兴便起身，瘸子送出庙门，杨兴道：“法师可姓左么?”瘸子道：“正是!”杨兴道：“借一步说话。”瘸子跟他离了庙门，约有百步之远。杨兴道：“小人是华州华阴县杨巡检老爷家差来，有令堂圣姑姑家书在此，教法师星夜与小人同行，不可迟滞。”瘸子接书拆开看时，原来是四句诗。诗曰：

我在华阴杨府住，主人贤达真难遇。
要汝同修大道丹，火速登程莫回顾。

瘸子认得婆子笔迹，喜出望外，却待转身收拾包裹。杨兴道：“不消得！少甚东西，只问小人就是。就是便路上不甚整齐些，到家中自有。”瘸子道：“华州许多路，我行走不便，赶你不上，如何是好?”杨兴道：“挨到剑门山，一路自有骡马雇得，不烦尊步。”瘸子想起庙中，乜道可恶，贾清风又病倒了，也没甚情意牵挂。若论初相会时，母子三人受他恩惠，今日母亲书到，合该说知。只是一封空书，又不曾寄得一物谢他，怎好提起?到不如不见为高。就有几件冬夏衣服，只拣好的又在解库中去了。那汉子口称小人，一定家主吩咐他来承应我去，我又迟慢怎的?叹了口气，便道：“既是我母亲教我火速登程，只今便走。恐家师们知道时，却又担误。”当下杨兴扶着瘸子飞奔剑门山。一路或骡或马，雇来与瘸子乘坐。杨兴是惯走路的，急行急随，缓行缓随，望华州路道而进。

话分两头。再说乜道，这一日不见瘸子进来吃饭，心里怪异。等到晚间，也不见归来，只得报与贾道士知道。贾道士问道：“几时去的?”乜道道：“早间有承局到来讨汤水吃，他送出门，就不曾见他回转。”贾道士道：“承局是那里来的?”小癞痢在旁答应道：“是我将托盘子送米汤出来，听得说一句，像是华州来的。”贾道士听得华州二字，痴心复起，便道："华阴正是西岳华山所在。干娘和妹子正在那里进香，如何不对我说，问个信儿!"乜道笑道："华州是大州大府，须不是三家村、独脚镇，两个妇人去朝山进香，那承局那里便睬着他来!"

贾道士病中容易焦躁，便骂道："狗弟子孩儿！你晓得什么。常言道两叶浮萍归大海，人生何处不相逢。他母子见在华阴县进香，你道承局不能会面，这瘸子在剑州山僻去处，如何却与承局相会了？见今这瘸子跟着承局一路去，必是有甚信音到来，或是他母子在这里近处唤他，或是另在一所反来接那瘸子去，都不见得。你自不用心盘问，到说这没气力的话，却不是放屁!"慌得小癞痢先跑出房去了。乜道见他发恶，故意道："师父说的是，待明日去寻那承局问他便知。"贾道士道："上门时闭着鸟嘴不问，如今去了，又那里寻他？"乜道道："师父说的人生何处不相逢。"贾道士见他还话，气得面皮紫漲，在床上竖起头来，要扯乜道来打，忽然发个头晕，依旧跌倒。乜道口中唧唧哝哝的，走了出去，倒在外边骂小癞痢多嘴饶舌，打了他几个栗暴。小癞痢劳劳叨叨哭一个不住。贾道士听得十分恼怒，只恨头昏体弱，爬走不动。

到黄昏时，灯火也不点进来了。其时九月十八日，月起得快，贾道士含着一口气，冷清清的躺在床上，看见月上窗棂，万种思量，千般伤感。不知此一时，媚儿妹子在于何处，只有这轮明月照见他亮亮的在那里，怎得嫦娥方便寄我个信儿。正在胡思乱想，忽见小癞痢跑来报道："瘸师回来了，和干娘三口儿在门外。"贾道士听得这句，把勃勃的气变做一天欢喜，忙教请进。自己要挣扎下床，终觉头重脚轻，又复睡下。只听得吽吽①工的说话响，三口儿走进房来，婆子问了病起的缘由，安慰了几句言语，忙忙的出外道："待老身收拾行李停当，再来叙话。"瘸子也跟出去了。只留胡媚儿笑嘻嘻的坐在床沿上来，说

① 吽吽（hōng hōng）：言语嘈杂。

道："哥哥别来多时，不道有此贵恙。"贾道士见四下无人，诉出衷肠道："这病是因贤妹而起，今得见贤妹，死亦无恨。"便把手去勾那媚儿的颈，媚儿低头下去，做了个嘴，便挨身入被窝来。贾道士去摸那下截，原来只是单裙，不曾穿裤。贾道士欲心顿起，病都忘了，便要与他云雨，刚刚肤肉相凑，未曾行事，便觉浑身一阵通快，叫声"阿呀"，那精离了命门，直淌出来。贾道士已醒，原来是个梦泄。张开眼看，寂寂空房，惟有半窗月魄，凉气袭人。贾道士满目凄凉，叹了一口气，不觉泪如雨下。正是：寻常一样窗前月，偏照愁人愁转添。不知贾道士性命如何，且听下回分解。

第十三回

闭东庄杨春点金　筑法坛圣姑炼法

古洞天书不记年，谁将半壁向人传。
一从辨出雷文字，修炼成时拟上仙。

话说贾道士留却瘸子，指望挂住那老婆子一条心肠，是与媚儿重会的大关目，不知什么缘故忽然而去，心上又恼又疼，神魂散乱，就做出这个痴梦来。醒后短叹长吁，酸楚了一夜。次日问起瘸子衣服被窝都在，还道他不曾远去，教人四下访问。有人说他在剑门山下雇了牲口，一个远方汉子，随着他去了。从此又着了一急，病势转添，夜夜梦见这小妖精来缠他。泄了几遍，成了滑精的病。日里三不知忽然火动，下边就流出来了。以后合着眼便看见媚儿，看看骨瘦如柴，自知不济，叹道："媚儿，我与你呵！今生不作吹箫伴，后世当为结发亲。"对了乜道和小瘌痢说的，都是永诀的凄凉话儿。老道士从来不出房的，也来看了他几次。病势已是九分九厘的地位，少不得预办后事。淹至交春，油干火尽，呜呼哀哉，刚刚二十七岁，正是贪花不满三十。昔人有阙小词，名《清江引》，说得正好：

百般病儿都可解，切莫把相思害。蓦地痛钻心，整日魂不在，到呜呼才省得冤孽债。

这痴道士临死，还一心牵挂着小妖精，为此一片精灵不散。那一世媚儿托生胡家，叫做永儿，道士托生焦家，叫做憨哥，虽然不得到老齐眉，也算做少年结发，在姻缘簿上，勾除宿账。此是后话不提。

再说瘸子和杨兴赶路，饥餐渴饮，夜住晓行。不一日来到华阴县。先在杨巡检门首经过，杨兴留瘸子进宅，报与家主知道，杨春慌忙出来相见。叙寒温中，也说几句炉火的话儿探他，瘸子全然不晓，只把双眼来睁，一字不答。杨春只疑他不肯轻易讲论，也不穷究。献茶后，就叫杨兴送瘸子到西园与圣姑姑相会。瘸子进得园门，先会见了蛋子和尚，心下想道："我母亲好没正经，如何招个野僧同住。难道许多年纪，到打和尚起来？"一到净室见了婆子，便问道："妹子媚儿如何不在一处住？前边那野和尚又是何人？"婆子道："一言难尽！"先说树林中躲风，梦见则天娘娘，如此如此，醒来就失了媚儿；后来遇着蛋子和尚，正应了梦中遇蛋而明之语。“他带得有天书，只我识得，乃是九天秘法。若修炼时，须得千金之费。我只推要建普贤祖师佛院，小儿左黜善能点化黄白。借这话儿，诱出他些财物来，就乘机接你到此，同行修炼，却不是好！”瘸子笑道：“怪得杨巡检一见面，便说什么炉火，又是我不答应，不然，却不露出马脚来么！”

正说话间，杨巡检来拜瘸师，送上新衣一套，铺盖一副。就约母子二人，明日同往东庄看屋看地。婆子道：“要买办些药料及出入奔走，少不得托我家蛋子兄弟。若用别个，恐怕口嘴不稳。明日也要他走一遭。”杨春答应道：“最好。”去不多时，教家人送晚饭来，摆下一桌子素菜。瘸子私对婆子说道：“娘，怎的弄得些荤酒儿来吃便好。”婆子道：“有名的杨老佛家，荤酒不闻的。你休得惯了嘴，到明日修炼时，整年月不许动荤哩！”瘸子呆了，把舌头也伸一伸。

当夜无话。次日早饭后，杨巡检吩咐差一乘小轿、两匹马，去西园迎接他三位。自己先到东庄相候。婆子乘轿在前，一僧一道骑马在后。管家引着，飞奔东庄上来。一路看时，果然好个去处。但见：

> 田连阡陌，树满丘陵。田连阡陌，零星住下庄家；树满丘陵，整队行来樵子。山坳中，宽宽一片空闲田地，曾为比丘尼道场；高阜处，大大一圈精致庄屋，已非郭令公故业。倘建佛庵道院，尽叫千门万户，怕做不下鸟革翚飞。若作鬼窟神坛，便住半载一年，真个不闻鸡鸣犬吠。最喜主人能好客，深林飞鸟任安栖。

婆子见杨巡检先在，谢道：“老檀越如此信心，都是夙因所致。”杨春道：“来路上曾看这片隙地么？”婆子道：“已见过，十分称意了。这贵庄外面，也好个形势。只不知里面房屋何如？”杨春道：“就同一看！”便引着众人，弯弯曲曲，各处走了一遍。原来虽说庄房，造得甚有体制。墙门里面一片大空场，是堆积柴谷之所。两旁设下仓廒①，中间三间大敞厅，左右帮几间杂屋。那左屋就是管庄的住居，厅后开个大大的鱼池，以防火烛。右边望去，都是亭台花木之类。三株古柏横斜半朽，用个朱红木架儿扶着。左边一带回廊，回廊尽处，另有个角门。进了角门，又是三间平屋。里头书室楼房，药炉茶灶，无不所具。杨巡检每年看租算账，也到此十日半月介住。所以收拾得齐整。若闭上角门时，分明别是一座宅院。杨春道："这几间敝房，可将就作寓否?"婆子道："何消恁般精室，罪过罪过!"又道："只今晚就在此住下罢！一动不如一静。只是所借母银，望乞作速留意。"杨春道："三日内便凑集送到。三位日用供给，就在这小庄支用。只怕炊爨时，还要用个小厮。"婆子道："更不消得!"杨巡检临别，唤管庄的老王来吩咐：一应供给，要你支持，须是周备，每月只开账来看便了。又教将敞厅后面照壁闩断，贴下封皮。若送供给时，就从老王家里穿出回廊去，不许别人走动。又将角门里面锁钥付与圣姑，任意开闭。于是带几个庄客，去西园取三位的行李。婆子住下这房子，称心满意了。少停，园公同几个庄客，将行李送到。蛋子和尚的包裹有天书在内，行坐不离，已带在身边，只有铺陈棍棒，在耳房中，也一齐取来了。日没时，婆子教蛋子和尚将侧门锁断，三口儿做一处商议。蛋子和尚游方熟脱，一应买办合用东西，俱是他奔走。左黜腿不方便，专管看守法坛，烧香点烛，及煨煮三餐茶饭。婆子专主教导他们节符念咒，按时修炼。预先分派已定。其柴米之类，老王处每月总支，免得日日缠扰。

第二日侵早，杨奶奶差掌房的老嬷嬷抬个小轿儿到东庄特看圣姑姑，敲门进来道："奶奶闻知法眷同住，怕不方便，不好自来看得，教老身多多致意!"婆子道："足感奶奶挂念!"老嬷嬷看着瘸子笑道："此位便是令郎瘸法师么？圣姑姑与普贤菩萨恁般识熟，何不央菩萨吩

---

① 仓廒：储藏粮食的处所。

咐天医医好了这只腿?”婆子道:“一人一相，不可更改。譬如观世音千手千眼，何曾嫌多减却几个?弥勒祖师一个大肚子，垂到膝上，何曾道不方便吃药消他?”老嬷嬷:“圣姑姑说的是。”又道:“轿子里有只小官箱，相烦蛋师一取。”蛋子和尚取进来，放在桌上。是个描金箱儿，锁上一巨白铜小锁。老嬷嬷张神捉鬼的道:“老身有句私房话儿，教两位师父权且闪开!”袖里摸出条猪肝红的旧汗巾来，角上缚个小钥匙儿，将锁开了，箱内取出几包东西，做一堆儿放着，道:“这银子共是二百两，是奶奶的私房，教老身送与圣姑姑聊助杂费。别的面前莫说。”婆子称谢，收在一个抽屉桌儿里头。老嬷嬷又叮咛道:“放在谨慎去处才好!”婆子道:“不妨事。”老嬷嬷道:“老身是恁般小心的，莫怪多讲。”又道:“今后圣姑姑见普贤菩萨时，也替老身寄个名儿。老身是孙氏，奉过二十多年斋了!”婆子道:“当得!当得!”老嬷嬷道:“老身只为死了老公，儿女又不孝顺，所以孤身傍在奶奶身边度日。那一世只求个好儿好女足矣!”说罢，依旧将空箱锁上。婆子唤瘸儿拿着送他出门，上轿去了。瘸子锁了角门进来，已自晓得奶奶送得有银子，便热闹闹的要买东买西。婆子道:“奶奶瞒着人来的，且慢些动弹。等杨巡检送到，看多看少，再作区处。”有诗为证:

阴性从来吝啬多，百般好事被蹉跎。
偏于佛面贪资福，肯把私财舍道婆。

话说蛋子和尚见事事凑巧，心中欢喜，便要将二十四纸天书，求圣姑译出讲解。婆子道:“今番我三人在一处修炼，你瞒不得我，我瞒不得你。这大纸上，看字不甚方便，可将素纸钉成手掌大小本，贫道将唐音译出，贤弟细细誊写，庶几作用时，便于翻阅。”蛋子和尚道:“如此甚妙。且说纸墨笔砚，合用多少，一起儿买下，这小事今日先做下不妨。”婆子道:“每人好纸要四十九张，笔十枝，墨五锭，小砚二个，朱砂三两。三个人便要三倍。如今誊写小本，费纸也不多，再加纸五张，笔一枝，墨一锭，足以勾用。”婆子在西园上时，原有人送下些钱钞，把来教蛋子和尚制办这事。因是先前派定，瘸子也不敢搀越。须臾之间，蛋子和尚将文房四宝买齐。婆子取余纸五张裁破，每张裁做二十余页。除符形照样描写，其他文字俱将唐音译过，写成蝇头细字。蛋子和尚写一行，明白一行，快活一行。正是虽然未得神通使，不作三心两意人。一日一夜，都写完了。婆子对阅过，一字无差。第三日天明，将原来二十四纸，用火烧化。这天书秘本，可一不可二，亦恐留下人间，或致亵渎，罪有所归也。

早饭后，杨巡检自到东庄。抬着一皮箱银子，足千金之数，教与婆子收下，道："点出黄金时，倒换银子再点，便是无穷了！"婆子道："正是如此！"杨春又道："今番别了圣姑，不敢请见了！但不知丹成大约在于何日？"婆子道："也看缘法迟早。多则一年，少则半载，那时定有好音奉复。倘或迟慢，也莫性急。"杨巡检别去。

婆子教蛋子和尚，先取五方之土，就本庄权算中央，余者东南西北，俱在十里外取用，各将布囊盛下。其他世间动用之物，贵的如金珠、贱的如木石、吃的如豆麦、烧的如煤炭、粗的如缸瓮、细的如针线、清的如茶酒、杂的如药材，色色都要买得完备。一面蛋子和尚制办东西，一面婆子打扫楼下设坛。先期斋戒沐浴，择六甲日吉时，将土布囊按定五方之位，相去各尺许。周围将新砖垒起，约高一尺五寸，空处用五谷填满。上设明灯三盏，昼夜不绝。外用黄布制成神帐一顶罩下。前面设香案一座，供养着甲马、云鹤①，每日设茶酒果三品。早起念净口咒一遍，净身咒一遍，净法界咒一遍，安土地咒一遍，安魂咒三遍，然后依法作用。此是常规，不必细述。

且说安坛次日，先将各人合用纸墨笔砚等，排于六甲坛下。婆子起首，脚踏魁罡二字，左手雷印，右手剑诀，取东方生炁一口，念通灵咒一遍，焚符一道。蛋子和尚和左黜都依着婆子行事。虽然一般念

---

① 甲马、云鹤：均为施法所用的神符。

咒、烧符，这符形都是婆子动笔画的。如此七七四十九日，纸、墨、笔、砚俱灵，然后商议召将。蛋子和尚要得自家书符，婆子道：“书符最是难事，须要以气摄形，以形摄气。假如此符是何作用，便要作此观想。如要兴云，便想得一点阴气，起自丹田，渐觉满身都是云气光塞，从七窍中喷薄出来，弥漫乾坤。如要起雷，便想得一点阳气，起自丹田，渐觉一身都是雷火运旋，从七窍中搏击出来，震动天地。想就时，急将此气落墨，一笔而成。所谓以神合神，以气合气。正要把我的神气，与天地贯通，这符方有灵验。初时尚费收摄，到工夫纯熟，闭眼神便聚，书空符亦灵。此通天彻地之妙诀也。若只照着符形描画，自己的神气先自散乱，如何感动得神鬼？俗语云：书符不效，却被鬼笑；写符不灵，倒被神惊。我今先写与你们看：从何起手，从何结构，如何凝神运气。你们看得烂熟，然后动笔。一法通，万法通，一法不通，万法都不通了。切不可粗心浮气，自误其事。”蛋子和尚和瘸子，喏喏连声，不约而同的问道：“书符之法，已领教诲。今欲召将，不知将便能来否？若来时，如何相待？”婆子道：“正要与你细讲。有内将，方可召外将。邓、辛、张、陶、苟、毕、马、赵、温、关，此外之十将也。眼、耳、鼻、舌、意、心、肝、脾、肺、肾，此内之十将也。先炼就自己十将，统一不乱，存神定炁，俨如外将森列在前，然后呼之即应，役之即从。初时或先现半身，后现全身。若见神貌凶恶，不可畏惧；如其丑陋，不可嘻笑。须是敬之如父母，亲之如朋友，役之如奴仆。苟或不然，必取神怒。又凡欲召将，必先预定所行之事，所问之语。若召至无用，其将不为准信，次后虽召亦不来矣。”

两个和尚道士，未曾见将，先听了这段说话，分明像小学生初进学堂，还不知先生甚么规矩，一肚子战战兢兢，毛骨俱悚，各自去虔心静坐，凝神养气。婆子到书符时，先教他两个看样。蛋子和尚到底聪明，看了一遍便会了。瘸子时刻把手向空中摸画，也是缘法已至，从来懒惰的，到此也精勤起来，当他用心不过，毕竟也被他赶上。大家步罡踏斗，念咒焚符。炼了一七、二七、到三七，微有影响。或闻剑佩之声，或露衣袍之色。看来此尚非真将，乃将手下之人，所遣来阅坛者也。四七、五七，始现真形。或半身，或全身，或独行，或联骑跟随人众。或多，或少，只是竟往竟来，不向庭中停驻。说话的，却是为何？这将的英灵，无处不在。只为常人精气，与他不相感通，所以俗眼不能看见。今日为符咒所摄，游行时未免从法坛经过，又撞着至心至意的目光凝聚，岂有不见之理！其竟往竟来，是作用未满，法力不到之故。到七七四十九日，众将站立庭中，拱手受令。四围簇拥，如有千军万马之势，全不觉庭中狭窄。婆子在前，和尚道士在后，肃容端立。婆子开口吩咐道："吾等三人，乃上帝眷属。奉九天玄女娘娘法旨，得《九天如意宝册》天文符箓，阐弘道法。特召汝等前来辅助，听吾差遣，功成之日，奏闻上帝，纪录超升。"诸将鞠躬称喏而退了。一霎时，庭中寂然。有诗为证：

尽道有钱堪使鬼，也知无术不通神。
试看神将庭中列，只为天书咒语真。

话说蛋子、瘸子见神将来往，初时不免矜持，到后渐渐也习惯了。只是每遍是婆子当前，两个随着脚跟做事。虽只一般，偏有蛋子和尚性急，信心不过，欲得自试一番。悄悄地起个五更，步入坛前，如法捻诀念咒。只听得响亮一声，庭中降下一员天将，怎生模样？有《西江月》为证：

眼似铜铃般大，面如紫蟹须钢。幞头金色放毫光，绣袄团龙花样。　　手执皂旗一面，招风唤雨行藏。英雄猛烈敢谁当，使者姓张天将。

张使者鞠躬而前问道："吾师见召，有何法旨？"倒慌得蛋子和尚面红心跳，急急按定神魂，答道："这里楼后北窗，少几株大树遮阴。

只有西园上四棵梨树绝大，可速移来植于此地。”神将应声去了。须臾，只听得一阵大风，飞沙舞瓦，耳边如军马杂沓之声。到天明风息，蛋子和尚往楼下看时，四棵大梨树做一行儿的种下了。乃张使者差神兵所为也。婆子知道是蛋子和尚干出这事，着实发作了一场，说：“这天将非凡人之比，不该把没要紧事轻易差遣。况今道法未成，又没甚本事在身，倘触其怒，性命难保。”蛋子和尚道：“偶尔试验一次，今后再不敢矣。”

却说西园上园公，因这番大风，失去了四株大梨树，慌忙去报与杨巡检知道。杨春正在惊讶，只见东庄老王也来报道：“今早五更风起，圣姑姑住下楼房后边，添下几棵大树。”杨春道：“角门锁断，你如何看见?”老王道：“这树高出云端，小人从外面望见。却是自来没有的，所以报知。”杨春情知又是圣姑姑的神通，暗暗称奇，便道：“我晓得了，你们休得在外人面前传播。”各赏了酒饭，打发回去不提。

再说婆子和二人商议道：“如今将已炼就，可将七十二般地煞变化，次第修炼。每炼一法，必要经历四十九日。其中有简便的，只管并日做去。大约三年之内，务期完事。”二人见说得快当，欢喜无限，从此加倍用心。步罡踏斗，书符念咒，时刻不虚，炼过一个七七，先能暗中搬运柴米之类，不去与老王支取。老王道：“他不来支，一定不是缺乏，老汉且落得些受用。”去查那柴米数目，依然按日减少。老王大惊，又去报与杨春，杨春只教莫说，看他怎样。

光阴似箭，看看三年将满。婆子等三个，把七十二般道法，俱已炼成。且说神通变化，大略如何？但见：

上可梯云，下能缩地。手指处，山开壁裂；气呵时，石走沙飞。匿形换貌，尽教当面胡涂；摄魄招魂，任意虚空役使。豆人草马，战阵上添来八面威风；纸虎带蛇，急难时弄出一桩灵怪。风云雷雨随时用，水火刀枪；不敢伤。开山仙姥神通大，混世魔王法术高。

原来这白云洞法，上等不比诸佛菩萨，累劫修来，证入虚空三昧，自在神通；中等不比蓬莱三十六洞真仙，准几十年抽添水火，换髓移筋，方得超形度世，游戏造化。他不过凭着符咒，袭取一时，盗窃天地之精英，假借鬼神之运用。在佛家谓之金刚禅邪法，在仙家谓之幻术。所以玉帝慎重，不许私启天封，留传人世也。虽然如此，高明之人，借此法术，全身远害，做个仙家的津梁，入山采药，不怕虎狼，千里寻师，不费车马，也到是捷径。为此白云洞留下这一脉，以待有缘之人。洞主白猿神又添一笔在后，要他每年向斗设誓：若生事害民，雷神不宥。只为玉香炉烟起早了些，蛋子和尚少摹了后面七十六个字，所以不曾看着这一条利害的话。今日修炼成功，便认做惊天动地的学问，长生不老的法门。到后来，果然生事害民，动起河北一带数载的干戈，使人骂妖名，千秋不灭。此是后话。

且说圣姑姑这番修炼，只用得杨巡检的银子。其杨奶奶二百金，原封不动，遣个灵鬼送还他去了。想起雁门山下初离土洞之时，母子共是三口，如今虽添了个蛋子和尚，毕竟少了个胡媚儿，是个缺典①，少不得寻取将来，传授与他，这是婆子心上第一件事了。那起庵铸像的说话，原非本心，不须提起。只是还有一件：我等三人，受了杨巡检夫妇多时供养，又得他金银相助之力，一旦不辞而去，觉得恝然②。每人宜显个神通，留一个忆念与他。瘸子跳起来道："我送个虎与他看庄。"婆子道："我原许他点化黄金，今将楼前这块太湖石，点成与他做个镇家之宝。"瘸子道："正好！我的虎就着他看守金子，使盗贼不敢动念。"蛋子和尚道："劣弟不才，意欲召个上好塑手，将我等三人形像，塑此楼下，使他杨家子子孙孙，朝夕瞻礼。"瘸子道："不好，不好，塑出我瘸腿来，你却笑我。"蛋子和尚笑道："恁地时，只塑个坐像罢了！"当下婆子口中念念有词，望石上只一喷，涎沫如细雾散

---

① 缺典：憾事。
② 恝（jiá）然：冷淡，漠不关心。

落，急把手掌擦之，凡掌所到处，皆成紫金之色。不一时，整千斤一块太湖石，明晃晃变成金山一座。瘸子剪个纸虎，口中有词，顺风吹去。喝声："疾!"只见这纸虎扑地跳两跳，便成个黄斑老虎，猛烈咆哮，与真虎无异。瘸子吩咐道："老虎，老虎，听我法语：镇宅金山，不许携取，有人携取，老虎逐去。"说罢，把袖一拂，依然是个纸虎。瘸子看金山座下有个空处，便放那纸虎在内。蛋子和尚摄三个巧匠的生魂，闭于楼下，一夜塑成三个浑身，极其相像。圣姑姑居中，蛋子和尚居左，左黜居右。蛋子和尚一见，不胜之喜。便道："是我塑下的像，我先磕个头儿起首。"瘸子道："野和尚磕头，谁来答礼?"蛋子和尚道："若起身答礼时，只怕腿脚不方便的，被人看破。"瘸子也笑起来。婆子道："休得闲讲，想起今日得道缘由，遇杨而止，遇蛋而明，都是天后梦中指点。他说二十八年后，当在河北兴旺，约我到贝州相助。此是天数。我等一来不可逆天，二来不可忘了指点之恩。自今为始，各人随意逍遥，念想动时，立刻相见。若运数到日，切莫异心，以违天道。"说罢，婆子腾空而起，在空中把手招他两个。蛋子和尚把齐眉短棒撇向空中，化成万丈金桥，大踏步上去了。瘸子道："我且向壶天顽耍则个。"便向墙角头拣个空酒瓶儿，放稳在地。叫一声："我下来也!"双脚望瓶嘴中一跳，不知那里去了。正是：从来只有神仙乐，法术高时不让他。毕竟他三人那处相会，胡媚儿又在何处翻腾出什么来?且听下回分解。

第十四回

圣姑宫纸虎守金山　淑景园张鸾逢媚儿

仁慈胜似看经典，节俭何须点永金。
跨鹤腰缠无此理，堪嗟愚辈枉劳心。

话说圣姑姑初到东庄，原约杨巡检一年半载，便有回复。谁知一口气练法，闭了三年的角门。杨巡检已自十分信服的，又见移树运米，如此神通，少不得有个妙用。为此只吩咐管庄的老王，暗地打听消耗，自己再不敢来敲门打户，讨消问息。忽一日，杨奶奶开一只衣箱，只见箱内堆着一多子东西。取来看时，原来就是三年前教老嬷嬷送与圣姑姑这二百私房银子，原封不动在内。奶奶吃了一惊，忙唤老嬷嬷来认时，果然不差。这分明是灵鬼所为，就是搬柴运米的一个法儿。他们那知就里，只管胡思乱猜，道："这衣箱多时锁下不开，为何银子倒在里面？又是几时送来的？"不免教老嬷嬷到东庄上打探一遭。

老嬷嬷坐个小轿，到东庄老王家来，问其动静。老王道："以前半夜三更，常听得院里大惊小怪，叫唤呼喝之声。如今好几日不闻声响，不知何故。"老嬷嬷道："你且讨个梯儿，待我爬上屋去，偷望一望，看是怎的！"老王见是掌房的嬷嬷，自然要奉承一分，又且奶奶差来，如何违拗。慌忙在敞厅上去掇个长梯子，弄了半日，弄进屋来，靠在回廊屋檐上。老嬷嬷先爬上去，望了一望，就下了梯，说道："院里静悄悄地，绝无动静，我脚软站不住，还让你老人家来！"老王真个上梯去，舒头而望，并无一人。自爬上屋脊，仔细前后观看，忽然见了明晃晃黄灿灿这座金山。心下又惊又喜，下得梯来，心生一计，瞒着老嬷嬷，只说："不见甚的，想是从后门走了！"老嬷嬷转身去后，老王一脚箭跑到城中，报与家主杨巡检知道："如此这般。想来是老爷洪福，特来报喜。"杨巡检喝道："谁教你去望来？"老王道："是奶奶差老嬷嬷来，教小人去看，不关小人之事。因是好几日院里不闻声响，想不在了，所以小人大胆。不然，也不敢。"

杨春心下沉吟，便叫家童备马，亲往东庄。把敞厅后壁封条揭了，开进去看时，里面没人来往，乱草纵横，回廊下小角门依然紧闭。杨巡检自去敲了几下，不见答应。叫安童收起砖块去打，打了一个时辰，只如不打一般。杨巡检发个性急，教庄户、轿夫、随从人等一齐用力把门撞开。杨巡检吩咐众人退后，只带四个安童跟随，不往厅屋书房住脚，一径串出后楼去看。只见楼下竖着这座太湖石，已变成一块紫金。杨春暗想道："圣姑姑神通果然非小!"掣转头来，猛见圣姑姑和蛋子和尚左黜三个，端端正正坐于楼下。杨春大惊，慌忙下阶拜倒，禀道："弟子久失侍教，闻师父点化已成，特来拜谒!"安童道："老爷莫拜，上面坐的是个死的。不然，怎不回礼?"杨春起身上前看时，原来都是塑的，浑身俨如生相，称赞不已。看四下杂屋中，堆积百般货物器用，尚值得四五百金。三个的衣服行李，都不见了。楼后四株大梨树，果然西园移来的，种得齐整。不知甚么缘故，不别而行。想是普贤祖师不愿造个行宫在此，圣姑不好回话，竟自去了。

杨春叹息了一回，便教安童快去迎接奶奶到来。不多时，杨奶奶接到。杨春引他见了浑身，说："是圣姑姑自塑下的。"奶奶拜了四拜，转身见了这座金山，夸道："人间金子，怎的有恁般赤色！只可惜点化得忒大了，教人不便移动。"杨春道："多着些人来搬他家去，做个镇家之宝。"看见香案边堆下黄布帐子一顶，自去取来，罩在金山上面。一面教安童唤庄户、轿夫、随从人等，讨了扛棒绳索，一齐进来，何止三四十人。这班人闻安童呼唤，问其缘故，已自晓得了。一见帐子裹着，都去偷揭来看，那一个不惊喜。伙里自相议论，也有个说眼见稀奇物，寿增一纪。也有个说，毕竟做官宦的福分大，财乡跟着他走。也有个说，皇天心也不平，有这些金子，不派点屑粒与我们穷汉，又与那财主做甚。有几个有气力，肯出尖的，将绳索向前要去捆缚那金山。不动手时犹可，才动手时，忽然金山下面，起阵黄风，一只黄斑老虎，扑地跳将出来，吓得众人叫声"阿呀"，四散奔走逃命。杨巡检拖着奶奶一只臂膊，跑上楼去，将门窗都闭了。过了一时，不听见楼下动静，在窗子眼内偷看时，老虎已不见了。杨巡检推开楼窗叫人，一个也不答应。只得大着胆走下楼来，只见这些丫鬟养娘，兀自在神像案桌下躲着，也有跑出去的，和安童在门口探头探脑望着里面消息。杨巡检喝道："虎在那里？兀自见神见鬼的做甚张智!"安童和养娘们方才放心。杨巡检教安童一面备马，一面唤齐轿夫，送奶奶回宅。

到家后，夫妻两口说道："这圣姑有灵。既然塑下浑身，必然要那金山供养，不许人移动，所以显个老虎出来吓人。如今不去动他，自然没事。"商议定了，把存下货物器用，一应搬回。这三间楼下叫做圣姑堂，每年正、四、七、十这四个月的初一日，西园设斋，杨巡检自去烧香点烛一遍，便封锁了，也不容外人进去瞧看。余月，连本宅人都不进去。又吩咐安童、庄客等，不许向外人面前多嘴饶舌。常言道：拿得住的是手，掩不住的是口。家主恁般吩咐了，一般又有忍嘴不牢的，做新闻异事，说将出去。满县人都乱嘈道："杨巡检庄上出了一座金山，又有个黄斑老虎。"也有同辈亲友，特为此事来问杨春，杨春只推没有。后来这个圣姑堂直待贝州反后，枢密院行下文书，各处挨查妖人蛋子和尚、左黜等余党。此时杨巡检已故了，奶奶老病在床。管家禀知小主人，私下唤庄户连夜毁了这三个土偶。看那金山时，仍是一座太湖石。老虎是纸剪的，已朽坏了。此是后话。正所谓：时来铁也生光，运退黄金失色。有诗为证：

堪笑杨春识见莽，狐精错认真仙长。
黄金不作镇家山，险使儿孙作妖党。

杨巡检一段话，表过不提。看官们，如今要晓得媚儿的下落，少不得打个大宽转，又起一宗话头了。话中单表一人姓张名大鹏，西安府人氏。从小读书，十二岁上没了爹娘，跟随个全真先生，出去游荡。在燕都大房山偶染疫病，那全真弃之而去。幸遇个外国异人，救好了他，见他丰骨不凡，传授他一家法术，能呼风唤雨，役鬼驱神。若与白云洞法术比较，也是半斤八两，差不多儿。平生与东京一个人交厚，结为兄弟，常寓在他家。那人姓朱名能，有一手好武艺。

题起那话，是祥符元年的时节，真宗皇帝恼那契丹鞑子欺慢中国，有佞臣王钦若奏道："从来若非真命天子，上不得泰山。所以秦始皇恁般英雄，也被风雨打将下来。我皇若要镇服四海，夸示外夷，须徼福天瑞，东封泰山，方可称一朝圣主。”真宗问道：“泰山曾封过几遍了?”王钦若奏道：“七十二遍了。”真宗准奏。就在王钦若身上，要他三日之内，报过七十二般祥瑞，事事须要有据。王钦若退朝，面带忧容。一时间多了这嘴，三日里面，那有七十二般祥瑞?便说灵芝、甘露、麒麟、凤凰，见今世上都生得有，三日内也取不将来。那朱能正在他门下做个馆宾，晓得王钦若有这件事在心，便道：“此事不难，依朱能说，只用一般祥瑞，便可抵挡得那七十二般了。”王钦若欣然问计，朱能道：“草木鸟兽之瑞，都是后来，不为希罕。只有上古伏羲时，河中龙马负图而出，天示阴阳卦象，谓之天书。此为祥瑞之祖。如今若得天书下降，把来宣布中外，泰山就封得成了。”王钦若道：“天书怎得降来?”朱能道：“不消相公费心，朱能自有妙策。来朝容禀!”

当晚朱能回家，与张大鹏商议。张大鹏道：“不是劣弟夸口，仗平生学的道法，只今夜送个天书信息到皇帝老儿宫里去!”朱能道：“愚兄此番，便是出身之阶了，全仗贤弟帮衬这个!”其夜张大鹏行个嫁梦的法儿。真宗皇帝睡在宫中，梦见红光曜室，一个神人，头戴七星冠，身穿绛衣，手捧文书一本，告道：“上帝有命，降天书大中祥符三篇，陛下宜虔诚受之，圣祚万载!”正待舒手去接那文书，却猛然惊觉。五更钟动，真宗皇帝上殿。正是：

九天阊阖开宫殿，万国衣冠拜冕旒。
日色才临仙掌动，香烟欲傍衮龙浮。

百官早朝已罢。便召宰相王钦若面对，把夜来之梦，与他说了。王钦若奏道：“此乃我皇志一气动，与天心相通，方有此梦兆。这天书自伏羲时龙马负图，直至如今，不曾再见。若果然降下，便是国家之上瑞，休言七十二般祯祥，便千万般，也赛不过矣。乞我皇速出圣旨一道，九门传谕四下访察天书消息。”真宗皇帝准奏。当下取龙凤花笺，就御案上拂开，提起玉管兔毫笔，御手亲写道：

朕在深宫，恭嘿思道。梦有神人，星冠绛衣，传说帝命，当降天书《大中祥符》三篇。如有人先得者，不拘军民人等，诣阙速献，即时擢用。如系职官，加秩进禄，钦哉无忽。

景德五年正月　日御笔

王钦若捧了这道圣旨，辞朝而去，便仰文书房一样抄白了九张，差人向九门张挂，把御笔收藏，奉为至宝。左右报朱能候见，王钦若忙教请进。相见已毕，朱能道："相公正要启奏天书，恰好有这道圣旨，可谓凑巧之极矣！"王钦若道："据圣上此梦，敢是真有天书下降么？"朱能道："莫管真不真，只在朱能身上，包有天书还相公便是。但得权充巡官之职，庶几便于察访。"王钦若道："只恐卑职不称大才，有何难哉！烦足下用心，事成之日，必当保奏重用。"当下便差人送名帖到枢密院去，将朱能充作皇城司巡官之职。朱能就相府挂了牙牌出来。对张大鹏说道："皇上果有异梦，此乃贤弟之神力。只是《大中祥符》三篇，那里求取？"张大鹏道："天书左右是个名色。劣弟已摹仿老子《道德经》之意，胡诌三篇，不知可用得否？"便在袖里摸出草稿，送与朱能看。朱能原不甚通理，满口称妙，便道："就烦贤弟一写。用甚纸张？我去取来。"张大鹏道："劣弟前年在高丽国去带得些皮纸，还剩得有。每篇写做一卷，用黄帛包裹。明日五鼓，仁兄径去击登闻鼓，报承天门鸱尾①上降得有天书，只依我说就是。"朱能道："朝廷不是取笑的，倘或驾到承天门，没有天书，获罪不小。"张大鹏道："劣弟必不担误仁兄之事。"

次日五鼓，朱能先去敲张大鹏的房门，又去叮咛这事。张大鹏在床上答应道："已停妥了！"朱能晓得张大鹏的手段，更不疑惑。一口

① 鸱（chī）尾：宫殿屋脊正脊两端的装饰性构件，外形似鸱尾。

气跑到登闻院前，将鼓鼟鼟①的乱挝。有直日鼓吏报与本院，院使审问来历，带去朝房，先见了宰相王钦若。王钦若闻说有了天书，不胜之喜。

须臾，净鞭三响，宫里升殿受朝。王钦若引着登闻院院使奏道："天书下降承天门，见有皇城司巡官朱能来报，在朝门外候旨。"真宗闻奏，便教宣朱能上殿。朱能拜舞已毕，真宗问道："天书在何处？卿又何以知之？"朱能奏道："臣自从前日见了九门圣旨，昼不敢宁，夜不敢睡。想得帝命天言，必降于高嵬之处。又天机秘密，必不是白日降下。今早臣从承天门下巡视，望见鸱尾上有黄帛曳出，料想必是天书，不敢不奏。"真宗天颜大喜，趋下帝座，龙行虎步，直到承天门下。惊得满朝文武，顾不得鸳班鹭序，纷纷的下殿随行。朱能指点鸱尾与真宗看了，真宗遣两个内侍取梯升屋。原来小小一个黄袱包儿，两条带子缠在鸱尾之上。解将下来，王钦若接得在手，跪献真宗。有诗为证：

星冠鸱尾总玄虚，声臭俱无岂有书。
君相一时俱似梦，天言口代竟谁欤。

真宗对天再拜，御手捧着步行到殿，把与翰林学士陈尧叟，启封宣读，乃是《大中祥符》上、中、下三篇，篇中都似道家之语。读罢，百官皆呼万岁。真宗命内侍取金匮来盛了，权送在景灵宫圣祖案前供养，待兴造玉清昭应宫专奉天书。就命陈尧叟草诏，宣播天下，改今年为大中祥符元年。择日起驾，亲往泰山行礼。加封王钦若为兖国公，朱能为荆南巡检，三年之内，直升到节度使之职。情知这套富贵，都是张大鹏作成的，相见之间，生怕他提起前因，颇有疏慢之意。张大鹏猜着这个意思，也不说破他，只不来往便了。此见朱能薄德处。

---

① 鼟鼟（dōng dōng）：象声词，同"咚咚"。

后来十五路军州表章，都奏得有天书，天子不知那一个是真是假，到疑心起来。有参知政事丁谓，也为着谄佞主得宠，与王钦若两个争权，访出了朱能挟诈欺君，密地奏闻真宗。真宗就将丁谓替了王钦若之职，差使臣去拿那朱能问罪。朱能自恃武艺，把使臣杀了，统手下兵众反将起来。战败被擒，到招得有张大鹏名字。圣旨将朱能碎剐，行海捕文书，各处挨获奸人张大鹏。因此张大鹏又向江湖飘荡，改名张鸾，自号冲霄处士。他有了一身法术，那一处去不了？常言道：官无三日紧。过了几年之后，这事便懒散了。

张鸾在江湖上打听得真宗所生皇子，今已长成，那皇子乃是赤脚大仙转生。怎见得？原来真宗三十一岁上登基，宫中尚无皇嗣。御制祝文，颁行天下，令各处名山宫院，修斋设醮，祈求上帝。时玉帝正与群仙会聚，问谁人肯往，群仙都不答应。只有赤脚大仙笑了一笑，玉帝道："笑者未免有情。"即命降生宫中，与李宸妃为子。生后，昼夜啼哭不止。便御榜招医，有个道人向内侍说："贫道能止儿啼。"真宗召入宫中，抱出皇子，教他诊视。道人向皇子耳边说道："莫叫，莫叫，何似当初莫笑！"皇子当下便不哭了。真宗大喜，问其缘故，道人说此情由已罢，出得宫门，化阵清风而去。这皇子是谁？便是四十二年太平有道的仁宗皇帝。他在宫中，只好赤脚，再不爱穿鞋袜，此其验也。真宗因感斋醮灵应，愈加信奉，各处修复道家庙宇。

张鸾闻知此信，又且皇子是仙家转世，必然与道流有缘。先在东京时，曾与太监雷允恭相识，甚蒙敬重。那雷允恭宠幸用事，官拜宣政使之职，与丞相丁谓又是内外交结的。张鸾为此再到东京，见了雷太监，告诉他前事冤枉。就便托他打丁丞相的关节，希图兴隆道教，自己讨个赐号。大抵术士辈，任你神钦鬼服，要借重皇帝的敕封，方免得天庭责罚。雷允恭道："远年旧事，不须挂念。先生只在家下淑景园中作寓。目今皇太子选妃，蒙皇太后懿旨吩咐，正在忙冗之际。待稍空闲，同去见丁丞相，再有商议。"张鸾谢了。手下官身引至淑景园书房中寓下。

按宋史所载，真宗皇帝共改了五个年号：咸平六年，景德四年，祥符九年，天禧五年，乾兴一年。此时是祥符九年二月中旬，张鸾一夜间，见月明如昼，在园中闲步。忽然黑云掩月，一阵怪风，从西而来。张鸾道："奇哉！又是甚么神道过往?"捻了定风诀，定睛而看。须臾，风头过处，云开月朗，只听得一声响亮，半空里坠下一个女子。有诗为证：

情知天上无人住，那得佳人坠九霄。
一阵暗风迷道眼，若非月怪即花妖。

那女子非别，正是胡媚儿这小妖精。这回书直接上第六回的情节。他与圣姑姑离了剑门山，一路同行，到永兴地方，因天色已晚，要赶到树林中歇宿。正行走间，对面起阵黑风，刮得人立脚不住。那婆子是武则天娘娘请去，幽宫中相会。这小妖精被风刮起半空，飘飘荡荡，直吹到东京雷太监园中坠下。天后所说托与冲霄处士，便是这话了。

张鸾见这女子来历蹊跷，近前看时，已被冷风吹得半僵了。即便扶进书房，把热汤灌醒，问其名姓。答道："贱妾安德州人，姓胡，小名媚儿。同母亲往西岳华山进香，不期中途遇了一阵怪风，把贱妾吹向空中。那时昏迷不醒，耳中只闻得神语云：'胡家女儿王家后，送与冲霄处士受。'须臾，如卷残云，似飘落叶，正不知去了多少里数，坠于此地。望恩官救取则个!"张鸾细看那女子，妖丽非常。况且应对之间，有枝有叶，不慌不忙，情知不是人类。又听说神语奇怪，暗暗地想道："莫非这妮子到有妃后之分么？则今雷中贵挑选宫人，似恁般美貌，料也难得，正所谓奇货可居也!"便道："要问冲霄处士，只贫道便是。小娘子须认做贫道侄女，贫道方好相留。"媚儿忙下拜道："蒙活命之恩，便伏侍，尚且甘心。况为叔侄，敢不从命!"张鸾扶起，安放他在后面小房中歇了。

次早去见雷允恭，说道："贫道有个侄女，小名媚儿，颇有姿色。

近因父母双亡无倚，贫道已取到寓所。太尉若看得中意时，也报他一个名儿。万一有幸，作成贫道做个外戚。”雷允恭大喜，便同张鸾到淑景园来。正是：得他心肯日，是我运通时。毕竟如何，且听下回分解。

第十五回

雷太监馋眼娶干妻　胡媚儿痴心游内苑

才子佳人两下贪，姻缘错配总难堪。
不如意事常八九，可与人言无二三。

话说雷太监来到淑景园中，张鸾引出胡媚儿来拜见了。雷太监看见生得十分妖丽，满脸都堆土笑来问道："青春几岁了？"媚儿道："年方一十六岁。"雷太监双睛觑定，沉吟了一回，连赞了几声好，上马而去。少停，便差个官身，请张鸾到府叙话。雷允恭在厅上相候，报道张鸾到了，慌忙下阶迎接。张鸾是个鉴貌辨色的，心下想道："他今日意思比平日倍加殷勤，必有好处。"上厅坐定，便问："恩官呼唤，有何台旨？"雷允恭道："适才见令侄女甚好才貌，只是皇子年方十四岁，令侄女年庚反长，恐难充妃嫔之选。若只做宫人，可不肮脏了？鄙意倒有一说，要与炼师做个亲家，不知意下何如？"张鸾道："对亲的是令弟，还是令侄？"雷太监笑道："并非弟侄，就是下官本身。"张鸾道："恩官是穿宫近臣，休得取笑。"雷允恭道："炼师有所不知，我们虽然净过身的，七情六欲却与常人一般。夜间冷静不过，常想要个对头同睡。每常寒天冷月，教个小厮抱背抱脚，没甚意思。也有结识个娼家外宅，时时作伴，到底不是常法，纵好而不妙。不如娶下一房，长久相处，岂不美哉！"张鸾道："这事可做得么？"允恭道："内宫娶妻，前朝都有故事。汉朝石显有妻有子，唐朝高力士娶妻吕氏，李辅国娶妻元氏，见于史册可据，炼师休得推辞。下官看过历日，明日是个结婚上吉之日，上午纳些薄聘，晚间便来亲迎。有烦炼师做主，先与令侄女说知，过门之后，只图个富贵受用罢了。"

张鸾见他十分执意，心虽不乐，口中只得应允。别了雷太监，回到淑景园中，将此话对媚儿说了。媚儿道："叔叔将奴嫁个太监，有甚出息？"张鸾道："我也是恁般想来，只是他见在有权有势，违拗不得。你但放心去时，我自有道理。"当日无话。

到次日，雷太监家早上便挂起红彩，大吹大擂，准备做亲筵席。上午先去行聘，聘礼是：金凤珠冠一顶，大红纻丝蟒衣一袭，小团花碧玉带一条，金钗二对，金钏二对，其余随身一应新衣，件件成双，花红羊酒，不必细说。把张鸾寓中摆得锦片一般。有诗为证：

花红羊酒尽铺陈，太监今宵喜结亲。
有势有财胡乱做，世间多少独眠人。

至晚，雷太监蟒衣玉带，乘匹紫骝马，押着五彩花舆，笙箫鼓乐，往园中来亲迎。张鸾将新汗衫一件，捻诀书符，口中念了些咒语，教媚儿穿了。就把这口诀传与了媚儿，但是要穿时，念个锁身咒；若要解时，念个脱衣咒。媚儿都会了。当下装扮得天人相似，上了花舆随雷太监去了。张鸾送出园门自回。

却说雷太监同媚儿交拜成亲，也没个丫头老嬷伏侍，无非是这些小内侍们，携了烛花，双双引入洞房，交杯饮酒。有一班好事的做下小词儿唱的好：

老太监，看你浑身上下没些儿阳气，便做道画屏前列了十二金钗，只好用着他搔背。我看你穿不少，着不少，用不少，只少了一般儿滋味。也是前生时偷婆娘，诱小官，把那话儿用得过分了，今生算账，罚你做个没水道的妇人，少鸡巴的男子，也只索忍着悔气。你不去烧些香，念些佛，施些财，多行些方便，少下些阴毒，积下那一世儿，做个薛敖曹的徒弟。还要痴心痴想，痴想痴心，见人学样，讨好儿好女什么的便宜。真痴，你是阉男，他非石女，怎与你做得一世的干妻？真痴，枕儿边你叫一声小娘子，他叫一声老公公，可不羞杀你的金色的脸皮？

此时寒冬天气，雷太监房中铺下红氍毹地衣，张着貂鼠帐幔，锦衾绣褥，百事奢华。上床时节，一般儿也会说几句勾搭话儿。只有一件奇事：媚儿卸了花冠绣袄，解到贴肉汗衫，再解不开，分明是生成的皮肤一般，连下截小衣都被衫儿裹定。便是雷太监自来动手，也只看得。只得和衣睡了，讨不得粘皮贴肉，亲近一番。此是张鸾的术法。

次日侵早，合府的官身、私身、闲汉，都来磕头，要参见夫人，雷太监都辞了。吩咐小内侍们且称他是新娘，莫叫破夫人，惹人笑话。少停，张鸾也上门贺喜。雷太监请入里书房坐下，告诉出这段怪事来。张鸾道："此是缘法不到，或者恩官尊造第七宫中，别有良姻，舍侄女没福伏侍。"雷太监道："且看今夜何如。"当下留张鸾一席酒饭而去。到晚临睡时，媚儿脱衣，依旧如此。原来雷太监最好受用，他在锦绣丛中滚出来的线结儿，也挨不得一个在身上，挨着时，便是个大疙瘩。雷太监只为爱那媚儿的容貌，陪他和衣睡过一夜，分明受了一夜苦楚。第二晚再成不得了，只得各被各头。到第三晚另收拾个房户，送媚儿自睡。

张鸾也只道相处不来，必然退出。谁想他心下虽不喜欢，却又不舍得打发回去。张鸾心下踌躇道："这事我又不好开口，怎么处？如今我且传下媚儿一个真容，以后觑个方便，设个法儿，就劝他献与今上。倘得召幸，或者博个封号，强如无名无目，做太监的干老婆。"当晚行个请仙传真法。看官，你道甚样法儿？如要传某人真容，打扫一间洁净房子，桌上预备纸、笔，及各样颜色，安设酒果供养。写一道细细的情节疏头，和请仙符、摄魂符焚了，念请仙咒、摄魂咒各一遍，将房门锁闭。其人不拘远近，能摄其生魂到来，画毕方去。生者当时，只如唵呓①一般。便是远年死鬼，亦能摄其游魂，与生时不异。所以形容态度，传得逼真。画仙一到，便听得笔墨乱动，到放笔声响，此仙已去。徐徐开门进去，真已传就。大抵请诗仙者，来的多分是能诗之鬼；请画仙者，来的多分是能画之鬼。若偶然遇得真仙下降，诗必入妙，画必通灵。

那晚张鸾就在媚儿卧房之中，如法请下画仙。到夜半，闻得放笔之声。张鸾开了锁，进去看时，画得双颊如花，秋波欲溜，俨如活的一般。上面草书僧繇笔三字，乃知是晋时张僧繇下降。所谓僧繇画龙不点眼，点眼龙飞飞上天，便是此人，真仙笔也。张鸾欢喜，次日用

---

① 唵呓（ǎn yì）：说梦话。

绢纸裱个小小轴儿，悬挂内室。只等雷太监再相会时，讨他声口，便进说词去说他了。

却说媚儿在雷太监家没瞅没睬。从这一夜打个吃，挣到朝来昏昏闷闷，自觉精神减少，问小内侍道："这里可有会说平话的么？"小内侍道："有个瞿瞎子最说得好，声音响亮，情节分明。他就在本府檐头居住。"媚儿道："你与我唤来消闲则个！"小内侍禀知了雷太监，将瞿瞎子唤到，扶入中堂，免他行礼。把一张小桌儿，一个小杌儿，教他坐于槛外，媚儿坐在中间，垂帘而听。吩咐不用命题，只拣好听的便说。瞿瞎子当下打扫喉咙，将气拍向桌上一拍，念了四句务头诗句，说入正传。原来是纣王妲己的故事。说起来妲己是纣王聘来的一个美人。迎至中途，一阵狂风，天昏地暗，从人都惊倒了。风过处，挣扎起来看时，只有妲己端坐不动。纣王道他有福，立为正妃，十分宠幸。却不知那妲己已不是真的，是个多年玉面狐狸精，起这阵怪风，摄了美人开去，自己却变做他的模样，百般妖媚，哄弄纣王。纣王只为宠了这个妃子，为长夜之饮，以酒为池，以肉为林，诛杀谏臣，肆行无道。其时万民嗟怨，惹起周武王兴师伐罪，破纣王于牧野，杀妲己于宫中。说罢，又念四句诗。诗曰：

尽道商王宠幸殊，谁知妲己是妖狐。
假饶狐智能贤达，还胜人间吕武无。

媚儿听了，叹口气道："古人云：人生不得逞胸臆，虽年百岁犹为妖。若得意一日，死而无怨。"便教取一贯钱赏了瞿瞎子去了。心下想道："同一般狐媚，他能攘妲己之位，取君王之宠。我之灵幻，岂不如他乎？"其夜独宿房中，便梦见自家选入皇宫，蒙朝廷十分宠爱，册为皇后，宫娥簇拥，富贵非常。母亲圣姑姑封为国太，哥哥左黜亦拜大官，一门贵戚荣盛无比。猛然觉来，乃是南柯一梦。纱窗上日色通红了。只见小内侍捧着一个洗脸银盆，放在朱红面架上。禀道："今日是第三遍大选皇妃，老公公侵早便往礼部去了。请新娘起来梳洗早膳，小的们伏侍过，也要给个假去看一看！”媚儿道：“我身子困倦，且不梳洗。你们要去看时自去！”这班小厮们得了这句话，分明村里先生放学，一伙子都跑了。媚儿道：“既是第三遍大选，合城美色，都聚在一处。我也去看看，是甚么样儿。”起来梳洗，对着明镜道：“似我这般颜色，便人类中也稀少。却困守此地，可不枉了我心灵性巧！”将一幅青布齐眉裹头，装做村姑模样。把房门拴了，使出旧时狐精伎俩，从房后逾墙而出，开了后门，一溜烟走去。直到礼部门首，也挤在人丛中来。只见衙门大开，远远的望见雷太监和礼部官员，都坐在堂上。一班官媒婆引着各良家女子过堂，上面照册点名。从东角门进，西角门出。也有贫户爱女的父母，自家跟随，在门外伺候。也有宦家小姐，整队家人养娘跟着。总来何止百人！都是十三四岁的。其间眉清目秀，红唇齿白的也尽多。只没有个超群的娇姿，出尖的美色。媚儿一一看了，道：“古来说：佳人难得。一个花锦东京，人才也只如此矣！”众人挨挨挤挤，下午方散。媚儿躲在土地堂中，至晚竟不回家。发个痴念头，要往朝廷大内，遍看三宫六院如何富贵。

你道他为何发这痴念头？一来被仙笔传下他的真魂，因此精神颠倒；二来有王家后三字在肚内打搅。听了妲己的故事，一发心中发痒，按捺不住，乘夜黑溜入皇城。虽然妖狐幻惑，来不知迹，去不知踪，那皇城里面，比民间不同，不是耍处。他见前门侍卫严紧，也未免心怀恐惧，不敢闯入。转到后宰门，原来一多子匠人修葺御花园，恰好放工完了。太监在那里审问工头什么说话，打着两碗纱灯，两个火把，照得白日一般。媚儿乘闹中溜进，径入御花园。行了多时，猛见宫中墙垣高峻，难以逾越，又打个寒噤，且坐下踌躇则个。忽然想起，皇太子独居东宫，血气未定，倘然讨得相见，必有怜爱之意。闻得他又是赤脚大仙转生，骨器非凡，若取得他一点真元，又落得一节便宜了。转步向东，迤逦而进。过了金水桥，想要在御沟中钻去，一来怕他水深，二来有铜柱隔绝不便，只得又向前行。听宫漏正打初更，月尚未起，只见远远的几点火光，急跑上前去望时，却是四五个小太监，提着红纱灯儿，做伙出来出恭。媚儿道：“他既有门而出，我不怕无门而入。”趁火光悄地看时，果然有个角门开着。媚儿挨身进去，观个便处，爬上屋檐，过了几层院宇。只听得下面读书之声，媚儿且不下来，在屋上揭去几片琉璃瓦，挖开望板，向下张看。原来这去处叫做资善堂，是皇太子读书之所。这皇太子生性聪明好学，虽然夜深，兀自秉烛而坐。几个内侍们，四下倚台靠壁，东倒西歪，都去打瞌睡。媚儿道：“此机失了，更待何时？”便从窟隆中飞身而下。瞧见后堂几个老宫人守着茶炉，在那里煎茶。桌上摆着剔漆茶盘，及银碗金匙之类。媚儿去了兜头布儿，把嘴脸一抹，变做年轻美貌一个绝色的宫娥。忽地偷得来一个茶盘，一个银碗，吐些涎沫在内，口吹气，变成香喷喷的热茶。原来狐涎是个媚人之药，人若吃下，便心迷意惑。不拘男女，一着了他道儿，任你鲁男子，难说坐怀不乱，便露筋祠中的贞女，也钻入帐子里来了。媚儿捧着茶盘，妖妖娆娆的走出后堂，恰待向前献与皇太子，忽见皇太子背后闪出一尊神道，怎生模样？有《临江仙》为证：

眉似卧蚕丹凤眼，面如重枣通红。钢刀偃月舞青龙，战袍穿绿锦，美号是髯公。　　一片丹心悬日月，扶刘佐汉成功。神灵千古播英风，馘魔称上将，护国显神通。

这尊神正是义勇武安王馘魔上将关圣。从来圣天子百神呵护，这日正轮着关圣虚空护驾。见媚儿施妖逞幻，看看上交了，圣心大怒，显出神威，将青龙偃月刀，从头劈下。媚儿大叫一声，撇了茶盘，望后便倒。皇太子听得狐嗥，吃了一惊。内侍们都惊醒了，携着画烛四处照看。只见一个牝狐，头脑迸裂，死于地下。衣服如蝉蜕一般，褪在一边。乱起众人打着行灯火把，只怕还有狐党在内，前后都照一遍，绝没影响，正不知那里来的。当夜将狐尸抬出后面。明早，太子入宫奏过圣上，命司天监占其吉凶。司天监奏道："狐妖冒人衣服，时常有之。但皇宫内地，何从窃入？此非常之妖也！昨日是尾火狐值日，适有狐怪，宫中宜慎防火灾。然狐死似有鬼神击之，此乃皇太子千秋之福，亦不为大咎矣。"后来火灾不验，天子亦不追究。后人有诗云：

浪说司天据理真，其中禅灶是何人？
只将泛语寻常应，宣室何曾问鬼神？

话分两头，再说雷太监这晚从礼部回来，教请新娘陪伴饮酒。小内侍禀道："新娘从早闭着房门，至今未开。叫唤亦不答应，不知何故？"雷太监自去敲了几下，又唤了几声，里面寂然。发起性来，教把房门打开，床上床下都看到，何曾有半个人影？心下想道："他见我待得不甚亲密，或者逃走去了，只是女儿家弓鞋袜小，这般墙垣又没个梯子，如何去得？"踌躇了一回，又道："他便去也只在他叔叔那边，教人去看就知端的。"便差个官身连夜往淑景园张鸾寓所，看新娘在否。张鸾见官身到来，道其来意。张鸾大惊道："你家老公公差矣！我侄女既嫁了他，生死是他家的人了。女孩儿家往那里去，少不得只在老公公家里。终不然不见了一个，又要我赔一个不成？"官身领着言语，自回复去讫。

张鸾当晚心下怀疑，把门闭了，即便书符念咒，要摄媚儿的灵魂到来审问。平昔间符到魂来，这番偏不应验。张鸾叫声："怪事！"向媚儿真容前，重复凝神注想了一会，再焚一道追魂符。只见一阵冷风过处，画中嘤嘤的似有哭声，忽地走将下来，正是媚儿的妖魂，扯住张鸾大恸。张鸾劝止了他，问其缘故。告诉道："妾今不敢隐蔽，实乃雁门山下狐精也。随母亲圣姑姑云游求道，中途遇风变，刮来此地。蒙仙官收养，视同骨肉，感恩非浅。不意为雷家强娶，担误终身。前宵噂呸一番，自觉精魂耗散。昨闻礼部选妃，偷身去看。自念红颜不落人后，潜入皇宫，希图蛊惑。不意阴中触了正直关圣之怒，撄其刀锋，欲将妾魂牒送酆都问罪。妾再四苦求，蒙关圣检阅簿籍，道妾冥数合得人身，他日发迹贝州，有中宫皇后之分。即今月内该往本地胡员外家托生。正待释放，恰遇仙符几番见召，遂至于此，方知妾之一魂已在图画之中。今三魂再得团聚，仗仙官之力，将画送入胡员外家，便是妾之生路矣！他日贝州之事，仙官亦是有名人数，倘遇我母亲圣姑姑，幸寄一信。”说罢依然走在画上去了。

张鸾因想起媚儿被风刮来之时，他曾闻空中神语两句道：“胡家女儿王家后，送与冲霄处士受。”我只道他本姓是胡，原来还有胡员外家托生一节。据那王家后三字，已不是赵家媳妇了。不知贝州之事，又是如何？我在江湖上，也闻得有个圣姑姑神通广大，此时正不知在那里？若会了圣姑姑，这话自然明白了。那晚想了一夜。次日侵早，雷太监亲到园中，只怕张鸾寻他要人，自己先来与他陪话。张鸾不对他说明，只将套话儿支吾答应，求他用心寻访。少停，满京中传遍说，昨夜有个牝狐死在东宫资善堂，今早畚出后宰门去了。张鸾肚里已自了了，暗暗的称奇。那雷太监如何想得到媚儿身上，只吩咐官身、私身、闲汉等，四下寻访，出一千贯文充赏。这些众人当一场生意，见神见鬼，东挨西问，那有消息。好似：水中捞月何曾有，海底寻针毕竟无。不在话下。

再说张鸾早饭后，打扮得齐齐整整，头戴铁道冠，鱼尾模样，身穿皂沿边烈火绯袍。将媚儿真容卷起，放在一个荆筐篮中，左手提着篮儿，右手拿着鳖壳扇。闻知胡员外住在平安街上，径奔这条路来。正是：白云本是无心物，却被清风引出来。毕竟张鸾怎生把这画送入胡员外家，且听下回分解。

第十六回

胡员外喜逢仙画　张院君怒产妖胎

君今不识永儿谁，便是当年胡媚儿。
一自妖胎成结果，凶家害国总由斯。

话说大宋盛时，东京开封府汴州花锦也似城池，城中有三十六里御街，二十八座城门，有三十六条花柳巷，七十二座管弦楼。若还有搭闲田地，不是栽花蹴气球。那东京城内势要官宦，且不说起，则这财主员外，也不知多少。有染坊王员外，珠子李员外，泛海张员外，彩帛焦员外，说不尽许多员外。其中有一员外，家中巨富，真个是钱过北斗，米烂陈仓。家中开三个解库：左边这个解库，专当绫罗缎匹；右边这个解库，专当金银珠翠；中间这个解库，专当琴棋书画古玩之物。每个解库内，用一个掌事，三个主管。这个员外姓胡，名浩，字大洪。只有院君妈妈张氏。嫡亲两口别无他人，正是眼睛有一对，儿女无一人。因这员外平昔间，一心只对着做人家，盘本算利，得一盘十，得十盘百，全不想到儿女头上。那院君又有一件毛病，专一吃醋捻酸，不容员外娶妾置婢。还是十年前员外偷了个丫头，院君知道，登时打个半死，发与主管，教他召人卖了。又和员外闹吵，拌唇舌，做面嘴，整整的有个把月不得太平。所以员外也不做这个指望，终日只在钱钞中滚过日子。有诗为证：

世间只有妇人痴，吃醋捻酸无了时。
不想欢娱容易散，百年香火是孩儿。

光阴似箭，胡员外不觉行年五十。本家解库中三个掌事的，一伙儿商量打出钱来，备下一副羊酒公礼，侵早进去捧觞称寿。那九个主管另做一起，其余家人安童们，又做一起，都来磕头。城中一般的员外，及相识人家，也有亲来捧觞的，也有差人送礼的。免不得吩咐当值的备下筵席，写个颜色帖儿，请人吃面饮酒。中间只听得宾客里面，你亲家我亲家的交杯酬酢，都说些家常儿女的说话。员外转想着自家无男无女，心中嘿然不乐。到筵席散了，众宾作别而去。院君在房中另整个攒盒，请员外吃三杯贺喜。员外觑着院君，蓦然思想起来，两眼托地泪下。妈妈见了，起身向员外道："员外，你家中吃不少，着不少，百事丰余，勾你受用。虽不比为卿为相的富贵荣华，也是千人欣万人羡的一个财主，况且今日寿诞，又是个好日，缘何恁般烦恼？”胡员外道：“我不为吃着受用，家私虽是有些，奈我和你无男无女，日后靠谁结果？则今日酒席上，个个有亲戚扳谈的，都是儿女面上来的，偏我孤身独自。常言道：养儿待老，积谷防饥。明年就是五十一岁，望着六十年头了。生育之事，渐渐稀少，以此心中伤感。”妈妈道：“东村有个王老娘，四十八岁养头生。我今年才四十七岁，还不算老，终不然就养不出了？或是命里招得迟，也未见得，我若也到五十岁没有生育，那时少不得娶个通房与你。还有一说，闻得当今皇太子也是皇帝拜求来的，偏我庶民之家，拜求不得？如今城中宝箓宫里，北极佑圣真君，甚是灵感。不若我与你拣个吉日良时，多将香烛纸马拜告真君，求祈子嗣。不问是男是女，也作坟前拜扫之人。”便叫养娘们安排热酒，我与员外解闷则个。夫妻二人吃了数杯，收拾了家伙歇息了。又过数日，恰遇吉日良时，叫当值的买办香纸，安排轿马伴当。丫鬟跟随了，径到宝箓宫门首下轿马。走入宫里，来到正殿上烧香，少不得各殿两廊都烧遍了。来到真武殿上，胡员外虔诚祷祝生年月日，拜求一男半女，也作胡氏门中后代。员外堆金山，倒玉柱，叩齿磕头，妈妈亦然插烛也拜了几拜。祝告化纸，出宫回家，不在话下。

自此之后，每月逢初一、十五日，便去烧香求子，已得半年光景。忽一日，时值十二月间，解库中正当算账的日子。又且逼着残冬，当的要当，赎的要赎，那掌事的和主管又要应接主顾，又要打点清理账目交割，好不忙哩。只有中间这个解库，当古玩的，到底比那边清闲一分。主管正在解库中把一年中当过赎过的本利账目结算，托地布帘起处，走将一个先生入来。那先生头戴鱼尾铁道冠，身穿皂沿边烈火绯袍，左手提着荆筐篮，右手拿着鳖壳扇，行缠绞脚多耳麻鞋，有飘飘出世之姿，分明似神仙模样。原来神仙有四等：

走如风　立如松　卧如弓　声如钟

只见那先生揭起布帘入来，看着主管。主管见他道貌非俗，急起身迎入解库，与先生施礼毕，凳上分宾主坐了。主管道："我师有何见谕？"那先生道："告主管，此间这个典库，是专当琴棋书画的么？"主管道："然也！"先生道："贫道有一幅小画，要当些银两，日后原来取赎。"主管道："我师可借来观一观，看值多少？"主管只道有人跟随他来拿着画，只见那先生去荆筐篮内，探手取出一幅画来，没一尺阔，递与主管。主管接在手里，口中不说，心下思量，莫不这先生作要笑，这画儿值得多少，不免将画叉儿叉将起来看时，长不长五尺。把眼一观，原来光光的一幅美人图，上面写僧繇笔三字。画倒也画得好，只是小了些，不值甚么钱。主管放了画叉，回身问道："我师要解多少？"先生道："这画非同小可，要解一百两银子。"主管道："我师休得取笑，若论这一幅小画儿，值也不过值五六百钱。要当百两银子，差了几多倍数，如何解得！"先生道："这是晋朝张僧繇画的，世间罕有之物。"主管道。"张僧繇到今五百多年了，这幅美人图，还是簇簇新的。世上假画也多，忒说的没分寸了。"先生道："足下既认不真，只当五十两去罢！"主管道："便五两也当不得！"先生定要当，主管只是不肯当，回他去又不肯去。两个说假夸真，嫌多道寡。正在争论之间，只听得鞋履响，脚步鸣，中间布幕起处，员外踱将出来。问主管："烧午香也未？"主管道："告员外，烧过午香了！"那先生看着员外道："员外稽首！"员外答礼道："我师请坐，拜茶！"员外只道他是抄化的。只见主管把画轴叉起，呈上员外道："此位师父有这幅小画，定要当五十两银子，小人不敢主张。"员外把眼一觑，笑道："我师这画虽好，不值许多，如何当得五十两！"那先生道："员外，你只知其一，不知其二。这幅画儿虽小，却有一件奇妙处。"员外道："愿闻。"先生道："此非说话处，请借一步，方好细言。"员外与先生将着手径进书院内，四顾无人。员外道："这画有何奇妙？"先生道："这画不比世上丹青，乃是神仙之笔。于夜静更深之时，不可教一人看见，将画在密室挂起，烧一炉好香，点两支烛，咳嗽一声，在桌子上弹三弹，请仙女下降吃茶。一阵风过处，这画上仙女便下来。”那员外听得，思忖道：“恁地时，果是仙画了。只怕未必如此！”先生见他沉吟，便道：“员外如若不信，且留画在此。今夜试看，明日来领当价。”员外道：“我师恁地说，必非谬言。敢问我师尊姓？”先生道：“贫道姓张，名鸾，别号冲霄处士。”员外点着头，即同先生出来，教主管：“当与这张先生去罢。”主管道：“日后不来赎时，却不干小人事。”员外道：“不要你管。只去簿子上注下一笔，说我自当的便了。”员外一面请先生吃斋，就将画收在袖子里，却与先生同入后堂里面坐定吃斋罢。员外送先生出来，主管兑足了五十两白银交付先生，先生作别自去。不在话下。

员外在家受了妈妈的制缚，等闲女子，也不得近身。况且说是个仙女，妖娆美貌，是生平不曾见面的，如何不魂摇洛浦，神荡阳台。当日巴不能勾一拳把白日打落，谯楼上立地催他起鼓。正是：眼望捷旌旗，耳听好消息。未到天晚，先教当值的打扫书院，安排香炉、烛台、茶架、汤罐之类，预思量定下一个计策，向妈妈说道：“我有些账目不曾明白，今夜要到书院中去算清，快催晚饭来吃。”妈妈信之不疑，真个的早早收拾晚饭，两口儿吃罢。员外道：“妈妈你先请歇息，我去去便来。”不觉楼头鼓响，寺内钟鸣，已是初更时分。但见：

> 十字街，渐收人影；九霄云，暗锁山光。八方行旅，向东家各队分栖；七点明星，看北斗高垂半侧。陆博呼卢月下，无非狎客酒人。五经勤诵灯前，尽是才人学士。四面鼓声催夜色，三分寒气透重帏。两支画烛香闺静，一点禅灯佛院清。

胡员外径到书院，推开风窗，走进书院里面。吩咐当值的：“你们出去外面伺候。”回身把风窗门关上，点得灯明了，壁炉上汤罐内沸沸地滚了。员外打些上号龙团饼儿，放在罐内。烧一炉香，点起两支烛来。取过画叉，把画挂起，真是个摘得落的妖娆美人。员外咳嗽一声，就桌子上弹三弹，只见就桌子边，微微地起一阵风。怎见得这风：

> 善聚庭前草，能开水上萍。动帘深有意，灭烛太无情。古寺传钟响，高楼送鼓声。惟闻千树吼，不见半分形。

风过处，只见那画上美人，历历跳一跳，跳在桌子上。桌子上一跳，跳在地上。这女子脚到头，五尺三寸身材，生得如花似玉，白的是皮肉，黑的是头发。怎见得有许多好处：

> 添一指太长，减一指太短。施朱太赤，傅粉太白。不施脂粉天然态，纵有丹青画不成。有沉鱼落雁之容，闭月羞花之貌。

只见那女子觑着员外，深深的道个万福。那员外急忙还礼。去壁炉上汤罐内，倾一盏茶递与那女子，自又倾一盏奉陪着吃。茶罢，盏托归台，不曾道个甚么。那女子一阵风过处，依然又在画上去了。员外不胜之喜，道："这画果然有灵。如今初次，且莫缠他。等待第二遍，细细与他扳话不迟。"当时把画轴自家卷过，叫当值的来收拾了家伙，员外自回寝室歇息。不在话下。

到第二日，又说要去算账，忙忙的催取晚饭吃了，又到书房中来。却说张院君忖想道："员外昨夜管账，今夜又算账，我不信有许多得算。既然有账算时，日里工夫丢向那里去？却到夜间恁般忙迫！"事有可疑，不免叫丫鬟提个行灯在前，妈妈在后径到书院边。近风窗听时一似有妇人女子声音在内。妈妈轻轻的走到风窗边，将小拇指头蘸些口唾，去纸窗上轻轻的印一个眼儿，偷眼一张，见一个女子与员外对坐了说话。这妈妈两条忿气从脚板底直贯到顶门上，心中一把无名火，高了三千丈，按捺不下，舒着手，推开风窗门，打入书院里来。员外吃惊，起身道："妈妈做甚么？"那妈妈气做一团，道："做甚么，老乞丐，老无知，做得好事！你这老没廉耻，连连两夜，只推算账，却在这里做这等不仁不义之勾当。这没来历的歪行货，那个勾引来的，你快快说！"正闹里，只见那女子一阵风过处已自上画去了。那妈妈气喷喷的唤："梅香，来，与我寻将出来！教你不要慌。"员外口中不道，心下思量自道："你便把这书院颠倒翻将转来，也没寻处。"那妈妈寻不见这个女子，气做一堆。猛抬头起来，周围一看看见壁上挂着幅美女，妈妈用手一扯扯将下来，便去灯上一烧，烧着丢在地上。员外见妈妈盛怒之下，又不敢来夺。那画烘烘地烧着，纸灰起地上团团的转，看看旋到妈妈脚边来。妈妈怕烧了衣服，退后两步，只见那纸灰看着妈妈口里只一涌出来，那妈妈大叫一声，蓦然倒地。有诗为证：

传神偶入风流谱，带焰还归离恨天。
只为妖踪消不尽，重来火宅作姻缘。

胡员外慌了手脚，教丫鬟相帮扶起来，坐在地上，去汤罐内倾些汤，将妈妈灌醒。扶将起来，交椅上坐地。妈妈道："老无知，做得好事！唤养娘且扶我去卧房中将息。"妈妈睡到半夜光景，自觉身子有些不快，自此之后，只见妈妈眉低眼慢，乳胀腹高，身中有孕。胡员外甚是欢喜，却有两件事，心中不乐：一来可惜这轴仙画，被妈妈烧了，再不得会仙女之面；二来恐日后那先生来取赎，怎得这画还他。不在话下。

光阴似箭，日月如梭。经一年光景，妈妈将及分娩。员外去家堂面前烧香许愿。只听得门首有人热闹，当值的报员外道："前番当画的先生在门前。"胡员外听得说，吃了一个蹬心拳，只得出来迎接道："我师，又得一年光景不会，不敢告诉，今日我房下正在坐草之际，有缘得我师到来。"只见那先生呵呵大笑道："妈妈今日有难，贫道有些药在此。"就于荆筐篮内，取出一个葫芦儿来，倾出一丸红药，递与员外，教将去用净水吞下，即时便得分娩。员外收了药，留先生吃斋了去。先生道："今日宅内忙迫，不敢相妨。改日却来拜贺扰斋！"说罢，作别去了，亦不提起赎画之事。且不说先生，却说员外将药与妈妈吃了，无移时，生下一个女儿来，员外甚是欢喜。老娘婆收了，不免做三朝满月百岁，一周取个小名因是纸灰涌起，腹怀有孕，因此取名叫做涌儿；后来又嫌涌字不好，改做永字。

时光迅速，不觉永儿长成七岁。生得十分清秀，素脸黑发，鲜眸皓齿，如观音座龙女一般。夫妻两口儿，爱惜他如掌中之珠，椟中之玉。员外请一个教授在家，教永儿读书。这教授姓陈名善，为人忠厚老成，是个积年句读之师。员外请得到家，夫妻两口儿，好生敬重。正是：虽说慈亲护娇女，喜逢贤主对佳宾。这段话且搁过一边。

再说雷太监自那日不见了新娘，差人四下寻访，并无踪迹。只恐张鸾发恶，着实赔礼奉承。张鸾已知不干雷家之事，落得受他恭敬。只为丁丞相谄佞，与皇太子不甚投机。真宗皇帝晚年，又得了个风疾，不能视朝。所以雷太监虽十分有心要引荐张鸾，无处用力。张鸾又信了小妖魂一番鬼话，况且胡员外家见在投胎生女，眼见得有几分灵验，把自己进身一节，也不甚上紧。只将淑景园做个下处，在东京城内城外散淡遨游。一来要寻访圣姑姑相会，二来要看取胡员外女儿下落。

光阴似箭，不觉到了景德元年，真宗皇帝晏驾，皇太子登基，是为仁宗皇帝。因委雷允恭管造山陵，误移皇堂于绝地①，被学士王曾劾奏，并发丁丞相内外交结许多恶迹。仁宗龙颜大怒，将丁谓贬去远州司户参军。雷允恭即时处斩，抄没家私，连淑景园都没入做了官产。张鸾因在这园中住久，怕有是非干涉，预先脱身远去，浪迹江湖。

忽一日，游至山东濮州地方。其时四月节气，正值亢旱。各县都出榜广召法师祈祷，无验。闻得有个女道姑，在博平县揭榜建坛，刻期祷雨。张鸾心下思想道："这一定是圣姑姑了，我且去看个动静！"拽开脚步，径投博平县来。正是：管教久旱逢甘雨，赛过他乡遇故知。毕竟张鸾这一去，遇着圣姑姑否？且听下回分解。

---

① 皇堂：皇帝的墓室。绝地：风水险恶之地。

第十七回

博平县张鸾祈雨　五龙坛左黜斗法

春三夏四好栽秧，万目悬悬盼雨旸。
但愿天下贤宰相，用心燮理免灾伤。

话说张鸾闻得博平县有个老道姑登坛祈雨，心疑是圣姑姑在彼，一溜烟跑来。进得博平县城门，只见门内悬挂着一道榜文，榜文旁边小杌儿上一个老者呆呆的坐着。虽然往来人众，站住脚头看榜的却少。张鸾走上一步，从头念去道：

博平县县令淳于，为祈雨事。本县久旱，田业抛荒，多方祈雨无应。如有四方过往，不拘何等之人，能设法降雨，救济生民者，揭榜前来，本县待以师礼。雨降之日，本县见敛就一千贯文在库，实时酬谢，决不轻慢。须至示者。

天圣三年四月　日示。

张鸾看罢，向老者拱手道："贵县几时没雨了？"老者见他道貌不俗，忙起身答应道："自去年十一月起，到今并无滴水。将有六个月亢旱了！"张鸾道："闻得有个远方道姑，揭榜祈雨，这信可真么？如今在那里？"老者把双手一摊，撇着嘴说道："在那里一万个也走了！"张鸾笑道："却是为何？"老者道："这道姑姓奚，自号女神仙，有五十多岁了。跟随的徒弟，男男女女，共有十来个，女的叫做仙姑，男的叫做仙官。据他说是大万谷乐总管府来的，善能呼风唤雨。初时揭了榜文，县主相公好不敬重。他要离北门十里之外，择高阜处，建立雩坛，名为五龙坛，装成青、黄、赤、白、黑五色龙形，按方摆设。又逼勒县主相公要地方上一千贯文酬谢，敛足了钱贮库，方始登坛。县主一一听允。他行的是什么月孛之法，各坊、各里都要呈报怀孕妇人的年庚，凭他轮算一个指称魃母，腹中怀有旱魃，不由分说，教县里拿到坛前。这道姑上面坐着，指挥徒弟们鸣锣击鼓，喷水念咒，弄得这妇人昏迷，将他剥得赤条条地，躺在一扇板门上，双脚、双手和头发，共用五个水盆满满盛水浸着。一个仙官对了北方披发仗剑，用右脚踏在他肚子上，口中不知念些什么言语。其余男女徒弟，也有摇旗的，也有打瓦的，纷纷嚷嚷。乱了一日，这怀孕妇人晦气弄得七死八活，天上绝无云影。日色没了，只得散场。托言龙王今日不在家，明日管教有雨。教县主出三贯遮羞钱与那孕妇的丈夫，责领回去。到第二日，又轮一个魃母，要拿到坛前行事。众百姓愤气不平，登时聚集起三四百人，丢砖头、掷瓦片，喊声如雷，要打死他师徒们。这奚道姑慌了，和他一伙改换衣服，从坛后逃走了去。县主也不追究，另佥这道榜文，各门张挂。老汉是本地方里正，怕有揭榜的来到，只得在此看守。”张鸾呵呵大笑道：“原来如此！贫道拼着一刻工夫，与你们祈一坛甘雨要子则个。”说罢，将榜文一手揭了。老者上前扯住道：“你大胆揭榜，敢是真正有些本事么？休得要大话小结果，只有头儿，没有尾儿。学那女神仙坛前上去，坛后逃去。”张鸾道：“你们要多少雨，恁般大惊小怪？”老者道：“只要三尺甘雨，高低俱足了。”张鸾笑道：“我只道要倒翻江底，掠尽海涯，这还费贫道几个时辰的踌躇。只这点点雨水，有何难哉？”当下老者将杌子寄放人家，就引张鸾从县前一路而行。百姓们看见里正引个道人进城，想情定是揭榜祈雨的，什么欢喜，都跟来看。

原来博平县将有六个月不雨，亢旱非常。怎见得？但见：

河底生尘，田中坼缝。树作枯焦之色，井存泥泞之浆。炎炎白日，天如怒目之威；滚滚黄埃，草欲垂头而卧。担钱换水，几家买夺争先；迎客款茶，多半空呼不出。浑如汉诏乾封日，却似商牲未祷时。途中行客暍①如焚，泉底眠龙鞭不起。

本县也有几个寺观，僧道们各依本教科仪，设醮修斋，念经祈祷。县令淳于厚，每日早上往城隍庙行香一次，全无应验。百姓起个口号道：朝拜暮拜，拜得日头干晒；朝求暮求，求得滴水不流。县令也没个主意了，只得由他。

---

① 暍（yē）：中暑。

这日行香过了，早堂方毕，退在私衙安息，只听得堂上一片声喧嚷，将堂鼓乱挝。慌得县令冠带不迭，便服跑出后堂来。门子禀道：“今有远方道人，揭了祈雨榜文，百姓簇拥前来。”县令吩咐里正率领百姓们在门外伺候，单请道人后堂相见。张鸾左手提着荆筐篮儿，右手持鳖壳扇子，飘然而进。见了县令，放下篮儿，道个稽首。县令慌忙回礼，问道：“先生高姓，尊号，从何处来？”张鸾道：“贫道姓张，名鸾，别号冲霄处士。从海上到此，适见榜文祈雨，特来效劳。”县令道：“先生行的不是月孛法么？”张鸾道：“不是月孛法，是日黑法。不弄黑了日头，怎得下雨！”县令也笑起来。又问道：“北门外见筑得有雩坛，不知可用得否？”张鸾道：“既有见成雩坛，便用他罢。”县令道：“约莫几日之内，可以致雨？”张鸾道：“早上坛，早有雨；晚上坛，晚有雨。”县令因奚道姑出丑了一遍，不甚准信，便道：“先生夸得好大口。只不知还用甚法物？好预准备。”张鸾道：“并不用甚法物，只教本县各寺观祈雨的僧道，先去扫坛伺候。”县令道：“这却容易！下官今晚吩咐停当，先生暂在城隍庙中一宿，明早登坛便了。”张鸾道：“但凭尊命。只是一件，随分空闲公馆，贫道暂歇一宵。若到城隍庙去，恐烦神道接见，彼此不安。”县令道：“公馆尽有。”口虽答应，心下不以为然。张鸾早已知觉，故意道：“贫道今早枵腹而来，求些见成酒饭。”县令道：“要酒尽有，只是素斋。”张鸾道：“贫道惯嗄酒的是鲜肉，却不用素。”县令道：“不瞒先生说，只为祈雨一事，有三个多月禁屠，下官只是蔬食，要鲜肉却不方便。”张鸾笑道：“官府断屠，从来虚套。常言道：官禁私不禁，只好作成公差和里正。尊官若不信时，县东第十三家，吕屠家里今早杀下七十斤大猪。间壁孙孔目为儿子周岁请客，买下十五斤，见煮熟在锅里。又县西顾酒店，夜来杀羊卖，还剩得一只熟羊蹄，将蒲草盖在小竹萝里，放在床前米桶上。可依吾言语问他，说官府不计较你，平价买他的，必然肯与。”县令道：“不信有此事！”当唤值日买办的，依着先生言语，问那两家要回买猪肉五斤，羊蹄一只。当值的去不多时，把猪肉羊蹄都取得来，回话道：

“那两家初时抵赖不承，被小的如言语破，他便心慌，即便将肉送出，连价也不敢取。”县令道：“先生是什么数学①？恁般灵验！”张鸾道：“偶中而已。”县令方才晓得先生不比常人，刮目相敬。少停，当值的暖到一大旋酒约有六七斤，二十来个大馍馍，和猪肉羊蹄，一行儿摆在桌上。张鸾拱手道：“贫道不为礼了！”大碗大块只顾吃，霎时间，吃个风卷残云，只剩三个空盘子，一把壶儿。口里说道：“蒙赐已点过心了。”到庙中却又领饭，众人都吓骇了道：“没见这样会吃的，好副大肠肚！”县令背后立个俊俏小厮，便接口说要道：“不是这般大肠肚，怎配得这副大口？”张鸾听见，便把这小厮一指，说道：“你的口也不小。”只见这小厮的两点朱唇，一时不由自己作主，直张开到耳根边，圆圆的好似一只朱红漆碗，开了再合不下，又说不得话，只是堕泪。原来这小厮才一十五岁，发方覆眉，生得清俊，是县令相公极宠爱的一个亲随。县令见他作怪，已知冲撞了先生之故，慌忙作揖谢罪道：“先生可怜他年小不知事，看下官薄面，饶恕他罢！”张鸾道：“贫道并不曾难为他。”县令道：“这小厮原好副嘴脸！”张鸾指道：“如今原好副嘴脸！”县令回头看时，小厮的嘴照旧好了。一个押司在旁低低的说道：“这是障眼法儿。”张鸾已听得了，却不说破。问县令：“这押司何姓？”县令道：“姓陆，名茂。”张鸾道：“好个陆押司！”慌得陆押司躲在一边去了。

县令差人送张鸾到公馆安歇，早晚酒食，自有本馆人供应。张鸾临别约县令早起，同到雩坛行香。县令道：“这是下官本等，自当陪侍。”当日晚堂，县令吩咐各寺观僧人道众，将五龙坛打扫洁净，铺设齐整。明日五鼓都要先在坛上伺候，迎接法师。又吩咐本县吏役侵晨取齐，又标拨官马一匹，到公馆去伺候法师起身。当晚哄动了博平县里。

次日东方发亮，县令出堂，方欲上轿，只见张鸾右手持鳖壳扇，

---

① 数学：数术之学，古代关于天文、历法、阴阳五行的学问。

左手持荆筐篮，摇摆进来。县令相见了，问道："先生何又赐顾?"张鸾道："昨日有约，特来奉邀同步。"县令道："此去有十里之遥，已曾拨马奉候，可曾到否?"张鸾道："马儿见在。只是贫道会走，不用着他。"县令道："用过早饭了么?"张鸾道："用过了。"县令道："既如此，请先行一步，下官随后便来。"张鸾道："贫道不认得雩坛，有烦陆押司作伴。"县令吩咐陆茂，好生替先生引路。陆押司奉了县主相公之命，紧紧帮着同走。一个眼挫，忽然不见了先生，慌得他手足无措。料然不是落后，赶上一步看时，那先生前去约有二三十步之远。押司道："在这里还好。倘然游方道人，一时口出大言，不能取验，临时溜去了，教我如何回话？又或者真个不认得路，走错了，县主先到雩坛，也显得我的不能干事。"发狠的趱步上前，要跟那先生。只见先生在前缓缓而行，这里尽力只赶不上，不论紧走慢走，只差得二三十步儿。押司走得气喘，只叫喊道："先生慢一步，小人跟随不上哩!"张鸾在前呵呵大笑道："贫道走不惯慢走，你若不上前引路时，我走向天上去，也不与你祈雨了!"急得押司舍命又跑，眼盼盼看见在前，再赶不着脚跟。有诗为证：

遁甲之中缩地高，虽然缓步去程遥。
押司饶舌今劳步，耍得浑身汗似浇。

押司汗如雨下，喘做一团，只得高声叫道："小人已知先生神术了，饶过小人罢!"张鸾道："贫道是障眼法儿，有什么神术!"押司方才省得是因昨日失言之过，磕头谢罪。张鸾把手一招，分明似磁石引铁一般，不觉立在先生背后了。押司一把扯住先生，死也不放。不勾几步，到了五龙坛上。那伙和尚道士已先在了，闻得新法师到来，分作两班下坛迎接。张鸾看这雩坛，甚是高爽，四围树木成林，那奚道姑摆设下的五龙尚在，都是竹胎纸糊的，涂抹着五色鳞文，中间大大架起个油布幔儿，设得有桌椅之类。少停，只见城内城外百姓们纷纷而至，何止千数。还不见县令到来，张鸾想道："这县令不肯陪我同行，却做张做智，叫我先走，自己要打轿来。你为百姓祈雨，便步行了这一遍儿，也不见失了体面，直恁做作格，我今番且要他一要。"便对着一个年小的道士说："县主未到，烦你前往一催！"扯他左手过来，自己捻个剑诀，在他手心中又虚画个符形，急教握紧拳头，吩咐道："你见了县主时，便传吾言，请县主快来迎雨，如迟疑，开掌为信。不可私自中途开看。"又脱下他两只鞋儿，也画个符在鞋底上，教他穿了快走，如要住脚，高声喝"咄退"二字。小道士刚把鞋穿上，两足犹如有人搬运一般，不由自己如风而去。约有四五里之程，遇了县主相公头踏到来，喝一声："咄退！"脚便轻松，由他收住了。只见县主相公坐一乘青纱幔的凉轿，四抬四绰，打着青罗伞行来。小道士到轿前跪着禀道："法师教请相公快来迎雨。"县令道："这般烈日，雨在那里？"小道士捻起拳头对县令道："恐相公迟疑，命小道开掌为信。"说罢，把拳头放开，忽然一声霹雳，从掌中发起，轿杠震得平断。吓得县令掩耳不迭，面如土色，直跌出轿来，众人七颠八倒，连小道士也惊呆了。停了一会，县令正待差人去问四下左近人家，或骡或马借来乘坐，只见一班和尚们，又引着许多百姓到来，催取县主上坛行香。县令已吃了这一番惊恐，不敢迟慢，此时只得教左右扶拥步行到坛。一面差人回县取轿马，到雩坛伺候转身。

张鸾见县令到来，迎接上坛，问道："相公何不乘轿来？"县令将雷震轿杠之事说了，道："先生原来有此神通法术，今日祈雨不难，乃万民之有幸也！"张鸾道："不是贫道夸口，风、云、雷、雨，是贫道腰囊内的东西。且试个戏术，与相公看。乞借大伞一用。"县令教伞夫将三沿青绢伞递与先生，先生接伞在手，旋了两旋，蓦地望上一掀，喝声："起！"吹口气这把伞儿渐渐升上，到最高处，变成一朵乌云，将日色罩定，红光尽敛。众人都仰面而看，张鸾把手一招，这朵乌云托地坠下，仍是一柄青绢伞，便透出一轮烈日。县令心中又喜又怕，便请先生上坐，要下拜相求，速赐甘雨，以救一方之困。张鸾道："不须过礼。贫道十日前，从南岷山过，遇着大雨，贫道把这些雨云收得在此，今日舍与贵县结缘罢！”便向荆筐篮中，取出小小一个葫芦，摆在坛前，教县令焚香拜祷。张鸾捻诀念咒，作用已毕，将葫芦塞口拔去，轻轻用鳖壳扇一连几扇。只见坛前起阵大风，一股黑气从葫芦中出，被风刮起直透九霄，布成一天浓云。张鸾将葫芦收了，走到那竹胎纸糊的黑龙旁边，吩咐道：“黑龙，黑龙，助我神通。乘云宜速，行雨须洪。甘霖三尺，慰彼三农。顺我者吉，逆我者凶。”只见那黑龙鳞鬣俱动，忽然腾空而去。须臾之间，闪电乱发，雷声激烈，拳头般雨点打将下来，吓得百姓们四散都走了。县令也要下坛，奈县中取轿未到，只得同吏役及僧道们，在布幔中住札。顷刻，大雨如注，幸得布幔是熟油渍透的，又架在高阜，虽免得上漏下湿，四旁却无遮蔽，众人将桌椅都侧下遮雨。也有带得遮阳伞儿的，迎着风儿张开。正在忙乱，只见金蛇乱掣，霹雳连声，不离雩坛，左右旋转。县令道：“敢问先生，今日雷神为何发怒？”张鸾道：“想是看中意了几个歹人哩！”当下张鸾高声道：“雷部听吾法旨，如有真正贪官污吏，破戒和尚，秽行道士，方许下击。如无此等，速宜退避。”那时霹雳愈加连声不绝，慌得县令先倒身下拜，自陈悔过。以下吏役及僧道们那一个说得嘴响的，都着了忙，团团的拜做一堆。笑得张鸾眼花没缝。

约莫一个时辰，雨声方歇，雷电亦止。众人方才放心，爬将起来，向坛下一望，落得山鸣川响，池满沟盈，足足有三尺甘雨。

县令刚在那里称赞先生之功，只听得坛下有人厉声喝道：“何处初学，敢在此施逞伎俩，恐吓众人！莫非要诈这一千贯钱么？”张鸾看时，却是一个瘸足道者，生得身材矮小，衣服腌臢，提着一根青藜杖，从大雨中一步步拐上坛来，浑身无一丝沾湿。到得坛上，放下藜杖，操着手与县令稽首。县令和众人俱各骇然。张鸾道：“贫道舍一坛甘雨，救济生灵，你这乞道到此溷扰，敢与贫道斗法么？”瘸子笑道：“谅你有何法，敢与师父赌斗！”张鸾大怒，便把鳖壳扇子一丢，喝道：“快去打那乞道！”只见那把扇子冉冉而行，径奔那瘸子头皮上来。瘸子呵呵大笑，把头一掇，这顶破头巾望上�béi两趁，扑的脱了头，去迎那扇儿，分明两只老鹰相扑，一上一下。瘸子喝声：“拐儿何在?”只见地下横着这根青藜杖忽然跃起，一步步跳去打那张鸾。张鸾把袖一拂，身边这只荆筐篮儿，离地相迎，如藤牌架棍，一来一往。众人都吓得躲在一边，连县令也不敢上前了。两下赌斗，各无胜负，都收了法术。张鸾大怒，抖擞精神，口中念念有词，举手向北方一招，大呼：“黑龙快来!”那瘸子听得，便把在坛上黄龙头上打将一下。只见先前飞去行雨的那条黑龙，半云半雾飞回坛来，这里黄龙，鼓鬣张鳞，就地腾起，迎住黑龙空中相斗。自古道：土能克水，黑龙敌不过黄龙。张鸾又叫：“青龙快去相助。”瘸子又把白龙一掌，那青龙才飞起去，白龙又去迎住。恼得张鸾咬牙切齿，急唤赤龙帮助。五条龙向空中乱舞，正按着金、木、水、火、土五行，互生互克，搅做一团。狂风大起，布幔架子都吹倒了。

众人正立脚不住，忽然走出一个和尚，耳坠金环，身披烈火架裟，手里托一个水晶钵盂。这和尚正不知那里来的，喝道：“二位同道，休得自伤和气，待贫僧与你劝解则个。”将手中水晶钵盂猛力往空中一抛，变成一颗五彩明珠，那五条龙都来戏这颗珠，成围作阵而去。瘸子已认得是蛋子和尚，暗暗喜欢，彼此俱不说破。只见和尚举手道：“二位赌法，没有胜负。那一个取得水晶钵盂还了贫僧，就断他是师兄。”张鸾和瘸子齐声应道：“有何难哉!”两个嘿念咒语，都收了法术，那竹胎纸糊的龙形，依然复还旧处，恰似不曾移动一般，又不见他那里飞回的。只见张鸾袖中取出一个水晶钵盂，送还和尚。瘸子道：“他是假的，真的在我处。”果然向腰胯间取出一个来，大小一般无二。那和尚都不接受，却在自己袖中摸出钵盂来，笑道：“贫僧的见在，二位休得相戏!”

原来张鸾的钵盂，是袖中葫芦变的；瘸子的钵盂，是腰间椰瓢变的；一见真钵盂出来，二物都还本相。各各大笑，都收去了。张鸾心下也自骇然，想道：“这乞道的本事，不弱于我。又不知那里走出这莽和尚来，更是利害。”有诗为证：

孙庞斗智非为敌，楚汉争锋未足夸。
争似雩坛齐斗法，大家看得眼睛花。

只听得坛下人语嘈杂，百姓们络绎不终，人人执香来迎法师进县，县中轿马也都到了。县令方敢出头开谈道：“适才下官见三位师父手段俱有惊天动地之术，不相上下。依下官说，三教同源，休争客气，都请到敝县，下官一同尊礼。备得有马匹在此，各请乘坐，幸勿推却。”瘸子见有马在坛下，便要去乘。张鸾终有些不平之意，明欺他是瘸脚，一把抓住道：“我们不许乘骑，大家步行，赌个迟快。”瘸子道：“足下莫非是骙子！”张鸾道：“如何是骙子？”瘸子道：“不是骙子，怎的放了马步行！”众人都笑起来。县令道：“既三位不肯乘马，下官礼当陪步。”蛋子和尚道：“地下泥泞，官府们不可失了观瞻。贫僧同二位道友，先到贵县相候。”

说罢，牵了两个道人的手，步下坛来。百姓们起初只认得祈雨的一位师父，如今忽然又添了一僧一道，正不知那里来的，好生怪异，纷纷的分开两边，让一条路与他们先行。蛋子和尚在前，张鸾居中，瘸子在后。走不多几步，瘸子故意拐着道：“二位慢行，地下好不难走哩！”张鸾正中其意，扯着蛋子和尚，越走得快了。只听得后面叫声：“阿呀！”回头看时，路旁有个小小水潭，瘸子右脚陷入，提得起时，左脚把滑不住，扑通的倒撞下水了。张鸾口称：“惭愧！”蛋子和尚道：“莫管他，且到县里等他便了。”比及两人进得县门，只见县堂上一个人拖着青藜杖，拐将下来，口中叫道：“二位如何来迟？”张鸾看了大惊，那人非别，正是瘸子。方知撞下水潭，乃是水遁之法。张鸾到此，心下才服，到县堂上重新讲礼，方才动问名号。瘸子道：“贫道姓左名黜，因为左腿损伤，改名左瘸，法侣中都称贫道瘸师。这位就是贫道师兄，号叫蛋师，幻名蛋子和尚便是。”张鸾道：“二位莫非是在杨巡检家与圣姑姑一同修道的?”瘸子道：“足下何以知之?”张鸾道：“贫道曾到永兴地方，多曾听得人说起大名，只是无缘会面。今幸相逢，多有冲撞!”说罢，便拜下地去，蛋师和瘸师两个慌忙答礼。问道：“师兄是谁?”张鸾叙了名号。蛋子和尚道：“原来就是冲霄处士，圣姑姑甚想相会。”

张鸾正待叩问，报道县令回来。那县令已知众师父们先到，便下了轿，步入县门。这班和尚道士及百姓们，都随进来。县令教铺下红毡，先请张鸾拜谢，张鸾不肯。县令道：“下官为万民屈膝，礼之当然!”两下再三谦让，交拜了两拜。次请那两位相见，那两个教收起红毡，宾主作揖。阶下这班僧道及百姓们，一齐拜倒，欢声如雷。张鸾安慰了几句言语，教县主发放他去。和尚自去做回向功德，道士自去杀鸡谢将，其余百姓，各自散归。县令预先吩咐备有桌席，摆在后堂，款待三位。县令尚不知蛋子和尚及左瘸师名号，到后堂一一动问，都是张鸾代答。县令道：“先生如何晓得?”张鸾道：“原是平日最相慕的，恰才说起方知。”县令笑道：“下官劝三位休争客气，正为此也。既然三位都是神交，今日之坐，下官不敢僭序，请三位自定位次。”蛋子和尚道：“张先生是今日有功之人，自宜首席。”县令也是此意。张鸾谦不过，只得允了。瘸子让蛋师坐了第二位，自家坐了第三位，县令下面陪席。县令道：“蛋师莫不奉斋么?”蛋子和尚道：“荤素不拘。”县令暗想道：“是不曾见这一般和尚道士。”

当下酒过三巡，食供两套。县令起身把盏，教取一千贯文支帖，亲手递与张鸾道：“此乃地方薄酬，休嫌轻亵。鹤驾行时，但凭支取，库上即当赍送。”宋朝那时一贯钱值一两银子，一千贯便值千两，就是千两银子，一个人还带不得，况且千贯铜钱，如何领得?县令也是有言在先了，尽个人情，算定那先生必然推辞的，就受也受不得许多。谁知张鸾正待推辞，瘸子向耳边说道：“这钱财他日正有用处，可以受之。”张鸾点头，便讨纸笔过来，写道：“暂寄博平县城隍收库。”就央本县库吏，将这纸烧在庙中香炉之内，这一千贯钱，抬至神座下放着。

县令嘿然半晌，只得教库吏来吩咐。

库吏答应去了，心中想道：“那见城隍替人掌财，就是送去，也干被人取用了。趁此黑夜抬回家中，看他怎的？”又想道：“这一千贯文非同小可，掩得谁人耳目？况且官府事情，倘在城隍庙中查问，却不稳便。我且抬到庙中，与道士通同商议，大家八刀①。若官府问时，只说城隍爷收去了，那里查账？好计，好计！”当夜唤起齐人夫，大杠小杠，抬那一千贯钱到城隍庙正殿中间。先对道士说知，把法师亲笔焚过，然后将一千贯钱，堆在香炉两边，如两个土墩相似。库吏私与道士约定黄昏后面，大家计较八刀。库吏回复去了。

道士忽动了欺心，想道：“常言见物不取，反受其咎。见送在我庙里的钱财，如何却与别人分用！庙后有个大鱼池，不免唤徒弟们相帮，陆续运去，抛向池中，总算做城隍爷收去，无形无迹，岂不干净？等待久后，从容取出受用。”连忙关了庙门，唤齐了徒弟，收拾家伙，准备扛抬。道士才拿得一贯钱在手，觉得手中蠕蠕而动。提起看时，却是一条赤蛙蛇，慌忙撒手。徒弟们发起喊来，只见两堆钱乱动，都变做蛇，成团绞块，滚向神橱中去了。此时五月十四日，雨霁后，月色倍明，只听得敲门响，开来看时，正是库吏。道士便将变蛇之事告诉了。库吏那里肯信，取火把向神橱照看，并不见一条蛇影。库吏认定道士将钱藏过，各处搜索无获，两个争论相打。后来诘告在县，县令鞫出真情，各个责二十板，库吏问革，道士逐出庙外，不许居住。这是后话。有诗为证：

库吏心贪道士乖，欲图千贯作私财。
八刀无分才丁②有，不是天灾是自灾。

---

① 八刀：即“分”字。
② 才丁：即“打”字。

再说张鸾等三人直吃到月明时候，起身谢了县令，作别要行。县令道："三位既蒙降重，屈在公馆同宿一宵，来日还要请教。"蛋子和尚道："贫僧有个茅庵，敢屈尊官同往，随喜一回。"县令道："琳宫何处?"蛋子和尚道："离此不远。"县令送出前堂，蛋子和尚道："告求净水一碗。"小厮取水到来，蛋子和尚接得在手，口中念咒，含水向下一喷，只见阶前一片水响，变成江湖，波涛汹汹，印月如银。左黜向腰间解下椰瓢撇下，变成一叶扁舟。只因这番有分教：左道成群，叙出生死公案；冤家相遇，翻成贫富波澜。正是：法当灵处重重幻，话若新时句句奇。毕竟这船是那里来的，且听下回分解。

第十八回

张处士乘舟会圣姑　胡员外冒雪寻相识

五行生克本常然，一气灵通万法圆。
喷水成江瓢可渡，更于何处觅神仙。

话说蛋子和尚喷水成江，瘸师将椰瓢掷下，化成一叶扁舟，要请县令同登。县令看这船时，从头至尾，没八九尺长，如何容得多人，再三推辞不肯。蛋子和尚让张鸾先下，坐在中间，蛋子和尚在船头，瘸子在船尾，三人向县令拱手称谢。张鸾竖起鳖壳扇，如风帆一般，长啸一声，如飞而去。眨眼之间，船与水都不见了，依旧堂下阶前甬道塞门光景。惊得县令目瞪口呆，恰似做了一个怪梦。虽然求了一坛甘雨，救济万民，却担了无限的小心惊恐。不知是仙术，还是妖术，好难判断。怕他们又来缠扰，吩咐将五龙坛废了。

三日之后，各县传闻博平县有个游方道士，立刻致雨，他都在亢旱之际，纷纷的备礼来迎，濮州知州也有文书下县。县令淳于厚瞒不过了，只得含糊将不识姓名僧道三人，前后祈雨斗法，及登舟而去，许多奇异事迹，备细申文回复。知州见请不来，甚不欢喜。各县自家求雨不应，见博平县雨足，都怀妒忌，又来知州面前，一口撺掇道："据文书所说，分明一伙妖人。县官不该与他相接，恐情熟生变，有累地方。"知州听信，反将博平县严饬，着他体访妖人姓名窟宅，一面将事情申报枢密院去。枢密院奏过朝廷，东京地方广阔，恐有妖党潜住为祸，出榜晓谕，遇有踪迹诡异者，即便报官，不许隐蔽。从此东京传遍，游方僧道，不敢入城。后人有诗叹淳于县令之枉，诗云：

阴谋忌嫉起同寮，祈雨无功反坐妖。
只为畏途公道少，高人直欲老渔樵。

话分两头。再说张鸾三人坐着小船，御风而行，霎时到岸。蛋子和尚引着张鸾先走，瘸师后随。不多步，到了一个所在，茂林修竹，鹤鹿成群，中间闪出一座精致茅庵来。张鸾问道："此是蛋师习禅之所？"蛋子和尚道："生不习禅，亦无常所，闲云去住，偶然而已。"张鸾叹服。蛋子和尚向瘸师道："张先生在此，何不请圣姑姑来相会！"瘸子仰面对月，连叫三声圣姑姑，只见月中飞出一道金光，忽地坠下，变成一个老婆子。那婆子生得苍形古貌，雪发庞眉，头戴星冠，身穿鹤氅，真个有飘然绝尘之姿。张鸾已知是圣姑姑，便上前道名稽首，圣姑姑口称先生慌忙答礼，两下各叙相慕之意。圣姑姑看那张鸾身长七尺，伟干修髯，面如噀血，目若朗星，丰神自与凡人不同，暗暗称奇。

当夜月白如昼，四人都进庵坐定，上边圣姑姑居首，张鸾居次，瘸子旁坐，蛋子和尚在下相陪。圣姑姑问道："小女媚儿，何处与先生相会？"张鸾便把十三年前淑景园中风吹媚儿下来，直到胡员外投胎养育，备细叙了一遍。圣姑姑称谢道："若非先生始终用情，吾女永绝人身矣！"又对瘸儿道："可记得严三点之言乎？真神医也！"张鸾道："莫非益州严半仙么？"圣姑姑道："先生也曾会来？"张鸾道："贫道曾在东京一个宦家窃得一丸催生药，送与胡员外家妈妈，度其产厄，晓得是半仙堂严太医家来的，但闻其名，实未会面。"瘸师道："你们去了正务不说，却讲闲话。"

张鸾方才问起贝州之事，圣姑姑也把梦中遇见了武则天娘娘一段说话叙过，又道："此乃天数，不可违也。"张鸾又提起胡家女儿王家后之语，道："今在胡员外家托生，上半句已应了，只不知王家后是如何？"圣姑姑道："他日到贝州，自有分晓。"张鸾道："此事何时起手？"圣姑姑屈指道："从此去一十五年，真人方出。先生乃第一起手之人，帮助的尚该有几位。且看缘分如何，大家去用心招引，以成其功。"

说话良久，蛋子和尚唤小沙弥看茶。庵里走出一个清瘦小沙弥，捧朱红托子，托出杏子一盘，比梨还大，比橘还黄。蛋子和尚道："此临淄所出金杏，汉武帝最爱之，至今土人称为汉帝果。聊当一茶之敬。"恰好是八枚金杏，四人各取二枚食之。只见小沙弥在旁看见众人吃杏，口内流涎，把朱红托子失手坠地打得粉碎。蛋子和尚大怒，一手提起小沙弥，步出中庭，抛向半天里去，在空中打滚。张鸾方欲上前劝解，那小沙弥从空中坠下，一声响亮，直挺挺的跌在地下不动。

张鸾看时，却是一根齐眉短棒，再看那朱红托子，乃是石榴花一簇。圣姑姑喝道："大匠面前，何须弄斧！"这句话明是说张鸾同是法师，不可相戏。张鸾道："蛋师神通广大，非某所及也。"

此时月色西沉，东方将亮。圣姑姑起身道："老拙今往东京看女了，不时相唤，便得聚会。"说罢腾空而去。张鸾等三人也一时俱散，不知所之。有诗为证：

茅庵夜月清如水，偏称幽人促膝谈。
自去自来真自在，如斯妙法几人探。

再说东京胡员外请个学究先生在家，教永儿读书。这永儿聪明敏慧，胜于男子，读过的便会，讲过的便知。看看长成一十三岁，生得一貌如花，又且写算皆通，伶俐无比。多少一般样的员外人家，慕他才貌，央人说合，欲聘他为媳妇。胡员外爱惜过了，拣来拣去，只是不就。正是婚姻前注定，迟早不由人。不在话下。

且说圣姑姑自到东京，在胡员外家前前后后串了好几遍，只是来无迹，去无踪，他家那里知道。已自看见永儿长大聪明，心中欢喜，意欲把法术教导他。想他处这般富贵之日，深闺绣阁，如何相见？便相见时，他如何肯信心学道？不如使个神通，把他家万贯家私摄去，弄得他流离颠沛，那女儿到十分穷困苦之际，然后设法诱之，无有不从。

不提圣姑姑。再说胡员外家每年八月中秋，整备筵席，请陈学究玩月饮酒。其年因永儿年长，陈学究辞去了，没有外客，吩咐备酒在后花园中八角亭子上，至亲三口儿赏玩。那一夜天色晴明，东方月色如一个玉盘堆起。但见：

桂华离海峤，云叶散天衢。彩霞照万里如银，玉兔映千山似水。一轮皎洁，能分宇宙澄清；四海团圆，解使乾坤明白。影摇旷野，惊独宿之栖鸦；光射幽窗，照孤眠之怨女。冰轮碾破三千界，玉魄横吞万里秋。

胡员外早早打发各解库掌事的及主管各人，回家赏中秋，吩咐院子俱各牢拴门户，仔细火烛。自己同妈妈、永儿三口到后花园中八角亭子上来坐下饮酒，只用妳子①侍婢伏事，并无三尺之童。看看坐到一更天气，只见门公慌慌忙忙来报道："员外祸事！"员外道："祸从何来，事在那里？"门公道："外面中间这个解库里火起！"员外和妈妈、永儿吃那一惊不小，都立下亭子来看时，果然是好大火。怎见得这火大？

初如萤火，次若灯光。千条蜡烛势难当，万个水盆敌不住。骊山顶上，料应褒姒逞英雄；扬子江头，不若周郎施妙计。氤氲紫雾腾天起，闪烁红霞贯地来。楼房好似破灯笼，土库浑如铁炮杖。

这火从解库中起，延入中堂内室。若有一层层次第烧将进来，还好做整备，这火是圣姑姑使神通降来的天火，能穿墙透壁，倒柱崩梁。就是炮杖上的药线，也没这样传递得快。更兼刮起大风，风随火势，火趁风威，必必剥剥只顾烧着。员外跌脚叫苦，呼神道，唤祖宗。一面教妳子侍婢，开了后门，唤院子们传话云：愿出重赏，倩人救火；一面教家中男女到内室里面，抢些细软家私，紧要箱笼。那伙地方邻里，初时也有许多人捎挠钩、担水桶，似蚁蚂一般的缘梯上屋，那里救得灭！一时间，火头透起，如天摧地裂之声，众人发声喊都走了。前后一周围房子，顷刻之间，变做个烟团火块，男女们一个也进步不得。妈妈和永儿慌得抱头而哭，员外见他母子悲切，倒去安慰他道：

① 妳子：即"奶子"，专司授乳及看护幼儿的仆妇。

"你两个且不要慌，便烧尽了，也穷我们下半世不得!"

只见火焰腾腾，越冒越炽，整整的烧了一夜。三口儿只得在八角亭子上权歇。等天晓起来，叫人去爬火地盘。众人去爬开看，开了口合不得，睁了眼闭不得。常言道：人虽有千算，天只有一算。天若容人算，世上无穷汉。胡员外不想被这场天火烧得寸草皆无，前厅、后楼、过路、当房、侧屋都烧尽了。只指望金银器皿铜锡动用什物，虽然烧洋了，也还在地下，收拾拢来还有个小小家私。教人爬看时，不料都被圣姑姑摄去，上半世有福受用，如今福退了，满火地盘爬看，并没寻一丝儿处。真个是百万豪家一焰穷。胡员外家三口儿就在亭子上住下。那伙掌事主管，都辞去了。家中男女们没屋住、没饭吃，只得都打发出去。存几个丫头养娘，不免转卖与人。因妈妈平昔吃醋捻酸，使唤的都是些下等花面丫头，就卖与人家也不值大钱。况且财主的性儿还在，受不得十分清淡，除了炔炭之外，其余那一样不要买的。不多时，手中用得罄尽了。看看早晚三餐，都不接济。亲邻朋友处好意的，送了一两遍，也索罢休。又不免去借些柴米，也只好一遭两次，一日三，三日九，半年周岁，口内吃的，身上穿的，件件皆无。央人作中，情愿将空地贱价卖与左右两邻，又道："天火烧过地，十年没生气。地经天火烧，十年害枯焦。"有这些俗忌，那个要他。看看穷得褴褛，走去求告旧时相识。在家里的，只说不在。平常里认得的，只做不认得。街上撞着，也把扇儿遮脸，只当不看见。自古道：贫居闹市无人问，富在深山有远亲。又道是：行得春风，便有夏雨。胡员外平日间得一盘十，得十盘百，原是刻苦做家的人。说起穷似他的，一辈不曾受他一分恩惠。若与他一般样的财主，常时你知我忌，到今日还有喜谈乐道的，谁肯道个可怜二字。就是说旧时相识，不过为他有钱有钞，相扳来往的，那里是管鲍心腹之交。所以有行止的穷汉，反有人持扶他起来，没下梢的富家，往往一败涂地。那胡员外住在亭子上，四下又无墙壁，遇着晴天还好，倘然风雨雪落，怎地安身？不免搬去不断求院子里住，就似于今孤老院一般。时逢仲冬，彤云密布，朔风凛冽，纷纷洋洋下一天好大雪。怎见得这雪大？但见：

纷纷柳絮，片片鹅毛。空中白鹭群飞，江上素鸥翻覆。千山玉砌，能令樵子迷踪；万户银装，多少行人肠断。畏寒贫士，祝天公少下三分；玩景王孙，愿滕六平添几尺。正是尽道丰年瑞，丰年瑞若何？长安有贫者，宜瑞不宜多。

爱雪的是高楼公子，嫌雪的是陋巷贫民。在东京城里这个才落泊的胡员外，原是大财主，只因天火烧得落难，荡尽了家私，搬在不断求院子里住。正逢冬天雪下，三口儿断守着火炉子坐地，日中兀自没早饭得吃。妈妈将指头向员外头上指一指，胡员外抬起头来看见，道："妈妈，没甚事？"妈妈道："怎的没甚事？大雪下，屋里没有饭米。我共你曾丰衣足食，享用过来，便今日忍饥受饿，也是合当。"指着永儿道："他今年只得一十四岁，曾见什么风光来，叫我儿吃恁般苦楚，做爹妈的于心何忍！"胡员外道："没奈何，教我怎生是好？"妈妈道："你是养家的人，外面却才雪下，若一朝半日冻住了，急切出去不得，终不成我三口儿直等饿死！你趁如今出去，见一两个相识怕告得三四百文钱归来，也过得几日。"员外道："近来世情，你可也知道的。今番我出去，见兀谁是得？"妈妈道："然虽如此，一日不识羞，三日吃饱饭，你不出去，终不成我出去了"胡员外吃妈妈逼不过，起身道："且把腰系紧些个，不知是一日半日的事。如今的世界，只有锦上添花，那肯雪中送炭。却不道上山擒虎易，开口告人难。你们且耐心着，莫要看得十分便易。"说罢，含着一包眼泪，开了门出去。走得两步，倒退了三步。口里说道："好冷！"劈面寒风似箭，侵人冷气如刀。被西北风吹得倒退几步，欲待回身转来，妈妈又把门来关上了。没计奈何，只得荡风冒雪而行。走出不断求院子来告人，不在话下。有诗为证：

彤云四野雪纷纷，满地琼瑶路不分。
欲乞青蚨赡妻子，眼前谁是孟尝君。

胡员外要寻相识，顾不得羞，只得在旧宅左近街坊串走。这市上人多有认得的，见他来时，点点搠搠道："这便是财主的下场头了。"也有轻薄的，低低唱道："胡员外，天降灾，好日去了，恶日来。"又有曾在解库内吃亏过的，便道："出等轻，入等重，假纹出，真纹入，世间只有开典当的欺心。只愿一个个像胡家老儿，现世受报。"胡员外低着头只顾走，劈面撞着一个人，手里拿柄小伞，叫一声："员外，这雪天那里去？"员外看时，却是旧时请在家内教永儿经书的陈学究先生陈善。胡员外满面羞惭，作了揖，道："不瞒学究，家中实是艰难，只得出来寻个相识则个。"陈善既道："既是窘乏时，如何不去投奔四牌坊下那一个人来？"胡员外问："是那个？"陈学究向他耳边说了几句说话。胡员外大喜，拱手道："全仗学究扶持撺掇！"陈善道："当得当得。"就把胡员外扯向小伞底下，一同遮盖了。胡员外趁着伞，复身从旧路转南向四牌坊大门楼下投那个人来。原来那人姓糜名必达，东京人氏，原是个闲汉出身，得了枢密院一个官员的心，扶持他做个提辖。三年前要谋升迁，缺少些使用，因是陈善的故友，晓得他在胡员外家教书，托他去借了三百两银子，凑办衙门管干，得升冀州都监之职。做了二年有余，因与同寮不睦，改调青州赴任，顺路带家小。家中看看回家，才得两日。当初借契上曾有保人陈学究花押，今日胡员外虽然烧没了文契，且喜保人见在。况且是恩债，万无不还之理。今日陈学究正去拜望，有他引进，却不两便？所以胡员外欣然而去。到得门首，多少官身私身一出一入，好不热闹。也有管门的门公一见员外衣衫褴褛，分明像个乞丐模样，咄喝起来，谁肯放他进去。陈教授分说，也不作准，只得把小伞与他，教他权且站在街头，等我进去见了都监，必然相请。众人又道，街头上站立一个教化模样的人，坏他官府体面，直赶得他在对门檐头去了。

却说陈学究进厅去与糜都监相见，叙了些寒温贺喜的说话，茶罢。糜都监请陈学究到书房中宽坐。陈善道：“还有个朋友在外面，特来奉拜。”糜都监道：“是甚人?”陈善道：“原与都监有往来的，叫做胡大洪。”糜都监道：“莫不是平安街上开解库的胡员外么?”陈善道：“然也。”糜都监道：“快教请进。”家童即忙传话出去，请胡员外进来相会。门公道：“从不见有甚么胡员外到来。”胡员外在对门檐头下听得了，便走过来说道：“则我便是胡员外。”众人笑道：“走尽了四百军州，也没有你这个员外。你这副嘴脸也叫员外时，像我们都该叫尚书了。”门公把他拦住，不放进去。胡员外便高声叫起陈学究来。只见宅里走出一个老汉，姓留名义，是糜家的老苍头，为人老实忠厚，向来跟在任上，近日方回。当初糜必达在胡员外家借银，是他经手担回，也往来了好几遍。今日员外虽然改样，面庞兀自认得。他便喝住门公，上前迎住员外。胡员外便将遇难的大略，并今日来意对他说了。留义道：“家主相请，定有好情。”便引着员外到厅上来，陈学究望见慌忙起身，那糜都监看见是个褴褛穷汉，便有欺他之意，竟自坐定。胡员外走近椅子边，恭恭敬敬的作个揖道：“尊官，久违了。”糜都监就在椅上把手浅浅一兜，依旧坐下，问陈学究道：“此位何人?”陈善道：“就是胡大洪员外。”糜必达故意瞅着眼睛，觑了一觑，便道：“一别三年，竟不相认了。”也不另作个揖，口里叫声请坐，又不看椅。倒是陈学究半宾半主的，拖把椅子在上面同坐了。胡员外见糜都监不言不语，只得先开口道：“在下有句不识进退的话奉告。”糜都监只做不知，问道：“有何见教?”胡员外道：“当初三年之前，在下还开解库，家事颇裕，尊官曾立个券约，与在下取银三百两，契上加二起利。尊官荣任冀州，在下并不敢启齿。近因在下命运穷苦，招了一场天火，烧得罄尽，寸草不留，食缺衣单，实难度日。幸遇尊官高转回府，特来叩谒。利钱已不敢计较，只见赐本银，与在下为营生之资，恰似尊官见惠一般。”糜必达道：“下官初任提辖时，曾借过百金使用，也没借许多。到冀州一年，本利都寄还了，那里又欠什么银两?”胡员外道：“贵人多忘事，实是三百金，并不曾见还。”麋都监道：“既是未还，必有借券，取出来看便知。”胡员外道：“借券也被火焚了，”指陈学究道：“见有保人在此为证。”陈善道：“是学生经手的，果系未还。想都监错记了。”麋必达变了脸道：“闲说常言道，有文书不斗口。既无原券，有何凭据，你两人口里说三百，就是三百，若说三千，就是三千么？”陈善还只道他偶然忘记了，便道：“都监休执意，天理人心，有则有，无则无，请自慢慢思量。”胡员外陪着笑说道：“如今在下也不敢说三百二百，但凭尊官斋发些便了。”麋必达大怒，立起身来说道：“你两个一吹一唱，同谋合伙，硬要人的钱钞，好没来由！你若有原契时，三千两也还你。没有原契，休想半文破钱到手。”说罢，一直走进内宅去了。老家人留义先前见家主口气不好，只恐问他一句时，有无难好答应，预先躲过，倒是有些良心的。却在大门口相等，只见胡员外和陈学究气忿忿地走将出来，留义道：“员外休要着急，容小人从容向家主再禀，定有处置。来了这半日，想饥饿了，若不嫌小人下贱，请到店上吃三杯，便屈教授同去走遭，何如？”陈善一肚子气，那里要吃留义的东西。见胡员外面有饥色，只恐自己辞了，连累他也没得吃，只得倒扯胡员外，劝他同走。留义便引着胡员外、陈学究，到左近处一个僻静酒店内来，胡员外这番真个是绝处逢生，死中得救。正是：饱食三餐非足贵，饥时一口果然难。毕竟胡员外怎地回家，且听下回分解。

第十九回

陈善留义双赠钱　圣姑永儿私传法

近日厨中乏短供，婴儿啼哭饭箩空。
母因附耳和儿语，爹有新诗谒相公。

话说糜都监倚富欺贫，见胡员外穷形窘状，负债不还。胡员外冒雪而往，落得一场怠慢，肚里又气又苦。倒是糜家老院子留义见员外饥寒之色，看他不过，拉他到僻静之处，一个小酒店内，拣副干净座头，请员外上座，陈学究下面陪席。唤酒保吩咐："打两角酒，要暖得滚热，却不用小杯。有上好嗄饭，只顾搬来。"酒保道："只有新出笼的黄牛肉，别没甚卖。"留义道："有壮鸡婆宰一个却不好。"胡员外道："一味足矣，何劳过费。"留义道："简亵休笑。"留义亲到瓮边把酒尝得好了，方教酒保去暖。酒保满满的切一大盘牛肉，连小菜盐酱碟，一齐摆下，放着三个大瓯子，正待斟酒。留义夺了他壶瓶道："待我们自便，你自去宰鸡，快快煮来。"胡员外对留义道："你老人家也请坐下。"留义道："员外和教授在上，小人如何敢坐。"陈学究道："你不坐时，连我与员外坐下的都不安了。"留义道："既恁地吩咐时，小人旁坐斟酒，大胆休怪。"把大瓯子满斟送与员外和学究吃。胡员外还是空心出门的，吃了两瓯热酒，便觉面红心跳，道："在下不能饮了，有饭求一碗罢。"留义怕他肚饥，也不苦劝。便吩咐酒保："等鸡熟了，先拿一位的饭来，我陪教授还吃壶酒。"酒保煮熟了鸡，也剁做一盘，连酒送到。才去取碗盛饭，将一吃一添捧来问道："那一位用饭?"留义叫送在胡员外面前，叫一声"请"，员外擎着饭碗在手，刚咽得一口，想着家中妻女，眼睁睁做指望，如今空手而回，我便有这碗饭吃了，他们的饭，还不知在那里，几时到口，不觉吊下两行珠泪。陈学究已知其意，乃道："当初是我多嘴的不是，带累员外将财买气，也不信得糜家是这样人。"对着留义道："你家家主公，幼年与我相交，如一个人。百事与我商量，有仁有义。今日纱帽上了头，叫声老爷，就似阎罗王面前重换个人身一般，肚里心肝五脏都变过了。"留义道："黄河尚有澄清日，岂可人无得运时。员外暂时落寞，终有好日。且请吃个饱，却又理会。若是我家主到底不认时，在小人身上会也打一个来与员外经纪过活。"胡员外道："如此多谢了。"吃了两碗饭，便放下筯。留义道："再请用些。"胡员外道："多了些酒，便吃不得了。"留义看着陈善道："既不用饭，还劝杯酒么?"陈善道："员外从来节饮。"胡员外道："自从患难之后，一发来不得。真个是酒落快肠，今日领二位高情，已为过分了。"陈善与留义两个也吃完了酒饭。陈善便立起身来，在袖里摸出二百文铜钱，把与员外道："这一串钱，胡乱拿回家去，买顿点心，只恨穷教读，不能十分加厚。"留义唤酒保会过了钞，还剩得一百多钱，也送与胡员外，说道："小人却轻亵了，聊当一茶之敬。"胡员外想着家中苦楚，又见他两个都出于至诚，只得受了，作揖称谢。正是：

着意种花花不发，无心插柳柳成阴。

有诗为证：

欺心官长输穷汉，有意家奴胜主人。
善恶俱由心上发，由来不在富和贫。

常言道施不在多，要于当厄。东京城里有名堆金积玉的胡员外，今日患难中见了三百多铜钱，便十分欢喜，百分感激。可见好人原是容易做的，越显得糜都监人品，反不如陈学究与留义了。

话分两头，且说张院君共女儿冷冷清清坐着。永儿道："爹爹出去告人，未知如何?"妈妈道："世情看冷暖，人面逐高低，爹爹没奈何担着脸皮去告人，知道如何。"永儿又道："妈妈！雪又下得大，风又冷，爹爹去告谁?"妈妈道："我儿！家中又没钱，不叫爹爹出去，终不成饥得过日子。我儿，你且去床头边寻几文铜钱，出巷去买些点心来吃，待你的爹爹回来，却又作道理。"当时永儿去床头翻来倒去，止寻得八文铜钱。妈妈道："我儿，都拿去买几个炊饼来，你且胡乱吃几个充饥。"永儿拖着一只破鞋，将衣襟兜着头，踏着雪走出不断求院子来。那街市上不比深山旷野，这里往来人众，地下积雪不起，都践做烂泥，十分难走。永儿才转个湾，一脚踏个高低，跌上一交，手中铜钱，撒做一地，衣服都泥污了。永儿爬将起来，顾不得衣服，在烂泥中捡起铜钱，只有七文，那一文不知抛向那里去了。寻了一会不见，只得罢了。行到大街卖炊饼处，永儿便与店小二道个万福，道："叔叔，买七文钱炊饼。"小二哥接钱在手看时，有一文钱又是破的，拣出不用。永儿把来系在衣带上，道："只买六文钱罢！"小二哥把一片荷叶，包了六个炊饼，递与永儿。永儿接了，取旧路回来，已是未牌时分。沿着屋檐正走之间，到一个空处，只见一个婆婆拄着一条竹杖，肐膊上挂着一个篮儿，从背后赶上前来。那婆婆怎生模样，但见：

腰跎背曲，面瘦皮宽。眉分两道雪，髻挽一窝丝。眼如秋水微浑，发似楚山云淡。形如三月尽头花，命似九秋霜后菊。

却原来是个教化婆子，看着永儿道个万福。永儿还了礼。婆婆道："你买甚么来？"永儿道："家中母亲教奴家买炊饼来。"那婆婆道："我儿！好教你知道，我昨日没晚饭，今日没蚤饭。你肯请我吃个炊饼么？"永儿口中不语，心下思量，我妈妈也昨日没晚饭，今日没蚤饭，这婆婆许多年纪，好不忍见，解开荷叶包来，把一个炊饼递与婆婆。婆婆接得在手，看了炊饼道："好却好了，这一个如何吃得我饱，何不都与了我？"永儿道："告婆婆，奴家却不敢都把与你，家中三口儿两日没饭得吃。妈妈教爹爹出去告人，只留八文铜钱，教奴家出来买炊饼。中途跌失了一文，又退了一个破钱，只买得六个炊饼。妈妈吃两个，奴家吃两个，还留两个等爹爹回来。只怕他没吃什么东西，要把与他救饥。因见婆婆年高，奴奴不忍，只得让一个与婆婆吃。"婆婆道："你妈妈问炊饼如何买得少了，你却说甚的？"永儿道："妈妈问时，只说奴奴肚饥，就路上先吃了一个就是。"婆婆道："既然炊饼要将回去，把这文破钱舍我罢！"永儿全无难色，真个就在衣带上解下这文钱，递与婆婆。婆婆道："妈妈问起钱来，又是怎的回答？"永儿道：

“只说街上泥泞，跌失了两文钱就是。”婆婆道：“难得我儿心好，且自聪明。实对你说，我不肚饥，不要吃这炊饼，还了你去。”永儿道：“我与婆婆吃的，如何又还了奴奴？”婆婆道：“我试探你则个，难得你这片慈悲孝顺的心。我撩拨①你耍子！”将这文破钱在手心中颠一颠，呵一口气，便变成周周正正的一文好钱，递在永儿手里。问道：“这法儿好么？”永儿道：“什么样法儿！婆婆教会奴奴则个。”婆婆道：“这小法不为希罕，你肯学时，还有许多好耍子的，一发教你。你识字么？”永儿道：“奴奴识得几个字。”婆婆道：“我儿！恁地却有缘法。”伸手去那篮儿内取出一个紫罗袋儿来，外面细细一条麻索儿缠紧，看着永儿道：“你好生收了。”永儿接了袋儿，道：“婆婆这是什么物事？”婆婆道：“这个唤做《如意宝册》，许多好耍子法儿，都在上面，你可牢收了。若有急难时，可解开索子来看便有解法。倘不省得处，只暗暗的唤圣姑姑，我便来教你，切勿令他人知道。”永儿把册儿揣在怀内。把这文变的好钱，直穿在里头裙带上。谢了婆婆先走，不上几步，回头看时，那婆婆忽然不见。永儿心中好生惊怪，后人有诗云：

一枚炊饼见人心，罗袋天书报德深。
识得好心还好报，施恩何必吝千金。

永儿捧着炊饼还家。妈妈道：“我儿如何归来得恁迟，衣服都泥污了，敢是跌了一交么？”永儿道：“妈妈！街上雪滑难行，又跌失了两文钱，只买得六个炊饼。”妈妈叹口气道：“我儿！命苦的只是苦，多两个钱的炊饼，也饱不得我们一世，只索罢了。这泥污处莫动弹他，等待干时，擦去了就是。”娘儿两个把六个炊饼各吃了两个。那两个仍把荷叶包了，放在一边。

不多时，只见员外归来，妈妈见他脸红，问道：“你去这半日，见

---

① 撩拨：此处是引逗的意思。

甚人来，那里得酒吃?”员外把中途遇了陈学究同到麋都监家这段话述了一遍：“喜得天无绝人之路，亏了他家老院子，叫做留义，一片好心，请我到店上吃了酒饭，又与陈教授凑出三百多钱相助。”妈妈欢喜，教员外去籴些米，买些柴炭，且过三五日，又作区处。娘儿两个把剩下的炊饼又分吃了。等得米来，免不得做些饭吃。到晚去睡，永儿却睡不着，思想：“日间那婆婆与我册儿时说道，有急难，便可解开来看。今是爹爹虽籴得些米，勾得几日之用，少不得又是饥饿，也算做急难了。我且去开看，有救饿的法儿没有。”永儿款款的起来，轻轻的穿了衣裳，走出房来。原来胡员外住下房屋，是一间一披。无非是些篱签土砌，那侧边披屋又破了，只好将就做个炊爨之所。把那一间屋隔断，做了两个卧房。前半段逼近了外街，自己老夫妻住着，后半段把与女儿做房。却又在左边抽出一条走路，通着厨下天井里去。当夜永儿开门出去，虽不经由爹妈床边，却在紧贴壁，如何不惊觉了！妈妈问道：“我儿那里去?”永儿道：“我肚疼，起来要去后则个。”娘道：“我儿想是受寒了，你起身时，仔细避风，多穿件衣服，莫要重重做病。”永儿道：“不妨事。”下床来着了鞋儿，到侧边破屋内，只见雪光照耀，如同白日，厨下土灶沙锅和那水缸面桶之类，无物不见，永儿去怀中取出紫罗袋儿来，解开细麻索儿，打一抖，抖出这个册儿来看时，只因胡永儿看了这个册儿，有分教：少年闺女，变成作怪妖精；倒运乞儿，仍作多钱员外，直教：三十六州年号改，五六七载战尘飞。毕章永儿怎么样变化，且听下回分解。

第二十回

胡洪怒烧如意册　永儿夜赴相国寺

九天秘册好惊人，但恐于中传不真。

若得善传并善用，等闲疑鬼复疑神。

当夜胡永儿解开紫罗袋外面缠的麻索，抖出那本册儿来，走出披屋外，仔细看时，上面题道“如意宝册”。揭开第一板看时，第一行就写道“变钱法”：将一条索子穿着一文铜钱，要打个肐膝，放在地上，用物掩盖。舀一碗水在手，依咒语念七遍，含口水望下一喷，喝声“疾”，揭起盖时，就变成一贯铜钱。永儿道：“原来如此方法！”便就把解下来的这条麻索子，将日间婆婆变的一文好铜钱解下裙带来，穿在索子上，打了肐膝，放在地上，将面桶来盖了，去水缸内舀一碗水在手，依咒语念了七遍，含口水望下只一喷，喝声“疾”，放下水碗，揭起面桶，打一看时，青碗也似一堆铜钱！永儿到吃了一惊，没做理会处。思量道：“若把去与爹爹妈妈，必问是那里来的。如何回答？”永儿就心生一计，轻轻的开了后门，一撇撇在自家篱笆内雪地上，只说别人暗地里舍施贫户的。便把后门关上，入房里来，把册儿藏了。妈妈道：“女儿肚里疼也不？”永儿道：“不疼了。”依然上床再睡。

到天晓，三口儿起来，烧些面汤。妈妈开后门泼那残汤，忽见雪地上有一贯钱，吃了一惊，慌忙提起把与员外看了道：“不知谁人撇这贯钱在后面雪地上，我拾得在此。”胡员外道：“妈妈宁可清贫，不可浊富。我的女儿长成，恐有不三不四的后生来撩拨他，把这铜钱来调戏。我今又是没运气的时节，一时间取用了，引得后生们到家啰唣，没法摆布。”妈妈道：“你好没见识，东京城内有多少财主做好事，济贫拔苦，见老大雪下，可怜这院子里有许多没饭吃的。夜间撇在人家屋里来舍贫也不见得。”员外摇首道：“难说！难说！我也是做过财主的，几曾有此事么？”妈妈焦燥起来，骂道：“老无知！真个是人贫智短了。自古道，贤愚不等，也有舍得的，也有不舍得的。那里都要与你一样，你被天火烧了，怎的别个财主，天火不烧他们？行好事的到底好。自家女儿，你却三心四意去疑他。我女儿又不曾出去一遍两遍，认得什么人来，你却这般胡说！”骂得员外顿口无言点头道：“也说得是，我昨日出去求人三二百钱，兀自不能勾得。如今有这一贯钱，且籴五百钱米，买三百钱柴，把来买些盐酱菜蔬下饭，且不烦恼雪下。”

三口儿欢欢喜喜过了一日。到晚去睡到二更前后，永儿自思：昨夜变得一贯钱也好，今夜再去安排看。日里便有这心，预先寻得一条索子，藏在身边了，永儿款款地起来，着了衣服。妈妈问道："我儿做甚么？"永儿道："肚里又疼，要去后则个！"妈妈道："苦呀！我儿先前那几日，有一顿没一顿，这两日有些柴米，不知饥饱，只顾吃多了。明日叫爹爹出去赎帖药吃。"永儿下床，来到破披屋下，一似昨夜安排。如法用索穿钱，将面桶盖了，念了咒，喷一口水，揭起桶来看时，和夜来一般，又有一贯钱。永儿开后门把这钱又撇在雪地上，关了后门，入房里睡。

到天晓，妈妈起来烧汤洗面，开后门泼汤，又看见一贯钱，好不欢喜，拿了回来。胡员外道："好蹊跷，这钱来得不明。"妈妈道："莫胡说，我不怕！这是当方神道不忍见我们三口儿受苦，救济我们。又把这一贯钱安在我家。"员外见妈妈昨日焦燥，今番再不敢说，只得含糊答应道："妈妈说得是，安在家中，慢慢用度。"过了三五日后，雪却消了，天晴得好。妈妈对员外道："趁家中还有几日粮食，你出去外面走一遭。倘撞见熟人，赚得一二百钱也好。"员外听得说，只得走出去。妈妈心宽无事，出去邻舍家吃茶闲话。

永儿见妈妈出去，屋里没人。关了前门，取出册儿，揭开第二板看时，上首写着变米法。永儿道："谢天地！既是变得米，忧他甚么没饭吃！"妈妈床头原有一只米桶，一只米缸。永儿去看时，都盛得有米。想了一回，把桶内的米并在那缸内。剩下的把被单铺在地下，都倾出了，止存十数粒米在空桶内。提在披屋内来，把件衣服盖了，念了咒，喷一口水，喝声道："疾！"只见米从桶里涌将出来，永儿心慌，不曾念得解咒。米突突地起来。桶箍长久，却是烂的。忽然一声响，断了桶箍，撒一地米。后人听说变钱变米之事，戏作诗云：

钱满索时米满屋，何物咒语能神速。
有人肯把咒传吾，生愿事他死当哭。

永儿见了，失声叫苦！妈妈在隔壁，听得女儿叫苦，慌忙走过来看。这米被生人一冲，便不长了。只见披屋内一地都是米。妈妈吃了一惊，道："如何有这许多米？"永儿生一个急计，唤做脱空计道："好教妈妈得知，一个大汉驮一布袋米，把后门挨开来，倾下米在此便去了。吃他一惊，因此叫起来。"妈妈看见桶箍散了，问道："这米桶是我房里的，拿出来做甚，这桶里米那里去了？"永儿道："是我倾在房里，要出这空桶，盛这披屋下的米。不想箍桶年深断了。"妈妈道："那大汉却是甚人，是何意故？"正在絮叨，却被隔壁张大嫂听见了，不知高低，敲着壁儿叫道："胡妈妈！你直恁地不晓得，是那有钱的员外财主，见雪雨下了多日，情知院子里有万千没饭吃的，做这样好事，不教人知道。撇钱撇米在人家里，这是阴骘。若明明的舍，怕人啰唣，这个何足为道？"妈妈因张大嫂听见了，便不言语。教女儿作急收拾，妈妈也来相帮。

两个兀自收拾未了，胡员外却好归来，见娘儿两个在地下扫米，便焦燥起来道："那见你娘儿两个的做作，才有一两顿饭米，便要作塌了！"妈妈道："我如何肯作塌，教你看！缸里、瓮里、瓶里、桶里都盛得满了。这里还有许多兀自没家伙盛得哩！"员外看了吃惊道："这米却是那里得来？"妈妈道："你出去了，我在隔壁吃茶，只听得女儿叫起苦来。我连忙赶将归来，看见一地都是米。"员外道："却是作怪，这米从何而来？"妈妈道："永儿说见一个大汉，跎着一袋米，挨开后门，倾下米在家里便去了。"那胡员外是个晓事的人，开了后门看，篱笆里外都没有人来往的脚迹，心下疑惑，把后门关了，入来寻条棒在手里，连叫"永儿！"永儿见势头不好，躲在自家房里，不敢出来，员外扯将过来。妈妈道："没甚事打孩儿做甚么？"员外道："且闭了口，这件事却是利害。前日两贯钱来得跷蹊，今日米又来得不明。教这妮子实对我说，我便不打他，若一句不实，我一顿便打杀他。我问他，因何有这两贯钱的雪地上，因何有这米在屋里，这大汉的是何人？便做道财主家行好事的，难道偏照顾我家？其中必有缘故！"永儿初时抵赖，后来吃打不过，又逼他招称那大汉的来历，这天大冤枉，承当不起，只得实说道："不瞒爹爹！妈妈！说那一日初下雪时，爹爹出去了。妈妈教我出去买炊饼了，回来路上撞见一个婆婆，看着我说肚饥，问我讨炊饼吃。是奴不忍，见把一个炊饼与那婆婆。他道：我不要吃你的，试探你则个，便还了我。道是难得你慈悲孝顺好心。便把我一个紫罗袋儿，内有一个册儿，说道：你若要钱和米，看这册儿上的咒语，都变得出来。我初时不信，一连两夜依那册儿上咒语，都变得有钱。今日妈妈在间壁人家去了，我把变米的法儿试用，果然又变得米来。"胡员外听得说，跌脚叫苦道："如今官司见今张挂榜文，要捉妖人，吃你连累我，我打杀这妮子，也免我本身之罪！"拿起棒来便打。永儿叫"救人!"只见隔壁张大嫂听得打永儿，走过来劝时，却关着门。大嫂在门外叫道："员外饶了孩儿则个，闲常时不曾这般焦燥，为甚事打他？妈妈也不劝劝?"员外含着一口气答道："大嫂可奈这妮子藏着一本册儿……"说了半句，便住了口。大嫂道："册儿上写着甚么?"员外道："都是些闲言闲语。"大嫂认错了，只道是什么私情本儿，便叫道："你女儿年纪小，又不理会得。须是街坊上浮荡子弟们，撩拨他论口辨舌。若不中看的，你只把这册儿来烧了，诫他下次便是。何须动气，把孩儿恁般狠打?"员外倒被他提醒了，应道："大嫂说得是。"看着永儿道："你把册儿来我看。"永儿去怀中取出册儿来，递与爹爹。员外接了道："你记得上面的言语也不?"永儿道："告爹爹，记不得。若看上面时，便读得出。"员外叫妈妈点一把柴火来，连紫罗袋儿一包的烧了。看着永儿道："今日看间壁干娘面皮，饶你这一遭，后番若再恁地，活打杀你!"永儿道："告爹爹，再不敢了!"员外对妈妈道："又是我夫妻福神重，只是自家得知。若还外人传闻时，却是老大利害。"妈妈被员外乱了一场，不知高低，只索由他。有诗为证：

昔年妈妈焚仙画，员外今将宝册烧。
似此火攻能用惯，争教天火肯相饶。

说话的，有一句话问：你这书第十三回上，说圣姑姑和蛋子和尚、左黜三人炼法，三年方就，何等烦难，今日胡永儿变钱变米，恁地容易，可不前后相背了？看官有所不知，当初炼神炼鬼，都是生手做事。今日是圣姑姑设法来度他女儿，阴空中暗暗佐助。若初次见得烦难时，永儿又不肯学了。这册儿第一页便是变钱法，第二页便是变米法，也只拣永儿家中缺少的打动他心，这都是圣姑姑引诱入门处。

闲话休题，且说胡永儿被父亲打了一顿，逼取册儿烧了，好不气闷，自去流泪。妈妈看见，劝住了。过了一夜，到次日，员外又出去了。妈妈仍到间壁张大嫂家闲话。永儿把前后门都闭了，闷闷的坐在房中思量：这本册儿，千金难换。那婆婆一团美意，把来与我，就是变些钱米来度日，也免得求人。却被爹爹烧了，可惜后面都没看得，不知是甚么耍法。那婆婆吩咐不省得时，可叫圣姑姑，他便来教导我。我今日虽没了册儿，且唤一声，看他来也不来。若肯来时，或者他还存留得有，再与他取讨一本。只怕那婆婆来时，惊动了妈妈，却不稳，便走到天井中去，仰面看着天，低低唤一声："圣姑姑！"只见那婆子手携竹杖，从屋檐而下，径入披屋，悄然无声。永儿跟进屋去，道了万福，把父亲火烧册儿之事，告诉过了。婆婆道："册子不曾烧，原是我收得在此！"袖里摸出册儿，依然紫罗袋包着，毫无伤损。永儿吃惊，连忙下拜相求。婆子扶起道："我儿！我原是你前世的亲娘，今番怜你受苦，特来度你。你要这册儿，家中不能施展，也是无用。可依我言语：日里睡眠，养息精神；夜间莫脱衣服，待黄昏人定后，但闻鹤唳之声，便是我差来迎你的，你便悄悄出房，跨鹤而来，我与你相会，五鼓仍回。这册儿上的术法，我一一传授与你，得道之日，神通广大，逍遥快活，不可尽说也。"永儿道："如此甚好，只怕爹妈夜间觉察，寻觅起来，不见了奴，奴蚤晨回去，如何抵赖？"婆子道："这个容易！"把手中竹杖递与永儿，吩咐道："我儿把这杖儿藏好，到夜间动身时，放在卧处，将被盖着。你爹妈若来看时，便如你睡着一般。此乃仙家替身之法。"永儿接了竹杖在手。那婆婆飞上屋檐，忽地又不见了。永儿方才欢喜，把杖儿藏在席子底下，依着婆婆言语，不脱衣服。到黄昏时候，果然听得一声鹤唳，永儿便在里床席子下取出杖儿覆于被内，悄悄步出庭中。只见一只仙鹤，舒颈迎接。永儿跨上鹤背，望空飞去，须臾到一个所在歇脚。只见婆婆先在，又不是先前打扮了，头戴星冠，身披鹤氅，甚是齐整。那婆婆把手一招，那鹤便钻进他衣袖中去，取出看时，却是一个纸剪的仙鹤，慌得永儿又拜下去。婆婆扶起道："我儿休得惊恐。"永儿觉得站身之地，甚是高峻。问道："此处是那里?"婆婆道："这是大相国寺中浮图第一层，人迹不到，正好教导你。先教你个飞形法，可以穿窗入隙，出入不用开门。次教你个飞行法，跨在个板凳上，念个咒语，这凳随意变化，腾空而起，你每夜自来自去，何等方便!"永儿会了这法，自此暮去晨回，把这如意宝册次第领会。一来永儿聪明见性，书符念咒，一教便会；二来多分是圣姑姑见成炼就的法物，交付与他，只须指点运用，甚是省力。

不题永儿学法，再说胡员外烧册的时节，米桶里有米吃，床头边有钱用。古人原说是：坐吃箱空，立吃地陷。一日三，三日九，那里过得半月十日，桶里吃的渐渐浅了，床头钱渐渐的短了。再过几时，米尽钱空，依然有一顿，没一顿。求告人，又没求告处，依先没饭得吃。妈妈重复思量起永儿变钱变米，冷痛热疼埋怨老公道："你却把永儿来打，又烧了他的册儿。今日你合该饿死，连累我和女儿受苦。你如何做这般人，靠米缸饿死，教我娘儿两个忍饥受饿!"员外道："事到如今，也没奈何。你只顾埋怨我怎的?"妈妈道："才有些饭吃，便生出许多事来。你既然大胆打他，须有用处置钱米。于今穷性命尚在，那册儿却把来烧了。"员外道："是我一时没思算，千不合万不合烧了。蚤知留了那册儿也好。"妈妈道："你省口时却迟了。"员外道："没奈何，我陪些下情央我女儿，想他还记得，再变得些钱和米，搭救我们则个。你且去问他看。"妈妈道："女儿自从吃你打了，再不到爹妈身边来，只在自房里住，日里闷闷昏昏只打瞌睡。夜里上床，便如一块木头相似，昏迷不醒。我前晚半夜里起来解手，见后房门关得不紧，被风刮开了。我怕女儿伤了风，打个灯火看时，他紧紧拥着被儿睡倒，随你左摇右摇，只是不醒。好端端一个聪明孩子，被你一顿拳头打呆了。还记得什么册儿不册儿。要问他时，你自进他房去问他，我没这副嘴脸。”员外真个走进房里，陪着笑道：“我儿！爹爹问你则个，册儿上变钱米的法你记得也不记得?”永儿道：“告爹爹，不记得。”员外道：“我儿！搭救了爹妈，又不搭救了别人，休得使性，是做爹的不是了。”永儿只不统口。妈妈跨进房门，把员外一扨，骂道：“死汉走开娘的!”向前道：“我儿！莫看爹面看娘面，好歹记得些法儿，便救娘的性命则个。”员外道：“今后再不打你了。”永儿道：“前番因爹爹打了，都忘记了，暗暗记得些儿，不知用得也不。爹爹！你去凳子坐定，我教你看。”员外依了女儿口，在板凳上坐了，只见永儿口中念念有词，喝声“疾”，那凳子从空便起，吓得妈妈呆了。员外头顶着屋梁，叫：“救人!”下又下不来，若没这屋，直起在半天里去了。正是：未曾施展神通手，先把亲爹要一场。未知胡员外如何下来，且听下回分解。

第二十一回

平安街员外重兴　胡永儿豆人纸马

五雷正法少人知，左道流传世亦稀。
不作欺心负天地，神通游戏总仙机。

话说胡永儿要着员外，坐在板凳上，凳便飞起，直顶屋梁。那时员外好慌，看着女儿道："这个是什么法儿，且教我下来。"永儿道："告爹爹知道！变钱米法儿都忘了，只记得这个法儿，救不得饥，又济不得急。"员外道："好怕人子，且放我下来则个。"永儿口中念念有词，喝声道："疾！"凳子便下来了。员外道："好险！几乎跌下来，便不死，也少不得青肿了几处。"永儿道："爹爹！你真个要钱也不？"员外道："我儿！你说痴话，爹妈两三日没有饱饭吃了，不要钱也罢，难道不要性命的？"永儿道："既爹爹要钱时，去寻两条索子来，且变一两贯钱使用。"员外口虽不语，心下想道："有心做我女儿着，一客不烦两主。趁他心肯时节，多寻些索子。要他变几百贯钱，教我快活则个。事发到官，却又理会。"到床头检看，只剩得三条索子，员外心上嫌少，一径走出巷来，到大街相识的邹大郎离货铺内问道："大郎！细麻索要大些一捆。"邹大郎道："什么用的？"员外是老实人，便道："穿钱用的。"邹大郎笑道："员外又发财了，有许多钱穿哩。索子尽有，数钱来便了。"员外才省得身边没钱，便将身上旧布氅衣，脱下权时为当。邹大郎想道："他买索子的钱也没有，那里有钱要穿，眼见是虚话。他恁般贫困，口食不周，知道将麻索子去做什么把戏。明日弄出一场是非，连累着我。"便道："小店本少利微，见钱便卖。这衣服休要脱下。"员外道："寄下一时，少停便来取赎。"邹大郎那里肯依。员外只得下了阶头。想着：相熟的如此，别家定然也是不肯的，足见我命薄。且把三条索儿，先变三贯钱再处。急急跑回院子里来，钻进房里，在床头忙忙检看，不见了索子。妈妈和永儿看了，忍不住笑。妈妈道："老无知！你忙做什么？"员外道："我检出三条索子在此，如何不见了？"妈妈道："我把与女儿变得三贯钱在此，你又跑到那里去来？"员外道："我想着有心央女儿一遭，多寻百十条索儿，变些钱来，长远受用。叵耐开杂铺的邹大郎，定要见钱才卖。我脱这氅衣与他为当，他执意不肯。"妈妈道："你莫要利心忒重，每日不脱一二贯钱在家，也勾你下半世不求人了。"员外问："钱在那里？"妈妈道："在被窝里头盖着。”员外不胜欢喜，便取去籴米买柴。明日又同妈妈去求永儿变钱。

自从这日为始，永儿不时变些钱来，缸里米也常常有。员外自身身边，也常有钱买酒食吃，衣服逐件置办，身上比旧光鲜了。

一日，员外出去买些东西归来。永儿道：“爹爹！我教你看件东西。”去袖子里摸出一锭银子来。员外接得在手里颠一颠，看约有二十四五两重。员外道：“这锭银子那里来的?”永儿道：“早起门前看见卖香纸的老儿过车儿上，有纸糊的金银锭，被我把一文钱买他一锭，将来变成真的。”员外道“变得百十贯钱，值得什么，若还变得金银时，我三口儿依然富贵。”走到纸马铺里，买了三吊金银锭归来，看着女儿道：“若还变得一锭半锭，也不济事。索性变得三二十锭，也快活下半世。”永儿接那金银锭，安在地上。腰里解下裙子来盖了。口中念念有词，喷上一口水，喝声道：“疾!”揭起裙子看时，只见一堆金一堆银在地上。员外看见，欢喜自不必说了，都是得女儿的气力变得许多金银。员外看着妈妈和永儿，商议道：“如今有了金银，富贵了，终不成只在不厮求院子里住。我思想要在热闹去处寻间房屋，开个彩帛铺。你们道是如何?”妈妈道：“我们一冬没饭得吃，终日里去求人。如今猛可地去开个彩帛铺，只怕被人猜疑。”员外道：“不妨，有一般一辈的相识们，我和他们说道：近日有个官人照顾我，借得些本钱。问牙人见买一半，赊一半。便不猜疑了。”妈妈道：“也说得是。”

当日，胡员外打扮得身上干净，出去见几个相识说道：“我如今承一个官人照顾，借得些本钱，要开个小铺儿。你们众位相识们，肯扶助我么？只是要赊一半买一半，作成小子则个!”众人道：“不妨！不妨！都在我们身上。”众相识一时说了，去那当坊市井赁得一所屋子，置些橱柜家伙物件，拣个吉日开张铺面。

虽说赊一半，买一半，其实只做个媒儿，能收得许多货物？都亏了永儿在铺中听了要长要短，便到里面去变将出来。因不费本钱，所以但是一贯货物，只卖别人九百文，加一相饶。人人都是要便宜的，见买得贱，货物又比别家的好，人便都来买。铺里货物，件件卖得，员外不胜欢喜。家缘渐渐的长，铺里用一个主管，两个当值，两个养娘，没二三年，一个家计甚是次第①。把平安街火发场空地依先造起屋来，虽比不得旧时齐整，一般有厅堂房室，后园种植些花草。正是：顿开新气象，重整旧门风。

东邻西舍，都来作贺。几年断绝来往的人家，到此仍旧送盘送盒，做相识来往。胡员外住在八角亭子上和那不厮求院子里，将及二年，赁房子开铺，又有三年，共是五年。还归故里，依先是个胡员外。这才是：黄河尚有澄清日，岂可人无得意时。有诗为证：

贫富升沉总运该，家赀摄去又还来。
凭谁寄语糜都监，财主于今复有财。

别家店里见他有人来买，便疑道："跷蹊作怪，一应货物主人都从里面取出来。"主管们又疑道："货物如何不安在橱里，都去里面去取?"胡员外便理会得他们疑忌的意儿，自忖道："我家又不曾买，却是女儿变将出来的。如今吃别人疑忌，如何是好?"过了一日，到晚收拾了铺，便进里面教安排晚饭来吃，养娘们搬来，三口儿吃酒之间，员外吩咐养娘道："你们自去歇息，我们要商量些家务事。"养娘得了言语，各自去了，不在话下。员外与永儿说道："孩儿！一个家缘家计，皆出于你。有的是金银缎匹，不计其数，外面有当值的，里面有养娘，铺里有主管人，来买的缎匹，他们疑道只见卖出去，不曾见上行。从今以后，你休在门前来听了，卖得百十贯钱，值得些甚么？若是露出斧凿痕来，吃人识破，倒是大利害，把家计都撇了。今后也休变出来了。"永儿道："告爹爹，奴奴自在里面，只不出来，门前听做买卖便了。"员外道："若恁地，甚好！"叫将饭来，吃罢，女儿自归房

① 次第：排场，有气派。

里去了。

自从当晚吩咐女儿以后，铺中有的缎匹便卖，没的便交去别家买，先前没的便变出来，如今女孩儿也不出铺里来听了，胡员外甚是放心。隔过一月有余，胡员外猛省起来：“这几日只管得门前买卖，不曾管得家中女儿。若纳得住定盘星便好，倘是胡做胡为，教养娘得知，却是利害！”

当日胡员外起这念头来看女儿，来到中堂，寻女儿不见，房里亦寻不见。走到后花园中，也寻不见。往从柴房门前过，见柴房门开着，员外道：“莫不在这里面么？”移身挺脚，入得柴房门，只见永儿在那空阔地上坐着一条小凳儿，面前放着一只水碗，手里拿个朱红葫芦儿。员外自道：“一地里没寻他处，却在此做甚么？”又不敢惊动他，立住了脚且看他如何。只见永儿把那朱红葫芦儿拔去了塞的打一倾，倾出二百来颗赤豆，并寸寸剪的稻草在地下，口中念念有词，含口水一喷，喝声道：“疾！”都变做三尺长的人马。都是红盔，红甲，红袍，红缨，红旗，红号；赤马在地上团团的转，摆一个阵势。员外自道：“那个月的初十边，被我叮咛得紧，不敢变物事，却在这里舞弄法术。且看他怎地计结？”只见永儿又把一个白葫芦儿拔去了塞的打一倾，倾出二百来颗白豆，并寸寸剪的稻草在地下，口中念念有词，含口水一喷，喝声道：“疾！”都变做三尺长的人马，都是白盔，白甲，白袍，白缨，白旗，白号。白马一似银墙铁壁一般，也排一个阵势。这柴房能有许多宽转？却容了四百多人马，排下两个阵势还空得有战场，并不觉一分儿狭窄。看得员外眼花撩乱，如在梦中光景。只见永儿去头上拔下一条金篦儿来，喝声：“变！”手中篦儿变成一把宝剑，指着两边军马，喝声道：“交战！”只见两边军马合将来，喊杀连天。惊得胡员外木呆了，道：“早是我见，若是别人见时，却是老大的事，终久被这妮子连累。要无事时，不如早下手，顾不得父子之情。”员外看了十分焦燥，走出柴房门，去厨下寻了一把砍骨的蛮刀，复转身来。却说胡永儿执着剑，喝人马左右旋合，龙门交战。只见左右混战，不分胜负。良久，阵势走开，赤白人马分做两下。永儿把剑一挥，喝声："收!"只见赤白人马，依先变成赤豆，白豆，寸草。永儿收拾红白葫芦儿内了。胡员外在背后，提起刀，看得永儿分明，只一刀，头随刀落，尸横在地，有诗为证：

父子天性岂忍戕，只妨妖法惹灾殃。
可怜两队如云骑，不救将军一命亡。

员外看了永儿身首异处，心中又好苦，又好闷，又好慌。便把刀丢在一边，拖那尸首僻静处盖了，出那柴房门把锁来锁了。没精没彩走出彩帛铺里来坐地，心中思忖道："罪过！我女儿措办许多家缘家计，适来一时之间，我见他做作不好，把他来坏了！也怪不得我，若顾了他时，我须有分吃官司。宁可把他来坏了，我夫妻两口儿，倒得安迹。他的娘若知时，如何不气。终不成一日不见，到晚如何不问着甚么道理杀了他?"胡员外坐立不安，走出走入有百十遭。

到晚，收了铺，主管都去了，吩咐养娘："安排酒来，我与妈妈对饮三杯。"员外与妈妈都不提起女儿，两个吃了五七杯酒，只见员外叹了一口气，簌簌地两行泪下。妈妈道："没甚事，如何这等哭?"员外道："我有一件事，又是我的不是。我们夫妻两个方得快活，我看女儿做作不好，一时间见不到，把他来坏了。恐怕你怪，你不要烦恼。"妈妈道："员外怎的说这话，孩儿又做什么跷蹊的事?"员外把那永儿变人马之事，从头至尾说了一遍。妈妈听得说，搥胸撷足，哭将起来道："你忘了三年前在不断求院子里住时，忍饥受冻，不是我女儿，如何有今日？你便下得手，把我孩儿来坏了!"员外道："虽是我一时间焦燥，却也是为着身家所系，万不得已。你休怨我，且看日常夫妻之面。"妈妈道："你杀了我女儿，我如何不烦恼!"妈妈又疑道："适才我见女儿好好地在房里，如何说是坏了?"乃问道："你是几时杀的?"员外道："是日间杀的。"妈妈道："既是日间杀，我教你看一个人。"妈妈入去不多时，臂肐膊拖将出来。员外仔细看时，吃了一惊道：“正是我女儿！日间我一刀剁了，如何却活在这里?”吓得员外肚里慌张，想道：终久被这作怪的妮子连累。不免略施小计，保我夫妻二人的性命。只因员外动了这念头，有分教：永儿弄得一段奇异姻缘，闹遍了开封一府。正是：一味平安方是福，万般怪异总非祥。毕竟员外施出什么计来，且听下回分解。

第二十二回

胡员外寻媒议亲　蠢憨哥洞房花烛

多言人恶少言痴，恶有憎嫌善又欺。

富遭嫉妒贫遭辱，思量那件合天机。

话说妈妈一只手牵着永儿臂膊出来。永儿见了爹爹，背转了脸道个万福，对娘道："爹爹没甚事，叫孩儿出来做甚?"说罢，依旧进房去了。胡员外亲眼见了女儿好生生在那里，到是满面羞惭，开了口合不得。又被妈妈抢白了一场，员外只得含糊过了一夜。

次日早起，先去开柴房门看时，吓得员外呆了。只见刀在一边，剁的尸首，却是一把株笤帚砍做两截。员外道："哎呀，昨日明明是我下手的，如何却是笤帚？似此成妖作怪，决留他不得了。只教他离了我家便了。"员外踌躇一日，到晚来与妈妈吃夜饭，商议道："常言道男大须婚，女大须嫁。如今永儿年已长成，只管留他在家，不是长久之计。他的终身，也是不了。"妈妈道："今日家计都是女儿挣的，何忍推他出去！况且你我膝下并无第二个人，还是赘个女婿在门帮家过活，你我也得个半子倚靠。"员外道："妈妈！我初意亦是如此。只是女儿从幼娇养惯了，好的是顽耍。"便赶开养娘，把柴房中豆人草马争战之事，述与妈妈听了："似此弄手弄脚，倘然落在别人眼里，说将出来，可不断送了你我的性命！不如择个良姻缘，嫁他出去，在公婆身边，到底不比自家爹妈，少不得收敛些。过了三年五载，待他年长老成，连女婿收拾回来，可不两得其便?"只这一席话，哄过了妈妈，便应道："员外见得也是。"次日天明，便叫当值的去前街后巷叫两个媒人来。当值的去不多时，叫得两个媒婆，有一首小词名《驻云飞》，单道那做媒婆的行径：

堪叹媒婆，两脚搬来疾似梭。八字全凭做，年纪传来错。嗏！舌上弄风波，将贫作富，撮合成交，那管终身误？只要男家财礼多，只望花红谢礼多。

那两个媒婆，一个唤做快嘴张三嫂，一个唤做老实李四嫂。两个来到堂前，叫了员外妈妈万福。妈妈教坐了，请茶。茶罢，安排酒来相款。张三嫂起身来告妈妈和员外道："叫媳妇们来，不知有何使令?"

员外道："且坐！你二人曾见我女儿么？"张三嫂道："前次曾见小娘子来，好个小娘子！"员外道："我家只养得这个女儿，年方一十九岁，要与他说亲。特请你二人来商议则个。"张三嫂道："谢员外妈妈，照顾媳妇。既是小娘子要说亲事，不知如今要入赘，却是嫁出去？"胡员外道："我只是嫁出去。"李四嫂道："若要嫁出去时，这亲事却有。"员外取出二两银子来，道："权与你二人做脚步钱。若亲事成时，自当重重的相谢。"两个道："媳妇们不曾出得分毫之力，如何先蒙厚赐，受之不当。"口里虽恁般说，两个都伸手去接那银子。是张三嫂先接到手，作谢出来，到彩帛铺里，借等子夹剪把银子平分了。两个于路上商量道："那里有门厮当户厮对的好人家，趁热就去说便好。"李四嫂道："急切难得，只看我们造化。"张三嫂道："今日讲过了，你也不要瞒我，我也不要瞒你。大家分头去寻访，访得一头来，我两个有话同说，有钱同近，有酒同吃。"李四嫂道："说得是，我寻得来也对你说，你寻得来也对我说。"两个约定了分路而去。张三嫂想道："西街上大铺张员外单生得一个儿子，年方一十七岁，只要说一个好媳妇，我且去走一遭。只怕他嫌胡家年长，成不成吃三瓶，且去哄杯酒吃也好。"

当下张三嫂径到张员外家。张员外见个媒婆入来，便问道："有何事到我家？"张三嫂道："有一门好亲，特地来说。"员外道："多少媒人来说过，都不成得。如今不知是谁家女儿？"张三嫂道："是开彩帛铺胡员外的女儿，生得花枝般好。"张员外道："我曾在金明池上见来，真个生得好。只不知多少年庚？"张三嫂道："一十九岁，独养女儿。"张员外道："长两岁也不妨，只怕他不愿嫁出。我只有这个儿子，我却不肯入赘。"张三嫂道："胡员外也情愿嫁出来。"张员外见说，十分欢喜，教安排酒来与张三嫂吃三杯。取出一两银子相送，说道："若亲事成时，别有重谢。"张三嫂收了银子，作谢出门。吃了两家的酒，醺醺的自言自语道："今日是好日，都顺溜。这头亲事，管情要成。过了今夜明日起个黑蚤，到胡家去说，莫要通李老实知道。"

却说老实李四嫂，这日因在金沙唐员外家门首经过，想着："他有个儿子，年方二十一岁，向来定下徐大户家的女儿。因此女害了痨怯，未曾完娶，二月间女儿已死。那唐小官人是要紧做亲的，若说胡员外宅里女儿，必然乐从。”走到唐家门首，却好唐员外在门前闲坐，看见李四嫂前来，原是相熟的，便道：“四嫂那里来？”李四嫂道：“有句话特地到宅。”唐员外道：“既有话，请到里面讲。”李四嫂跟员外进去，坐了，问道：“小官人在宅么？”唐员外道：“出外去收些小货未回。”李四嫂道：“徐家小娘子没了，另扳得有好亲么？”唐员外道：“还不曾，你看见有好头脑作成则个。”李四嫂道：“有一头在此，说来必定中意。”唐员外道：“是那一家？”李四嫂道：“是开彩帛铺的胡员外的女儿，年方一十九岁。”唐员外听得说，笑道：“我知胡员外的女儿，且是生得好又聪明伶俐。当初胡家开典铺的时节，我家便央人去说，胡员外要招赘在家，摇得头落不肯，因此扳了徐家这头亲事。只不知胡员外有口风没有，你却如何来说？”李四嫂道：“昨日胡员外教将我去，与了我一两银子，又与了三杯酒吃，要说门当户对的亲，情愿嫁出。故此媳妇特来宅上说。”唐员外见说，十分欢喜，实时叫安排酒来，教李四嫂吃了，也把一两银子相送，道：“若亲事成时，另有重谢，有烦用心着力则个。”李四嫂谢了唐员外出来，一路上欢欢喜喜，也打帐瞒过了快嘴张三嫂，明日独自个去做这头媒人。

却说次日胡员外家开了大门，是张三嫂先到，刚要进门，远远的望见东边来的，好似李四嫂模样，张三嫂道：“这婆子清蚤赶那里去，我且躲在一边看他。”只见李四嫂到了胡家门首，两头打一看，径钻进门内来了，正与张三嫂打个照面。正是：夜眠清早起，又有不眠人。两下都吃了一惊，好生没趣。张三嫂道：“你来有甚话说？”李四嫂道：“看见你在此，特地进来陪你。”张三嫂道：“我也想到你决然到这里的。所以先来等候。”两个笑了一场。李四嫂道：“阿姆！你实说，寻得头好主儿么？”张三嫂道：“不瞒你说，有一个上好头脑，管取十说九成。”李四嫂问：“那家？”张三嫂道：“是大桶张员外家一十七岁花枝般的小官人。”李四嫂道：“阿姆莫怪！我说男大女小团圆到老，到

是雌的大了两岁，恐怕不中本宅的意。”张三嫂道：“你快闭了口，常言道：妻大一，有饭吃；妻大二，多利市①；妻大三，屋角摊。如今刚大两岁，正是利市，发财旺夫。如何不好！你嫌我这主儿不好，有甚别个主儿胜得这一头的？”李四嫂道：“我这家却胜得多哩。是金沙唐员外家儿子，长房长媳。目下说成，就行聘就做亲的。”张三嫂道：“便是那望门寡的硬东西么？谁家女儿是铜盆，肯去对那铁扫帚！恁般头脑，不讲得也罢，也省些后来抱怨。”李四嫂道：“我与你打个掌，偏要员外成我这头亲事。”张三嫂道：“不须赌得。从今说过了，成了你的，我也不来争。成了我的，你也休指望八刀。只吃杯喜酒便了。”铺里主管听得了，便插口道：“这句话说得是！各人船底下有水，各人自行。拌干了涎唾儿，也是没用。正不知我家员外喜那一头哩。姻缘是五百年前结下的，勉强不得。”两个方才住了口，双双的走进客座里来，有诗为证：

媒婆两脚似船形，有水河中各自行；
空自相瞒争起早，谁知员外不应承。

却说胡员外正走出客座来，两个媒婆相见了。员外教坐道：“难得你们用心，昨日说了今日便有。”张三嫂不等李四嫂开言，便抢先答应道：“有一头好亲事，是小媳妇寻来的。西街上大桶张员外家单生一子年方十七，人才出众。真个十分俐伶，一手写，一手算。”胡员外听说了道：“且放过这头亲事！”李四嫂道：“我说的又是一个主儿，是金沙唐员外家。好个小官人，年二十一岁了，百伶百俐，写算俱精。五六年前，曾在宅上求过亲的，不曾成得，今番又来相求。”胡员外摇着头道：“这头亲也且放过一边。别有亲时，再烦你二人来说。”两个媒人都道：“恁地好亲事，如何教放过了？员外且与院君商议则个。”胡员

① 利市：运气好，吉利。

外道："我心里便是有些不在意，院君也十分做不得主。"便去衣袖里摸出一两银子来，送与二位，道："天早不敢相留，权当一茶。有烦用心体访一头诚实小官人，直待我自心里像意方好。"两个媒人受了银子，只得起身出来，说道："虽然亲事说不成，也不白折了这个早起。想起来，这头媒人不是独做得的。今后须是你吹我唱，大家撺掇怂恿，不怕他不听。"两个又把一两银子分了，各自去讫。从此两个媒婆真个和同水蜜，一条跳板上走路。

话休烦絮，但有好亲去说，听得说儿郎聪明伶俐，便教放过了。如此也不知几次。又隔了数日，两个媒人商量道："难得胡员外，去时便是酒和银子，不曾空过，我两个有七八头好亲事去说，只是不肯，不知是甚意故?"李四嫂道："他说要寻个诚实小官人，莫非到嫌忒聪俊了么?"张三嫂道："今日我们两个没处去了，我和你去胡员外宅里骗他几杯酒吃。有采骗得他两把银子，大家取一回笑耍。"李四嫂道："你有甚亲事去说?"张三嫂道："你休管，只顾随我来，教你吃酒便了。"两个来到胡员外家，却好员外正在铺里。两个坐定吃茶。员外问道："有甚亲事来说?"张三嫂道："告员外！今有和宅上一般开彩帛铺的焦员外，他有个儿子甚是诚实，只怕太过分了些。"员外问道："他儿子几岁，诸事如何?"张三嫂道："焦员外的儿子虽则也是一十九岁了，还是妳子替他着衣裳，三顿喂他茶饭，口边涎沥沥地，不十分晓人事，满门都称他是憨哥。"胡员外听了道："这头亲事倒称我意，烦你二位用心说则个。院君面前莫说实话，只是褒奖罢了。"两个媒人听得说，口中不说，心下思量：千头万头好亲，花枝也似儿郎，都放过了。却将这个好女儿，嫁这个疯子。两个又吃了数杯酒，每人又得了二两银子，谢了员外出来。对门是个茶坊，两个人去吃了茶。李四嫂道："你没来由，教我忍不住笑，捏着两把汗。只怕胡员外焦燥起来，带累我，甚么意思。"张三嫂："我和你说这许多头好亲事都教放过了，我自闲着耍他，若胡员外焦燥时，我只说取笑。谁想到成了事。"李四嫂道："想是他中意了。若不中意时，今日如何把四两银子与我们，比往常更是加厚。”两个厮赶着，一头走，一头笑。径投国子门来见焦员外。焦员外教请坐吃茶。员外道：“你两个上门是喜虫儿，有甚好话来说?”张三嫂道：“告员外，我两个特来讨酒吃，与小员外说亲。”焦员外道：“我的儿子是个呆子，不晓人事的。谁家女儿肯把来嫁他?”李四嫂道：“与员外一般开彩帛铺的胡员外宅里，花枝也似一个小娘子。年方一十九岁，多少人家去说亲的，都不肯。方才媳妇们说起宅上来了，胡员外便肯应承，特教我两个来说。”焦员外见说好欢喜，道：“你两个若说得成时，重重的相谢。”两个吃了数杯酒，每人送了二两银子，出得焦员外家，径来见胡员外。李四嫂道：“焦员外见说宅上小娘子，十分欢喜，教来禀复，员外要拣吉日良辰，下财纳礼。要甚安排，都依宅上吩咐。”胡员外听说，不胜之喜，自叫媒人去对张院君说。院君细问时，只说小官人生得丰厚，是个有造化的。只是从小娇养惯了，穿衣服还要别人伏侍。生在这般富足人家，好不受用。院君也允了。媒人去焦家回复。

话休絮烦，回家少不得使媒人下财纳礼，奠雁传书。焦员外因是自家儿子不济，每事从厚。不只一日，拣了吉日良辰，成那亲事。

却说焦员外和妈妈叫妳子来吩咐道：“小官人成亲，房中的事，皆在你身上。若得夫妻和顺，我却重重赏你。”妳子道：“多谢员外妈妈，妳子自有道理。”妈妈道：“恁地时，慢慢教他好。”妳子与妈妈入房里来看着憨哥道：“憨哥！明日与你娶老婆也。”妳哥也道：“明日与你娶老婆也。”妳子又道：“且喜也!”憨哥道：“且喜也!”妳子口中不说，心下思量道：我们员外好不晓事！这样一个疯子，却讨媳妇与他做甚么。苦害人家的女儿！那胡员外也没分晓。听得人说，这个女儿十分生得标致，又聪明智慧，书算皆能。却把来嫁这个疯子，不知是何意故。

当夜过了，至次日焦家打点迎娶，不在话下。晚间，胡妈妈送新人进门。少不得要拜神讲礼，参筵拂尘。妳子扶那憨哥出来，胡妈妈看见，吃了一惊。但见：

面皮垢积，口角涎流。帽儿光歪罩双丫，衫子新横牵遍体。帚眉缩頞，反耳斜睛。靴穿歪，脚步踉跄，六七人搀；涕挂揿，唇嘴腌臜，一双袖抹。瞪目视人无一语，浑如扶出狰狞；短毛连鬓有千根，好似招来鬼魅。蠢驱难自立，穷崖怪树摇风；陋脸对神前，深谷妖狐拜月。但见花灯，那解今宵合卺；虽逢鸳侣，不知此夜成亲。送客惊翻，满堂笑倒。洞房花烛，分明织女遇那罗；帘幕摇红，宛似观音逢八戒。便教媒姆也嫌憎，纵是无盐羞配合。

当晚妳子扶着憨哥行礼，揖不成揖，拜不成拜。平昔间惯随人口里说话，到此没随一头处，口中只是乱哼。胡妈妈看见新女婿这般模样，不觉簌簌的泪下，暗地里叫苦道："老无知！却将我这块肉，断送与这样人。我女儿终身，如何是了！"要叫两个媒人来发作时，那李老实已躲过一边去了。张快嘴看见辞色不善，先把说话来迎住道："老院君！这头亲事，媳妇们也不敢斗胆，都依着老员外吩咐下来。老院君回去问老员外时，自然明白。今日大喜之日，列位高亲在此，望院君凡百包荒，隐恶而扬善则个。"只这几句话，张院君到不好开得口了。正是哑子慢尝黄檗味，难将苦口对人言。没奈何与许多亲眷，劝酬了一夜。

次早，只得撇了女儿，别了诸亲回家。一见了员外，不觉怒气冲天，掇了髻儿，撞一个满怀，便叫天叫地介哭将起来。员外道："好时好日，没事为着甚的？"妈妈道："只想你是一家之主，百事凭你。谁知是个老禽兽，没人心的！我这一个成家立业的好女儿，千百头亲事来说，只是不允；偏拣这个疯子嫁他，是何道理？"胡员外道："我女儿留在家中，久后必然累及我家。便是嫁出别人家里去，嫁了个聪明伶俐的老公，压不住定盘星，露出些斧凿痕来，又是苦我。如今将他嫁个木畜不晓人事的老公，便是有些泄露，他也不理会得。"妈妈道："这等一个好女儿，嫁恁地一个疯呆子。岂不误了我女儿一生？"员外道："他离了我家，是天与之幸。你管他则甚！"妈妈只是哭亲哭肉，骂一回，哭一回，整整的厮闹了一夜，不在话下。

却说胡永儿见妈妈去了，眼泪不从一路落，苦不可言。陆续相送诸亲出门，晚饭已毕，谢了婆婆，道了安置，随了妳子入房里来。见憨哥坐在床上，妳子道："你和小娘子睡。"憨哥道："你和小娘子睡。"妳子道："你和小娘子睡休！"憨哥道："你和小娘睡休！"妳子心里道：只管随我说时，几时是了。不若我自安排小娘子睡便了。妳子先替憨哥脱了衣服，扶他上床睡倒，盖了被。然后看着永儿道："请小娘子宽衣睡了罢。"永儿见妳子请睡，包着两行珠泪思量道："爹爹！妈妈！我有甚亏负你处，你却把我嫁个疯子。你都忘了在不断求院里受苦时，如今富贵，不知亏了谁人，休！休！我理会得爹爹意了，教我嫁一个聪明丈夫，怕我教他些甚么。因此先识破了，却把我嫁这个疯子。"抹着眼泪，教了妳子安置。脱了外盖衣裳，与憨哥同睡。妳子自归房里去了。永儿上得床把被紧紧的卷在身上，自在一边睡，不与憨哥合被。心下想道："我久有跟随圣姑姑出门之意，只为爹妈难忘，一时撇他不下。他又无第二个男女靠老，何忍将奴嫁出，又配着这个歪货。不知圣姑姑那边知道也不知道。"叹了一回，不觉睡去了，梦见圣姑姑乘鹤而来。只因这一来，有分教：永儿安心息念，又过几时。正是：夫妻本是前生定，莫怨东风常自嗟。毕竟圣姑姑说出甚么来，且听下回分解。

第二十三回

蠢憨哥误上城楼脊　费将仕扑碎游仙枕

骏马惯驮村汉走，巧妻常伴拙夫眠。
姻缘都是前生债，莫向东风怨老天。

话说胡永儿梦见圣姑姑骑鹤而至，叫声："我儿！闻得你嫁了新郎，特来看你。"永儿便把心中苦楚告诉了一遍。圣姑姑道："你终身结果，自在贝州。这里原非你安身之处。"永儿道："奴家只今日跟了娘娘去休！"圣姑姑道："宿债未毕，还不是脱身的时候。"永儿道："奴家与那疯子有甚宿债？"圣姑姑道："你前生做我的女儿时节，我同你到剑门山关王庙中避雪。有个年少道士贾清风，与你眉来眼去。虽则未曾成就，你却也不曾决绝得他。那道士为思忆你，一病而亡。只为他情痴忒重，所以今生投胎，变成痴子。但他的情根，却也种得深了。少不得今世要开花结果，今日与你做一场夫妻，也是还债。到缘分了时，自有个散场。你也须索忍耐，休得簸弄神通，惹人猜忌。若有急难，可到郑州来寻我。"说罢，依旧乘鹤飞去了。永儿醒来，一句句都记得在心里，晓得前缘宿业，倒也心定了。

张院君回家到第二日，一心只牵挂女儿，不知这一夜如何过了。眼儿也一定哭得红肿了。差两个养娘去看，回来说道："欢欢喜喜在那里。"妈妈不信，连看了几遍，回报都是一般话儿。妈妈叹口气，也放下了心，从此不和员外争嚷。那焦员外夫妻两口儿，也只怕新妇心中不乐。见他两个孝顺，十分欢喜，自不必说。焦员外又自到胡亲家处来称谢，从此两家无话。

再说永儿与憨哥虽为夫妇，实则同床千里，憨哥从来不省人事，不来缠老婆。永儿也落得推开，闲常倒怀个可怜之意，冷冷热热常照顾他，恰像添了个妳子一般。有时节闭上房门，演弄法术儿顽要，憨哥呆呆的看，只不则声，所以一向相安无事。荏苒光阴，不觉过了三载。时遇六月间，这一年天气倍加炎热。永儿到晚，来堂前叫了安置，与憨哥来天井内乘凉。永儿道："憨哥，我们好热么！"憨哥道："我们好热么！"永儿道："我和你往一处乘凉，你不要怕。"憨哥道："我和你一处乘凉，你不要怕。"永儿见憨哥七颠八倒，心中好闷。当夜永儿和憨哥合坐着一条凳子，永儿念念有词，那凳子变做一只吊睛白额大虫，背上载着永儿和憨哥从空便起，直到一座城楼上。这座城楼叫做安上大门楼。永儿喝声："住!"大虫在屋脊上便住了。永儿与憨哥道："这里好凉么!"憨哥道："这里好凉么!"两个乘凉到四更。永儿道："我们归去休!"憨哥道："我们归去休!"永儿念念有词，只见大虫从空而起，直到家中天井里落下，依旧变做凳子。永儿道："憨哥，我们去睡休!"憨哥道："我们去睡休!"自此夜为始，永儿和憨哥两个夜夜骑虎直到安上大门楼屋脊上乘凉，到四更便归。有诗为证：

白云洞法大神通，木凳能令变大虫。
不信试从吴地看，西山跳虎是遗踪。

忽一日，永儿道："我们好去乘凉也。"憨哥道："我们好去乘凉也。"永儿念念有词，凳子变做大虫，从空便起，直到安上大门楼乘凉。当夜却没有风，永儿道："今日好热。"拿着一把月样白纸扇儿在手里，不住的摇，此时月亮却有些朦胧。有两个上宿军人出来巡城，少不得是张千，李万。两个巡了一遍，回到城门楼下。张千猛抬起头来看月，吃了一惊道："李万！你见么，门楼屋脊上坐着两个人?"李万道："若是人，如何上得去?"张千定睛一看，道："真是两个人。"李万道："据我看时，只是两个老鸦。"当夜两个在屋脊上不住手的把扇儿摇。李万道："若不是老鸦，如何在高处展翅?"张千眼快道："据我看，一个像男子，一个像妇人。如今我也不管他是人是鸦，教他吃我一箭!"去那袋内拈弓取箭。搭上箭，拽满弓，看清只一箭射去，不偏不歪，不邪不正射着憨哥大腿。憨哥大叫一声，从屋脊上骨碌碌滚将下来，跌得就似烂冬一般。张千、李万，上前看时，却是个汉子。幸得不曾跌死，将他缚了。再看上面时，不见了那一个。

至次日早间，解到开封府来。知府升厅，张千李万押着憨哥跪下，禀道："小人两个是夜巡军人。昨夜三更时分，巡到安上大门，猛地抬起头来，见两个人坐在城楼屋脊上，摇着白纸扇子。彼时月色不甚明亮，约莫一个像男子，一个像妇人。小人等计算，这等高楼，又不见有梯子，如何上得去，必是飞檐走壁的歹人。随即取弓箭射得这个男子下来，再抬头看时，那个妇人的却不见了。今解这个男子在台下，请相公台旨。”知府听罢，对着憨哥问道：“你是什么样人？”憨哥也道：“你是什么样人？”知府道：“你从实说来，免得吃苦。”憨哥也道：“你从实说来，免得吃苦。”知府大怒，骂道：“这厮可恶，敢是假与我撒疯！”憨哥也瞪着眼道：“这厮可恶，敢是假与我撒疯！”满堂簇拥的人都忍不住笑。知府无可奈何，叫众人都来厮认，看是那里地方的人。众人齐上认了一会，都道：“小人们并不曾认得这个人。”知府存想道：“安上大门城楼壁斗样高，这两个人如何上得去？就是上得去，那个像妇人的，如何不见下来，却暗暗地走了？一定那个像妇人的，是个妖精鬼怪，迷着这个男子，到那楼屋上，不提防这厮们射了下来，他自一径去了。如今看这个人胡言胡语，兀自未醒。但不知这个人姓名家乡，如何就罢了这头公事。”寻思了一会，喝道：“且把这个人枷号在通衢十字路口。”看着张千、李万道：“就着你两个看守，如有人来与他厮问的，即便拿来见我。”不多时，狱卒取面枷将憨哥枷了。张千、李万搀扶到十字路口时，哄动了大街小巷的人，挨肩叠背，争着来看。

却说那焦员外家妳子和丫鬟，侵晨送脸汤进房里去，不见了憨哥、永儿，吃了一惊，慌忙报与员外、妈妈知道。员外都妈妈都惊呆了，道：“门不开，户不开，去那里去了？”焦员外走出走入，没做理会处。忽听得街上的人，三三两两说道：“昨夜安上大门城楼屋脊上，有两个人坐在上面，被巡军射了一个下来，一个走了。”又有的说道：“如今不见枷在十字路口？”焦员外听得说，却似有人推他出门一般，径走到十字路口，分开众人，挨上前来看时，却是自家儿子。便放声大哭起来，问道：“你怎的去城楼上去，你的娘子在那里？”张千、李万见焦员外来问，不由分说，横拖倒扯捉进府门。知府问道：“你姓甚名谁？那枷的是你甚么人？如何直上禁城楼上坐地，意欲干何歹事，与那逃走妇人有甚缘故，你实实说来，我便恕你。”焦员外躬身跪着道：“小人姓焦名玉，本府人氏。这个枷的是小人的儿子。枉自活了二十多年纪，一毫人事也不晓得。便是穿衣吃饭，动辄要人。人若问他说话时，便依人言语回答，因此取个小名叫做憨哥。小人只是叫他小时伏侍的妳子看管，虽中门外，一步也不敢放他出来。三年前偶有媒人来与他议亲。小人欲待娶妻与他，恐误了人家女儿。欲待不娶与他，小人止生得这个儿子，没个接续香火。感承本处有个胡浩，不嫌小人儿子呆蠢把一个女儿叫做胡永儿嫁他。且是生得美貌伶俐。不料昨晚吃了晚饭，双双进房去睡，今早门不开，户不开，小人的儿子并媳妇，都不见了。不知怎地出门得到城楼高处。又不知媳妇如何不见下来，便走得去。”知府喝道：“休得胡说，既是你的儿子媳妇，如何不开门启户走得出来？媳妇以定是你藏在家中了，快叫他来见我。”焦员外道：“小人安分愚民，怎敢说谎，便拷打小人至死，端的屈杀小人！”知府听他言语真实，更兼憨哥依人说话的模样又是真的。再差两个人去拿胡永儿父亲来审问，便见下落。公差领了钧牌，飞也似赶到胡员外家里来。

却说胡员外听得街坊上喧传这件事，早已知是自家女儿做出来的勾当，害了憨哥，与妈妈正在家暗暗地叫苦。只见两个差人跑将入来，叫声“员外有么！”员外惊得魂不附体，只得出来相见，问道：“有何见谕？”公差道：“奉知府相公严命呼唤，请即那步。”胡员外道：“在下并不曾闲管为非，不知有甚事相烦二位唤我？”公差道：“知府相公立等，去则便知分晓。”员外就在铺里取银十两，送与二位：“权当酒饭，没事回来，再当酬谢。”两个公差接了银子，不容转动，推扯出门，径到府里。知府正等得心焦，见拿到了胡员外，便把城楼上射下憨哥，次后焦员外说出永儿并憨哥对答不明，要永儿出来审问的情由说了一遍。胡员外只推不知。知府道：“我闻你女儿极是聪明伶俐，女婿这般呆蠢，必定别有奸夫，做甚不公不法的事。你怕我难为他说出真情，一意藏在家中，反来遮掩。”焦员外跪在那边插口道：“若在你家，快把他出来，救我儿子性命。”胡员外道：“世上只有男子拖带女人做事。分明是你把我的女儿不知怎地缘故，断送那里去了。故意买嘱巡军，只说同在城楼屋脊上，射了一个走了一个。相公在上，城楼在半天中，一般又无梯子，难道这两个人插翅飞上去的？若果同在上面时，怎地瓦也不响，这般逃走得快？女人家须是鞋弓袜小，巡军如何赶他不着，眼睁睁放他到小人家中来躲了？”知府听他言语，句句说得有理，喝：“把憨哥的父亲，与张千、李万俱夹起来！”指着焦员外道：“这事多是你家谋死了他的女儿，通同张千、李万设出这般计策，把这疯癫的儿子做个出门入户。不打如何肯招！”喝将三人重重拷打。两边公人一齐动手，打得个个皮开肉绽，鲜血淋漓。焦员外受苦不过，哀告道：“望相公青天作主，原不曾谋死胡永儿，容小人图画永儿面容，情愿出三千贯赏钱，只要相公出个海捕文书，关行各府州县，悬挂面貌信赏。若永儿端的无消息时，小人情愿抵罪。”知府见他三个苦死不招，先自心软。况兼胡员外也淡淡的不口紧要人，知府便道：“这也说得是。”一边把三个人放了。一边取憨哥进府，开了枷，并一干人俱讨保暂且宁家伺候，着令焦家图画永儿面貌，出了海捕文书各处张挂。有诗为证：

自古公堂冤业多，无如讼口惑人何。
上官比及回心转，一顿严刑已受过。

这四句诗是说听讼之难，假如两边说来都似有理，少不得要看那一边理胜一分的听他。及至有恁般理的，未必有恁般事。即如胡员外当堂一番说辨，何等可听！知府为此将焦玉和巡兵一齐拷打，谁知都是冤枉。所以坐公堂的，切不可自恃聪察，轻易用刑。

闲话休题，且说那胡永儿见憨哥中箭跌下去了，口中念念有词，从空便起。独自个回到家中，想道：“失了憨哥，住在这里不成了。爹爹妈妈家里，也不好去得，如何是好？想起成亲之夜，梦见圣姑姑与我说道：此非你安身之处，若有急难，可来郑州寻我。见今无处着身，不若去郑州投奔圣姑姑，看是如何。”

当下穿了几件随身衣服，带了随身法物，依旧跨着凳子，从空而出，直到野地无人处，渐渐下来撇了凳子，独自一个取路而行。此时天色方明，恰好遇见旧时从他读书的陈学究先生陈善，从乡里赶早入城，有些事干。认得是女学生胡永儿，吃了一惊，问道：“贤弟①为何独行至此，爹爹妈妈何在？”永儿道了万福，答道：“奴奴为夫家遭难，只身逃出，不及对爹妈说知了。”身边取出一个白土做就光光滑滑的小方枕儿，递与陈学究道：“有烦师父将这枕儿寄与我家爹妈，聊表挂念。此乃九天游仙枕，悦人魂梦，枕之百病俱除，师父是必寄去。”陈学究接得在手，问道：“贤弟！如今往那里去？”胡永儿指着前面道：“有个亲戚在前途，等我同到他家去。”陈学究抬头向前瞭望时，永儿使个隐身法，忽然不见了。

陈善把眼睛抹一抹，嘿了一口唾，叫声：“见鬼！莫非永儿已死，方才精魂出现么！这泥做的枕儿，分明不是阳间用的。”欲待抛弃了，又想道：“他特地寄与爹妈，再三叮咛，难道是鬼话？我也莫管他真假，便捎去问个信儿，怕他怎地！”将衣袖裹着枕儿，忙忙的走入城来。忽然又想道：“我今日自家还有些紧要事件，不得工夫。况且平安街不是顺路，带着枕儿行走，好不方便。”偶到费将仕门首经过，一个小厮叫道：“陈师父那里去？”

原来陈善也曾在费家教授过来，这小厮正是旧时学童。陈学究便把枕儿递与他道：“这东西权寄你处，今日忙些个，明日来取，就顺便来看将仕。”说罢自去了。

学童看着这土做的枕儿，也不在意，带进宅里，就撇在耳房中自家睡的铺上。早饭后费将仕出去拜客，书童没些事，到铺上去睡觉，见枕儿方便，就用着他。也是这小厮夙世有缘，好个九天游仙枕，多少王侯贵戚，眼不曾见，耳不曾闻，倒是他试法受用。正是：黄梁犹

---

① 贤弟：此为对弟子的敬称。

未熟，一梦到华胥。

学童正在熟睡之际，有与他一般样的两个小厮，来寻学童同打升官图耍子。寻到耳房里，见他鼾鼾的睡着，一个便去抓脚心，一个去捻个细纸条儿，弄进他鼻管底去。只见学童一连几个喷涕，似风邪般舞将起来，乱嚷道："好快活！好快活！"两个小厮每人捋了一只耳朵，唤他醒了，问道："什么好快活？"学童道："才睡去，忽见枕墙上两扇门开，异香扑鼻，一班女乐吹弹而出，个个有月貌花容，迎我去仙界游玩。转步之间，果然仙山，仙水，仙花，仙鸟，景致非常。一个仙女执壶，又一个把盏，连劝我仙酒三杯。第三杯还不曾吃干，被你们啰唣醒了！"一个道："我不信！我不信！"一个便去抢那枕儿在手。看时，只见一边枕墙上，泥金涂写九天游仙枕五字。那一边画成两扇门儿，上面横个牌额写仙界二字。看得仔细，方知所梦乃此枕之故。一个道："不知你是真是慌，今夜把这枕儿，我拿去也睡一夜，看有梦也没有。"那一个道："不要偏袺了！大家受用受用，上半夜是你，下半夜是我。"

费将仕拜客方回，在耳房边过去，听得说要分上下半夜受用，只道商量什么歹事，一脚踢开房门来。三个小厮，丛着一个白土做就光光滑滑的小方枕儿，在那里胡言乱道。费将仕一时怒起，双手抢那枕儿在手，眼也不去瞧，高高的望空一扑，在青石街沿上打个粉碎。可怜无价游仙枕，化作阶前一片尘。难道这枕只与寻常枕头一般，随手而碎，别没有什么灵迹显示？一定不同，要知端的，且听下回分解。

第二十四回

八角镇永儿变异相　郑州城卜吉讨车钱

游仙枕上游仙梦，绝胜华胥太古天。
此枕有谁相赠我，一生情愿只酣眠。

话说费将仕不由分说，将枕儿望空扑下。学童刚叫得一声“阿呀!”那枕儿跌在青石阶前，打得粉碎。就那枕儿碎破之时，喤的一声，只见一阵东西，又不是雀儿，又不是蝶儿，有影无形的，飞起屋檐上去了。费将仕走下阶头看时，原来是三寸多长一班的仙女，手中执着乐器，笙箫弦索，无所不具。也有执壶，执盏，执扇，执如意的，共二十余人，如一棚木偶人儿相似，一个个艳质浓妆，美丽无比。那一班仙女一字儿站在檐头，向着费将仕齐齐的道个万福，启莺声，开燕语，说道：“妾等原系前朝内班近侍宫人，被九天玄女娘娘符令拘禁在此。今叨恩庇，释放逍遥，实乃万分之幸也。”说罢，把乐器一齐动起，声调和谐，凄婉可听。徐徐从屋脊上行去，向北方即渐没了。

费将仕从来未见此异，呆呆的看了半日，再把破枕片儿细细捡起看时，里面滑滑净净的都画着细山细水，亭台树木。这枕儿是一块白土捻就的，外边又无丝缝，不知里面画工如何动手，岂不是个仙枕!费将仕才把三个小厮喝来跪下，问这枕儿的来历。那两个小厮指着学童道：“是他说陈学究先生寄与他处，约明日来取的，小的们并不知情。只听得他说枕着睡去时，便有许多快乐受用。看的是仙境，听的是仙乐，吃的是仙酒，小的们见枕墙上写着九天游仙枕五个金字，心下疑惑，正在此商量议论，不期老爹回来。”再问学童果是如此。费将仕只是不信，将三个小厮锁禁一间空房里头。且待来朝陈学究来时，问明是实，方才饶恕。

再说陈善到次日，身上空闲了，要去平安街胡员外家走遭。先来看费将仕，就便讨那枕头儿去。费将仕一听得陈善到来，忙请进内书房相见坐下。费将仕先问道：“教授曾有个枕儿寄与小童来?”陈善道：“不曾教对将仕公说，将仕公何以知之?”费将仕道：“此枕有些怪异之处，教授实说，那里来的。下官亦有言告诉。”陈善道：“小可旧时曾在平安街胡大洪家处馆，那女学生叫做永儿，年长嫁人，已经三载。昨蚤忽然在城外相逢，说夫家遇难，故此潜逃。将此枕托不可寄与他爹妈，聊表情念。小可因昨日有些事忙，也不曾仔细看得，不知有何怪异?”费将仕道:“如此说,又是教授不曾替他寄得到好!”便把学童梦见这般这般,及自己扑碎了枕儿,又是如此如此,恁样怪异。见今官府行文,出三千贯赏钱,要拿妖人胡永儿,教授若将这枕头去时,刚好做个表证,须有分吃官司。又是下官扑碎了妖物,泯于无迹倒好。陈善吓得魂不附体,谢道:“小可因僻居乡村,与城中吊远,并不知官府事情。若非将仕公说明,小可险为所误。只不知官府怎见得胡永儿是妖人,将仕公必知其详?”费将仕又把张千、李万在安上门城楼屋脊上射下憨哥,并焦胡两亲家见官对证始末,述了一遍。说得陈善毛骨悚然。

当下费将仕留了酒饭,陈善再三作谢而别,竟自回去,也不到胡员外家去了。费将仕开了锁,放出三个小厮出来吩咐:“从今以后,再不许提起枕儿一节。若有外人风闻时节,我便把你三个奴狗当妖人解官。”三个小厮连声不敢。自此无人提起游仙枕之事。

语分两头,再说胡永儿离了陈学究,独自行了一日。天色已晚,到一个凉棚下,见个点茶的婆婆。永儿入那茶坊里坐了歇脚,那婆婆点盏茶来与永儿吃罢。永儿问婆婆道:“此是何处,前面出那里去?”婆婆道:“前面是板桥八角镇,过去便是郑州大路。小娘子无事,独自个往那里去?”永儿道:“爹爹妈妈在郑州,要去探望则个。”婆婆道:“天色晚了,小娘子可只在八角镇上客店里歇一夜却行,蚤是有这歇处,独自一个夜晚不便行走。”永儿变十数文钱,还了茶钱。谢了婆婆又行了二里路,见一个后生:

> 六尺以下身材,二十二三年纪。三牙掩口细髯,七分腰细膀阔。戴一顶木瓜心攒顶头巾,穿一领银丝似白纱衫子,系一条蜘蛛斑红绿压腰,着一对土黄色多耳皮鞋,背着行李,挑着柄雨伞。

那后生正行之间,见永儿不戴花冠,绾着个角儿,插两支金钗,随身衣服,生得有些颜色,向前与永儿唱个喏道:“小娘子那里去来?”

永儿道："哥哥！奴去郑州投奔亲戚则个。"那厮却是个人家浮浪子弟，便道："我也往郑州那条路去，尚且独自一个难行。你是女人家，如何独自一个行得。我与小娘子一处行！"一面把些恐吓的言语惊他。

到一个林子前，那厮道："小娘子！这个林子最恶，时常有大虫出来。若两个行便不妨得，你若独自一个走，大虫来便驮了你去！"永儿道："哥哥！若如此时，须得你的气力拖带我则个！"

那厮一路上逢着酒店便买点心来，两个吃了，他便还钱。又走歇，又坐歇，看看天色晚来，永儿道："哥哥！天晚了，前面有客店歇么？"那厮道："小娘子！好教你得知，一个月前，这里捉了鞑子国里两个细作，官府行文书下来，客店里不许容单身的人。我和你都讨不得房儿。"永儿道："若讨不得房儿时，今夜那里去宿歇？"那厮道："若依得我口，便讨得房儿。"永儿道："只依哥哥口便了。"那厮道："小娘子！如今不真个，只假说我们两个是夫妻，便讨得房儿。"永儿口中不道，心下思量：这厮与我从无一面，萍水相逢，并没句好言语，只把鬼话吓我，要硬讨人便宜。我胡永儿可是怕事的么！永儿道："哥哥！拖带睡得一夜也好。"那厮道："如此却好！"

来到八角镇上，有几个好客店都过了。却到市梢头一个客店。那厮入那客店门叫道："店主人，有空房也没，我夫妻二人讨间房歇？"店小二道："大郎莫怪，没房了！"那厮道："苦也！我上上落落，只在你家投歇。如何今日没了房儿？"店小二道："都歇满了，只有一间房，铺着两张床，方才做皮鞋的胡子歇下，怕你夫妻二人不稳便。"那厮道："且引我去看一看。"店小二在前，那厮同永儿随后。店小二推开房门，与那厮看了。那厮道："怕甚么事，他自在那边，我夫妻两个在对床。"店小二道："恁地，你两个自入房里去。"店小二交了房儿，永儿自道：却不叵耐①这厮！我又不认得你，却教我做他老婆来讨房儿，我只教他认一认老婆手段。有诗为证：

---

① 叵耐：不能容忍，可恶。

堪笑浮华轻薄儿，偶逢女子认为妻。
黄金红粉高楼酒，谁为三般事不迷？

岂不闻古人云：他妻莫爱，他马莫骑，怎地路途中遇见个有颜色的妇人便生起邪心来。那厮看着店小二道："讨些脚汤洗脚。"店小二道："有！有！"看着待诏[1]说道："他夫妻两个自东京来的，店中房都歇满了。只有这房里还有一张床，没奈何教他两个歇一夜。"待诏道："我只睡得一张床。有人来歇，教他自稳便。"永儿进房来，叫了待诏万福，待诏还了礼。那厮看着胡子道："蒿恼则个！"待诏道："请自便。"待诏肚内自思量：两个言语不似东京人。恁地个孤调调地行，两个不像是夫妻，事不一心，有些脚叉样。干我甚事，由他便了。胡子道："你们自稳便。"那厮和永儿床上坐了。

店小二掇脚汤来，那厮洗了脚，讨一盏油点起灯来。胡子不做夜作，唤了安置，朝着里床自睡了。那厮道："姐姐！路上贪赶路，不曾打得火。我出去买些酒食来吃。"转身出房去了。永儿道："却叵不耐这厮无礼！他买酒去了，我且作弄他要子则个。"口中不知道些甚的，舒气向胡子床上只一吹，又把自己脸上摸一摸，永儿就变做个胡子，带些紫膛色，正像做皮鞋的待诏，待诏却变做了永儿。假待诏也倒在床上假睡着。

却说那厮沽些酒，买些炊饼，拿入店里来。肚里寻思道：我今朝造化好，遇着这等一个好妇人。客店里都知道我是他的丈夫了，今晚且快活睡他一夜。那厮推开房门，放酒瓶在桌子上，剔起灯来，看那床上时，却是做皮鞋的待诏。疑惑道：却是甚么意故，如何换过了来我床上睡？看那对面床上时，却睡着妇人。那厮道：想是日里走得辛苦，倒头就睡着在这里。向前双手摇那妇人，叫道："姐姐！我买酒来了，你走起来，你走起来。"只见那做皮鞋的待诏跳将起来，劈头揪番

[1] 待诏：对各种工匠的尊称。这里指上文提到的鞋匠。

来便打。那厮叫道："做甚么便打老公？"胡子喝道："谁是你的老婆？"那厮定睛看时，却是做皮鞋的待诏。慌忙叫道："是我错了，莫怪，莫怪。"店小二听得大惊小怪，入房里来问道："做甚么？"待诏道："可奈这厮走将来摇我，叫我做姐姐。"小二道："你又不眼瞎，你的床自在这边。"店小二劝开了，待诏依旧上床睡了。那厮吃了几拳，道："我的晦气，眼睁睁是个妇人，原来却是待诏。"

看这边床上女娘睡着，叫道："小娘子！起来吃酒。"定睛只一看时，却是朱红头发，碧绿眼睛，青脸獠牙的。叫声有鬼，蓦然倒地。店小二正在门前吃饭，只听得房里叫有鬼，入来看时，见那厮跌倒在地上。连忙扶起，惊得做皮鞋的待诏也起来。店里歇的人，都起来救他。也有噀噀吐的，也有咬中拇指的。那厮吃剥消了一夜，三魂再至，七魄重苏。那厮醒来道："好怕人！有鬼！有鬼！"被店小二揪住劈脸两个噀吐道："我这里是清净去处，客店里有甚鬼？是甚人叫你来坏我的衣饭？"将灯过来道："鬼在那里？"那厮道："床上那妇人是鬼！"店小二道："这厮却不弄人！这是你浑家，如何却道是鬼？"那厮道："他不是我浑家。我在路上撞见他，和我同到此讨房儿，做假夫妻的。方才我去买酒，来到房里看他，却是胡子。我却错叫了待诏，吃他一顿拳头。再去看他时，却是朱红头发，碧绿眼睛，青脸獠牙，原来是鬼。"

众人吃了一惊，灯光之下看那妇人时，如花似玉一个好妇人。都道："你眼花了！这等一个好妇人，你如何说他是鬼？"永儿道："众位在此，可奈这厮没道理。我自要去郑州投奔爹爹妈妈。这厮路上撞见了我，到和我同行。一路上只把恐吓的言语来惊我。又说：捉了两个细作，店里不容单身的歇，强要我做假夫妻，来讨房儿。及至到了这里，又只叫我是鬼。一晚胡言乱语，不知这厮怀着什么意故。"众人和店小二都骂道："可奈这厮，情理难容。着他好生离了我店门。若不去时，众人一发上打，教你粉骨碎身！"把这厮一时热赶出去，把店门关了。那厮出到门外，黑洞洞地不敢行，又怕巡军捉了吃官司，只得在门外僻静处人家门前蹭了一夜。

到天晓，那厮道："我自去休。"离了店门，走了六七里路了，却待要走过一林子去，只见林子里走出胡永儿来，看着那厮道："哥哥！昨夜罪过，你带挈我客店里歇了一夜，你却如何道我是鬼。你今番青天白日里，看奴家是鬼不是鬼？"那厮看了永儿如花似玉生得好，肚里与决不下道："莫不昨晚我真个眼花了？"那厮道："姐姐！待要和你同行，昨夜两次吃你惊得我怕了。想你不是好人，你只自去休！"永儿道："昨夜你要我做假夫妻也是你，如今却又怕我。我有些怕冷静，要哥哥同行则个。"那厮道："白日里怕怎的？"永儿道："哥哥昨日说有大虫出来伤人。"那厮道："说便是这等说，那里真个有大虫？"永儿用手一指，道："这不是大虫来了？"说声未绝，只见林子内跳出一只吊睛白额大虫来，看着那厮只一扑。那厮大叫一声，扑地便倒。那厮闭着眼，肚里道："我性命今番休了！"

多时没些动静，慢慢地闪开眼来看时，大虫也不见了，妇人也不见了。那厮道："我从来爱取笑人，昨日不合撩拨了这妇人，吃胡子打了一顿拳头，又吃他惊了，教我魂不附体。今朝他又叫大虫出来。我道性命休了，原来是惊耍我。这妇人不知是妖是鬼，若是前面又撞见他，却了不得！我自不如回东京去休。"那厮依先转身去了。后人有古风一篇为证：

美人颜色如娇花，独行踽踽时嗟呀。路旁忽逢年少子，殷勤借问向谁家。答言郑州访爹妈，客店不留鳏与寡。假为夫妇望成真，谁道欢娱翻受耍。交床对面神难察，迷睽色眼真羞杀。岂是美人曾变鬼，美人原是生罗刹。老拳毒手横遭楚，明日林中惊复睹。何曾美人幻虎来，美人原是胭脂虎。少年贪色不自量，乍逢思结野鸳鸯。英雄难脱美人手，何况无知年少郎。

且说胡永儿变大虫出来惊他，他再不敢由这路来了。"我自向郑州去，一路上好慢慢地行。”此时天气炎热，且行且住。将近巳牌时分，看见一株大树下好歇，暂坐一回。正坐之间，只听得车子碌碌剌剌的响，见一个客人头戴范阳毡笠，身上着领打路布衫，手巾缚腰，行缠爪着裤子，脚穿八搭麻鞋，推那车子到树下，却待要歇。只见永儿立起身来道：“客长万福！”客人还了礼问道：“小娘子那里去?”永儿道：“要去郑州投奔爹爹妈妈去，脚疼了，走不得，歇在这里。客长贩甚宝货，推车子那里去?”客人道：“我是郑州人氏，贩皂角去东京卖了回来。”永儿道：“客长若从郑州过时，车厢里带得奴奴家去，送你五百文钱买酒吃。”客人思量道：我货物又卖了，郑州又是顺路，落得趁他五百文钱。客人道：“恁地不妨。”教永儿上车厢里坐。

那客人尽平生气力推那车子，也不与永儿说话，也不把眼来看他。低着头，只顾推着车子而行。永儿自思量道：“这个客人是个朴实头的人，难得难得。想昨夜那厮一路上把言语撩拨我，被我略用些小神通，虽不害他性命，却也惊得他好。一似这等客人，正好度他，日后也有用他处。”那客人推那车子，直到郑州东门外，问永儿道：“你爹爹妈妈家在那里住?”永儿道：“客长！奴奴不识地名，到那里奴奴自认得。”客人推着车子入东门，来到十字路口，永儿道：“这里是我家了。”客人放下车子，见一所空屋子锁着。客人道：“小娘子！这是锁着的一所空屋子。如何说是你家?”永儿跳下车子，喝一声道：“疾!”锁便脱下来。用手推开一扇门，走入去了。

客人却在门前等了一个多时辰，不见有人出来。天色将晚，只管舒着头向里面望。不提防背后一个人喝道：“你只望着宅里做甚么，这宅门谁人打开的?”吓得客人回头不迭。见是个老儿，慌忙唱喏道：“好教公公知道，适间城外五十里路见个小娘子，说脚疼了，走不得，许我五百文钱，教我载到这里入去了，不出来。教我等了半日。”老儿道：“这宅是刁通判廨宇，我是看守的，原系封锁在此，却是谁人开了?”客人道：“恁地时，相烦公公去宅里说一声，教取银子还我则个。”老儿道：“啐！我问你，谁打开的宅门?”客人道：“是你小娘子自家开的。”老儿道：“锁的空宅子，一向无人居住，那有甚么小娘子！你却说恁般鬼话，莫不害风么?”客人道：“好没道理，我载你家小娘子来家，许我五百文钱，又不还我。倒说白府话儿。你只教我入去看，若小娘子不在时，我情愿下情陪礼。”老儿道：“你说了，若寻不见时，不要走了!”

老儿大开了门，教客人入去。到前厅过回廊，直至后厅，远远的见永儿坐在厅上。客人指道：“这不是小娘子么?”老院子心中正在疑虑，这妇人那里来的！只见客人走上前叫道：“小娘子如何不出来还我银子，是何道理?”永儿见客人来，忙起身望后便走，客人大踏步走到后厅。永儿见他赶得紧，厅后有一眼八角井，走到井边，看着井里，便跳下去了。客人见了，吓得只叫“苦也！苦也!”却待要走，被老院子一把捉住，道：“这妇人我又不认得。你自同他来，却又逼他下井去。清平世界，荡荡乾坤，逼死人命，你却要脱身。倘或这妇人家属知道，到此索命，那时那里寻你说话。今番罢休不得!”拖出宅前，叫起街坊人等，将客人一条索子缚了，直解到郑州来。只因这番，有分教：老实客长，却打着没影官司；贪墨州官，转弄出欺心手段。直教：匹夫瞋目天开眼，草寇凭城地画沟。毕竟客人解到州里怎生决断，且听下回分解。

第二十五回

八角井众水手捞尸　郑州堂卜大郎献鼎

偌大乾坤何事无，壶中天地井中区。
有人从此翻筋斗，便是人间大丈夫。

话说老院子和街坊人等，将客人一条索子缚了，直解到郑州来。正值大尹在厅上断事。地方里甲人等，解客人跪下，备说本人在刁通判府中，将不识姓名女子，赶下八角井里去了。大尹将客人勘问。客人招称：系本州人氏，姓卜名吉，因贩皂角往东京货卖回来，行至板桥八角镇五十里外大树下，遇见不识姓名女子。言说脚疼行走不得，欲赁车子前到郑州东门十字街爹爹妈妈家去则个，情愿出钱五伯。是吉载到本家，即开门入去，并不出来。吉等已久，只见老院子出来，言说我家是刁通判廨宇，无人居住空房，不肯还银。一时间，同老院子进去寻看。不期女子见了，自跳在井中，即非相逼等情。大尹教且将卜吉押下牢里，到来日押去刁通判宅里井中打捞尸首。

次日大尹委官一员，狱中取出卜吉，同邻里人等，押到刁通判廨宇里来。街上看的人，挨肩叠背，人人都道："刁通判府里，时常听得里面神歌鬼哭。人都不敢在里面住。"有的人道："看今日打捞尸首何如?"委官坐在交椅上，押卜吉在面前跪下。委官问老院子并四邻人等，卜吉如何赶这女子落井。卜吉告道："女子自跳落井，并不曾赶他下去。"委官叫："打捞水手过来!"水手唱了喏，着了水背心。委官道："奉本州台旨，委我押你下井。你须仔细打捞!"水手道："告郎中[①]方才小人去井上看验，约有三五十丈深浅。若只恁地下去，多不济事。须用爪扎辘轳，有急事时，叫得应。"委官道："要用甚物件，好教一面即速办来。"水手道："要爪缚辘轳，架子用三十丈索子，一个大竹篓，一个大铜铃，人夫二十名。若有急事，便摇动铃响，上面好拽起来。"不多时，都取办完备。水手扎缚了辘轳、铜铃、竹篓，俱完了，水手道："请郎中台旨，教下井去打捞。"委官道："你众水手中，着一个会水了得的下去。"四五个人扶着辘轳，一个水手下竹篓坐了。两三个人掇那竹篓下井里去，四个人便放辘轳，约莫放下去有二十余丈，只听得铃响得紧。委官教众人退后，急把辘轳绞上篓来。众人见

① 郎中：此处为对官员的尊称。

了，一齐呐声喊，看那箩里时，亘古未闻，于今罕有。那水手当初下去，红红白白的一个人，如今绞上来看时，一个脸便如蜡皮也似黄的，手脚却板僵，死在箩里了。委官叫抬在一边，一面叫水手老小扛回家去殡殓，不在话下。

委官道："终不成只一个下去，了不得公事，便罢了。再别差一个水手下去。"众水手齐告道："郎中在上！众人家中都有老小。适才见样子么！着甚来由，把性命打水撇儿？断然不敢下去。若是郎中定要小人等下去，情愿押到知州相公面前，吃打也在岸上死。实是下去不得。"委官道："这也怪不得你们。却是如何得这妇人的尸首上来？你一干人都在此押着卜吉，等我去禀复知州相公商议则个。"委官上了轿，说了一遍，知州也没做道理处。委官道："地方人等，都说刁通判府中自来不干净，今日又死了一个水手，谁人再敢下去？只是打捞不得那妇人的尸首起来，如何断得卜吉的公事？依卑职愚见，不若只做卜吉着，教卜吉下去打捞。便下井死了，也可偿命。"知州道："也说得是，你自去处分。"委官辞了知州再到井边，押过卜吉来，委官道："是你赶妇人下井，你自下去打捞尸首起来。我禀过知州相公，出豁你的罪。"卜吉道："小人情愿下去，只要一把短刀防身。"众人道："说得是！"随即除了枷，去了木杻，与他一把短刀。押那卜吉在箩里坐了，放下辘轳。

许多时，不见到底，众人发起喊来道："以前的水手下去时，只二十来丈索子便铃响；这番索子在辘轳上看看放尽，却不作怪，放许多长索，兀自未能勾到底。"正说未了，辘轳不转，铃也不响。

且不说井上众人，却说卜吉到井底下，抬起头来看时，见井口一点明亮。外面打一摸时，却没有水。把脚来踏时，是实落地，一面摸，一面行。约莫行了一二里路，见那明处，摸时却有两扇洞门，随手推开门，身入去看时，依然再见天日。卜吉道："井底下如何有这个所在？"提着刀正行之间，见一只大虫伏在当路。卜吉道："伤人的想是这只大虫。譬如你吃了我，我左右是死！"大跨步向前，看着大虫便剁，喝声“着!”一声响亮，只见火光迸散，震得一只手麻木了半晌。仔细看时，却是一只石虎。卜吉道：“里面必然别有去处。”又行几步，只见两边松树，中间一条行路，都是鹅卵石砌嵌的。卜吉道：“既是有路，前面必有个去处。”仗着刀入那松径里。行了一二百步，闪出一个去处，吓得卜吉又不敢近前。定睛看时，但见：

金钉朱户，碧瓦雕檐。飞龙盘柱戏明珠，双凤帏屏鸣晓日。红泥墙壁，纷纷御柳间宫花；翠霭楼台，淡淡祥光笼瑞影。窗横龟背，香风冉冉透黄纱；帘卷虾须，皓月团团悬紫绮。若非天上神仙府，定是人间帝王家。

卜吉道：“这是什么去处，却关着门，敢是神仙洞府?”欲推门又不敢，欲待回去，又无些表证。终不成只说见只石虎来，知州如何肯信我？正踌躇之间，只见呀地门开，走出一个青衣女童来。女童叫道：“卜大郎！圣姑姑等你多时了!”卜吉听得说，想道：这个女童如何认得我，却是甚么姑姑姓圣？我三党之亲，都没有这个姓，他却又等我做甚的？卜吉只得随女童到一个去处。见一所殿宇，殿上立着两个仙童，一个青衣女童。当中交椅上，坐着一个婆婆。卜吉偷眼看时，但见那婆婆：

苍形古貌，鹤发童颜。眼昏似秋月笼烟，眉白如晓霜映日。绣衣玉带，依稀紫府元君；凤髻龙簪，彷佛西池王母。正大仙客描不就，威严形像画难成。

卜吉想道：必是个神仙洞府，我必是有缘到得这里。卜吉便拜道：“告真仙！客人卜吉谨参拜。”拜了四拜。婆婆道：“我这里非凡，你福缘有分，得到得此间，必是有功行之人，请上阶赐坐。”卜吉再三不肯坐。婆婆道：“你是有缘之人，请坐不妨!”卜吉方敢坐了。婆婆叫点茶来。女童献茶已罢，婆婆道："你来此间，非同容易。因何至此？"卜吉道："告姑姑！小客贩皂角去东京卖了，推着空车子回来，路上见一个妇人坐在树下，道：'我要去郑州投奔爹娘，脚疼了行不得。'许我五百文钱，载他到东门里刁通判宅前。妇人道：'这是我家了。'下车子推门走入去了，不见出来。见我寻进去，他就跳下井里。因此地方捉了我，解送官司。差人下井打捞，又死了一个水手。知州只得令小人下来，见井里有路无水，信步走到这里。"婆婆道："你下井来，曾见甚的？"卜吉道："见一只石虎。"婆婆道："此物成器多年，坏人不少，凡人到此见此虎，必被他吃了。你到剁了他一刀，你后来必然发迹。卜吉！我且教你看个人！"看着青衣女童道："叫他出来！"

女童入去不多时，只见走出那个跳在井里的妇人来，看着卜吉道个万福，道："客长昨日甚是起动。"卜吉见那妇人，怒从心上起，恶向胆边生，便骂道："打脊贼贱人！却不叵耐，见你说脚疼走不得，好意载你许多路。脚钱又不与我，自走入宅里，跳在井中，教我被官司捉了，顶上带枷，臂上带杻，牢狱中吃苦。这冤枉事如何分说？只道永世不见你了，你却原来在这里！"仇人相见，分外眼睁，"且教你吃我一刀！"就身边拔起刀来，向前劈胸揪住便剁。被胡永儿喝一声，禁住了手，卜吉和身与脚都动不得了。胡永儿道："看你这个汉子一路上载我之面。若不时，把你剁做肉泥。因见你纯善稳重，我待要度你，你却如此无礼，敢把刀来剁我，却又剁我不得。"婆婆起身劝道："不要坏他，日后自有用他处，还要他们来助你。"婆婆看着卜吉脸上只一吹，脚便动得了。卜吉看着婆婆道："小娘子是个唫嗻①的人。"婆婆道："若不是我在这里，你的性命休了。再后休得无礼。"卜吉道："小人有缘，遇得姑姑。若救得卜吉牢狱之苦，出得井去，无事时回家，每日焚香设位，礼拜姑姑。"婆婆道："你有缘到这里，且莫要去，随我来饮数杯酒，送你回去。"卜吉随到里面，吃惊道："我本是乡村下

① 唫嗻（jìn zhè）：了不起，厉害。

人，那曾见这般好处?”安排得甚是次第，但见：

香焚宝鼎，花插金瓶。四壁张翠幕鲛绡，独桌排金银器皿。水晶壶内，尽是紫府琼浆；琥珀杯中，满泛瑶池玉液。玳瑁盘，堆仙桃异果；玻璃盏，供熊掌驼蹄。鳞鳞脍切银丝，细细茶烹玉蕊。

婆婆请卜吉坐，卜吉不敢坐。婆婆道：“卜大郎坐定，异日富贵俱各有分!”卜吉方才坐了，只见酒来，又见饭来，他几时见这般施设。两个青衣女童在面前不住斟酒伏事。杯杯斟满，盏盏饮干，酒至半酣，卜吉思忖道：我从井上来到这里许多路，见恁地一个去处，遇着仙姑，又见了这个妇人。知他是神仙是妖怪，在此不是久长之计。便起身告姑姑和小娘子道：“我要去井上看车子钱物，恐被人捉了。”婆婆道：“钱物值得甚么？我教你带一件物事上去，富贵不可说。不知你心下何如?”卜吉道：“感谢姑姑美意。休道是值钱的物事，便是不值钱的，把去井上做表证，也免得小人之罪。”婆婆叫永儿近前附耳低声。入去不多时，只见一个青衣女童从里面双手掇一件物事出来，把与卜吉。卜吉接在手里，觉有些沉重，思量：这件是甚么东西，用黄罗袱包着?卜吉道：“告姑姑，把与小人何用?”婆婆道：“你不可开，将上井去，不要与他人。但只言本州之神，收此物已千年，今当付与知州，可免你本身之罪。又有一件事吩咐你，你凡有急难之事，可高叫圣姑姑，我便来救你。”卜吉听得说，一一都记了。婆婆教青衣女童送卜吉出来，复旧路入土穴。行到竹箩边，走入竹箩内坐了，摇动索子，那铃便响。

上面听得便把辘轳绞起众人看时，不见妇人的尸首，只见卜吉掇抱着一个黄罗袱包，来见委官。卜吉道：“众人不要动，这件东西，是本州之神交付与知州的，直到知州面前开看。”委官上了轿，一干人簇拥围定着卜吉，直入州衙里来。正值知州升厅，公吏人从摆开两旁。

委官上前禀说："卜吉下井去大半日，续后听得铃响，实时绞他上来。只见卜吉抱着黄罗包袱，包着一件东西，口称是本州岛之神，付与州官。卑职不敢擅动，取台旨。"知州叫押过卜吉来，知州问道："黄袱中是何物件，因何得来?"卜吉道："告相公！小人下井去，到井底不见妇人的尸首。却没有水，有一条路径，约走二里，方见天日。见一只虎，几乎被他伤了性命。小人剁一刀去，只见火光迸散，仔细看时，是石虎。又有一条松径路入去，见一座宫殿。外有青衣女童，引小人至殿上，见一仙人。仙人言称是本州之神，与小人酒食吃了，又将此物出来，教小人付与州官收受，不许泄漏天机。"知州捧过黄包袱，放在公案上，觉得沉重。知州想道：一件宝物出世，合当遇我。教手下人且退，亲手打开黄袱包看时，道：可知这般沉重，却是一个黄金三足两耳鼎。上面铸着九个字道："遇此物者，必有大富贵。"知州看罢，再把黄袱来包了，叫出家里亲随人拿入去，为镇库之宝。该吏向前禀道："卜吉候台旨发付。"知州寻思道：欲待放了卜吉，一州人都知他赶一个妇人落井，及至打捞，又坏了一个水手性命；若恁地放了，州里人须要议我。我欲待把卜吉偿那妇人的命，怎奈尸首又无获处，倒将金鼎来献我。却如何是好？蓦然提起笔来断这卜吉。有分教：知州登时死于非命，郑州一城人都不得安宁。正是：没兴店中赊得酒，灾来撞见有情人。毕竟知州惹出甚祸事来，且听下回分解。

第二十六回

野林中张鸾救卜吉　山神庙公差赏双月

君远天高两不灵，滥官污吏敢横行。
腰间宝剑如秋水，要与人间断不平。

话说知州心下踌躇了半晌，举笔判道："卜吉不合逼取车脚钱，致不识姓氏妇人一名情慌走避，误足入井。井在久闭空宅之中，素多凶怪，捞尸不获，亦一异事也。卜吉原无威逼之情，似难抵偿。然误死人命，不为无因。合应脊杖二十，刺配山东密州牢城营当军。"当下当厅断了二十脊杖，唤个文字匠人，刺了两行金印。押了文牒，差两个防送公人，一个是董超，一个是薛霸。当厅押了卜吉，领了文牒，带卜吉出州衙前来。卜吉到州衙外立住了脚，回头向着衙里道："我卜吉好屈！妇人自跳在井中，我又不曾威逼他。他又不是别人，是本州土神，教我下去获得这件宝物献你。你得了宝物，相应免我之罪。倒把我屈断刺配密州去。我若阐㘰[①]得性命回来，却将你隐匿宝物事情，敲皇城，打怨鼓，须要和你理论！"董超见他言语不好，只顾推着卜吉了行。薛霸道："你在这里出言语，累及我两个，却是利害。"急急离了州衙。

走到一个酒店，三个人同入来坐定。董超道："取两角酒来。"薛霸道："卜吉，我两个虽然是奉公差遣，防送你到山东密州。路程许多遥远，你路上也要盘缠，我们自不曾带盘缠随人走的。你有甚亲戚相识，去措置些银两，路上好使用。我两个不要你的。"卜吉道："告上下[②]！小人原有些钱，为吃官司时，不知谁人连车子都推了去。如今教我问谁去讨。小人单身独自，别无亲戚，盘缠实是无措办处。"薛霸焦躁道："我们押了多多少少凶顽罪人，不似你这般嘴脸。你道没有盘缠，便是李天王，也要留下甲仗，生姜也捏出汁来。在我们手里的行货，不轻轻的放了。"说了一场，还了酒钱。两个押着卜吉出郑州西门外来。

正走之间，只听得背后有人叫声："董牌！"董超回头看时，认得是本州的吴孔目。便教薛霸押着卜吉先行，自己落后一步，与他相见。

---

① 阐㘰（zhèng chuài）：同"挣揣"，即挣扎。
② 上下：对公差的尊称。

吴孔目道："在下奉知州相公所委，适间断配卜吉出来，这厮在州衙前放刁。如今奉知州相公台旨，教你二人怎的做个道理，就僻静处结果了他，揭他面上金印回话，重重赏你。"董超应承了，自赶上来和薛霸知会，只就前面林子里结果了他休。

两个押卜吉到一所空林子前。董超道："我今日有些困倦，行不动，且就这林子里睡一睡则个。"薛霸道："才离州衙，行不得三十里路，如何便要歇？"董超道："今日恁起得早了些，要歇一歇。只怕卜吉逃走了时，生药铺里没买处，你等我们缚一缚，便是睡也心稳。"卜吉道："上下要缚便缚，我决不走。"董超将条长索把卜吉缚在树梢上。提起索头去那边大树枝梢上倒吊起来，手里拿着水火棍道："卜吉！我们奉知州相公台旨，教害你，却不干我们事。明年今月今日今时，是你死忌！"卜吉慌得魂不附体，两眼吊泪，哀告道："二位！我与你目前无冤，往日无仇。便是知州相公，我也并没得罪于他。如何就要结果我性命？望二位开天地之心，保留残命，生生世世，当效犬马之报。"一头说，一头泪如雨下。董超道："你啼哭也没用。知州相公怪你在州前放刁，要结果你。他是一州之主，谁敢违拗？你要性命，我回去倒替你受毒棒不成。"薛霸道："董大哥！有恁般闲气力与这蛮子讲话，早了早放，等他阎王面前快讨个好人身！"说罢，在董超手里劈手夺过棒来，却待举起要打。卜吉道："苦呀！苦呀！我命休矣！"猛然记得与我宝物的圣姑姑，曾说有急难时教我叫他。乃大叫："圣姑姑救我则个！"叫犹未绝，只见林子外面一个人大喝道："防送公人不要下手！我在此听得多时了。"董薛二人吃了一惊，慌忙跑出林子外面看时，见一个先生。怎生模样？有《西江月》为证：

奕奕丰神出众，堂堂七尺身材。面如紫玉美胡腮，目若朗星堪怪。　束发铁冠如意，红袍腰系黄絃。天师张姓自天来，只少虎儿骑在。

那道士捽拳挠步，赶入林子里来，看着两个公人道："知州教你们押解他去。如何将他吊起害他性命，是何道理？"两个公人慌了手脚，道："先生！我们奉知州相公台旨，并无私怨。"先生道："你乱道！如今官司清明如镜，缘何无罪要坏他性命？我是出家人，本当不管闲事。适间听得林子里高叫圣姑姑，是何意故？你且放他下来，待我问他。"董超只得把卜吉解放了。卜吉道："告先生！听卜吉说。我因贩皂角去东京，卖了回来，路上见一妇人叫脚疼走不得，许我五百文钱赁我车子载他。到郑州东门内一个空宅子前，这妇人跳下车子走入去。我不见他出来，入去看时妇人自跳下井去。地方人道我逼他下井，捉了我解到官司。知州教我自下井打捞尸首，我下去时原来井里没水，却有一条路，见一所官殿，遇着个仙姑与我一件宝物，教我送与知州免罪。临上井时吩咐我道，若有急难时便叫圣姑姑。"先生听得说了，道："原来恁地。"看着两个防送公人道："这卜吉不当死，遇着贫道。可同来林子外村店里吃三杯酒，更赍助你们些盘缠，好看他到地头则个。"董超、薛霸道："感谢先生！"

四个人同出林子外来。约行了半里路，见一个酒店。四人进那酒店里坐了，酒保来问道："张先生！打多少酒？"先生道："打四角酒来，有鸡回一只与我们吃。"酒保道："街市远，没回处。"先生道："又没甚蔬菜，如何下得酒？"酒保拿酒来，四个人一家吃了一碗。先生道："有心请人，却无下口。"东观西望，见壁边一个水缸。先生看时，是一缸干净水。先生袖内取出一个葫芦儿来，拔了屑儿，抖出一丸白药来，放在水缸里，依先去凳上坐了，叫酒保来道："我们四个如何吃得淡酒！我方才将下口放在你水缸里，与我将去煮来。"酒保道："张先生！你四个空手进来，不曾见甚么下口。"先生道："你自去水缸里看。"酒保去看时，只见水动，双手去捞，捞出一尾三尺长鲤鱼来，道："却不作怪！"只得替他剐了鱼，落锅煮熟了，用些盐酱椒醋，将盘子盛了搬来与他，四个一面吃酒，董超道："感谢先生厚意。"薛霸道："这鱼滋味甚好，怎地再得一尾吃也好？"先生道："这个不足为礼，贫道平日好饮贪杯，难得相遇二位，四海之内，皆相识也。若不弃嫌，同到贫道院中，尽醉方休，来日起程，不知二位尊意如何?”薛霸是后生心性，道：“难得先生好意相请，今日也将晚了，我们就同往仙院借宿一宵。只是不当取扰。”董超终是年纪大，晓得事，叫薛霸到静处说道：“这先生是个作怪的人，着甚来由，同他到院中去?”薛霸道：“董大哥！你空活这许多年纪，不识得事。这酒店里主人家也认得他，但有差迟，只问酒店里要人。”董超道：“也说得是。”

先生还了酒钱，四个人离了酒店。一路说些闲话，不知行了多少路。只见那先生用手一指道：“这个便是贫道小庵。”董超看时，好座茅庵！不甚大，盖得团簇。庵前庵后没一个人家，两个便有些心疑。先生开了门，请三人，就门前坐地。先生道：“你们三个莫忧，这里尽有宿歇处。今晚且快活歇一夜，来早便行。”此时是六月中旬，月儿早上。先生掇张桌子出来，放在外面，入里面去安排出荤腥菜蔬之类，铺在桌上。先生道：“方才在酒店中请二位，不足为礼，就此尽醉方休。”两个公人面面相觑，私议道：“这先生在酒店里请我们吃了，如今来庵里，又安排许多酒食。欲待不吃，肚里又饥；待吃他的，不知他主何意故?”薛霸道：“我两个押着这个罪人，干系不小。方离得郑州一程路，就撞着这个跷蹊的先生。若是有些缓急，都有老小在家里，不是要笑!”董超道：“不来由客，来时由主。既到这里，且吃了他的，看他如何。”先生将酒出来，各人吃了十数杯，都饱了。两个公人道：“谢先生酒食，都吃不得了。我三个借宿一宵，来早便行。”先生道：“淡酒不足为礼，何必致谢。你二位且请坐。”那先生起身进去不多时，拿出两锭银子，都有五十两重，便道：“二位各收一锭，休嫌轻微。”薛霸不则一声。董超道：“感谢先生赐了酒食，已为过扰，这银两决不敢受。”先生道：“你二位权且收了，表意而已。”

二人被先生推不过，各收了一锭。先生道：“贫道有一件事奉告，不知你二位肯依么?”两个思量道：酒也吃了，银子也收了，如何不依得。便道：“先生休道一件事，十件事也依先生，但说不妨。”先生道：

“你两位各收了五十两银子，做了养家本。念卜吉是个含冤负屈的人，贫道又不认得他，只是以慈悲好生为念。且听卜吉说来，他是平白的人，却教他吃这场屈官事。望二位怎地做个方便，留他在庵里相伴贫道。贫道姓张名鸾，若知州问时，只说张鸾要救卜吉便了。不知二位意下何如?”董超不敢则声。薛霸却叫将起来道：“先生！你好不晓事！普天之下，皆属王土；率土之民，皆属王民。你虽是出家人，住在郑州界上，也属知州所管。他是本官问出来的罪人，甚人敢收留他？你道我们得了你的银子，你便挟制着我们。你的银子分毫不动在此，请自收去。”先生道：“不须焦燥，肯留时便留下。不肯留时，你二位收下银子，再告杯酒。”董超道：“扰了先生酒食，又赐了银子，何须只管劝酒?”先生道：“不只劝酒，贫道有个小术，就呈二位看看。上至知州，下及庶民，都教他们赏个双月则个。”先生就怀中取出一张纸来，将剪刀在手把纸剪了一个圆圆月儿，用酒滴在月上，喝声“起!”只见那纸月望空吹将起去。三个人齐喝采道：“好!”只见两轮月在天上。有诗为证：

堪怜卜吉本无辜，献鼎翻教险害躯。
只为覆盆难鉴察，故将双月照胡涂。

先生道：“看贫道这轮明月面上，请一杯酒。”这里四人自吃酒。却说郑州上至知州，下及百姓，哄动了城里城外居民，都看空中有两轮明月。有那晓事的道：“只有一轮月，如何有两轮月？此必是个妖月。”且不说哄动众人。

却说这先生与三个赏月吃酒将散，先生道：“二位做个人情，把卜吉与了贫道罢。”董薛二人道：“我们家中各有老小，比先生不得。知州知道，我两个实难分解。”先生道：“知州吩咐你们，要安排他死，其事甚容易。我教你两个带一件表证，与知州看。”只见先生将道袍袖结做一个肐膝，揣在背后，双手揪住卜吉，用索子将卜吉背剪绑了，缚在草厅上。薛霸道："先生你早辰要救他，缘何如今又要缚他？"先生道："教你二人带他一件物事去见知州。"董超道："不知教我两个带甚的物事去？"先生道："知州既要坏他性命，如今贫道替你下手剖腹取心，带去与知州，表你二人能事。"董超道："使不得！这是断了的罪人，知州要谋害他，是知州的私意。如今将着心肝去，知道的，便是先生杀了他；不知道的，只说是我两个谋财害命。这一场屈官事，教我两个吃不起。"先生笑道："原来你们怕吃官事，我也取笑你们。"便把卜吉解了，就安排三个人睡。先生道："二位若回州里去时，说我张鸾要救卜吉，可牢记取。"三个叫了安置，就在外面宿歇，先生自进里面去了。

董超、薛霸一睡直睡到天明，闪开眼来看时，两个吃了一惊：身边不见了卜吉，也不见了庵院、先生，却睡在山神庙内，纸钱堆里。两个面面相觑道："苦也！苦也！我两个不晓事，走了罪人。如何是好？"董超道："我们且不要慌，和你去告知州。"一径直回到郑州，正值知州午衙升厅。董超、薛霸来厅前跪下，知州便问道："你两个解卜吉往山东，何如今日便回？"董超、薛霸道："告相公，昨日押卜吉上路去，在三十里外，撞见一个道士，邀到庵中，要夺卜吉。小人们和他争执，那道士是个异人，剪一轮纸月，吹在空中，便见两轮明月。"知州听得，说道："作怪！昨晚因见两轮月，吵了州城一夜。后来却是如何？"董超道："那道士教小人们就庵里歇睡了一夜。今日早起，开眼打一看时，却是个山神庙的纸钱堆里，正不知卜吉和道士那里去了。那道士自称我叫做张鸾。"知州道："既有姓名，这妖人好捉了。"

当日即唤缉捕使臣吩咐。言说未了，只见一个道士铁冠草履，皂沿绯袍，直上厅前，高声道："贫道张鸾在此。"喏也不唱。知州大怒道："汝乃妖人，怎敢如此无礼！"张鸾道："汝乃一州之主，如何屈断平人？卜吉无罪，把他刺配山东；路上兀自教人杀害他性命，又取了他无价宝物，是何道理？"知州道："休得胡说？他有甚么无价的宝物？"张鸾道："金鼎见在你库中，我就叫他出来。"只见张鸾叫道：

"金鼎金鼎！我今相请，作速出来，众人立等！"吓得知州并厅上厅下的人都呆了。只见金鼎从空中飞将下来，两只耳朵搧动如翅挈①相似，直飞到厅止。知州见了，道："怪哉！怪哉！"

说犹未了，金鼎内钻出一个人来。那人正是卜吉，一跳跳出金鼎外来。右手仗剑，左手揪住知州，就厅上把知州一剑剁为两段。众人见知州身死，俱各手足无措。厅上厅下人都道："终不成杀了知州，就恁地罢了！"一齐向前捉那张鸾、卜吉。两个见众人来捉，提着金鼎，跳在马台石上放下。两个齐把双脚跨入鼎内，叫声："列位请了，我们去也！"将头向下一缩，两个人都不见了。忽然起阵狂风，风过处连金鼎也都不见了。众人面面相觑，都道："自不曾见这般怪异的事！"就请本州同知管事，六房吏典，买办棺木，将知州身尸盛了。一面差缉捕公人，四下里搜捉张鸾、卜吉，一面商议具表奏闻朝廷。只因此起，有分教：大闹河北，鼎沸东京。朝廷起兵发马，收捉不得，直惹出一位正直大臣，治国安民。正是：聊将左道妖邪术，说诱如龙似虎人。毕竟表奏朝廷如何，且听下回分解。

---

① 翅挈：即"翅膀"。

第二十七回

包龙图新治开封府　左瘸师大恼任吴张

君起早时臣起早，赶入朝门天未晓。
多少山中高卧人，不听朝钟直到老。

且说郑州官吏具表上奏仁宗皇帝，仁宗皇帝就将表文在御案上展开看了，遂问两班文武道："郑州知州被妖人杀害，卿等当以剿捕祛除。"道犹未了，忽见太史院官出班奏道："夜来妖星出现，正照双鱼宫，下临魏地，主有妖人作乱。乞我皇上圣鉴，早为准备。"仁宗皇帝曰："郑州新有此事，太史又奏妖星出现，事干利害，卿等当预为区处。"众官具奏道："目今南衙开封府缺知府，须得拣选清廉明正之人任之，庶可表率四方，祛除妖佞。"仁宗皇帝问："谁人可去任开封府？"众官奏道："龙图阁待制包拯，字希仁，卢州合肥人也。为人刚正无私，不轻一笑，有人见他笑的，如见黄河清一般。必须此人可任此职。"仁宗准奏，教宣至殿前，起居毕，命即日到任。包拯谢了恩出来，开封府祇候人等迎至本府，免不得交割牌印，即日升厅。行文书下东京，并所属州县，令百姓五家为一甲，五五二十五家为一保，不许安歇游手好闲之人在家宿歇。如有外方之人，须要询问乡贯来历。各处客店，不许容留单身客人。东京大小有二十八座门，各门张挂榜文，明白晓谕。百姓们都烧香顶礼，道："好个龙图包相公，治得开封府一郡人民，无不欢喜。"真个是：

两行吏立春冰上，一郡民居宝镜中。
鬼魅潜形愁洞照，皇亲敛手避威风。

那行人让路，鼓腹讴歌；路不拾遗，夜不闭户。肃静了一个东京，不在话下。

却说那后水巷里，有一个经纪人①，姓任名迁，排行第一，人都叫他做小大一哥，乃是五熟行里人。何谓五熟行？卖面的唤做汤熟，卖烧饼的唤做火熟，卖鲊的唤做腌熟，卖炊饼的唤做气熟，卖馉饳儿的唤做油熟。这小大一哥是个好经纪人，去在行贩中争强夺胜。在家里

① 经纪人：做买卖的商人。

做了一日，卖的行货都装在架子上，把炊饼、烧饼、馒头、馂馅糕装停当了。那小大一哥挑着担子，出到马行街十字路口歇下担子。把门铺了，和一般的经纪人厮叫了，去架子后取一条三脚凳子方才坐得下。只听得厮郎郎地响一声，一个人径奔到架子边来，却不是买烧饼的。看那厮郎郎响的，此物唤做随速殿家，又唤做法环，是那解厌法师摇着做招牌的。那法师摇着法环，走来任迁架子边，看着任迁道："招财来，利市来，和合来，把钱来。"任迁忍不住笑。看那解厌法师时，身材矮小，又瘸了一只腿，一步高，一步低。头巾没额，顶上破了，露出头发来，一似乱草。披领破布衫，穿着旧布裤，一似狮子。脚穿破行缠断耳麻鞋，腰里系一条无须皂绦。任迁道："厌师仔细，照管地下，不要踏了老鼠尾巴。巳牌前后来解厌，好不知早晚。"瘸师道："我也说出来得早了，只讨得三文钱。"任迁道："何不晚些出来?"瘸师道："哥哥莫怪！我娘儿两个在破窑里住，此时兀自没早饭得吃。胡乱与我一文钱，辏籴些米，娘儿们煮粥充饥。"任迁见他说得苦恼子，要与他一文钱。去腰里摸一摸看，却不曾带得出来，看着瘸师道："我有钱也不争这一文，今日未曾发市。"瘸师见他说没钱，便问道："哥哥！炊饼怎的卖?"任迁道："大的两文钱一个，小的一文钱一个。"瘸师便去怀中取出三文钱来摊在盘中，道："哥哥！卖个炊饼与我娘吃!"任迁收了两文钱，把一文钱还了瘸师，道："我也只当发市，将这一文舍施你。"瘸师得了一文钱，藏在怀里。任迁去蒸笼里，取一个大一个小，递与瘸师。瘸师伸手来接，任迁看他的手腌腌臜臜黑魆魆地，道："不知他几日不曾洗的?"瘸师接那炊饼在手里，看一看，捻一捻。看着任迁道："哥哥！我娘八十岁，如何吃得这般硬饼?"换个馒头与我。"任迁道："弄得腌腌臜臜，别人看见须不要了。"安在前头篓儿里，再去蒸笼里捉一个馒头与他。瘸师接得在手里，又捻一捻，问任迁道："哥哥，里面有甚的?"任迁道："一包精肉在里面。"瘸师道："哥哥，我娘吃长素，如何吃得，换一个沙馅与我。"任迁道："未曾发市，撞着这个男女。"待不换与他，他只见架子边有许多人热闹，只得忍气吞声，又换一个沙馅与他。瘸师又接在手里捻一捻道：“如何吃得他饱，只换炊饼与我罢。”任迁看了焦燥道：“可知教你忍饥受饿！只卖得你两文钱，到坏了三个行货，这番不换了。”瘸师道：“哥哥！休要焦燥！两个炊饼如何吃得我娘儿两个饱，不如只籴米煮粥吃罢。”去架子上捉了铜钱，看着架子上吹一口气便走。任迁道：“叵耐这厮，坏了我三个行货，你待走那里去?”便来打那瘸师。忽然立住了脚，寻思道：这等一个模样，吃得几拳头脚尖？若是有些一差二误，倒打人命官司，只好饶他罢休。回过身来，到架子边定睛打一看时，任迁只叫得苦。一架子馒头炊饼，都变做浮炭也似黑的。有诗为证：

炊饼馒头随意换，弄得腌臜不好看。
乡下老儿也憎嫌，要买除非是瞎汉。

任迁大怒道：“这厮蒿恼了我半日，又坏了一架子行货。这一日道路罢了，正是和他性命相博!”分付一般经纪人，看着架子，揎拳拽步向前，来赶瘸师。

后生家心性，赶了半日不见，欲待回来，只听得前头厮郎郎响声。任迁道：“莫非便是那厮么?”望前头直赶来看，又不见。翻来覆去，直赶到安上大门楼下。见一伙人围着一个肉案子门前看。任迁道：“这是我相识张屠家里，不知做甚的，有这许多人?”立住了脚，去人丛里望一望。只见一个婆婆倒在地上，一个后生扶着，口里不住叫娘，叫了半个时辰醒来，婆婆紧紧地闭着眼不肯开。后生道：“娘！你放松爽些，开了眼!”婆婆道：“快扶我归去。”后生道：“你开开眼!”婆婆道：“我怕了，开不得!”后生扶了婆婆自去了。任迁道：“不知这婆婆因甚倒在这里?”只见张屠道：“众人散开！没甚好看!”

任迁认得本人姓张名琪，排行第一，任迁道：“一郎！多时不见!”张屠道：“任大哥，那里去来?”任迁道：“干些闲事。”张屠道：“任大哥入来，我告诉你。”任迁入去问张屠道：“门首做甚么这等热闹?”张屠道："不曾见这般跷蹊作怪的事。方才一个瘸脚的道人，上裹破头巾，身穿破布衫，手里拿着法环。口里道：'招财来，利市来，和合来，把钱来。'我道瘸师：'你好不知早晚，想是你家没有天窗？'瘸师听了，道：'没钱便罢，休却取笑我怎的。'不想看着挂在案子的猪头，摸一摸，口里动动地不知说些甚的，摇着法环自去了。我也不把他为事。侧首院子里做花儿的翟二郎，定下这个猪头，却教他娘来取。我除下猪头与他，这猪头扎眉扎眼，张开口把婆婆一口咬住，惊死那婆婆在地。我慌忙教小博士叫他儿子来，早是救得他活。若是有些山高水低，倒要吃他一场官事。他儿子提起这猪头看时，又没一些动静，翟二郎道：'老人家自眼花了，何曾见死的猪头扎眉扎眼？'方才扶了娘去。"任迁听了，把适间瘸师买炊饼的事，从头至尾对张屠说了一遍。张屠道："作怪！作怪！"说犹未了，只听得法环响。任迁道："这厮兀自在前面！"张屠道："坏了你炊饼不打紧，也不甚厉害，争些儿教我与婆婆偿命，不须你动手，待我捉这厮打一顿好的。"任迁道："我和你同去赶那厮。"

两个拽开脚步来赶瘸师，赶了半日不见。张屠看着任迁道："如何是好？若还赶着，断无干休。如今赶他不上，回去了罢。"却待要回，又听得法环响，又赶了五六里，出安上大门约有十余里路了。听得法环响，只是赶不着。两个却待要回，只见市梢头一个素面店门前，一个人拿着一条棒打一个汉子。张屠却认得是卖素面的吴三郎，张屠道："三郎息怒，看我面饶恕他罢。"吴三郎住了手道："一店人要面吃了赶路，教他去烧火，横也烧不着，竖也烧不着，半日不能得锅里热，人都走了去。似恁般做生意时，不如折了店面罢。定教他皮开肉绽！"张屠道："看我面罢休！"吴三郎道："你今日不是日分出来闲走？"张屠遂把适才瘸师的事，一一说了一遍。

吴三郎听罢，呆了，道："恁地我便错打了他。你两个听我说：我当着灶上，只见一个瘸师摇着法环，到我门前叫道：'招财来，利市来，和合来，把钱来。'我手里正忙，我道：'你也没早晚，日中出来解厌。晚些出来怕鬼捉了你去？我没零碎钱，且空过这一遭。’只见他看着我锅里吹一口气，便走了去。他转得背，我叫小博士去烧火，却如何烧得着。有两顿饭间，只烧不着，许多吃面的人，等不得都走散了。我因此上打他。若不是你们说时，我那里知道。叵耐这厮却是毒害，坏了我一日买卖。”正说之间，只听得法环响。吴三郎望一望，见瘸师在前面一路摇将去。吴三郎、任迁、张屠三个一齐道：“我们去赶瘸师！”瘸师见三个人来赶，急急便走。只因他三个来赶瘸师，有分到一个冷静佛门，见一件跷蹊作怪的事。正是：开天辟地不曾闻，从古至今希罕见。毕竟三人赶瘸师到何处，见甚事来，且听下回分解。

第二十八回

莫坡寺瘸师入佛肚　任吴张梦授圣姑法

炊饼皆乌火不烧，猪头扎眼术能高。

只因要捉瘸师去，致使三人遇女妖。

话说当下瘸师见任吴张三人赶来，急急便走。紧赶紧走，慢赶慢走，不赶不走。三人只是赶不上。张屠道："且看他下落，却和他理会不妨。"三人离了京城，行了一二十里，赶到一个去处，叫做蛟虬莫坡。那条路真个冷静，有一座寺，叫做莫坡寺。只见瘸师径走入莫坡寺里去了。张屠道："好了！他走入死路了，看他那里去？我们如今三路去赶！"任迁道："说得是！"吴三郎从中间去赶，张屠从左廊入去赶，任迁从右廊入去赶。

瘸师见三人分三路来赶，径奔上佛殿，爬上供桌，踏着佛手，爬上佛肩，双手捧着佛头。三个齐赶上佛殿，看着瘸师道："你好好地下来。你若不下来，我们自上佛身，拖你下来！"瘸师道："苦也！佛救我则个！"只见瘸师把佛头只一撺，那佛头骨碌碌滚将下来，瘸师便将身蚤钻入佛肚子里去了。张屠道："却不作怪，佛肚里没有路，你钻入去则甚？终不成罢了！"张屠爬上供桌，踏着佛手，盘上佛肩，双手攀着佛腔子望一望，里面黑暗暗地。只见佛腔子中伸出一只手来，把张屠劈角儿揪住。张屠倒跌入佛肚里去了，吴三郎、任迁叫声："苦！"不知高低，两个计较道："怎地好！"任迁道："不妨事，我且上去看一看，便知分晓。"吴三郎道："小大一哥，放仔细些，休要也入去了。"任迁道："我不比张一郎。"即时爬上供桌，踏着佛手，盘在佛肩上，攀着佛腔子望里面时，只见黑暗暗地，叫道："张一郎，你在那里？"叫时不应，只见一只手伸出来，一把揪住任迁。任迁吃了一惊，连声叫道："亲爹爹！活爹爹！可怜见饶了我，再也不敢来赶你了。我特来问你，要炊饼？要馒头？沙馅？我便送将来与你吃。"只见任迁头朝下，脚朝上，倒撞入佛肚里去了。吴三郎看了，道："苦呀！苦呀！他两个都跌入佛肚里去，我却如何独自归去得？"欲待上去望一望看，只怕也跌了入去；欲待自要回去，这两个性命如何做道理处？只得上去，望一望爬上供桌，手脚酥麻，抖做一堆，不敢上去。寻思了半晌，没奈何，只得踏着佛手，攀着佛腔子。欲待望一望，只怕跌了入去；欲进不得，欲退不得。吴三郎自思量道："好没运智，只消得去寻些硬的物事来，打破了佛肚皮，便救得他两个出来。”正待要下供桌，却似有个人在背后拦腰抱住了，只一撺，把吴三郎也跌入佛肚子里去了。一脚踏着任迁的头，任迁叫道：“踏了我也！”吴三郎道：“你是兀谁？”任迁应道：“我是任迁。”吴三郎道：“张一郎在那里？”只见张琪应道：“在这里。”任迁道：“吴三郎！你如何也在这里来了？”吴三郎道：“我上佛腔子来望你们一望，却似一个人把我撺入佛肚里来。”任迁道：“我也似一个人伸手劈角儿揪我入来。”张屠道：“我也是如此。这揪我们的，必然是瘸师，他也要得我们好了。四下里摸看，若摸得他见时，我们且不要打他，只教他扶我们三个出佛肚去。他若不肯扶我们出去时，不得不打他了。”

当时，三个四下里去摸，不见瘸师。任迁道：“原来佛肚里这等宽大，我们行得一步是一步。”张屠道：“黑了，如何行得？”任迁道：“我扶着你了行。”吴三郎道：“我也随着你行。”迤逦行了半里来路，张屠道：“却不作怪，莫坡寺殿里，能有得多少大？佛肚里到行了许多路！”

正说之间，忽见前面一点明亮。吴三郎道：“这里原来有路！”又行几步看时，见一座石门参差，门缝里射出一路亮来。张屠向前，用手推开石门，伫目定睛只一看，叫声：“好！这里山清水绿，树密花繁，好一个所在！”吴三郎道：“谁知莫坡寺佛肚里有此景致！”任迁道：“又无人烟，何路可归？”张屠道：“不妨，既有路，必有人烟。我们且行。”又行了二三里路，见一所庄院。但见：

名花灼灼，嫩竹青青。冷冷溪水照人清，阵阵春风迎面暖。茆斋寂静，衔泥燕子翻风；院宇萧疏，弄舌流莺穿日。骑犊黄头稚子，吹来短笛无腔；荷锄黑体耕夫，唱出长歌有韵。羸羸瘦犬，隔疏篱乱吠行人；两两山禽，藏古木声催过客。

张屠道：“待我叫这个庄院。”当时，张屠来叫道：“我们是过往客人，迷踪失路的!”只听得里面应道：“来也！来也!”门开处，走出一个婆婆来。三个和婆婆厮叫了。婆婆还了礼，问道：“你三位是那里来的?”张屠道：“我三个是城中人，迷路到此。一来问路，二来问庄里有饭食回些吃?”婆婆道：“我是村庄人家，如何有饭食得卖；若过往客人到此，便吃一顿饭何妨。你们随我入来。”三个随婆婆直到草厅上，木凳子上坐定。婆婆掇张桌子，放在三个面前，婆婆道：“我看你们肚内饥了，一面安排饭食你们吃。你们若吃得酒时，一家先吃碗酒。”三个道：“恁地感谢庄主!”婆婆进里面，不多时，拿出了一壶酒，安了三只碗，香喷喷地托出一盘鹿肉来，斟上三碗酒。婆婆道：“不比你们城市中酒好，这里酒是杜酝的，胡乱当茶!”三个因赶瘸师走得又饥又渴，不曾吃得点心，闻了肉香，三个道：“好吃!”一人吃了两碗酒。婆婆搬出饭来，三个都吃饱了。三个道：“感谢庄主，依例纳钱。”婆婆道：“些少酒饭，如何要钱!”一面收拾家伙入去。

三人正要谢别婆婆，求他指引出路，只见庄门外一个人走入来。三个看时，不是别人，却正是瘸师。张屠道：“被你这厮蒿恼了我们半日，你却在这里!”三个急下草厅来，却似鹰拿燕雀，捉住了瘸师。正待要打，只见瘸师叫道：“娘娘救我则个!”那婆婆从庄里走出来叫道：“你三个不得无礼，这是我的儿子，有事时便看我面!”下草厅来教三个放了手，再请三个入草厅坐了。婆婆道：“我适间好意办酒食相待，如何见了我孩儿却要打他？你们好没道理!”张屠道：“罪过！庄主办酒相待我们，实不知这瘸师是庄主孩儿。奈他不近道理，若不看庄主面时，打教他粉骨碎身。”婆婆道：“我孩儿做甚么了，你们要打他?”张屠、任迁、吴三郎，都把蚤间的事对婆婆说了一遍。婆婆道：“据三位大郎说时，都是我的儿子不是，待我叫他求告了三位则个。”瘸师走到面前，婆婆道：“三位大郎！且看老拙之面，饶他则个!”三人道：“告婆婆，我们也不愿与他争了，只教他送我们出去便了。”婆婆道：“且请少坐，我想你三位都是有缘的人，方到得这里。既到这里，终不成只恁地回去罢了。我们都有法术，教你们一人学一件，把去终身受用。”婆婆看着瘸师道：“你只除不出去，出去便要惹事。直教三位来到这里，你有甚法术，教他三位看。”婆婆看着三个道：“我孩儿学得些剧术①，对你三位施逞则个。”三个道：“感谢婆婆！”瘸师道：“请娘娘法旨！”去腰间取出个葫芦儿来，口中念念有词，喝声道：“疾！”只见葫芦儿口里，倒出一道水来，顷刻间波涛泛地。众人都道：“好！”瘸师道：“我收与哥哥们看。”渐渐收那水入葫芦里去了。又口中念念有词，喝声道：“疾！”放出一道火来，顷刻间烈焰烧天。众人又道：“好！”瘸师又渐渐收那火入葫芦里去了。张屠道：“告瘸师！肯与我这个葫芦儿么？”婆婆道：“我儿！把这个水火葫芦儿，与了这个大郎。”瘸师不敢逆婆婆的意，就将这水火葫芦儿与了张屠。张屠谢了。瘸师道：“我再有一件剧术教你们看。”取出一张纸来，剪下一匹马，安在地上，喝声道：“疾！”那纸马立起身来，尾摇一摇，头摆一摆，变成通身雪练般一匹白马。有《西江月》为证：

眼大头高背稳，昂昂八尺身躯。浑身毛片似银堆，照夜玉狮无比。　　云锦队中曾赛，每闻伯乐声嘶，登山度岭去如飞，真个日行千里。

瘸师骑上那马，喝一声！只见曳曳地从空而起。良久，那马渐渐下地。瘸师歇下马来，依然是匹纸马。瘸师道：“那个大郎要？”吴三郎道：“我要觅这个纸马儿法术则个。”瘸师就将这纸马儿与了吴三郎，吴三郎谢了。婆婆看着瘸师道：“两个大郎皆有法术了，这个大郎如何？”瘸师道：“娘娘法旨，本不敢违，但恐孩儿法力低小。”

正说之间，只见一个妇人走出来。那妇人不是别人，正是胡永儿。永儿与众人道了万福，向着婆婆道：“告娘娘！奴奴教这大郎一件法术，请娘娘法旨。”婆婆道：“愿观圣作！”胡永儿入去掇一条板凳出

---

① 剧术：即戏法。

来，安在草厅前地上，永儿骑在凳子上，口中念念有词，喝声道："疾！"只见那凳子变做一只吊睛白额大虫。这大虫怎生模样？有《西江月》为证：

项短身圆耳小，吊睛白额雄威。爪蹄轻展疾如飞，跳涧如同平地。　　剪尾能惊獐鹿，咆哮吓杀狐狸。卞庄虽勇怎生施，子路也难当抵。

胡永儿骑着大虫，叫声"起！"那大虫便腾空而起；喝声"住！"那大虫渐渐地下来；喝声"疾！"只见那大虫依旧是条板凳。婆婆道："任大郎！你见么？"任迁道："告婆婆！已见了。"婆婆道："吾女可传这个法术与了任大郎。"胡永儿传法与任迁，任迁谢了。婆婆道："你三人各演一遍。"三人演得都会了。婆婆道："你三人既有了法术，我有一件事对你们说，不知你三人肯依么？"张屠道："告婆婆！不知教我三人依甚的，但说不妨。"婆婆道"你们可牢记取：他日贝州有事，你们可前来相助，同享富贵。"张屠道："既蒙婆婆吩咐，他日定来贝州相助。今日乞指引一条归路回去则个。"婆婆道："我教孩儿送你们入城中去。"瘸师道："领法旨。"三个拜谢了婆婆。婆婆看着三人道："我今日教孩儿暂送三位大郎回去，明日可都来莫坡寺中相等。"三人辞别了婆婆、永儿。

当时瘸师引着路约行了半里，只见一座高山。瘸师与三人同上山来，瘸师道："大郎，你们望见京城么？"张屠、吴三郎、任迁看时，见京城在咫尺之间。三人正看间，只见瘸师猛可地把三人一推，都跌下来。瞥然惊觉，却在佛殿上。张屠正疑之间，只见吴三郎、任迁也醒来。张屠问道："你两个曾见甚么来？"吴三郎道："瘸师教我们法术来。你的葫芦儿在也不在？"张屠摸一摸看时，有在怀里。吴三郎："我的纸马儿也在这里。"任迁道："我学的是变大虫的咒语。"张屠道："我们似梦非梦，那瘸师和婆婆并那胡永儿想都是异人，只管说他日异时可来贝州相助，不知是何意故?”三人正没做理会处，只见佛殿背后走出瘸师来道：“你们且回去，把本事法术记得明白，明日却来寺中相等。”当时三人辞了瘸师，各自归家去。有诗为证：

逍遥蝴蝶真成幻，富贵南柯亦偶然。
何似梦中齐授法，等闲变化似神仙。

当日无话。次日吃蚤饭后，三人来莫坡寺里，上佛殿来看，佛头端然不动。三人往后殿来寻婆婆和瘸师，却没寻处。张屠道：“我们回去罢!”正说之间，只听得有人叫道：“你三人不得退心，我在这里等你们多时了!”三个回头看时，只见佛殿背后走出来的，正是昨日的婆婆。三个见了，一齐躬身唱喏。婆婆道：“三位大郎何来甚晚?昨日传与你们的法术，可与我施逞一遍，异日好用。”张屠道：“我是水火既济葫芦儿。”口中念念有词，喝声道：“疾!”只见葫芦儿口内倒出一道水来。叫声：“收!”那水渐渐收入葫芦儿里去。又喝声：“疾!”只见一道火光，从葫芦儿口内奔将出来。又叫声：“收!”那火渐渐收入葫芦儿里去了。张屠欢喜道：“会了!”吴三郎去怀中取出纸马儿来，放在地上，口中念念有词，喝声道：“疾!”变做一匹白马，四只蹄儿巴巴地行。吴三郎骑了半晌，跳下马来，依旧是纸马。任迁去后殿掇出一条板凳来骑在凳上，口中念念有词，喝声道：“疾!”只见那凳子变做一只大虫，咆哮而走。任迁喝声：“住!”那大虫渐渐收来，依旧是条凳子。三人正逞法术之间，只听得有人叫道：“清平世界，荡荡乾坤，你们在此施逞妖术。见今官司明张榜文，要捉妖人，若官司得知，须连累我。”

众人听得，慌忙回转头来看时，却是一个和尚，身披烈火袈裟，耳带金环。那和尚道：“贫僧在廊下看你们多时了!”婆婆道：“吾师恕罪，我在此教他们些小法术。”和尚道：“教得他们好，便不枉了用心。教得他们不好，空劳心力。可对贫僧施逞则个。”婆婆再教三人施逞法术，三人俱各做了。婆婆道："吾师！我三个徒弟何如？"和尚笑道："依小僧看来，都不为好。"婆婆焦燥道："你和尚家，敢有惊天动地的本事？你会什么法术，也做与我们看一看则个。"只见和尚伸出一只手来，放开五个指头，指头上放出五道金光，金光里现五尊佛来。任、张、吴三个见了便拜。

三个正拜之间，只听得有人叫道："这座寺乃朝廷敕建之寺，你们如何在此学金刚禅邪术？"和尚即收了金光，众人看时，却是一个道士，骑着一匹猛兽，望殿上来。见了婆婆跳下猛兽，擎拳稽首道："弟子特来拜揖！"婆婆道："先生少坐！"先生与和尚拜了揖。任、吴、张三个也来与先生拜揖。先生问道："这三位大郎皆有法术了么？"婆婆道："有了！"先生道："贫道也度得一个徒弟在此。"婆婆道："在那里？"只见先生看着猛兽道："可收了神通！"那猛兽把头摇一摇，尾摆一摆，不见了，猛兽立起身来，却是一个人。众人大惊。婆婆看时，不是别人，正是客人卜吉。卜吉与婆婆唱个喏。婆婆道："卜吉！你因何到此？"卜吉道："告姑姑：若不是老师张先生救得我性命时，争些儿不与姑姑相见。"婆婆问先生道："你如何救得他？"先生道："贫道在郑州三十里外林子里，听得有人叫圣姑姑救我则个。贫道思忖道此乃婆婆之名，为何有人叫唤。急赶入去看时，却见卜吉被人吊在树上，正欲谋害。贫道问起缘由，卜吉将前后事情对贫道说了，因此略施小术救了他大难。"婆婆道："原来如此。恁地时，先生也教得有法术了？"卜吉道："有了！"婆婆道："你们曾见我的法术么？"和尚并道士道："愿观圣作。"只见婆婆去头上取下一只金钗来，喝声道："疾！"变为一口宝剑。把胸前打一画，放下宝剑，双手把那皮只就一拍，拍开来。众人向前看时，但见：

金钉朱户，碧瓦盈檐。交加翠柏当门，合抱青松绕殿。仙童击鼓，一群白鹤听经；玉女鸣钟，数个青猿煨药。不异蓬莱仙境，宛如紫府洞天。

众人却看了，失惊道："好!"正看之间，只听得门前发声喊，一行人从外面走入来。众人都慌道："却怎地好?"和尚道："你们不要慌，都随我入来!"掩映处，背身藏了。

看那一行有二十余人，都腰带着弓弩，手架着鹰鹞。也有五放家①，也有官身，也有私身。马上坐着一个中贵官人，来到殿前下了马，展开交椅来坐了，随从人分立两旁。原来这个中贵官叫做善王太尉，是日却不该他进内上班，因此得暇，带着一行人出城来闲游戏耍，信步直来到莫坡寺中。与众人踢一回气球了，又射一回箭，赏了各人酒食，自己在殿中饮了数杯，便上马，一行人众随从自去了。

众人再到佛殿上来。婆婆道："我只道做甚么的，却原来一行人来作乐耍子，也教我们吃他一惊。"张屠、任迁、吴三郎道："我们认得他是中贵官，在白铁班住，唤作善王太尉，知法好善，斋僧布施。"和尚听得，说道："看我明日去蒿恼他则个。"众人各自散了。只因和尚要恼善王太尉，直使那开封府三十来个眼明手快的公人，伶俐了得的观察使臣不得安迹，见了也捉他不得。恼乱了东京城，鼎沸了汴州郡。真所谓白身经纪，番为二会子②之人；清秀愚人，变做金刚禅之客。正是：只因学会妖邪法，断送堂堂六尺躯。毕竟和尚怎地去恼人，且听下回分解。

---

① 五放家：指放鹰的人。鹰类大致有鹰、隼、鹘、鹯、鹞五种。

② 二会子：旁门左道的宗教。

第二十九回

王太尉大舍募缘钱　杜七圣狠行续头法

九天玄女法多端，要学之时事豁然。
戒得贪嗔淫欲事，分明世上小神仙。

话说善王太尉那日在城外闲游回归府中，当日无事，众人都自散了。次日，官身、私身、闲汉都来唱喏。太尉道：“昨日出城闲走了一日，今日不出去了。只在后花园安排饮酒，教众人都休散去，且来园里看戏文要子。”原来这座花园不则一座亭子，闲玩处甚多。今日来到这座亭子，谓之四望亭，众人去那亭子里安排着太尉的饮馔。太尉独自一个坐在亭子上，上自官身、私身，下及跟随伏侍的，各自去施逞本事。正饮酒之间，只听得那四望亭子的亭柱上一声响。上至太尉，下至手下的人，都吃一惊。看时，不知是甚人，打这一个弹子来花园里来。太尉道：“叵耐这厮，蚤是打在亭柱上，若打着我时，却不利害！”叫众人看是谁人打入来的。众人四下里看时，老大一个花园，周围墙垣又高，如何打得入来。正说之间，只见那弹子滚在那亭子地上，托托地跳了几跳，一似碾线儿也似团团地，转转了千百遭。太尉道：“却不作怪！”

只见一声响，爆出一个小的人儿来。初时小，被凡风只一吹，渐渐长大，变做一个六尺来长的和尚，身披烈火袈裟，耳坠金环。太尉并众人见了，都吃一惊。只见那和尚走向前来，看着太尉道：“拜揖！”太尉见了，口中不说，心下思量道：“好个僧家，不可慢他。”抬起身来还礼，问道：“圣僧因何至此？”和尚道：“贫僧是代州雁门县五台山文殊院行脚僧。特来拜见太尉，欲求一斋。”这太尉从来敬重佛法，时常拜礼三宝，见了这般的和尚来求斋，又来得跷蹊，如何不惊喜。太尉教请坐。和尚对着太尉坐了，道：“有妨太尉饮宴。”太尉命厨下一面办斋，向着和尚道：“吾师肯相伴先饮数杯酒么？”和尚得：“多感！”面前铺下一应玩器食馔等物，尽是御赐金盏金盘。和尚道：“有心斋僧，这等小盏子如何吃得贫僧快活？”太尉见说，即时教取个大金钟来，放在和尚面前。太尉只是盏子吃，和尚用大钟子吃。太尉只顾斟酒，和尚也不推故。

吃上三十来大金钟，太尉欢喜道：“不是圣僧，如何吃得许多酒！”厨下禀道：“素食办了。”太尉道：“斋食既完，请吾师斋。”教搬将来，放在和尚面前。太尉面前些少相陪。和尚见了素食，拿起来吃，只不放下碗和筯。太尉教从人入去添来。这和尚饭来、羹来、酒来，尽数尽吃，教供给的做手脚不迭。手下人都呆了。太尉见他吃得，也呆了，道："这个和尚必是圣僧，吃酒吃食，不知吃去那里去了。"只见和尚放下碗和筯，手下人道："惭愧，也有吃了的日子。"和尚道："才饱了。"

收拾过斋器，点将茶来，茶罢，和尚起身谢了太尉。太尉喜欢道："吾师粗斋不必致谢。敢问吾师斋罢往甚处去？"和尚道："贫僧乃是五台山文殊院化主，长老法旨，教贫僧来募缘。文殊院山门崩损，得用三千贯钱修盖山门。贫僧今日遭际太尉蒙赐一斋，太尉若舍得三千贯钱，成就这山门盛事，愿太尉增福延寿，广种福田。"太尉道："这是小缘事，不知吾师几时来勾疏[1]？"和尚道："不必勾疏便得更好，山门多幸。"太尉道："吾师！我把金银与你如何？"和尚道："把金银与贫僧，不便去买料物。若得三千贯铜钱甚好。"太尉暗笑道："吾师！你独自一个在这里，三千贯铜钱也须得许多人搬挑！"和尚道："告太尉，贫僧自有道理。"太尉即时叫主管开库，教官身、私身、虞候轮番去搬铜钱来，堆在亭子外地上。一百贯一堆，共三十堆。太尉道："吾师！三千贯铜钱在这里了。路途遥远，要使许多人夫脚钱，怎的能勾得到五台山？"和尚道："不妨！"起身下亭子，谢了太尉喜舍："不须太尉费力，贫僧自有人夫搬挑去。"袖中取出一卷经来，太尉口中不道，心下思量："且看他怎的。"和尚道："僧家佛力浩大。"自把经卷看了一遍，教一行人且开。只见那和尚眨眼把那卷经去虚空中打一撒，变成一条金桥，那和尚望空中招手，叫道："五台山众行者、火工、人夫！我向善王太尉抄化得三千贯铜钱，你众人可来搬去则个。"无移时，只见空中经上，众行者并火工、人夫滚滚攘攘下来，都到四望亭子下，将这三千贯铜钱，驮的驮，挑的挑，搬的搬，交叉往复，霎时间都运

---

① 勾疏：出家人请施主兑现预先承诺的钱物。

了去。和尚向前道："感谢太尉赐了斋，又喜舍三千贯铜钱。异日如到五台山，贫僧当会众僧，撞钟击鼓，幢幡宝盖，接引太尉。贫僧归五台山去也。"和尚与太尉相辞了，也走上那金桥去，渐渐的去得远不见了。空中起一阵风，那金桥依旧化作一卷经典，随风吹入空中去了。太尉甚是喜欢，叫从人焚香礼拜，道："小官斋僧布施五十余年，今就遇得这个圣僧罗汉。"众人都来与太尉贺喜，后人诗云：

布施空门种福田，片言曾不吝三千。
长安多少饥寒者，何不分些救命钱。

自此，善王太尉一家，人人都称赞圣僧弹子和尚，把弹子和尚一个名头，霎时传播京师，并不知有旧名蛋子二字。

当日无事，次日是上值日期。太尉蚤起梳洗，厅下祗应人从跟随，直到内前下轿入内。太尉当日却来得蚤些个，往从待班阁子前过，遇着一官人相揖。这官人正是开封府包待制。这包待制自从治了开封府，那一府百姓无不喜欢。因见他：

平生正直，禀性贤明。常怀忠孝之心，每存仁慈之念。户口增，田野辟，黎民颂德满街衢；词讼减，盗贼潜，父老讴歌喧市井。攀辕截镫，名标青史播千年；勒石镌碑，声振黄堂传万古。果然是慷慨文章欺李杜，贤良方正胜龚黄。

当口包待制伺候蚤朝，见了太尉请少坐。太尉是个正直的人，包待制是个清廉的官，彼此耳内各闻清德。虽然太尉是个中贵官，心里喜欢这包待制，包待制亦喜欢这王太尉。两个在阁子里坐下。太尉道："凡为人在世，善恶皆有报应。"包待制道："包某受职亦然。如包某在开封府，断了多少公事，那犯事的人，必待断治，方能悔过迁善。比如太尉平常好善，不知有甚报应？"王太尉道："且不说别事，如王某昨日在后花园内亭子上赏玩，从空打下一个弹子，弹子内爆出一员圣僧来，口称是五台山文殊院化主，问某求斋。某斋了他，又问某化三千贯铜钱。不使一个人搬去，把经一卷从空中打一撒，化成一座金桥，叫下五台山行者、火工、人夫，无片时，都搬了去，和尚也上金桥去了。凡间岂无诸佛罗汉！王某一世斋僧供佛，果然有此感应。”包待制道：“难得难得。”虽然是恁般顺口答应，口中不道，心下思量：“这件事又作怪，世上那有此理？”渐渐天晓，文武俱入内，朝罢，百官各自回了衙门。

包待制回府，不来打断公事，问当日听差，应捕人役是谁，只见阶下一人唱喏，却是缉捕使臣温殿直。包待制道：“今日蚤朝间在待班阁子里坐，见善王太尉说，昨日他在后花园亭子上饮酒。外面打一个弹子入来，弹子里爆出一个和尚，口称是五台山文殊院募缘僧，抄化他三千贯铜钱去了。那太尉道他是圣僧罗汉。我想他既是圣僧罗汉，要钱何用？据我见识，必是妖憎。见今郑州知州被妖人张鸾、卜吉所杀，出榜捉拿，至今未获。怎么京城禁地，容得这般妖人？”指着温殿直道：“你即今就要捉这妖僧赴厅见我。”

温殿直只得应诺，领了台旨，出府门，由甘泉坊径入使臣房，来厅上坐下。两边摆着做公的众人，见温殿直眉头不展，面带忧容，低着头不则声。内有一个做公的，常时温殿直最喜他。其人姓冉名贵，叫做冉土宿，一只眼常闭，天下世界上人做不得的事，他便做得，与温殿直捉了许多疑难公事，因此温殿直喜他。当时冉贵向前道：“长官不知有甚事，恁地烦恼？”温殿直道：“冉大！说起来教你也烦恼。却才大尹叫我上厅去说，蚤朝时白铁班善王太尉说道：昨日在后花园亭子上饮酒，见外面打一个弹子入来，爆出一个和尚，问善王太尉布施了三千贯铜钱去，善王太尉说他是圣僧罗汉。大尹道，他既是圣僧罗汉，如何要钱，必然是个妖僧，限我今日要捉这个和尚。我想他既有恁般好本事，定然有个藏身之处。他觅了三千贯铜钱，自往他州外府受用去了，教我那里去捉他？包大尹又不比别的官员，且是难伏事，只得应承了出来，终不成和尚自家来出首。没计奈何，因此烦恼。”冉贵道：“这件事何难？如今吩咐许多做公的，各自用心分路去，绕京城二十八门去捉。若是迟了，只怕他分散去了。”温殿直道：“说得有理，你年纪大，终是有见识。”看着做公的道：“你们分投去干办，各要用心。”众人应允去了。

温殿直自带着冉贵和两个了得的心腹人，也出使臣房。离了甘泉坊，奔东京大路来。温殿直用暖帽遮了脸，冉贵扮做当值的模样，眼也不闭，看那来往的人，茶坊、酒店、铺内略有些又色①的人，即使去挨查审问。温殿直对冉贵说道：“他投东洋大海中去，那里去寻？”冉贵道：“观察不要输了志气，走到晚，却又理会。”两个走到相国寺前，只见靠墙边簇拥着一伙人在那里。冉贵道：“观察少等待，我去看一看。”拈起脚来，人丛里见一二百人中间，围着一个人，头上裹顶头巾，戴一朵罗帛做的牡丹花，脑后盆来大一对金环。拽着半衣，系着绣裹肚，着一双多耳麻鞋，露出一身锦片也似文字。后面插一条银枪，竖几面落旗儿，放一对金漆竹笼。却是一个行法的，引着这一丛人在那里看。

原来这个人在京有名，叫做杜七圣。那杜七圣拱着手道：“我是东京人氏，这里是诸路军州官员客旅往来去处，有认得杜七圣的，有不认得杜七圣的，不识也闻名。年年上朝东岳，与人赌赛，只是夺头筹。有人问道：‘杜七圣，你会甚本事？’我道：‘两轮日月，一合乾坤。天之上，地之下，除了我师父，不曾撞见个对手与我斗这家法术。’”回头叫声：“寿寿我儿，你出来！”那小厮剥脱了上截衣服，玉碾也似白肉。那伙人喝声采道：“好个孩儿！”杜七圣道：“我在东京上上下下，有几个一年。也有曾见的，也有不曾见的。我这家法术，是祖师留下焰火炖油，热锅煅碗，唤做续头法。把我孩儿卧在凳上，用刀割下头来，把这布袱来盖了，依先接上这孩儿的头。众位看官在此，先教我

① 又色：不同的颜色，异样。

卖了这一百道符，然后施逞自家法术。我这符，只要卖五个铜钱一道。”打起锣儿来。那看的人，时刻间挨挤不开。约有二三百人，只卖得四十道符。杜七圣焦燥，不卖得符，看着一伙人道：“莫不众位看官中有会事的，敢下场来斗法么?”问了三声，又问三声，没人下来。杜七圣道：“我这家法术教孩儿卧在板凳上，作法，念了咒语，却像睡着的一般。”正要施逞法术解数，却恨人丛里一个和尚会得这家法术，因见他出了大言，被和尚先念了咒，道声“疾”，把孩儿的魂魄先收了，安在衣裳袖里。看见对门有一个面店，和尚道：“我正肚饥，且去吃碗面了来，却还他儿子的魂魄未迟。”和尚走入面店楼上，靠着街窗，看着杜七圣坐了。过卖的来，放下筯子，铺下小菜，问了面，自下去了。和尚把孩儿的魂魄取出来，用碟儿盖了，安在桌子上，一边自等面吃。有诗为证：

莫向人前夸大口，强中更有强中手。
续头神术世间无，谁料妖僧窃魂走。
小儿如玉得人怜，魂去魂来不值钱。
戏耍万般皆可做，何须走马打秋千。

话说两头。却说杜七圣念了咒，拿起刀来剁，那孩儿的头落了，看的人越多了。杜七圣放下刀，把卧单来盖了。提起符来，去那小儿身上盘几遭，念了咒，杜七圣道：“看官休怪，我久占独角案，此舟过去，想无舟趁了。这家法宝卖这一百道符!”双手揭起被单来看时，只见孩儿的头接不上。众人发声喊道：“每常揭起卧单，那孩儿便跳起来；今日接不上，决撒了!”杜七圣慌忙再把卧单来盖定，用言语瞒着那看的人道：“看官!只道容易，管取这番接上。”再叩齿作法，念咒语，揭起卧单来看时，又接不上。杜七圣慌了，看着那看的人道：“众位看官在上，道路虽然各别，养家总是一般。只因家火相逼，适间言语不到处，望着官们恕罪则个。这番教我接了头，下来吃杯酒。四海之内，皆相识也。”杜七圣伏罪道：“是我不是了，这番接上了。”只顾口中念咒，揭起卧单看时，又接不上。

杜七圣焦燥道：“你教我孩儿接不上头，我又求告你，再三认自己的不是，要你恕饶，你却直恁的无理！”便去后面笼儿里，取出一个纸包儿来，就打开撮出一颗葫芦子，去那地土，把土来掘松了，把那颗葫芦子埋在地下，口中念念有词，喷上一口水，喝声：“疾！”可霎作怪，只见地下生出一条藤儿来，就渐渐的长大，便生枝叶，然后开花，便见花谢，结一个小葫芦儿。一伙人见了，都喝采道：“好！”杜七圣把那葫芦儿摘下来，左手提着葫芦儿，右手拿着刀，道：“你先不近道理，收了我孩儿的魂魄，叫我接不上头，你也休想在世上活了！”看着葫芦儿，拦腰一刀，剁下半个葫芦儿来。

却说那和尚在楼上拿起面来，却待要吃，只见那和尚的头从腔子上骨碌碌滚将下来。一楼上吃面的人，都吃一惊，小胆的丢了面跑下楼去了，大胆的立住了脚看。只见那和尚慌忙放下碗和筯，起身去那楼板上摸一摸，摸着了头，双手捉住两只耳朵，掇那头安在腔子上，安得端正，把手去摸一摸。和尚道：“我只顾吃面，忘还了他的儿子魂魄！”伸手去揭起碟儿来。这里却好揭得起碟儿，那里杜七圣的孩儿蚤跳起来，看的人发声喊。杜七圣道：“我从来行这家法术，今日撞着师父了。”

却说面店里吃面的人，沸沸地说出来，有多口的与杜七圣说道：“破你法的，却是面店楼上一个和尚。”内中有温殿直和冉贵在那里听得这话。冉贵道：“观察！这和尚莫不便是骗了善王太尉铜钱的么？”温殿直道：“我也有些疑惑。”冉贵道：“见兔不放鹰，岂可空过。”冉贵把那头巾只一掀招，一行做公的大喊一声，都抢入面店里来。见那和尚走下楼，众人都去捉那和尚。那和尚用手一指，有分教：鼎沸了东京城，大闹了开封府。恼得做公的看了妖僧，捉他不得；惹出一个贪财的后生来，死于非命。正是：是非只为多开口，恼烦皆因强出头。毕竟当下捉得和尚么？且听下回分解。

第三十回

弹子僧变化恼龙图　李二哥首妖遭跌死

为人本分守清贫，非义之财不可亲。
命里有时当自至，不然好处反遭迍。

话说温殿直带着一行做公的，抢入面店里，只见和尚下楼来，温殿直便把铁鞭一指，教做公的捉这和尚。那和尚见人来捉，用手一指，可霎作怪，柜上主人，撺掇的小博士，并店里吃面的许多人，都变做和尚。温殿直与做公的，也是和尚。若干人你看我，我看你，都呆了，做公的看了，不知捉那个是得。面店里热闹一场，吃面的都自散了。温殿直看那主人家并众人，依旧面貌一般。看那店里不见了和尚，温殿直实时教做公的分投去赶，发报子到各门上去，如有和尚出门，便教捉住。

即时温殿直回府，正值大尹晚衙升厅打断公事，温殿直当厅唱喏。龙图大尹道："我要你捉拿妖僧，事体若何？"温殿直禀复道："使臣领相公台旨，缉捕弹子和尚。适来大相国寺前，见一个行法的，叫做杜七圣。一刀剁下了孩儿的头，对门面店楼上有个和尚把那孩儿的魂魄来收了，教他接不上头。杜七圣不胜焦燥，在地上种出一个葫芦儿来。把葫芦儿一刀剁下半个，那面店楼上吃面的和尚，便滚下头来。和尚去楼板上摸那头来接上了，下面孩儿的头也接上了。使臣见这般作怪，教人去捉。只见那和尚把手一指，店里人都变做和尚，连使臣并手下做公的，也变做和尚，教使臣没做道理处。告相公，这等妖人，实难捕捉。望相公台旨主裁。"龙图大尹道："我乃开封一府之主，似此妖人，在国之内，恐生别事，朝廷见罪于我。"即时吩咐该吏写押榜文，各门张挂。一应诸处庵堂寺院人等，若有拿获弹子和尚者，官给赏钱一千贯。如有容留来历不明僧人，及窝藏隐匿不首者，邻右一体连坐。因此京城内外，说得沸沸的。

却说东京市心里，有一个卖青果的李二哥。夫妻两口儿，在客店里住，方才害病了起来，没本钱做买卖，出来求见相识们，要借三二百文钱做盘缠。当日出去借不得，归家闷闷不已。浑家道："二哥！你今日出去借钱如何？"李二道："好教你得知，今日出去借不得钱。街上人闹哄哄地，经纪人都做不得买卖。说昨日一个和尚，在面店楼上吃面，只见他的头骨碌碌滚落地来，把手去摸着了头，双手捉住耳朵安在腔子上，依旧接好了。做公的见他作怪，一齐去捉他，被那和尚用手一指，满店里人都变做了和尚一般模样。如今开封府出一千贯赏钱，要捉这和尚。原来这和尚三五日前，曾骗了善王太尉三千贯铜钱，叫做弹子和尚。”浑家道：“二哥，真个有这话么?”李二道：“我方才看了榜来，如何与你说谎。”浑家道：“二哥，我如今和你没饭得吃，若有采时，捉得这个和尚，请得一千贯钱来把我们做买卖，却不是好?”李二道：“胡说！官府得知不是要处。”浑家：“我包你请得一千贯钱便了。”李二道：“你怎的教我请得一千贯钱?”浑家道：“二哥！好教你得知，这和尚不在别处，远便十万八千里，近便只在目前。”李二哥道：“在那里?”浑家道：“在间壁房里。”李二哥道：“你见他什么破绽来?”浑家道：“间壁这个和尚来这里住，有三个月了。不曾见他出去抄化，也不曾见他与人看经。每日睡到吃饭前后才起来，出去未到黄昏后吃得醉醺醺地归来。我半月前，因吃了些冷物事，脾胃不好，肚疼了要去后，怕房里窄狭有臭气，只得去店后面去上坑。却打从他房门前过，那时有巳牌时候，只见他房里放出些灯光来，我道这早晚兀自有灯，望破壁里张一张时，只见那和尚睡在床上，浑身迸出火来。和尚把头抬一抬，离床直顶着屋梁。吓得我不敢东厕上去，便归房里来了。这和尚必然就是妖僧。”李二哥道：“这是事实么?”浑家道：“我与你说什么脱空①!”李二哥道：“你且低声，不要走漏了消息。”吩咐了浑家，出门一地里径到使臣房来，却又不敢入去，只在门前走来走去。做公的看见，喝声道：“李二！你有甚事，不住在此走来走去?”李二道：“告上下，男女有些机密事，特来见观察。”做公的应道：“你在门首伺候，待我禀过方可入去。”

适值温殿直正在厅上，做公的禀道：“告观察！卖果子的李二在门走来走去，我问他，他道有机密事要见观察。”温殿直道：“叫他进来。”做公的出来引李二到厅下，唱了喏。温殿直见了，不敢惊他，笑

① 脱空：落空，弄虚作假。

吟吟地问道："李二哥，有甚事来见我？"李二道："告观察：男女近日因得了病，不曾做得道理，早间出来干些闲事，只见张挂榜文，男女也识几个字，见写着出一千贯赏钱捉妖僧。归去和浑家说，浑家道：隔壁歇的和尚，是妖僧！"温殿直不敢大惊小怪，笑着道："李二哥！这件事却要仔细。你夫妻两个见他什么破绽来？"李二把浑家的言语说了一遍。温殿直道："这事却要实落。你去补一纸首状来。"李二应了出来，央做公的草了稿儿，讨一张纸，亲笔誊了，直入来当厅递了。温殿直道："这如今这和尚在店里么？"李二道："每日早饭后出外，到黄昏便归。"温殿直道："你且在这里坐下，待我叫人去买些酒来与你吃。"

不多时，买将酒来，教李二吃了。温殿直叫过做公的来，教李二做眼，带一行人离了使臣房，取路来客店左侧一个茶坊的铺里坐了。教李二走来走去看那和尚。

当日未有黄昏时候，只见那和尚吃得醉醺醺地，踉踉跄跄撞将来。李二慌忙入茶坊里见温殿直道："告观察！和尚来了。"却好和尚走到茶坊门前。温殿直指着一行做公的道："捉这妖僧！"众人发声喊，正是皂雕追紫燕，猛虎啖羊羔，一发都上，把那和尚横拖倒拽，把条麻索绑缚了。众人前后簇拥，押着径奔甘泉坊使臣房里来。有诗为证：

世间误事无如酒，一醉能令万事忘。
试看神通蛋和尚，何曾醉里脱灾殃。

温殿直道："惭愧！干办得这场公事，且叫龙图相公安心。"众人把那和尚捆缚做馄饨儿一般。那和尚醉了不醒，齁齁地睡着。温殿直即时进府，申覆大尹道："妖僧已拿下了。本合押赴厅前，因这和尚大醉，不省人事，见在使臣房里。禀领相公台旨。"龙图大尹见说，教且好牢固看守，待来日早衙解来。温殿直出府，到使臣房里看那和尚，酒还未醒，吩咐众做公的小心看守。

却说那和尚到半夜酒醒，觉得好不自在。开眼看烛灯烛照耀，如同白日，两边坐着都是做公的。和尚问道："这是那里？"做公的道："这是使臣房里。"和尚吃惊道："贫僧做甚么罪过，将我来缚在这里？"众做公的情知这个和尚是个妖僧，不敢恶他，内中有个年纪老成的做公的道："和尚！你不要错怪了我们，这是我们的职事。我们家中各有老小，不去惹空头祸因。因你客店里隔壁卖果子的李二，说你住了三个月，不曾与人看经，又不出去抄化，每日吃得醉醺醺地。说你来历不明，因此我们来捉你。"和尚道："我自有官员府院宅里斋我，这也不干他事。"做公的道："和尚！没奈何，等到天明，你自去大尹面前和李二分辩。"将有五更，温殿直教做公的簇拥着和尚入开封府的廊下伺候。

大尹升厅，四司六局立在厅前。只见大尹出来，公座甚是次第，一似水晶龙灯，却如照天蜡烛。皂隶喝："低声！"温殿直押那和尚到厅下，唱了喏。大尹看了李二的首状，看着和尚，焦燥道："叵耐你出家为僧，不守本分，辄敢惑骗人钱财！"教狱卒取面长枷来，把和尚枷了，叫两个有气力的狱卒过来："与我把这和尚先打一百棍，却再审问他。"狱卒唱了喏，将和尚腿上打不得两三棍，众人发声喊。门子喝："低声！"喝他们不住。大尹见枷窟里不见了和尚，却缚着一把苕帚。大尹道："怎有这般妖人！方才捉那和尚枷在这里，却如何是把苕帚？"

正说之间，只听得府衙门外有人发喊。大尹惊问："有甚事？"把门的来报道："告相公，有一僧人在门外拍手大笑道：'好个包龙图，无奈贫僧何。'"包大尹听得说，大怒道："这厮敢如此无礼！"即时教人下手去捉："这番捉着妖僧，依例赏钱一千贯。"当时做公的奔出府门，径来捉这妖僧。和尚见人来捉他，连忙走到街市上，不慌不忙摆着褊衫袖子去了。做公的见了，紧赶他紧走，慢赶他慢走，不赶他不走。做公的赶得没气力了，立住了脚，只争得十数步，只是赶他不着。众人将赶到相国寺前，那和尚在延安桥上，望见众人赶来，和尚连忙走入相国寺山门去了。

温殿直道："这和尚走了死路，好歹被我们捉了。"吩咐一半做公的围住前后寺门，一半向佛殿两廊分投赶捉。只见本寺长老出来与温殿直相见了，道："告观察！本寺是朝廷香火院，观察为甚事，将着一行人，手执器械来寺中，大惊小怪？"温殿直道："我奉大尹相公台旨，赶捉一个妖僧到你寺中。你莫隐藏了，会事的即便缚将出来。"长老道："敝寺有百十众僧，都是有度牒的。但有挂搭僧到，寺中有知客，不曾敢留过夜。若是观察赶到寺中，必然认得此僧，何不便捉了，却来这里讨人？"温殿直道："这妖僧骗了善王太尉三千贯钱，蒿恼得一府人不得安迹。若不送出来时，我就禀过大尹，教你寺中受累。"吓得长老慌了，道："告观察！本寺僧都是明白的，不是妖僧。若不信时，都叫出来，教观察一一点过。"温殿直道："最好！"长老即时鸣钟聚集本寺百来僧众，教温殿直点视。温殿直同做公看时，都叫不是。温殿直道："长老，我亲自赶入你寺里来，如何便不见了？须是教我们搜一搜看。"长老道："贫僧引路，任从观察搜看便了。"从僧房里到厨下，净头，库堂，都搜不见，转身到佛殿上，见塑着一尊六神佛，三个头一似三座青山，六只臂膊一似六条峻岭，托着六件法宝。温殿直道："寺内不塑佛像，却缘何塑那吒太子？"长老道："那吒太子是不动尊王佛，以善恶化人。"温殿直与众人见殿上空荡荡地，只见那吒。

一行人正在殿门，只听得佛殿上有人叫道："温殿直！包大尹教你来捉贫僧，见了贫僧如何不捉？"温殿直与众人回头看时，却是那那吒太子则声。众人看那那吒泥龛塑就，五彩妆成，约有一丈五六尺来高，六只臂膊旱旱地动，三颗头中间这颗头张开口，血泼泼地露出四个獠牙，叫道："温殿直！你来捉我去！"吓得长老和众人大惊道："作怪！作怪！"众人要来捉那吒，却又是泥塑的，如何捉得他去！那吒又叫道："怎的不教人来捉我去？"众人商议道："莫不是泥塑的那吒成了器，出来恼人么？如今去禀复大尹，须把那吒来打坏了，便不出来恼人。"长老道："观察！这个使不得，那有泥神会说话，无过是妖物凭借作怪，不干法身之事。妆塑的工本大，将他坏了，日后难得成就。"

温殿直道："既那妖物凭借作怪，合该毁除了，免成后患。"众僧中一个有德行的和尚，合掌向佛前道："龙天三宝，可以护法，逐遣妖物出来，不则恐妄坏了神像。"祷祝已毕，只听得外面有人拍着手呵呵大笑道："观察！我在这里，何劳费力？"一行做公的见了，正是和尚，发声喊，都来捉妖僧。只争得十来步远，只是赶不上。

那和尚引着一行人，出了相国寺，径奔出大街来。经纪人都做不得买卖，推翻了架子，撞倒了抬床。看的人越多了，赶来赶去，直赶出了城。过了接官厅，将到市梢头。那和尚叫道："你众人不要来赶了，我贫僧自归去了罢。"看着汴河里，涌身一跳。只听得腾地一声响，和尚撺入水里去了。众做公的道："今番好了，得他自死在水里，也省了许多气力。"那汴河水滴溜溜也似紧的，众人都道："他的尸首不知洛到那里做住？"温殿直只得回去禀复大尹。正值大尹在厅上打断公事，温殿直唱了喏，把捉妖僧的事，从头说了一遍。包大尹听了，道："叵耐这厮，恼得我也没奈他何。得自跳在水里死了，也罢！"

说犹未了，只听得阶下有妇人声叫屈。大尹问道："为甚事叫屈？"妇人道："告相公！丈夫李二为因首告妖僧，已经捉获到官，反将我丈夫拘禁。于今妇人也不愿支赏钱，只要放丈夫回家，趁口度日，出赐相公台旨。"大尹道："李二首告得实，合给赏钱与他，如何把他监禁了？"温殿直道："不曾监禁他，朝夕款待他酒饭，留在使臣房里，伺候相公台旨。"大尹教叫他出来。温殿直即时到使臣房里，叫出李二到厅下。大尹道："既出榜文在，合给赏钱一千贯与他。"当时东京一贯钱值银一两。李二是个穷经纪人，平白得了一千贯钱，非细的好了。李二夫妻两个当厅领了赏钱，谢了大尹，出府门，回到店里。有诗为证：

谁近龙图手内钱，当时李二赖妻贤。
妖僧不怕千金子，受用浮财得几年。

古往今来说话的总是一般，没钱便罢休，有了钱便有沈待诏来撺掇，张博士来相帮。李二去相国寺前典了一所屋子，门前开一个大果子铺，夫妻二人，丰衣足食。时遇冬天，当日有晌午前后，生着一炉栗炭火，安排了几杯酒，夫妻两个正向火吃酒之间，只见一个人走入来，叫声："李二郎！有细果买些个。"夫妻二人却认得是和尚，惊得木呆了。和尚道："李二郎！你不因贫僧，如何得有今日快活？我特来问你求一斋。"他夫妻两个，有一个会事的，就出来拜谢了这和尚，便斋他一斋，打甚么紧？终不成他真个要你的斋吃。他来试探你也未见得，或者把几句好言语指断他，求他离了我家便了。李二夫妻却没有这般见识，千不合万不合起个念头道："你这妖僧！说你被做公的赶捉，跳在汴河水里死了，你却因何又来我家引惹是非？你若会事，快快走去；若少迟延，我这里叫一声当地巡军来捉你去吃官司，不要怨我。"和尚道："若奈何得我时，捉了我多日了。你首①我吃官司，我又周全你请了一千贯赏钱，教你夫妻二人快活受用。我来见你，你合当谢我，倒发恶头，要叫做公的捉我。你这汉子甚不近理，且教你受些疼痛。"用手一指，喝声道："疾！"只见那李二向的火盆飞起来，望李二脸上只一掀。李二大叫一声，忽然倒地。浑家慌忙来救，扶起看时，栗炭火烧得脸上都是潦浆泡。看那和尚时又不见了。李二被火烧得疼痛不可当。没钱时，也只得自受休了；因有了这贯钱，便请医人救治。敷上药，越疼得紧，叫了三日三夜，烦恼得浑家没措置处。

只见门前一个道人，青巾黄袍，走到柜边，叫声："抄化！"李二嫂道："我家没事时，便与你两三个钱，打甚么紧；这里人命交加，却没工夫与你。"先生道："娘子！你家中有甚事？"李二嫂道："好教先生得知，被一个妖僧把我丈夫泼了一脸火，烧起许多潦浆泡。敷上药越疼，叫了三日三夜，只怕要死。"先生道："娘子，贫道收得些汤火药，敷上便不疼，疮靥便脱落。屡试屡验，救了许多人。"李二嫂道：

---

① 首：出头告发。

“休言便好，只止得疼痛时，自当重重相谢。”先生道：“你去请他出来，就取些水来。”李二嫂入去扶出李二，把水递与先生。先生把一个药包儿，抖些药放在水里，用鹅毛蘸了，敷在疮上。李二喜欢道：“好妙药！就是铺冰散雪的便不疼了。”先生道：“这个不为奇妙，即时下落疮靥，教你无事，你意下如何?”李二道：“若得恁地，感谢先生。”先生道：“此乃热毒之气，你可出外面风凉处吹着，疮靥即便脱落。”李二依先生口，出街上来。先生教李二坐在凳上，看着李二道：“你叫三声疮靥落，这疮靥便落下来。”李二听得欢喜，尽性命叫了三声。只见那李二坐的凳子，望空便起去，到那相国寺十丈长的幡竿顶上，不歪不偏端端正正搁一个住。街上人见了，发起喊来。李二嫂出来看见，吃了一惊道：“苦也！苦也！先生，我丈夫如何得下来?”先生道：“不要慌！我教他下来，教你认得我则个。”那先生脱了黄袍，除下青巾。李二嫂仔细看了一看，吓得叫声苦，不知高低：原来却是妖僧。那和尚道：“你丈夫不近道理，一心只要害我，却又害我不得。我且教他在幡竿上受些惊恐。”街上人闹闹哄哄都来看，内中有做公的看见道：“见今官司明张榜文，堆垛赏钱，要捉妖人。这和尚又在这里逞妖作怪，须要带累我们!”做公事的与当坊里甲一齐来捉这和尚。那和尚望人丛里一躲便不见了。众人道：“自不曾见这蹊跷作怪的事。”

那李二紧紧的坐在幡竿顶上，下又下来不得，众人商议救他，又没有这般长的梯子。惊动了满城军民，都道：“这和尚却也利害。这个人如何下来?”

却说当坊巡军飞也似来报包大尹。包大尹即时坐轿来到相国寺里下轿，排开交椅，坐在殿前。抬起头来看时，见李二坐在旛竿顶上凳子上，高声叫救人。包大尹寻思，没个道理救他下来，教叫他妻子来问他。李二嫂向前拜了。包大尹问道：“你丈夫为何缘故得在上头？可对我实说。”李二嫂把和尚投斋泼火的事，道人敷药的话，一一说了。包大尹道：“叵耐妖僧恁般无理。若今次捉住，断然不与干休。”话犹未了，佛殿上一壁厢走出一个和尚来，到大尹面前唱个喏。包大尹睁着眼问道："和尚！你有甚事来见我？"和尚道："贫僧有个道理教李二下来。"包大尹道："吾师若救得李二下来，当以斋供相谢。"只见这和尚轻轻地溜上幡竿，双手抱着李二，高叫道："包龙图！你是清正的官，我贫僧不敢来恼你，我自问善王太尉化得三千贯钱，干你甚事，你却要来捉我？我无可报答你，还你一个李二。"从空中把李二直撺下来！众人发声喊，看那李二时，正是：身如五鼓衔山月，命似三更油尽灯。毕竟李二性命如何，且听下回分解。

第三十一回

胡永儿卖泥蜡烛　王都排会圣姑姑

妖邪法术果通灵，赛过仙家智略精。
且看永儿泥蜡烛，黄昏直点到天明。

话说这李二不合为这一千贯钱，首告那和尚。既得了赏钱，做资本开个果子店，和尚来投斋，理合将恩报恩，反把言语来恶了他。当日被那和尚从旛竿顶上直撺下来，正在包龙图面前。龙图看时，只见李二头在下，脚在上，把头直撞入腔子里去，呜呼哀哉，伏维尚飨。李二嫂大哭起来，免不得教人扛抬尸首回去殡殓，不在话下。

却说那和尚在幡竿顶上凳子高处坐着，看的人，人山人海，越多了。许多人喧嚷起来，手下人禁约不住。龙图看了，没个意志捉他。待要使刀斧砍断这幡竿，诸处寺院里幡竿都是木头做的，惟有这相国寺幡竿是铜铸的，不知当初怎地铸得这十丈长的。原来相国寺里有三件胜迹：佛殿前一口井，有三十丈深。头发打成的索子，黑漆吊桶，朱红字写着大相国寺公用，忽一日断了索子，没寻吊桶处。以后有人泛海回来，到相国寺说道："我为客在东洋大海船上，只见水面上浮着一个吊桶，水手捞起来看时，朱红字写着大相国寺公用。正看之间，风浪大作，几乎覆船。随即许了送还吊桶，风浪即时平息。因此来还吊桶愿心。"方知那口井直通着东洋大海。相国寺门前有条桥，叫做延安桥。在桥上看着那座寺，如在井里一般。及至佛殿上看着那条桥，比寺基又低十数丈。并这条旛竿是铜铸的，截不得，锯不得。共是三件胜迹。

只见那和尚在幡竿顶上，将言语调戏着包大尹，包大尹甚是焦燥没奈何他处。猛然思量一计，教去营中唤一百名弓弩手来。听差的即时叫到，包大尹教围了幡竿射上去。那弓弩手内中有射得好的，射到和尚身边，和尚将褊衫袖子遮了。包大尹正没做理会处，只看温殿直手下做公的冉贵跪上禀道："小人有一愚计献上，可捉妖僧。"包大尹道："你有何道理？"冉贵道："他是妖僧，可将猪羊二血，马尿大蒜，蘸在箭头上射去，那妖僧的邪法，便使不得了。"包大尹听说大喜，命取猪羊二血及马尿大蒜。手下人分头取来，包大尹教将来搅和了，叫一百弓弩手蘸在箭头上。一声梆子响，众弩齐发。不射时，万事俱休。一百箭齐射上去，只见寺内寺外有一二千人发声喊，见这和尚从虚空里连凳子跌将下来。众人都道："这和尚不死也残疾了！"那佛殿西边却有一个水池，这和尚不偏不侧，不歪不斜跌在水池里。众做公的即时拖扯起来，就池子边将一桶猪羊血望和尚光头上便浇，把条索子绑缚了。包大尹便坐轿回府，升厅，教押那和尚过来当面。包大尹道："叵耐你这妖僧，敢来帝辇之下使妖术，扰害军民。今日被吾捉获，有何道理说？"叫取第一等枷过来，将和尚枷了。教押下右军巡院，勘问乡贯姓氏。恐有余党，须要审究明白，一并拿治。大尹吩咐了，自去歇息。

这和尚满身都是尿血搪住了，使不得法术，被一行做公的押出府门，到右军巡院里，将大尹的话对推官说了。推官道："我奉大尹台旨，勘问你这妖僧踪迹。你必有寺院安息，同行共有几人，却也好问你不得。"教狱卒施番拷打。狱卒把和尚两脚吊在枷梢上，是阑闼不得，着实打了三百棍子。和尚不则一声，也不叫疼。推官低头仔细看时，只见和尚齁齁地睡着。推官道："却不作怪？"叫狱卒且监在狱中，少停再带出来勘问。一日三次拷打，狱卒打得无气力，这和尚一如无物，只是不则声。若打他时，便睡着了。推官勘问了十来日，无可奈何，只得来禀大尹道："蒙台旨勘问妖僧，今经数日，每日三次拷打。但打时，便睡着了。这般妖僧，实难勘问。若停留狱中，恐有后患。谨取台旨。"包大尹道："似此妖僧，停留则甚。"即时文书下来，将妖僧拟定条法，推出市曹处斩。推官教押那和尚出来，径奔市曹。犯由牌上写道：不合故杀李二，又不合于东京兴妖作怪，扰害军民，依律处斩犯人一名弹子和尚。京城内外住的人听得说出妖僧，经纪人不做买卖，都来看。看见犯由牌前引，棍棒后随，刽子手押着妖僧，离了右军巡院。看的人挨挤不开。

且说一行人押那和尚，看看来到市心里不远，和尚立住了脚。刽子手道："前头去做好人，如何不行？"和尚道："众位在上：贫僧一时不合搅扰大尹，有此果报。告上下，前面酒店里有酒，讨一碗与贫僧吃了弃世也罢。"刽子手料得没事，可怜他是将死之人，只得去酒店里讨了一碗酒，把木勺盛了教他吃。和尚将口去木勺内吃了大半。众人拥着了行。将次[①]到法场上，原来和尚噙着一口酒，望空一喷。只见青天白日，风雨不知从何处而来，一阵风起，黑气罩了法场，瓦石从人头上打将来。看的人都走了。不多时，风过，黑气散了，狱卒、刽子手并监斩官一行人看那和尚时，迸断了索子不见了，四下里搜寻，那有个影儿？正是鳌鱼脱却金钩去，摆尾摇头再不来。有诗为证：

和尚生来忒怪异，捉时烦难去时易。
纵使勺酒不容吞，未必光头便落地。

上至监斩官，下至狱卒、刽子手，都烦恼走了和尚："恐怕大尹见罪，我们这一行人，都要受苦，免不得回开封府报知大尹。"龙图闻报，实时升厅。监斩官便带着一行人请罪。此时龙图明知道妖人出见，朝廷要动刀兵，不肯教人胡乱吃官事，发放一行人自去。星夜写表申奏朝廷，教就小时还好治理，若日久妖人聚得多时，恐难剿捕。朝廷降下圣旨，遍行诸路乡村巡检，可用心缉访剿捕。文书行到河北贝州，州衙前悬挂榜文。

那个去处甚是热闹，有一个妇人戴着孝，手内提个篮儿，在州衙前走来走去五七遭。这妇人若还生得不好时，也没人跟着。看他不十分打扮，大有颜色。到处有这般闲汉问道："姐姐，我见你走来走去有五七遭，为着甚事?"妇人道："实不相瞒哥哥说，媳妇因殁了丈夫，无可度日。有一件本事，要卖三五百钱，把来做盘缠。"那人又问道："姐姐，你有甚本事得卖?"妇人道："无甚空地卖不得，若有个空地，才好卖。"那人与他赶起了众人，吹的扑的道："这里好，也曾有人在这里打野火儿过。在这里做好。"那妇人盘膝在地上坐了。看的人一来

① 将次：将要，快要。

看见这妇人生得好，二来见妇人打野火儿①，便有二三十人围住着，都道："不知他卖甚么?"只见妇人去篮里取出一只碗来，看着一伙人道："众位在上！媳妇不是路歧，也不会卖药打卦。因殁了丈夫，无计奈何，只得自出来赚三二十文钱使。那个哥哥替我将碗去讨碗水来?"有个小厮道："我替你去讨!"

不多时，讨将一碗水来。看的人道："不知他卖甚么东西，讨水何用?"妇人揭起篮儿，明晃晃拿出一把刀来。看的人道："莫不这妇人会行法!"只见妇人把刀尖去地上掘些土起来，搜得松松的，倾下半碗水在土内，和成一块。篮内取几条竹棒儿出来，捏一块泥，把一条竹棒儿上捏成一枝蜡烛，安在地上。又捏一块泥，再把一条竹棒儿捏成一枝蜡烛。霎时间，做了十来枝，都安在地上。看的人相挨相挤，冷笑道："没来由，我们到吃这妇人家耍了。引了这半日，又没甚花巧，裂裂缺缺的捏这几枝泥蜡烛，要他何用!"有的人道："你们且闭嘴看他，必有个道理!"妇人将剩下的半碗水洗了手，揩干净了，看着一伙人道："媳妇因无了丈夫，无可度日。不敢贪多，只要卖三文钱一支。这里十枝要卖三十文足钱。每一枝烛，就上灯前点起，直点到天明。"看的人都笑道："这姐姐把我贝州人取笑。泥做的蜡烛，方才做的，兀自未干，如何点得着？分明是取笑人。"没个人来买。妇人见没人来买，又道："你贝州人好不信事。难道媳妇脱空骗你三文钱？那个哥哥替我取些火来?"有一个没安死尸处专一帮闲的沈待诏，替他去茶坊里讨些火种，把与妇人。那妇人去篮儿内取出一片硫磺发烛，就在火上焠着，去泥蜡烛上从头点着。一伙看的人都喝采道："好妙剧术！一枝湿的泥蜡烛便点得着，又只要得三文钱一枝，那里不使了三文钱?"有好事的取三文钱把与妇人。妇人收了钱，拿一枝过来，吹灭了递与买的。霎时间，十枝烛都卖了。妇人抬起身来，收拾了刀和碗入篮内，与众人道个万福，便去了。

---

① 打野火儿：即露天卖艺。

到明日，妇人又来空地上来。人都簇着了看。妇人道："昨日生受卖得三十文钱，过得一日。今日又来烦恼。"众人道："真个作怪，昨日三文钱买了一枝泥蜡烛，恰好点了一夜。比点灯又明亮，倒省了十文钱油。"妇人在场子上讨些水，掘些泥，又做了十枝泥蜡烛。众人道："不须点了。"都争着买了去。妇人又卖得三十文钱，自收拾去了。已后逐日来卖，做不落手便有人买去了。每日只卖十枝。卖了半个月，闹动了贝州一州人，都说道："有一个妇人在州衙前卖泥蜡烛，且是耐点，又明亮。"

当日，这妇人正摊场，做得一半，州衙里走出一个人来。众人看时，却是个有请有分①的人，姓王名则，现做本衙排军。那人怎生模样？

> 凤眼浓眉如画，黄须白面高颧。手垂过膝阔双肩，六尺身材壮健。　　善会开弓发弩，更兼使棒牵拳。一生志气在人前。王则都排出见。

这王则的父亲，原是本州一个大富户。因信了个风水先生的说话，看中了一块阴地，当出大贵之子。这块地就是邻近人家葬过的，王大户欺他家贫，掗放些债负，故意好几年不算，累积无偿，逼要了他的地。掘起尸棺，把自家爹娘灵柩，葬在上面。自葬过之后，妈妈刘氏一连怀八遍胎。只第一胎是个女，其余七胎都是男。那王则是第五胎生的。临产这一夜，王大户梦见唐朝武则天娘娘特来他家借住，说道："你家合生有福之男，兴基立业，昌大门间。"醒来时，恰好妈妈生下孩儿。王大户大喜，取名王则，小名叫做五福儿，以纪梦中之兆。从小伶俐，五岁时，便会读书。一日，外祖刘太公到来，看见大小挨肩的七个甥儿，甚是欢喜。只有五福儿聪俊，出一对道："小孩儿五岁聪明冠世。"王则应声道："大丈夫一朝富贵惊人。"刘太公夸好。又出一对

① 有请：有官职在身。有分：有身份有地位。

道："一母八胎生七子，小者如虎，大者如龙。"王则又对道："单枪独马领三军，成则为王，败则为贼。"刘太公大惊道："此儿虽然颖异，必非安稳保家之人。"嘱咐女婿道："五福儿若长成，休得教他拳棒。恐怕他不学本分，为家门之累。"又一日，王则在街上顽耍，遇一个过往的相士，立住脚定睛看了他一回，说道："此儿骨法非常，将近三旬，必然大有际遇。只是刑克太重，须克尽六亲，荡尽祖基，方才发福。"又看一看道："只可惜有始无终。"妳子进去传与王大户听了。王大户正走出来要细问时，那相士已自去了。果然，王则到七岁时，父亲一病而亡。以后六个弟兄接连患病死个干净。母亲刘妈妈不胜痛苦，也病死了，单单剩得一身。有诗为证：

不料多男尽丧亡，独留五福败门墙。
形家未必全无准，阴地何如心地良？

此时刘太公也故了，并无亲族尊长拘管。到十五六岁，生得身雄力大，不去读书，专好斗鸡走马，使枪轮棒，供养多少教师在家。又唤巧手匠人，在背上刺五个福字。还有一件，喜的是百般术法，逢着就学。只是小小戏耍法儿，不曾遇得个明师，传授什么大本领。虽然如此，这里头也不知费了多少钱钞。还有一件，从小好的是女色，若见了个标致妇人，宁可使百来两银子，一定要刮他上手，其他娼家窠妇，自不必说。又有一班闲汉帮他使钱，这里头又不知费了多少钱钞。过了十来年，把个家业费得罄尽。房子田地，也都卖来花费了，单靠着一身本事，在本州充做个排军头儿。在州衙后巷赁下一所小小民房居住。从幼娶得一房媳妇，并未生育，前二年也被他克了，依旧剩个单身。他只在娼楼妓馆及落脚人家走动，不曾娶得老婆。人家见他无赖，也没个肯把老婆与他。偶尔有肯与他的，他偏又嫌好道歉。正是志高难满意，运晚未逢时。说起来，他也有一节好处，为人慷慨结交。没钱时，宁可束了肚皮过日。一有钱钞在手，三兄四弟终日大酒大肉价同吃。若是有些不如意时节，拽出拳头就打。所以众人又畏惧他，又喜欢他。

闲话休叙，这一日，王则五更入衙画卯，干办完了执事出来，见州衙前一伙人围着了看。王则掂起脚来望一望，见一个着孝的妇人坐在地上。仔细看时，但见：

身穿缟素，腰系麻裙。不施脂粉，自然体态妖娆；懒染铅华，生定天姿秀丽。云鬟半整，如西子初病捧心；星眼微波，若文君含愁听曲。恰似嫦娥离月殿，浑如织女下瑶池。

王则便问跟随的人道："这妇人在此做甚的？"跟随人道："告都排，这妇人在此卖泥蜡烛。"王则道："我日逐在官府衙忙，也听得说多日了，道是一个妇人卖泥蜡烛。我那一般当官执事的人说，也曾买来点，且是明亮。我便是要问，怎的唤泥蜡烛？"跟随人道："说起来且是惊人。那妇人在地上掘起泥来，把水和了，捏在竹棒上，似蜡烛一般，焠着灯便着。从上灯时点起，直到天明。"王则听了，心里思忖道："却也作怪，我从来好些剧法术。这一件却又惊人。"乃挨身入人丛中，看那妇人都做完了，把水洗了手，道："我这蜡烛卖三文钱一枝。"人人都争抢要买，王则道："且住，你们都不要买！"人都认得王则是有请的人，他叫声不要买，人都不敢买。妇人抬起头来，看见王则，便起身来叫声万福。王则还了礼，道："你把泥来做蜡烛，如何点得着？"妇人道："都排在上：媳妇在此卖了半个月日，若点不着时，人却不来问我买。每日做十枝，只是没得卖。"王则道："不要要我。"扯起衣襟在便袋内取出三十文钱，都买了。妇人将蜡烛递与王则。王则道："且住，买将去点不着时，枉费了钱。不是我不信事，真个不曾见。且点一枝教我看看。"妇人道："这个容易，都排教人去讨火种来。"王则教跟随的去讨火种，递与妇人。妇人炙着发烛儿，将十枝泥蜡烛都点与王则看。王则看了喝采道："果然，真个惊人。这十枝蜡烛我又不要，你们要的都将了去。”众人都拿了去。妇人起身收拾了刀碗，安在篮里，向众人道个万福，自去了。

王则打发了跟随人先回，自己信步随着那妇人。王则口里不说，心下思量：“这妇人不是我贝州人，想是在草市里住的。且随到他家，用些钱，学得这件法术也好。”只见那妇人出了西门，过了草市，只顾行去。王则道：“这妇人既不在草市里，不知在那里住？”又行了十来里，不认得这个去处。王则道：“这妇人是个跷蹊作怪的人。我且回去，待明日看那妇人来卖时，问他住处便了。”转身却待取路回来，看时，不是来时的旧路。只见漫天峭壁峰峦高山，挡住来路，归去不得。又没人行走。正慌之间，只见那妇人在前头高声叫道：“王都排！不容易得你到这里，如何便要回去？”吓得王则战战兢兢向前道：“娘子！你是谁？”妇人道：“都排，圣姑姑使我来请你去论大事，你不要疑忌。我和你同去则个。”王则道：“却不作怪？”欲要回去，叵耐迷失了路，只得且随他去。同行入松林里，良久转过林子，见一座庄院。王则问道：“这里是甚么去处？”妇人道：“这里是圣姑姑所在，等都排久矣。”

王则到得庄前，庄里走出两个青衣女童来，叫道：“此位是王都排么？”妇人道：“便是。”青衣女童道：“仙姑等你久矣！”引着王则径到厅下，禀道：“王都排请到了？”

王则见一个婆婆头戴星冠，身穿鹤氅，坐在厅上。妇人道：“此乃圣姑，何不施礼？”王则就厅下参拜了。圣姑姑教请王则上厅。三位坐定，教点茶来罢，圣姑姑教女童置酒管侍王都排。王则心局志气，甚是欢喜，对圣姑姑道：“王则有缘，今日得遇仙姑。不知仙姑有何见教？”圣姑姑道：“且一面饮酒与你商议。如今气数到了，你应着天数，合当发迹。河北三十六州，有分教你独霸。”王则道：“仙姑莫出此言，宫中耳目较近。王则是贝州一个军健，岂敢为三十六州之主？”圣姑姑道：“你若无这福分时，我须不着人来请你，只恐你错过了机会可惜了。更有一事，恐你只身无人相助成事。”指着卖泥蜡烛的妇人道：“吾有此女，小字永儿，尚是女身。与你是五百年姻眷，今嫁此女与你为妻，助你成事。你意下如何?”

王则心中不胜欢喜，思忖道：我今年二十八岁，浑家去年死了，尚不曾继娶。今日仙姑把这美妇人与我，岂不是天缘奇遇？王则道：“感谢仙姑厚意，焉敢推阻。王则幼小时，曾遇着一个异人相我，道年近三十，必然发迹。今日蒙仙姑抬举，果应其言。只是一件，叵耐贝州知州央及王则取办一应金银彩帛物件，俱不肯还铺行钱钞，害尽诸行百业，那一个不怨恨唾骂。近日本州两营官军，过了三个月，要关支一个月请受，他也不肯。欲待与他争竞，他朝中势力大，和他争竞不得。与王则一般一辈的人，不知吃他苦害了多少。我们要祛除一个虐民官，尚且无力量，如何干得大事?”圣姑姑笑道：“你独自一个，如何行得？必须仗你的浑家。他手下有十万人马相助你，你须反得成。”王则笑道：“我闻行军一日，日费千金；暂歇不停，江湖绝溜。若有这许多军马，须用若干粮食草料，庄院能有多少大，这十万人马安在那里?”圣姑姑笑道：“我这里人马不用粮草，亦不须屯扎。有急用便用，不用便收了。”王则道：“恁地时却好!”圣姑姑道：“我且教你看我的人马则个。”圣姑姑教永儿入去掇出两只小笼儿来，一笼儿是豆，一笼儿是剪的稻草。永儿撮一把豆，撮一把稻草，把来一撒，喝声道：“疾!”就变做二百来骑军马在厅前。王则看了，喝采道：“既有这剪草为马、撒豆成兵的本事，何忧大事不成!”

正说之间，只听得庄外有人高声叫道：“你们在这里好做作！官司见今出榜捉妖人，你们却在此剪草为马、撒豆成兵，待要举事谋反!”吓得王则大惊，如分开八片顶阳骨，倾下半桶冰雪来。真所谓机谋未就，怎知窗外人听，计策才施，却早萧墙祸起。正是：会施天上无穷计，难避隔窗人窃听。毕竟那里来的是谁，且听下回分解。

第三十二回

夙姻缘永儿招夫　散钱米王则买军

人言左道非真术，只恐其中未得传。

若是得传心地正，何须方外学神仙。

话说王则正在草厅上看军马，说话之间，只听得有人高叫道："你们在此举事谋反么！"王则惊得心慌胆落，抬头看时，只见一个人，生得清奇古怪，头戴铁冠，脚穿草履，身上着皂沿绯袍，面如噀血，目似怪星。骑着一匹大虫，径入庄来。圣姑姑道："张先生，我与王都排在此议事，你来便来，何须大惊小怪。"先生跳下大虫，喝声"退"，那大虫望门外去了。先生与圣姑姑施礼。王则向先生唱了喏。先生还了礼，坐定。圣姑姑道："张先生，这个便是贝州王都排。后五日你们皆为他辅助。"先生对王则道："贫道姓张名鸾，常与圣姑姑说都排可以独霸一方。贫道几次欲要与都排相见，恐不领诺，不敢拜问。圣姑姑如何得王都排到此？"圣姑姑道："我使永儿去贝州衙前用些小术，引得都排到此。方欲议事，却遇你来。"先生道："不知都排几时举事？"圣姑姑道："只在旦夕。待军心变动，一时发作，你们都来相助举事。"

道犹未了，只见庄门外走一个异兽入来。王则看时，却是一个狮子，直至草厅上盘旋哮吼。王则见了，又惊又喜，道："此乃天兽，如何凡间也有？必定是我有缘得见。"方欲动问，圣姑姑喝道："这厮既来相助都排，何必作怪？可收了神通。"狮子将头摇一摇，不见了狮子，却是个人。王则问圣姑姑道："此人是谁？"圣姑姑道："这人姓卜名吉。"教卜吉与王则相见。礼毕，就在草厅上坐定。圣姑姑道："王都排，你见张鸾、卜吉的本事么？"王则道："二人如此奢遮，不怕大事不成。"圣姑姑道："须更得一人来教你成事。"王则道："又有何人？"

正说之间，只见从空中飞下一只仙鹤来，到草厅立地了，背上跳下一个人来。张鸾、卜吉和永儿都起身来与那人施礼。王则看那人时，瘸了一只腿，身材不过四尺，戴一顶破头巾，着领粗布衫，行缠碎破，穿一双断耳麻鞋，将些皂带系着腰。王则见了他这般模样，也不动身，心里道："不知是甚人？"圣姑姑道："王都排！这是吾儿左黜。得他来时，你的大事济矣，如何不起身迎接？"王则听得说，慌忙起身施礼。

左黜上草厅来，与圣姑姑唱个喏，便坐在众人肩下，问圣姑姑道：“告娘娘：王都排的事成也未？”圣姑姑道：“孩儿！论事非蚤即晚，专待你来，这事便成。”左黜道：“既然商议停当，难得都排到此。即今晚便可屈留，与妹子永儿完成亲事。就烦张先生为媒，却不好么？”圣姑姑道：“正合吾意！”便吩咐女童引王都排到香水浴室洗澡。

王则洗了个净浴，女童将一身新衣与他通身换过了。圣姑姑教捧出龙袍，玉带，冲天巾，无忧履，请他穿着。王则从不曾见这般行头，那里敢接。只见瘸师拐将过来，叫道：“都排，休怀谦逊，你若疑虑时，我引你到三生池上去照你今世的出身。”王则跟了瘸师走出庄院，来到一个清水池边。瘸师教王则向水中自家照看。王则看了大惊，只见本身影子照在水里，头戴冲天冠，身穿滚龙袍，腰系白玉带，足穿无忧履，相貌堂堂，俨然是一朝天子。瘸师道：“都排，你见么？天数已定，谦逊不得。”王则方才信了，当时就装扮起来。只见草厅上鼓乐喧天，八个女童纱灯宫扇，服侍永儿出来，珠冠绣袄，别是一般装束，就如皇宫妃子一般。两个在草厅上行了夫妇之礼。但见：

名香满爇，异彩高悬。百岁姻缘，笑语撮成花烛；一场欢喜，笙歌拥入兰房。何处来风流帝子，分明巫山梦里襄王。谁得似窈窕仙娘，除非天宝宫中妃子。恩山义海欢娱足，锦地花天富贵多。

当晚洞房花烛，铺设得十分齐整。王则想道：“莫非是梦么？不是梦，难道是真？”又道：“便不是真，也是个好梦，我且落得受用。”只因王则和胡永儿两个，一个是武则天娘娘托生，转女为男；一个是张昌宗托生，转男作女。他先前在百花亭上罚了真愿，愿生生世世永为夫妇。到今四百来年，重谐旧约，再结新欢。夫妇恩情，不须提起。一连的住了三日，真是个软玉香温迷昼夜，花堆锦簇送时光，这也不在话下。

到第四日，圣姑姑请王都排议事，说道：“气运已至，宜作急相机而动，休得贪恋新婚，忘其大事!”瘸师道：“都排且回，我明日和张先生等入贝州来替你举事。”王则心上巴不得再住几日。一来被众人催逼，二来三日不曾到家中看得，生怕州里有事。只得谢了圣姑姑，别了胡永儿，依旧做来时打扮。瘸师引他离了庄院出林子来，指一条路教他回去。王则回头看时，不见了瘸师。行不多几步，蚤到了贝州城门头。王则吃了一惊道：“却不作怪，前番行了半日，到得仙姑庄上；如今行不得数十步，蚤到了城门头。原来这一班都是异人，都会法术，来扶助我。我必是有分发迹。”

王则当日进城，尚是未牌时分，先打从州前走一边，看其动静。只见两三个做公的见了王则，便道：“王都排，那里去来好几日？知州相公唤你不到，好不心焦哩!”王则听了，慌忙跑进州里，见了知州。知州问道：“王则！你这几日在那里?”王则道：“小人往乡里看个亲戚，原想一日转回，不路上冒了些风寒，睡倒了三日，今蚤才起得身。闻知相公呼唤，小人特来参见，还不曾到家里。”知州道：“既是有病，不计较了。五日前差你到铺中取来彩帛，奶奶嫌颜色不鲜明，尺头又短，用不着。你可领去，照数作速换来，限你明日交割。小姐吉期近了，专等裁衣，休得迟误。”当下唤个心腹亲随到私衙里讨出彩帛来，共是十三匹，教王则点清了数目收去。王则答应了，两手抱出州衙，一直到自家屋里坐下，想道：“我王则好晦气，才快活得三日，回来没讨钟茶吃，这赃官又来歪缠了。你自要嫁女儿，干我贝州人甚事？铺家银又不肯发还，教人硬赔。取着东西，还要嫌好道歉，弄得乱乱的，又去倒换。你做官府的，直恁强横!”一头说，一头把彩帛展开，待要重新折好。提起看时，吃了一惊：先前送进去是个整匹，如今一头剪动了。逐匹展看，都是如此。取尺来量着，每匹短了五尺。王则道：“少了匹把倒是小事，可惜都剪残了，既不是原物，铺家如何肯换！一定是手下人作弊，官府那里晓得。少不得去禀明，看他如何说。”连忙折起，重抱到州里来。知州已自退堂了。王则道：“且拿回去，明蚤来禀他未迟。”

次日起个蚤，伺候知州上厅，王则捧着十三匹彩帛，跪在下面。知州见了喜道："王则！还是你会干事，昨晚吩咐得你，今蚤就换来了。"王则禀道："还不曾换来。昨日相公发出这些彩帛来，不是原物了。不知何人，每匹剪去了五尺，教小人如何好换？乞相公台旨。"知州道："昨日当堂教你验收，既然剪动，当时就该说了。"王则道："小人当堂只点得匹数，到家去仔细检看，方知短少。连忙来禀知相公，其时相公已散衙了。天色已晚，小人不敢传报。今蚤特来伺候。"知州大怒道："胡说！昨日验收明白，就该发还铺家。你又拿回家里，自不小心，被家中甚么人剪动了，今蚤反来我这里胡禀。若不念你平日效劳之力，就该打你一顿毒棒。快去立等换来，再休多口！"骂得王则顿口无言，只得依旧抱回，闷闷的坐在家里。

正在寻思无计，只见三个人从外面入来。王则看时，不是别人，正是左黜和张鸾、卜吉。四个叙礼已毕，三个人见桌儿上堆着许多彩帛，问道："那里来的？"王则道："一言难尽。"便将知州剪坏了原物，要他铺中换取事情，备细说了。左黜道："这个何难，在贫道身上包换还你。"当下把十三匹彩帛，做一堆儿堆在地下，脱下粗布衫盖了。口中念念有词，喝声道："疾！"揭起布衫来看时，变了十三匹鲜明彩段。王则大喜道："有烦三位少坐，待小可送去州里，再来陪话。"三人道："我等正有话商议，快去快来。"王则笑容可掬，捧着彩帛去了。有诗为证：

任所如何办嫁妆，剪残彩帛要人偿。
有官望使千年势，没理天教一旦亡。

知州还未退衙，见换到鲜色彩帛，欢喜自不必说。王则如数点明，交付私衙收讫。火速转回家里，那三个人正在那里相待。王则道："有失陪侍，休得见罪。"又道："三位至此，合当拜茶。奈王则家下乏人，三位请到间壁酒肆中饮数杯么？"张鸾笑道："还不曾扰都排一杯喜酒。”指着瘸师道：“莫说这位大舅，今日只当请媒么。”左黜跳起来道：“休论亲道故，既然相见，少不得尽醉方休。”卜吉道：“还是瘸师说得爽利。”王则道：“今日是个下班日分，那彩帛又交付过了，正好久坐。”四个入酒店楼上，靠窗坐定。

正饮酒热闹，只见楼下官旗成群拽队走过。王则道：“今日不是该操日分，如何两营官军尽数出？”左黜道：“王都排，你下去问看，是何缘故。”王则下楼来出门前看时，人人都认得王则，齐来唱喏。王则道：“你们众人去那里去来？”管营的道：“都排！知州苦杀我们有请的也！我们役过了三个月，如今一个月钱米也不肯关与我们。我们今日到仓前，管仓的吏只是赶打我们回来。”王则道：“若是恁地，却怎的好？”管营的道：“如明日再不肯关支，众人须要反也。”管营的和众人自去。王则上楼来把管营的说话，对左黜说了一遍。左黜起身来道：“你快去赶上管营，教他们回来，请支一个月钱米与他们，教这两营军心都归顺你。”王则道：“先生那里有许多钱米？”左黜道：“你只叫他们回来，我自有措置。”王则当时来赶见管营，教他叫住许多人，且不要行，都转来与你们一个月钱米。管营听得说，叫转许多人都到王则门首，只见王则家里山也似堆起米来。王则肚里想道：如何家里桌凳都不见了，这一屋米从何而至！只见瘸子把手招道：“你们有请的众人，如有气力的，搬一石两石不打紧。只是不要啰唣。”那有请的三三五五都来搬，也有驮得一石的，也有驮得两石的，尽着气力搬运。王则道：“这米只有百来石，两营共有六千人，如何支散得遍？”左黜道：“你休管我，包你教他都有米便了。”众人从午牌时候搬起，直搬至酉牌时，何止搬有一万余石，家中尚剩下四五石。管营和若干人都来谢王则。

左黜道：“王都排，一客不犯两主，有心卖个人情。今夜有月亮的，你和管营说，教他去营里告报众人，就今晚来请一个月钱，省得到明日，一件事两截做。”管营见说，不胜欢喜，飞也似去报众人来领钱。王则道：“先生散了许多的米了，如今钱在那里？”左黜道：“我自有!”张鸾道：“贫道有一千贯寄在博平县城隍处。今蚤取得来了，见在都排床下。”王则进去看时，果然床下都塞得满满的，不知如何运来。正惊讶间，只觉得脚底下踏着个钱索头儿，恰像埋在地下的一般。王则曲身下去，将手一扯。那索子随手而出，索上密密的都穿得有上好官钱，似纺车儿一般，抽个不了。王则倒慌了手脚。却待放手，只听得大笑一声，蓦地钱索上钻出一个和尚来，耳带金环，身披烈火袈裟。吓得王则魂不附体，撇了手，望外便走。只见和尚也随身出来，叫道：“贫僧今日来迟了，都排休怪!”张鸾等见了，都认得是弹子和尚，对王则道：“此位是弹师，也是我们一家，来帮都排举大事的。”王则道：“莫非在开封府恼了包龙图相公的就是?”瘸师道：“然也!”王则方才心稳，上前相见。弹子和尚道：“贫僧向年化得善王太尉三千贯文，没处花消。蚤间闻得张先生往博平县取钱与都排赏军，贫僧也把这三千贯运来相助。”瘸师道：“六千人每人与他一贯，有了四千贯，还少二千贯。”张鸾道：“贫道包足三千贯。”卜吉道：“不劳吾师神力，徒弟已办下了。”

五个人同入里面，驮将出来。一千贯做一堆，堆得满屋里都是钱。堆尚未了，只见有请的都在门前。王则教他们入来搬去，每人只许搬一贯。这伙人出自望外，也没个敢多要的。乘着月色，约莫搬了两个更次，恰好两营人都有了。这六千人和老小，那一个不称道：“好个王都排！谁人肯将自己的钱米任意教人搬去！但有手脚快，有气力的，关了三个月钱米，安在家里，烦恼甚的!”当日左黜等四人散完了钱米，别了王则自去，约到明日又来。

王则次日正该上班日分，五更三点时入州衙前伺候知州升厅。这个知州姓张名德，满郡人骂道：

绮罗裹定真禽兽，百味珍羞养畜生。
堪叹地方都晦气，何时拔出眼中钉。

这知州每日不理正事，只是要钱。当日坐在厅上，便唤军健王则。王则在厅下唱喏道：“请相公台旨。”知州道：“王则！我闻你直恁的豪富，昨日替我散了六千人请受钱米。似此要散与他们，何不先来禀我，待我发放?”王则不敢说是甚人变化出来的，正待支吾答应，尚未出口，只见阶下两个人，身穿紫袄，腰系勒帛，唱个喏禀道：“告相公！仓里不动封锁，不见了十数廒米。”那知州吃了一惊。正没理会处，只见管库的出禀道：“告相公！库里不动封锁，不见了二千贯钱!”原来瘸师的米，卜吉的钱，都是本州仓库中运来的。知州道：“是了！是了！王则！我仓里失去了米，库里失去了钱，你家又没仓库，如何散得六千人钱米？分明是你使个搬运妖法盗去了!”王则被他道着，无言回答。知州教狱卒取一面长枷来，当厅把王则枷了，教送下狱去，与教司理院好生勘问。这张大尹只因把王则下狱，有分教：自己身首异处，连累一家老小死于非命，贝州百姓不得安生。直待朝廷起兵发马，剪除妖孽，克复州郡。正是：贪污酷吏当刑戮，假手妖人蚤减亡。毕竟知州惹出甚祸事来，且听下回分解。

第三十三回

左瘸师显神惊众　王都排纠伙报仇

刘宠清名举世传，至今遗庙在江边。
近来仕路多能者，也学先生拣大钱。

这首诗是个有名才子王叔能所作。那绍兴钱清镇有个一钱太守庙，这太守姓刘名宠，在西汉桓帝时为会稽太守，一清如水，丝毫不染。升任临行之日，山阴县许多父老号泣相送，每人赍百文钱，赠为行资。刘宠感其来意，拣一文大钱受了。后人思其清德，立庙祀之，号为一钱太守庙，这镇就唤做钱清镇。王叔能偶然在此镇经过，拜了一钱太守遗像，因想近来仕路贪污，只拣大主钱儿便取，所以题这四句诗，写在庙中壁上，借意讥诮。又有人说这四句诗虽然做得好，可惜还未尽其意。如今做官的若单拣大主钱儿方才上紊，就算做有志气的了；他的算计，恰像归乘法儿，分毫不漏，他的取钱，却像做土砖的，地皮也垦下了三分。那管你大主儿小主儿，好像爬灰扫地的，畚得来簸箕里头就是。只说拣大钱，可不是未尽其意了。另有诗云：

当初只拣大钱装，近日分毫也入囊。
若是取钱能取小，唤为廉吏亦何妨。

那贪官也有个计较，他取得钱来，将十分中拼着几分在上面打点使用，一般得个美升。便做道万一公论穿了，犯着对头，罢职家居，也做个大大财主，落得下半世丰足受用，子孙肥田美宅，鲜衣骏马何等奢华。任他地方百姓咒骂，我耳朵里又不听得。比如做清官的，没人扶持，没人欢喜，一笔勾了，回去地方上许多鼻涕眼泪，又带不回家，累及妻子不免饥寒，六亲无不抱怨。便有圣明帝主，他在九重之上，那里晓得外边备细？恁般说将起来，可不倒是做贪官的便宜？

说话的，据你说人人该做贪官了。虽则如此，那百姓们千万张口咒诅祝颂，难道全然没用？或者生下子孙贤愚不等，后来家道消长不齐，暗暗里报应，天道自然不爽，只目前人不知道。还有一件，假如朝廷洪福齐天，地方平静，且算做侥幸。若是气运适然，地方合当有事，定然是个贪官惹出祸来。这祸依还是他自家先当。前一回说那贝州知州张德，若不是恁般胡做，如何激变了军心，弄成大祸。这便是贪官的样子。

且说当日知州见仓里失了米，库里失了钱，不胜焦燥，将王则枷了送司理院如法勘问报来。这勘官姓王名浆，问王则道："说你昨日散了两营请受，你家能有多少大，如何堆放得六千人钱米？今日州库里不见了许多钱，仓内不见了许多米，你且说如何将出来的？"王则初时抵赖，后来吃拷打不过，只得供称道："昨日是王则下班日，则在家闲坐，只见那许多有请的从王则门前过，都怨怅道：役了三个月，要关支一个月钱米也不能得。又有四个人不知从何处来，不由王则分辩，借王则屋里散了六千人钱米。那四个人自去了，实不知是甚人。"勘官道："岂有不识姓名的人，你不询问他来历，便容他在家里散请受①？"教狱卒拖翻王则，着力好生夹起再打。王则受不过苦楚，只得供说：一个姓张名鸾，一个姓卜名吉，一个唤做瘸师左黜，一个唤做蛋师，又名弹子和尚。勘官把纸笔教王则开将出来，见了大惊，想道："这张鸾、卜吉是杀了郑州知州逃走去的；弹子和尚是骗了善王太尉三千贯钱，包龙图三番两次奈何他不得。见今两处都行得有文书缉捕。那瘸师左黜，不知何人，一定也不是善良之辈。如何这班人都合做一伙，聚在贝州？此事非同小可。"当下教将王则押了招状，依旧监禁狱中。即时回复知州，细细的陈其利害。吓得知州面如土色，欲待认真搜捕，诚恐这伙妖人等闲的拿不到手，反惹其祸。欲待隐瞒过去，连王则都宽了他罢，奈仓库中钱米失散。王则明明里招出四个人来，众人共知，怎好丢手？恁般大事，虎头蛇尾，如何压服得军民，做得一州之主？左思右量，只得出个榜文，榜云：

贝州知州张　为缉捕事：据排军王则招称同盗仓库妖贼张鸾等未获，如有擒捕真贼来献者，每名官给赏钱一千贯。知情不首，一体治罪。故示。

---

① 请受：官俸，薪饷。

一名张鸾，系游方道人，头戴铁如意冠，身穿皂沿绯袍。

一名卜吉，客人装扮。

一名瘸师左黜，系瘸脚，头戴破巾，身穿粗布衫。

一名蛋师，又名弹子和尚，耳带金环，身穿烈火袈裟。

庆历四年　月　日

知州吩咐书手将榜文一样写十来张，悬挂各门及州前，并城内外冲要去处。一面唤缉捕使臣，立限挨获，不在话下。

却说两营六千人和老小都得知王则借支钱米与我们，知州将他罪过，把他送下狱中受苦。人人都在茶坊酒店里说，没一个不骂知州赃狗，不近道理。说犹未了，只见瘸师走来营前，拍手高叫道："营中有请的官人们听者：王都排不合把钱米散与你们众人，你们都看见他在自屋里搬出来的。知州却把仓中的米，库中的钱，隐匿过了，反陷王都排偷盗。即今要差人来押着两个管营的，追取你们钱米还仓还库。我想你们穷汉的买卖，米是吃了，钱是用了，那里赔出去还官？"

众人听了，都乱嚷起来道："我们吃的用的，又不是官物。见在该支的钱粮不肯关与我们，到要追夺我们的。恁地时，真个逼我们反了！"瘸师道："王都排好意支散钱米与你们，如今被知州打得皮开肉绽，禁在狱中，性命不保，你们知恩报恩，肯出力救他出来么？"众人道："我们也有此心，只是力量不加，又没个头脑，如何救得他出来？"左黜道："官人们也说得是，必须要一个为首的。我与你们为首，众官人肯相助也不？"众人看了左黜，口里不说，心下思想道：看他这一些儿大，又瘸了脚，便跳入人的咽喉里，也刺不杀人，随他去恐不了事，倒装谎子。左黜见众人不则声，问众人道："你们因甚不则声？莫不是欺我身小力微，奈何不得人？我变个奈何得人的教你们看看！"左黜口中念念有词，喝声道："疾！"将身显出神通，不见了那四尺来长的瘸师，只见身长一丈，腰大十围，头似车轮，眼如灯盏，手中执两把泼风刀如两扇板门相似。众人见了大惊，忙忙的拜道："我们有眼不识泰山，原来是天神！可知道昨日王都排家里不甚宽大，散了六千人钱米。”众人拜罢起来看时，端的只是个瘸师。瘸师道：“众人休三心两意。因是你贝州人合当有难，天遣我来提拔你们。你们从与不从，只在今日。”

说声未绝，营里跳出两个枪棒教师来，一个姓张名成，一个姓窦名文玉。那两个各提一条棍棒在手，叫道：“王都排是好人，合当救他。那个不肯去的，我先与他斗一百合。”众人齐声道：“都去！都去！”瘸师道：“难得两位恁般义气，就烦你做头领，教他们在此整顿器械。我如今独自一个先去救王都排，坏了贝州知州，你们就来接应。辅助得王都排做了贝州之主，教你们丰衣足食，快活下半世！”众人听得说，都应道：“我们就来相助！”有诗为证：

重瞳吝赏终亡国，吴起同甘便勒勋。
只为米钱私散去，一朝反了六千军。

左黜离了营前，迤逦径奔入州衙里来。正值知州升厅，坐在虎皮交椅上，胡言乱道。左黜入去时，使个隐身法，并无一个人看见。左黜一闪，闪在知州背后，捉个空儿，将交椅往后一退，知州扑地的跌了一交，众人慌忙扶起。知州道：“想是这交椅日久脚损坏了，另换一把坐罢。”左黜暗暗的笑道：“这贼赃狗怎知道我瘸脚，也来借名嘲我？我再耍他一耍！”众人将交椅换过，铺上虎皮坐褥，安放得稳稳的。知州方才坐定，左黜在背后将他纱帽猛打一下，扑的一声响，那纱帽离头，似箭一般去了，直到厅下落地。众人只道知州相公袖里放出一只鹁鸽子来了。只见知州捧着头，叫道：“快拾取纱帽来戴！”众人方才晓得是知州的纱帽。正待去拾取，却被左黜影在下面，又先拾得在手，大盼盼①的拐上厅来，对着知州叫道：“大尹！你今日没了冠也，你今

① 大盼盼：大喇喇。

日没了头也!”把纱帽捻起，又道:“大尹你的头儿已被左黜取得在此!”众人听得左黜二字，便道:“这里正出榜捉他，他却来将头套枷!”

知州见他身材短小，不将他为意，乃问道:“你便是那瘸师么?”左瘸将左腿一拍，说道:“这只腿可是假得的?”知州道:“我正要拿你，你如何敢来?”左黜道:“晓得大尹见怪，待来拜见领罪。”知州大怒，骂道:“从不曾见恁般大胆的妖贼。”喝教左右拿下，取长枷来，将左黜枷了，送到司理院去，与王则对证钱米。狱卒把左黜押到勘事厅前，就狱中拽出王则来。王则见了左黜，大惊道:“你为何也来在这里?”左黜道:“不是我进来，如何救得你出去?”司理院王浆问道:“你这汉子从实供说，仓库米库里钱，怎的样摄了去?”左黜道:“勘官，连你也不理会得!知州愚蠢，月钱月米俱不肯放支与他们，教两营人切齿怨恨，我到赔着四千贯钱替知州散了。他不感激谢我，反欲加罪，是何道理?”王浆焦躁，喝令狱卒着力拷打。狱卒提起杖子，掩翻左黜便打。有这般作怪的事，才打一下去，左黜全然不觉，倒是行杖的叫疼，恰似打在自家身上一般。换几个狱卒行杖，都是如此。但是打一下，便叫起疼来，撇着杖子躲向一边去了。

王浆不信，走下来自提杖子去打。这棒不像打左黜，倒像打勘官，也撇了杖，把手掩着屁股便走，连叫作怪。只见左黜呵呵大笑，喝声:“疾!”把自己身上和王则身上的索子，就如烂葱也似都断了，枷也开了。吓得王浆道:“这汉子真是个妖人!”忙教狱卒并众人一齐向前来捉。被左黜用手一指，禁住了许多人的脚，一似生根的一般，一步也移不动。左黜和王则直到厅下。知州正在厅上，依先戴了纱帽，坐着虎皮交椅，比较钱粮。只见左黜喝道:“张大尹!你害尽贝州人，报应只在今日。我今日不为贝州人除害，非大丈夫也。”知州见他两个来得恶，掇身望屏风背后便走。忽地后堂内抢出两个人来。那两人非别，正是张鸾、卜吉，各仗一口刀。卜吉向前揪住知州，张鸾向知州一刀，连肩卸臂，断额分尸，把知州杀了。吓得厅上厅下的人，都麻木了，转动不得。王则道："你众人听我说：你们内中有一大半是被他害的，今日我替你们去了祸胎，一州人都得快活。你们吃他苦的，随我入衙里来，抢掠些金银，叫你们富贵！"

众人见说，都来帮助王则。两营教师张成、窦文玉，率领着六千军卒，却好都到州衙前，听得说王则杀了知州，一齐抢入来，正遇着司理院王浆引着一家老小出衙逃避。张成棍起，先把王浆打倒，众人齐上，踹做肉泥。一家老小，都结果了性命。胡永儿已自到了州衙里面，和左黜等将知州满门杀尽。又访闻知州平素心腹用事之人，都搜寻来杀了。打开狱门，把罪人都放了。到知州宅里，搬出金银钱宝，绫罗缎匹，在阶下堆积如山，连这十三匹彩帛剪下来的五尺零头，做一包儿包着，也在奶奶房里搜将出来。王则道："许多财物，都是贝州人的骨髓。今分做三分，把一分散与营中有请的；一分给还铺行欠账，及知州诈钱被害之家；一分散与穷经纪人，教他安心做道路。"王则据住州衙，出榜抚安百姓，令两营军人，整齐兵器，顶盔挂甲，分布四门，紧守城池。两个教师就充做统领，使分领两营军马。

如今做一回话儿说过去了，那其间老大一场事，当时只走了两个官：一个是通判董元春，一个是提点田京。两个收了印信，弃了老小，奔上东京，奏知朝廷，要请兵与知州报仇。只因这番，有分教：讨贼将军，空费一番心力，谋王术士，大施万种妖邪。正是：一灯能发千家焰，尺水翻成万丈波。毕竟朝廷遣甚人来剿捕，且听下回分解。

第三十四回

刘彦威三败贝州城　胡永儿大掠河北地

从来叛乱数应然，也是朝廷政未全。
试看圣明全盛日，放牛归马任安眠。

话说大宋庆历年间，仁宗皇帝虽然圣明，却被奸臣夏竦蒙蔽，引用王拱辰、鱼周询等一班小人，造言生事，谋孽忠良，一连罢去了六个贤臣。那六个？文彦博、韩琦、富弼、范仲淹、欧阳修、包拯。他六个都是老成练达，肯替国家做好事的。自六个人去后，夏竦受枢密使之职，专一妒贤嫉能，招权纳贿，所以州县多有贪官，天下不得太平。西夏反了赵元昊，广南反了侬智高，都未收复。今日贝州反了王则，也为着贪官而起。当时贝州一州的官，只走得通判董元春、提点田京。两个径至京师，把反情奏知朝廷。仁宗天子闻奏，便召枢密院官商议。夏竦奏道："此乃知州张德不放钱米，一时激变军心，非地方之反叛也。不烦圣虑，臣保一人，乃冀州太守刘彦威。此人将门之子，文武双全，只消此人领着本部人马前去，相机剿抚，可保无虞。"仁宗准奏，即忙传下圣旨，令冀州太守速领本部人马，径往贝州，或抚或剿，一任便宜行事，事平之后，论功升赏。

这太守姓刘名彦威，虽然是文科出身，家世将门，精通韬略。使一柄大杆刀，有万夫不当之勇。

当日接了敕书，便请都监茹刚商议。茹刚道："闻得贝州一伙妖人作耗，广有神通，须当量力而进，不可轻敌。"刘彦威大笑道："刘某曾读诗书，自古道：邪不胜正，吾仗天威讨诛反贼，有何惧哉！"当下择个吉日，点起本部五千人马，使茹刚领一千人为前部先锋，牙将段雷领一千人为合后，自己统三千人为中军，一齐进发，杀奔贝州来。

却说贝州报子探听得刘彦威起兵，飞马来报王则。贝州一州人都慌了。王则虽然学得些武艺，从不曾经过战阵，也不免惊惶。急请左黜、张鸾、卜吉三个人来商议。

说话的，问你弹子和尚那里去了？看官有个缘故，那和尚三遍到白云洞袁公处盗法时节，曾到白玉香炉前诚心祷告，发愿替天行道，不敢为非。只为不识天书，亏了圣姑姑辨认，就同圣姑姑和左黜三个，一齐修炼。因是圣姑姑说河北三十六州合当换主，众人该得辅助王则，除灭贪官污吏，这都是天数，弹子和尚信了这般言语，所以把善王太尉三千贯文相助王则，散与两营军士。以后众人去杀州官，和尚就躲过一边，不曾同去。为何的？一来是佛门中出身，又是慈长老手下长大的，终带三分慈悲之意；二来他心灵性巧，既设过誓愿，常把替天行道四个字存在胸中。就蒿恼包龙图，也是包龙图先要去拿他，却不是他惹祸。今日虽然信道天数，也要观其动静，不肯出身露体生事造业。这里王则据了贝州城，那和尚自在城外甘泉寺里居住。

只有左黜等三人朝夕共事，故此今日王则只请他三个商议。瘸师道："打听得他那里有多少人马？"王则道："有五千人马。"左黜道："便是五万，亦不足虑。这里两营共有六千人，留一半守城，一半迎敌，看我左黜本事。"王则亲到教场点军，只见军中走出两个新添统领使的教师来，一个是张成，一个是窦文玉。参拜过了，禀道："两营军士受了主帅大恩，并无寸报。某等情愿各分本部一千五百人出城，乘他安营未定，杀他一阵，挫他锐气，使他不敢正眼觑俺贝州。"王则大喜，各人赏了披挂一副，战马一匹，点了三千人马，犒赏已毕，吩咐来日出军，小心在意。

过了一日，次日，两个统领使全身披挂，整顿军马，大开城门，分两路杀将出去。瘸师见他去得雄猛，且教他试探来兵虚实，也不阻挡。且说张成引着一千五百军先行，约离城三十余里，地名傅家疃，恰好遇着冀州先锋茹刚军马。两下正欲排开斗势，准备厮杀，窦文玉军马又到了。茹刚领这一千军喘息未定，怎当这里两支生力军蓦地冲来？况且寡不敌众，立脚不牢，四散奔走。茹刚连斩数人，只是按纳不住。张成、窦文玉见敌军乱窜，两匹马一齐拍动上前，来擒茹刚。茹刚力敌二将，全无惧怯，斗了二十余合。见贝州军泰山般围裹将来，回顾手下单剩得一人一骑，无心恋战，杀开条路而走。张、窦二将恰待追赶，报马①到来：冀州大军到了，相距十里之外。

二将不敢进逼，慌忙收军，转回贝州。把军马扎住城外，二将入

① 报马：骑马报告消息的人。

城见了王则，禀道："冀州前部先锋，已被小将杀得大败亏输，正欲追赶，怎奈刘太守大军已到。小将只得收兵，见屯城外，专候主帅钧旨。"王则道："闻得刘彦威这厮手段高强。今前部失利，已灭威风，二位将军便算第一功了。乘此锐气便可住扎城外，防他攻城。明日交战当令军师们相助。"二将得令，连夜离城十里，下了两个大寨。各占一寨，倘有敌兵来攻，互相救援。

却说茹都监收拾败残军卒，来见刘太守谢罪。刘太守大怒道："凡行军者必须远其哨探，一有风闻，预作准备。你全不用心，致被贼人出其不意冲动官军，纪律何在？本当斩首号令，今交战在迩，诚恐于军不利。"喝教捆打一百，罚在后队催趱粮草，倒换后队段雷为先锋之职。到傅家疃下寨，探子打听得张成、窦文玉率领贼军离城十里，分为二寨住扎。刘太守笑道："我知贼人无能为也！这傅家疃乃是贝州咽喉之路，若贼人乘胜，就此扎寨截住来路，虽有十万之师，安能窥其城下哉？今乃舍此不守，依城立营，吾破之必矣。"吩咐段雷道："打刘字旗号先行，约至来日平明到彼寨前索战。只要输不要赢，引他到傅家疃一路来，我自有计。"段雷领计去了。又差帐下两个校尉各领三百步军连夜潜行，伏在他栅寨近侧左右，等待他们出寨迎敌，便去夺寨放火。又吩咐茹刚准备云梯、火炮攻城之具。来日午时，在贝州城下取齐。处分已毕，自己中军少不得拔寨都起，别有号令不题。

却说张成、窦文玉虽是枪棒教师，不通兵略，偶然初次出兵得胜，自夸其能，便看得不在意了。次日闻得官军搦战，旗号上打着刘字。张成和窦文玉都要建功，争先出阵，各使一根镔铁枪，骑着战马，耀武扬威。望见官军早已排成阵势，门旗开处拥出一员将来，头戴银盔，身穿绣铠，手中担一柄宣花大斧。二将道："这不是刘彦威是谁？"二将更不打话，挺枪直取那将。那将握斧相迎，斗上三十余合，那将卖个破绽，叫声："暂歇！"拨回马头便走。张、窦二将招动人马，尽力赶杀。那将且战且走，约有十余里，那将回身又斗上十余合又走。二将不舍，只顾追赶。官军撇下金鼓旗枪满地，贼人乱抢。只见后马如飞报来叫道："将军休赶了！后面寨中两路火起。"张成、窦文玉知道中计，着了忙，急引众军退后，部伍早已乱了。行不多路，只听得连珠炮响，刺斜一支军冲出来，为首一员大将，横刀跃马大喝："反贼休走！刘彦威在此等候多时了。"二将从不曾见恁般威容，先自心慌措手不及，被刘彦威手起刀落，先斩窦文玉于马下。张成料走不脱，只得舞枪来斗，不上三合，刘彦威瞋目大叫，吓得张成手软抡枪不动。刘彦威马头早到，一手提下雕鞍，掷于马下，众军齐上结果了性命。刘彦威麾兵掩杀，三千军折其大半。有诗为证：

兵家料敌最先机，轻敌须知定丧师。
堪叹教师矜小胜，一朝堕计尽舆尸。

再说王则听得城外厮杀，急请左黜等一同登城帮助。只见败军纷纷而至，叫道："张、窦二统领已被杀了！刘太守兵随后便到，快开城门则个！"王则教守门的放进，问其备细大惊，对左黜等道："刘彦威英雄名不虚传。列位有何退敌之法?"左黜道："贫道已算下了。且教败残军士守城，替出一千五百人来，贫道与张鸾、卜吉各领五百，在我们三个身上大家杀他一阵教他片甲不回。"王则道："每位五百人恐太少。"左黜道："自有天兵鬼卒，五百人只将来摆样助阵而已。"王则道："全仗列位扶持，同享富贵。"王则便传下号令挑选一千五百精壮军人，分为三队。正在选军未毕，只听得城外喊杀连天，官军已到。刘彦威吩咐段雷、茹刚一面准备攻城，自己跨一匹追风好马，立于阵前，将刀头指着城内大叫道："贝州有会事的将王则绑缚出来，献与朝廷，免你一城人屠戮!"王则见他军容雄壮，不敢则声。左黜穿领布衫，仗一口剑，领着五百军步行出城。将剑尖儿指着刘彦威道："你会事时领了人马速回冀州，免纳首级。若少迟延，教你一行人都死于吾手!"刘彦威道："你这厮是助王则的逆党，看你身上衣甲皆无，又没马匹，敢和我厮杀？可惜你残疾之人，还不勾我一刀哩。"左黜道：

“我不与你斗口，教你看我手段则个!”刘彦威在阵前施逞刀法欺敌左黜。左黜用剑尖一指，喝声：“疾!”只见面前卷起一阵狂风，吹向官军阵里，黄沙扑面，一军都开眼不得。刘彦威叫声：“罢了!”拨回马头便走，被左黜领军大杀一阵方才转去。

刘彦威直走至二十里外，方才风息。计点军马，三停损了一停。不多时，段雷、茹刚引军都到，问其缘故，禀道：“小将正欲攻城，只见大风飞沙走石，料得贼人妖法，恐有挫折，收军而回。”刘彦威道：“吾不知贼人伎俩，误堕其术。且退在傅家疃休息三日，吾自有计破之。”吩咐军中每人预备青纱眼罩一个听用。

到第四日，四更造饭，五更起身。只选五百匹好马，五百名长枪手，都带眼罩在身边，以防备风沙，一遇贼军不论好歹，便直冲过去，用长枪刺之。段雷、茹刚领军为左右翼，一等中军杀入贼军，两翼便围裹将来，务要杀他个尽绝，休容走脱一个。

却说左黜胜了一阵，王则心下稍安。连日哨探虽然不见动静，守城的也不敢懈怠。到第四日，报道官军又到。张鸾道：“前日瘸师建功，今番轮该贫道了。”卜吉道：“徒弟替吾师去一遭也。”引了五百步军飞奔出城。你道卜吉怎生模样?

头挽双丫髻，身穿绿锦袍。凶睛眉打结，横肉脸生毛。
仗剑诸神伏，扬声百兽嗥。郑州无运客，天下有名妖。

刘彦威只道原是这瘸子出阵，今番换了一个又不知什么妖货。莫等他做手脚，只管冲突前去便了。只见卜吉不慌不忙，口中念念有词，喝声：“疾!”把两个衣袖望前张开，袖里奔出千千万万豺狼虎豹之属，张牙舞爪，齐向官军阵上冲去。刘彦威的马见了惊得直跳起来，将刘彦威掀翻在地。卜吉大踏步正待向前，却被左右两翼一齐拢来急救上马。官军见了异兽，都抛戈弃鼓，各自逃生。卜吉乘势追杀，夺了二百余匹好马，军器不计其数。

刘彦威又折了一阵，军士损伤者极多，仍退在傅家疃内。想道：我一生未尝见此妖人！欲待收兵回去，心下不甘；欲待再战，又无良策。况且五千人马折了一半，若再挫折岂不耻笑？正踌躇未决，吩咐军中牢守栅寨，不得妄动。

过了一日，只见冀州有文书到，原来佥判夏有守招募壮勇军一千，战马三百匹，差统领使陶必显押来助战。陶必显递了军册，参见过了。刘彦威大喜道："天使我成功也！"打发回文去了，就教陶必显领新到一千军，另立一营为犄角之势。吩咐军中画匠将棉布画成狮子图形三百具，限十日内报完，教陶必显引新到军为前部冲锋，将画成狮衣披在三百战马身上。倘贼军作起妖法，虎豹突至，放出三百狮衣马军士，筛锣①随后。狮为百兽之尊，筛锣以像其声，虎豹见之必退矣。自己引大军随后而进，再教段雷、茹刚各引三百弓弩手预先埋伏左右，只等贼兵出城，抄出背后乱箭射之。虽有风沙虎豹，只能向前，不能向后。刘彦威分拨已定，自谓必胜之策。

再说王则正和左黜等三人议事，探子报官军又到。张鸾道："这番少不得贫道行了也。"引本部五百人出城迎敌，却是马军。卜吉道："刘彦威这厮连战不退，歇了许多时又来，其中必有计谋。不才愿随师父同往一看。"左黜跳将起来道："说得是，今日我们都去，索性结果了他，省得终日来搅得俺们不自在。"王则道："贝州成败决于今日，全赖列位用心。"瘸子和卜吉都引军去了，王则亲上城楼擂鼓助战。

且说陶必显初到不知高低，使着一根狼牙棒，抖擞精神，大呼搦战。只见吊桥下处飞也似一队人马出来。为首一个道人头戴铁冠，身穿绯袍，面如噀血，目若朗星，手持鳌壳扇一把，背上背一口松纹古剑。陶必显暗暗称奇，想道：这厮手中不拿军器，一定靠着妖法了。已有准备，何足惧哉？喝教众军一齐冲突上去。对面张鸾口中念念有词，将鳌壳扇一挥，喝声："疾！"只见平白地起阵冷风，吹得人毛骨

---

① 筛锣：锣的一种。也指敲锣。

凛冽，如冬天相似。半空中一朵黑云正罩在官军阵上，冰雹乱下，都打得破头伤脑。马俱股慄，不容不乱窜。倒把刘彦威大军冲动，弄得七断八续，急急鸣金收军。点兵时不见了陶必显。原来陶必显吓得昏了，倒撞入贼人队里去，众军绑缚去了。再说段雷、茹刚两路伏兵听得喊杀连天，已知交战，急忙引军杀出，分明看见左黜、卜吉在前，用力追赶。须臾天色昏暗，不辨人形，两军恰好相撞，各认做贼军，六百弓弩手一齐发箭，都是自射自军。少停天气清朗，六百人止剩得有百余个活的，其余都射死了。此乃左黜、卜吉行法之功也。段雷先伏在土窟中不曾伤损，脱去盔甲，混在残兵中逃去。茹刚身中五六箭倒在地下，不能行动，望见贼兵来到，拔出身边佩剑，自刎而亡。后人有诗赞云：

不是将军无智武，熠熠妖星如众虎。
甘陵城畔吊忠魂，白日清霜共千古。

刘彦威见段雷引残兵逃回，晓得茹刚身死，痛惜不已。又打听得陶必显被擒，方知妖人如此利害。夜间秉烛而坐，正思去住之策，忽然营中发喊起来。刘彦威安坐不动，差人问时，说道："营前密布鹿角一时都不见了。"刘彦威大怒，按住军中不许喧哗妄动。绰刀在手，教点起火把，自出营前来看，果然周围鹿角全然失去。正惊讶间，只听得东边鼓角齐鸣，杀声震地，正不知何处兵来。刘彦威教段雷引军向东边迎敌去了。须臾东边寂然，西边鼓角又起火光烛天，如在一二里之近。刘彦威大怒，提刀上马，自引数百人往西迎去。约行了三四里，鼓角不闻，火光也渐息了。刘彦威只得转回，才到营前，只见南边鼓角又起，杀声至近。刘彦威吩咐段雷后营巡视，自己在前营立马而看，也不去迎他了。军中点得火把，通红如同白日。不多时，南边声响又绝，杀声又从北边而来。刘彦威一夜不睡，正没理会处，约莫五更时分，只听营中又发起喊来，说道："司更的被大虫咬去了！"刘彦威大喝道："此地那得有大虫到来?"说犹未了，只见营里面，一个美貌妇人，手中仗剑，骑着一匹大虫直冲出来。刘彦威连忙跳下雕鞍，那马早已惊倒。妇人和大虫都不见了。军中一夜不得安息。到天明看时，满营都是虎迹。巡风的报道："失去鹿角只在里许之外，做一堆儿堆着。"刘彦威叹口气，道："天生此辈妖人，教刘某亦无奈何矣。"即时拔寨奔回冀州。连夜申文到枢密院去说妖人如此作耗，乞添兵遣将，广求智谋之士，速行剿除，以绝后患。原来宋朝一款，但凡举荐边将失机误事者，荐主一同罪罚，因此枢密使夏竦瞒过朝廷，不行举奏。

话分两头。且说骑大虫的妇人是谁?正是胡永儿。他见官军屡战不退，今番又一场大厮杀，也到阵前观看。已知张鸾等得胜，还不了事，直到傅家疃刘彦威寨前布散鬼兵，蒿恼他一夜。只为刘彦威寿数未绝，所以结果他不得，只逼迫得他逃走。

且说当晚张鸾等收兵入城，众军解到陶必显请功。陶必显磕头愿降。王则准了，就封为统领使之职，领着张、窦二将的军马。点兵时并不损一个，王则大喜，连夜杀牛宰马大赏三军。一面吩咐守城军士小心在意，自己和张鸾等三人排宴在州厅上，吃个尽醉方休。看看五更将绝，只见厅前一声响亮，踱个胡永儿进来。众人大惊，连忙起身迎接。胡永儿道："你们众人吃酒快活，谁知我一夜辛苦。刘彦威这厮已被我赶回冀州去了。"把夜间蒿恼他事情，说了一遍。王则拱手称谢道："贝州方有泰山之安也。"

胡永儿道："坚守孤城不成大事。趁此目下军威，便可收伏附近州县。"众人道："说得是。"当下再点人马，王则同左黜引军打东南一路，胡永儿同卜吉引军打西北一路，只留张鸾守城。不上半年，连得了曲安、肥乡、邯郸、广平等十数县城池。招降人马，多得钱粮，变得势力大了。东京卖肉的张琪，卖炊饼的任迁，卖面的吴三郎打听得胡永儿是王则的浑家，都到贝州投奔王则。王则见人心归顺，乃自立为东平郡王。册封胡永儿为皇后，左黜为国舅、军师，张鸾为丞相，卜吉为大将军。蛋子和尚虽不曾出力，众人推他手段高强，封为国师，月送钱米在甘泉寺供养，只怕日后有用他之处。以下张琪等都挂印封官。其势越大，分兵四出抄掠，各处闻得他妖术通神，无不望风而靡，河北州郡大半为王则所有。王则役起人夫，就州厅改造王府宫殿，与朝廷制度一般。又左黜、张鸾、卜吉都造得有衙门，耗费钱粮无算。又尊圣姑姑为圣母娘娘，创造行宫一所，以备他不时来往。百姓昼夜并作，无不嗟怨。又遍访民间有颜色闺女，纳入王宫。上等的立为妃嫔，次者做宫娥伏侍。又选美女三十人，分赐左黜等三人。张鸾原是天阉，近不得女色，辞而不受。卜吉见张鸾辞了，也不敢用。只左黜原为调戏妇人上，被赵大郎一箭射伤左腿，做了瘸子，今日虽然学得一身法术，淫心不改，收纳了十个美女，日夕取乐。又各处自行选取，与王则赌赛的受用。只因这般，有分教：草头天子坐不成一面山河，瘸脚妖人做不彻千般鬼怪。正是：奢淫无度终遭祸，变诈多端久必穷。毕竟王则后来如何，且听下回分解。

第三十五回

赵无瑕拼生绐贼　包龙图应诏推贤

学些伶俐学些骇，伶俐兼骇是大才。
骇无伶俐难成事，伶俐无骇做出来。

话说胡永儿先前引兵攻打州县之时，军中掳掠得人口，内中有个小厮，生得十分清秀。永儿一见便喜，问他来历，答道："姓王名俊，年方一十三岁，父母双亡，随着外公出来避兵，不意中途失散，被擒到此，望娘娘饶命。"永儿见他言语敏给，容色可怜，又与王则同姓，收在帐下为养子，出入不离，甚是怜爱。王则见了，也自欢喜，教外人都称他做小王子。不觉过了二年，那小厮一十五岁，越长成得好了。怎见得？

> 面如傅粉，体似凝脂，唇若涂朱，目如点漆。身才秀溜，是未经啮被的幸童；态度妖娆，像不曾戴髻的美女。赋性清扬真自喜，出词儇利得人怜。马上共惊挟弹子，主家重见卖珠儿。

胡永儿朝夕相傍，倒看上了他，与他私下成就了好事。原来妇人家只是初次廉耻要紧，难好破例坏事，到得开手时，一不做二不休，连自家也息不得念头了。永儿初时跟着圣姑姑，行动风云作伴，山水为家，半像个出家人样子，这个道儿是不想着的。如今住在曲房深院，锦衣玉食，合着了俗语饱暖思淫欲这句了。眼见得宫中翠袖成群，蛾眉作队，自己只守着一个王则。况且他有三妃六嫔，不得夜夜相聚，看了粉妆玉琢这般个小厮，能不动情？这小厮竭力奉承，争奈永儿淫心荡漾，不满所欲。这小厮乖巧，但出外见个美男子，便访问他姓名，进与永儿。永儿自会法术，便摄他到伪宫中行乐。中意时，多住几日；不中意时，就放他去了。自古道："若要不知，除非莫为；若要不闻，除非莫说。"王则与永儿同窝居住，便道不曾亲眼看见，难道没些风声吹在耳朵里面？一夜间，吃得烂醉，猛想起这事，怒气勃发，提了一把青锋宝剑到中宫来杀永儿。步至伪宫门前，忽然转个念头道：事不三思，终有后悔。这一套富贵，都是永儿作成的，怎好负他？况且他神通广大，若杀他不得，反破了面皮，不好相处。转到别院，将宝剑掷在地下，叹了口气，自去睡了。

恰好这几日圣姑姑正在圣母行宫。王则次日蚤起，一径来见圣姑姑。叙了些闲话，王则便道："近来仗托洪庇，地方倒也宁静。只是访得民间妇女，多有私下养着汉子的，败坏风俗，今如何处置他？"圣姑姑道："凡男女相悦，都是夙世姻缘。假如做夫妇的是正缘，私合的也是旁缘。还有一节，七情六欲，男女总则一般。女当为节妇，男亦当为义夫。男子三妻九妾，兀自嫌少，如何偏怪得妇人？况且妇人让着男子，只为男子治外，一应事体，是他做作，妇人靠着他见成吃着，所以守男子的法度，从一不乱。若是有才有智的，赛过男子，他也不受人制，人也制他不得。你且说汉帝刘邦诛秦灭项，何等英雄！任着吕太后在宫中胡作乱为，全然不管——他也不把吕后当个寻常女子看成也。人生世上得意难逢，趁着好时好运，得便宜处且便宜，得快活处且快活。此等闲事，非达者所当经心也。"只这一席话，说得王则嘿嘿无言，辞别回府。想着：圣姑姑说话，亦自有理。从今以后，我也莫管他，他也莫管我，各尽其乐，岂不美哉？当下召张琪、任迁等，教他三路察访民间美色，不拘有夫无夫，只要出色标致。

不一日，张琪访得本州关家庄关疑之妻赵无瑕，年方二十岁，姿色无双。王则就教张琪领兵取来，观其颜色如何。张琪领三百军人围住关家庄，立要赵氏。关疑又不在家，慌得他一门老小都躲了。赵氏道："贼徒慕我之色而来，我若不挺身出去，倘被进门搜索，反为不美。"乃取解手刀一把，藏在身边，自出中堂来见张琪。张琪见他果然天姿国色，心中大喜。便欲扯他上马，赵氏大喝道："将军不得无礼！将军此来取妾去者，还是自要，还是郡王要？"张琪道："王府闻娘子美色，特遣小将相迎。此去富贵非常，切勿迟疑。"赵氏道："既是郡王要妾，须郡王自来，妾有话相对。若郡王不来，妾虽死亦不去也。"张琪单马去飞报王则。

王则乘了一匹五花骢，引着伪府中亲随军，亲自到关家庄来。看了赵无瑕，真个比花解语，比玉生香，吴宫西子不如，楚国南威远逊。王则大惊道："原来世上有这般女子，可上前与寡人攀话。"赵无瑕口称万福，不慌不忙的说道："大王为一方之主，侍巾栉者，必须香闺淑质，绣阁娇姿。如妾陋貌残躯，不足以辱后宫。愿大王以纲常为重，恕妾一身，大王阴德，必当享年千岁！"王则道："寡人所爱，是你的颜色。即当立为次后，休得闲话。"赵氏再三求告，王则只是不允。赵氏料道不免，大骂道："你这反叛贼徒，如鱼游釜中，不久亡灭，还要污人妻子。我恨不得一刀砍下贼人之头，岂肯从汝哉！"身边拔出解手刀来，便欲自刎，众人抢得快，做不成手脚。赵氏骂不绝口，只求速死。王则心中不忍，吩咐张琪散了众军，只留五十名壮士环守着他，务要劝他随顺。如执意不从，满门斩首。王则自回伪府中去了。

却说赵氏被张琪同壮士看守，一日一夜，求死不得。心生一计，绐①道："大王真心要妾，妾何敢执迷，以害妾全家之命。但妾颇读书知礼，若以威相逼，虽死不从。妾有老姑在堂，丈夫在外，须待他一面而别，另居他室，择日礼聘，庶妾无苟合之羞，大王亦免强婚之议。望将军善言传达。"张琪又将这班说话飞马传去。王则依允，着他婆婆看守，只不许他夫妻相会，来日便要聘娶入宫。张琪唤他婆婆出来，把媳妇交付他身上，倘有差池，全家不保。五十名壮士，分守着前后门，不容他丈夫回家相见。

原来关疑已自回了，见说家中有这一节事，不敢进门，只在左近人家住下，含着眼泪打听消息。那婆婆也只怕儿子回来被军人所害，悄地寄信教他不要回来。当晚婆媳两个割舍不得，抱头而哭。赵氏收泪对婆婆说道："媳妇今日不难一死，只恐连累婆婆。但媳妇到彼伪府，必然自尽以全节操。婆婆可预先收拾细软家私，约会了丈夫，待妾起身之后，作速逃窜东京，以避贼人之害。媳妇与丈夫虽做两年夫妇，并无生育，丈夫年纪正小，前程万里，自然别有良姻。只恨媳妇薄福，奉侍婆婆不了。到今生死之际，又被强徒隔绝，不得与丈夫一面。指上金戒指二枚，烦婆婆寄与丈夫做个忆念。"说罢放声又哭。

---

① 绐（dài）：欺哄。

正是：

世人万般哀苦事，无过死别与生离。
纵教铁汉应肠断，便是泥人也泪垂。

婆媳两个这一夜眼泪不干，泣声不绝。挨到天明，婆婆真个吩咐养娘收拾得两包细软金珠，又寄信与儿子，教他预先远远地觅一辆小车儿，准备走路。

且说王则将聘娶的事，都托在张琪身上。张琪侵蚤先到关家庄，巡哨了一遍，打听得夜来无事，欢喜不胜。少停聘礼已到，黄金白金各四锭，黄的每锭重十两，白的每锭重五十两。彩帛二十端，双羊双酒，大吹大擂送上门来，排设在中堂。婆媳两个重新哭起，婆婆道："这些东西分明是买我身上的肉，我何忍要他？"赵氏道："今日虽买婆婆的肉，他日好买那贼徒的肉。"婆婆道："怎么说？"赵氏道："这贼徒少不得天兵到来，拿住解去东京，千刀万剐。你把这金银留着，到那时送与刽子手，在刀头上买他一块来祭你媳妇，我在泉下也得快活。"莫说婆媳二人悲伤之事。再说张琪催那婆婆收了礼物，自己又去催趱取亲人从。一百名伪府亲军，金鼓旗枪前导，二十来个宫人都乘着宝马，捧的是金冠绣蟒，玉带红袍。一般有伪内臣执了龙凤掌扇，引着香车细辇，十来队乐人吹打，只要奉承赵氏欢喜，所以仪从极盛。赵氏别了关家祠堂，又拜了婆婆四拜，又望空拜了丈夫四拜，哭了一场，登车下帘，众人一拥而去。那婆婆哭倒在地，养娘唤醒。关疑知道妻子起身，方敢回家。已自哭得不耐烦了，忙忙的收拾行李，弃了家私，同养娘扶着婆婆潜地逃入东京去讫。

再说王则闻张琪报道新人已娶来了，喜从天降，慌忙大排仪仗，亲出府门迎接。军士们人人望赏，个个生欢，做两行排列，让香车进府。王则亲自开帘，不见动静，掸抱将出来，看时颈上系着罗帛，原来在车中密地自缢，真烈妇也。史官有诗赞曰：

骂贼非难给贼难，夫家免祸九泉安。
似兹贤智从来少，不但芳心一寸丹。

后人又有诗云：

骂贼曾闻元楷妻，从客就义更称奇。
衣冠多少偷生者，不及清河赵与崔。

清河就是贝州之地，隋末时有个崔元楷，元楷之妻骂贼而死，此诗是表二烈妇之大节，男子不及也。王则这晚一场扫兴，想：这妇人性烈，不干众人之事。将尸首着张琪给归原夫，追还聘礼。到次日张琪闻知关家逃走去了，禀过王则，藁葬①于城外。王则出榜，但是民间美色，或父母献女，或丈夫献妻者，俟选中日，官给聘礼百两；倘藏匿不献，致被他人首出，即治本家之罪。于是夺民间妻女，不计其数。百姓讨了个有姿色的老婆，便道是不祥之物，若讨得丑的反生欢喜。当时有个口语道：

莫图颜色好，丑妇良家宝。私嫌官不要，夫妻直到老。

至今说丑妇良家之宝，语起于此。胡永儿明知王则贪色恣欲，到也由他。但是自己有些私事，不要王则进宫，把一只金簪插在槛外，绕屋便像千团烈火；把一只银簪插在槛外，绕屋却似一派大水，外人寸步难进。闲常没事时，收了法术，或是请王则到宫相聚，或是王则自来，夫妇依然欢好。亏杀他夫妇，贪恋荒淫，堕了进取之志，也是气数只到得如此。弹子和尚见王则所为不合天理，久后必败无成，竟自不辞而去了。左黜自恃国舅，凡事恣意施为。张鸾、卜吉虽在其位，

① 藁（gǎo）葬：草草埋葬。

全无权柄，到落得清闲受用。吴三郎改名吴旺，和张琪、任迁都讨个地方，做了知州之职，享用富贵。时常领兵寇掠邻境，抢掳些子女财帛，贡与王则。只为奸臣夏竦蒙蔽朝廷，养成了这般大势，任那一方百姓受苦，只是隐匿不奏。

一日，仁宗皇帝御驾往西太乙宫行香。礼毕，正欲还朝，忽然百宫队里走出个新参御史。那人姓何名郯，上前快走几步，一手扯住御衣，伏地大哭。仁宗道："卿有何屈事，奏与朕听，朕当为卿申理。"何郯奏道："没甚屈事。只可惜太祖皇帝四百军州，看看侵削。陛下枉有尧舜之资，将来不免桀纣之祸也！"仁宗大惊道："卿何出此言？可细剖之。"何郯奏道："西夏反了赵元昊，邕州反了侬智高，无人收伏。今贝州又反了王则，河北一路皆为贼巢。陛下不思选求良将，讨贼安民，窃恐舆图日蹙，天下非复赵家之有矣。"仁宗道："朕已命范雍征讨元昊，杨畋征讨侬智高，未见次第。贝州兵变，当时便遣冀州太守刘彦威平定，卿言从何而来？"何郯又奏道："范雍年老，为元昊所轻。杨畋久出无功，虚耗粮草。贝州反贼王则，杀得刘彦威片甲不回，称王僭号，连河东地方都震动了。告急文书雪片到京，都被枢密院使夏竦隐匿不奏。陛下不诛夏竦，天下不得太平。"此时夏竦也在驾前，吓得面如土色，支吾不敢。仁宗大骂："夏竦奸臣！朕委你执掌兵权，不思报效，欺君误国，本当斩首，姑且革职为民。"夏竦满面羞惭，只得谢恩去了。

仁宗又问道："方今何人可任枢密使之职？"何郯奏道："只今天下闻名刚正无私的，无如包拯。此人昔年曾任开封府尹，治得一清如水。只为不肯奉承夏竦，弃官而归。陛下若欲选求良将，削平三处大寇，只消起用包拯，他所荐举，无有不当。"仁宗大喜，准奏。即日起召包龙图，升为枢密使之职。包拯在家闻召，连忙起身到东京，面君谢恩已毕。仁宗问道："今西夏、广南、河北三处反叛，卿有何良策定国安民？"包拯奏道："以臣愚见，范仲淹可专任西夏，狄青可专任广南，文彦博可专任河北。陛下要天下太平，除非委此三人，可责成功。"仁宗道："河北只是一个军卒鼓噪，如何恁地利害？"包拯奏道："王则不足道。他有一班妖贼帮助，能兴妖法。"仁宗道："彦博年已八旬，卿如何独举荐他？"包拯奏道："臣闻得童谣有云：'八只眼儿嗔，嵬然三教尊，天神为将鬼为军。不怕武，只怕文。'王则'则'字旁是贝字，又贝州俱有八只眼之义。妖人中僧道俱有，独奉王则为王，故说嵬然三教尊。神将鬼军乃妖术也，这一班人武有余，而文不足，故说不怕武，只怕文。今差文彦博去，正合着这句谶语。又贝字着一文字，是个败字，臣所以不荐他人，独举彦博。且彦博虽然年老，精力不衰，才智过人，老成持重。若此人一去，王则必败无疑矣。"仁守天子闻奏甚喜，连降三道诏书，令使命分头召取三人连夜赴京擢用。有诗为证：

夏竦奸邪太不仁，欲将一网尽贤臣。
但看忠佞分明日，便是边疆息战尘。

不说范仲淹、狄青二人之事，就中单表文彦博。此人乃河东汾州人氏，年少曾讨西番有功，累官做到首相。因与夏竦不合，固求去任，罢为西京留守。年已七十九岁，精力胜如二三十岁的后生。使命领敕，星夜到了西京。文彦博并本州大小官员出郭，迎接圣旨至州衙里，开读罢，各官望阙起居谢恩。文彦博领了诏令，别了家眷，兼程而行。不一日到了东京，官员都在接官厅伺候，迎接入城。次日蚤朝，随班见帝。怎见得蚤朝？但见：

祥云迷凤阁，瑞气罩龙楼。含烟御柳拂旌旗，带露宫花迎剑戟。天香影里，玉簪珠履聚丹墀，仙乐声中，绣袄锦衣扶御驾。珍珠帘卷，黄金殿上现金舆；凤羽扇开，白玉阶前停玉辇。隐隐净鞭三下响，层层文武两班齐。

当日仁宗天子宣文彦博至面前，圣旨道："河北贝州王则造反，今命卿为元帅，收伏妖贼，当用人马几何？副将几人？任卿便宜酌处。”文彦博奏道：“臣闻王则一党尽是妖人，若人马少，恐不能取胜。臣愿保举一人为副将，请十万人马可以克敌。”仁宗道：“军马依卿所奏，但不知卿保举何人为副将？”文彦博奏道：“臣乞曹伟为副将。”仁宗道：“这曹伟莫非是下江南第一有功，封王的曹彬的子孙么？”文彦博奏道：“正是曹彬嫡孙。”仁宗闻奏，龙颜大喜，命宣曹伟见驾。仁宗当殿封文彦博为统兵招讨，曹伟为副招讨。拨赐内帑金银钱帛，犒赏三军。二人谢恩出朝，便去各营点兵发马。枢密使包拯具酒送行，私对文招讨说道：“老相国此行，定成大功。但贼人中有一妖僧叫做弹子和尚，此僧变化多端，相国可以预备。”文招讨道：“多承指教。”三杯酒罢，包拯别去。文招讨即日离京上路，渡黄河直抵河北界上，军马就于冀州驻扎。真个是：人人欲建封侯绩，个个思成荡寇功。毕竟文招讨征讨贝州，胜负如何。且听下回分解。

第三十六回

文相国三路兴师　曹招讨唧筒破贼

胜败兵家虽不常，从邪从正判殃祥。
若知邪正殃祥理，及早回头不用商。

话说文招讨大兵到冀州驻扎，冀州太守刘彦威迎接二招讨入城，备说王则妖法难敌。文彦博与曹伟商议道："王则占据州郡，身住贝州。目今进兵，还是合兵径打贝州，还是分兵四下攻取？招讨必有奇谋神策。"曹伟道："曹某系副将，安敢僭越计谋？主帅有命，一听指挥。"文招讨道："不然。招讨乃名将之子孙，曾与先王建立边功。彦博虽为主将，终是书生，全仗招讨共成王事，不必谦逊。"曹招讨应诺道："河北州县虽归王则，皆因惧势，非为心服。今闻大兵到此，自顾不暇，何暇出兵助贼？仗主帅神威，直捣贝州。若贝州攻破，余者不消加兵，自然服矣。"文招讨道："招讨所见极明。打听他城中兵不满万，我这里有大兵十万，更得招讨奇谋，破贼如反掌矣。"曹招讨道："曹某亦探听得王则等辈虽不能用武施文，尽行妖法。日前刘太守去收伏时，被王则用了妖法，是以损兵折将而回。据曹某愚意，主将将三万人作中军，以二万人与曹某作左辅，以二万人与总管王信为右弼。分为三路，作长蛇之阵。以二万人与转运使明镐为押后，以五千人令先锋孙辅各营巡视，以五千人与刘彦威帮助孙辅，就为向导。今王则兵不满万，止可敌我一路。我军若胜，则三路并进；若有少亏，则两路必来救应。此万全之策也。"文招讨见说，大喜道："招讨如此用兵，何愁贝州不破！"此日，文招讨分三路人马来取贝州。先打个榜文前去，榜上数王则十般大罪：

一、不合激变军心。二、不合擅杀州官。三、不合擅据城池。四、不合聚集妖党，杀伤官兵。五、不合称王立后。六、不合擅封官职。七、不合纵兵侵掠州县。八、不合私役人夫，起造王宫伪府。九、不合奸淫民间妇女。十、不合叛国害民长恶不悔。

今天兵十万前来征讨，只要首恶王则一人，余党悉赦不问。如有擒斩王则来献者，一体叙功。倘王则自知其罪，束手归降，当奏闻朝廷，待以不死。如仍前执迷抗拒，兵临城下，悔之无及。

王则见了这榜文，惊得手足无措，急聚左黜等一班儿计议。左黜道："前日冀州刘彦威杀得片甲不回。今文彦博年已八旬，自来送死。虽有雄兵十万，能奈我何？"张鸾道："贫道在东京时，多闻文彦博之名。曾有异人推他八字，说他一生出将入相，富贵无比。年近八旬，再为朝廷建大功劳，安邦定国，寿近百岁而终。此乃天下福神，不可轻也！又童谣有云：'贝州一郡虎，怕文不怕武。'今文招讨正应此谶，凶吉难保。依贫道愚见，不若把知州张德贪污激变缘由委曲诉明，卑词谢罪，烦文招讨转奏天子，愿自具军粮替国家出力，或征西夏，或讨广南。那时功成奏凯，仍不失侯王之位。不知军师意下如何？"左黜道："做大的难为小！仗我等法力，便赵官家自来，也不怕，何怕一老头儿哉！丞相奈何自损志气？"张鸾道："当初举事，本为贪官害民，人心共愤，恰遇奸臣在朝，隐匿而不奏，使我辈得成其事。今朝政清明，去邪用贤，命大臣统重兵而来，大非往时可比。我等单恃些法术，安知彼处无会事之人。军师请三思之。"卜吉在旁只不开口。王则见二人议论不一，抽身便起，众人俱散。王则径入伪宫，来见胡永儿，把两般说话都述一遍。永儿道："大王奈何弃已成之业，而束手受制于人乎？千金担子，自有我哥妹二人承当。再不放心，再请母亲圣姑姑到，万无一失。张鸾之言，不可听也！"王则听了大喜，道："王后之言是也。"是晚饮宴尽欢，就宿于永儿宫中。

却说卜吉，这日口虽不言，心下想道：我本是做客生理，为胡永儿跳井事，撞了赃官，几送残生。幸遇我师父救取，跟随王则，得报此仇。谁知王则做事比那赃官更狠，民心离怨，弹子和尚不辞而去，也只为看不上眼。我等若不见机，又与文招讨作对，诚为逆理罪过。遂连夜来见张鸾，说道："适间瘸子甚有不然师父之意。师父在此，有损无益。为今之计，不若见机而作，跳出是非门为上。"张鸾道："汝所言正合吾机。我有个师父在天台玉霄峰隐居修道，你我不若同到彼处寻访，采药炼丹，图个神仙正果，岂不为美？"二人商议已定，当夜便离了贝州城，望天台山而去。有诗为证：

一念贞邪转吉凶，奸雄回首即英雄。
今朝双翮冲霄去，不问洺州旧战烽。

后来道君皇帝盖万岁山，差十制使往江南运花石纲，一个制使在天台玉京洞，看好了一株金松。原来金松不比凡松，垂条如细柳，结子如碧珠，只有台州生产。这株松更生得玲珑可爱，根株盘旋在一块巧石上。制使将御用字样黄旗插着，择日起夫连石抬去。忽然洞中走出个老道者说道："此树乃先师冲霄处士手植，贫道在此看守七十多年了，乞留方便，莫动他罢。"制使道："松石图样已打在御前去了，怎罢得?"老道者道："若万岁问时，但说郑州卜道人求来作伴。"制使不听，喝教人夫将铁锹来掘。才下锹时，只听得一声响亮，石倒根扶，这金松登时枯死。制使吃了一惊，老道者又再三求告，制使依允。老道者将手轻轻的扶起那巧石，这金树依旧茂盛。制使回朝奏与道君时，朝中有晓得仁宗朝故事的，说道："冲霄处士乃张鸾，卜道人是卜吉。"仁宗到道君时，将近百年，卜吉尚存，疑其得仙矣！此是后话。

再说王则次蚤听得有人报道："张鸾、卜吉都不知那里去了。"急召左黜问之。左黜道："张鸾原与我们不同支派。昨因议论不合，怀惭而去。卜吉是他徒弟，一同去了。我们也不靠着他，可召张琪、任迁、吴旺三人回来听用。"张琪等正在各地方为官享福，闻得贝州信到，各率本处军马齐来助战。王则打听得文招讨大军已到，大开城门，引军靠城摆列阵势。瘸子紧紧相帮，左手吴旺，右手任迁，留张琪和陶必显在城头擂鼓呐喊。胡永儿亲自领兵，绕城巡警。文招讨将兵分作三路，出于阵前，与王则打话。王则见文招讨出马，唱个喏道："王则因州官贪滥，挺身为百姓除害，众人推我暂领一隅之地，又不侵犯别郡，朝廷何必兴兵到此?"文招讨大喝道："汝造下十大逆天罪恶，今天兵到来，理合开门投降，辄敢拒敌，不知死活!"王则道："久闻招讨大名，高寿宜知进退，以享余龄。若必欲交锋，诚恐手下不相饶让，勿罪勿罪!"文招讨大怒喝教擂鼓。先锋孙辅挺枪指人马来抢城，捉王则。王则见人马抢来，望后一退，让左黜马头在前。刘彦威在文招讨身边指着瘸子道：“这贼道惯使妖法，元帅宜防之。”说犹未了，只见左黜在阵前叩齿作法，乌风猛雨，雷声闪电，火块乱滚，就兵马队里卷起一阵黄沙来，罩得天昏地暗。黄沙内尽是神头鬼脸之人，引着许多豺狼虎豹前来冲阵。众军只斗得人，如何斗得神鬼猛兽？战马惊得乱窜，把鞍上将都颠将下来。王则见文招讨阵脚乱动，乘机趁势驱人马一掩。文招讨同先锋孙辅，大败而走。王则领人马随后追赶。副招讨曹伟、总管王信，见文招讨兵败，各引本部军马前来救应。王则见两路军马齐来，唯恐有失，急下令收军马入城。

文招讨引军离城三十里傅家疃下寨。计点人马，杀伤并自相践踏死者无数。文、曹二招讨及总管王信，聚集众将共议攻城之策。文招讨道：“我与西番戎兵大小也曾战数百阵，不曾见王则这般妖势。可知道刘太守输与这贼。”刘彦威道：“小将初时被妖贼刮起风沙，败了一阵。小将吩咐军中各备眼罩，第二阵却赶出猛兽来，又折一阵。小将又吩咐军中将布画成狮形，覆于马背，此孔明破南蛮之计。不料第三阵却是冷风冰雹，人马大半冻死。这伙妖人真个变化不测。必须破其妖法方可取胜。”曹招讨道：“闻得贝州会妖邪术者不过四五人，余者俱不会。然这妖邪术，曹某有个道理可以破得。”文招讨听了欢喜道：“敢问招讨有何妙计，可破妖法？”曹招讨道：“王则这家法术，和尚家唤做金刚禅，道士家唤做左道术。若是两家法术都会，唤做二会子。皆是邪法。只怕的是猪羊二血，及马尿、犬粪、大蒜，若滴一点在他身上，就变不成神鬼，弄不得邪法。”文招讨大喜，吩咐军上但交战时，刀枪头上都要蘸血。曹招讨教做五百个唧筒①，都盛猪羊二血。选五百个身长力大的军人做唧筒手，配着五百个弓弩手。交战时，若见神鬼异兽等，唧筒弓弩一齐发作，有诗为证。

---

① 唧筒：即古代的水枪，简易的筒形水泵。

邪不胜正从来有，识破之时岂能久。
任你妖群变化多，今朝难免唧筒手。

文招讨犒赏了军士。至次日，摆布军马，留明镐守傅家疃大寨，其余都起依先分作三队，离城三里，排成阵势。鼓声振地，喊杀连天。原来王则手下，无甚英雄好汉，厮杀全仗妖法。屡屡取胜，不把文招讨在意。当日闻得军马临城，张琪和任迁、吴旺商议道："我等三人自到贝州，从无尺寸之功，枉学得道术在身，今日何不施展?"三人一齐来禀王则，情愿领本部兵出战。王则道："前日文彦博大败，被他左右两路兵来攻救去。今日吴旺可引一支兵东去邀住他右军，任迁可领一支兵西去邀住他左军。张琪作先锋，与孙辅交战。寡人同国舅军师，攻取中军。务要擒此老翁，以绝后患。"三人得令，引兵出城，分路而去。

却说先锋孙辅，领着五千人，直逼城下搦战，正撞着张琪军马。张琪不知武艺，只靠着水火葫芦。当下忙忙的念咒，双手把那葫芦口向前擎起，只见葫芦中左边喷出一道水来，如高岩瀑布。右边喷出一道火来，如野焰烧空。遇水的淋头浇面，遇火的燎发焦眉。孙辅抵当不住，恐冲动大军，拨马刺斜望东而走。张琪指挥人马，追赶去了。

王则见前军得利，大驱人马而进，与文招讨大军相遇。门旗开处，左黜披发仗剑，又驱出许多神鬼及异兽出来。文招讨喝开阵门，放出五百个唧筒手，五百个弓弩手。唧的射的，一齐发作。箭上都有秽物，那些神鬼异兽被秽物猪羊二血破了邪法，形消影灭。左黜出其不意，吃了一惊。再要摆布时，却被文招讨人马乘势掩杀将来，大败落荒而走。王则急急引兵入城，拽起吊桥，将城门紧闭不出。

再说吴旺一支兵东去，正迎着曹招讨前部骁将董忠，挺枪直取吴旺。吴旺从幼也曾习过枪棒，两个斗起枪来，一来一往，约二十余合。曹招讨后队已到，曹伟双刀法神出鬼没，亲出阵前助战。吴旺料不能敌，把马一拍，腾空而起，其去如飞，曹招讨追之不及。再说孙辅引着败军东走，忽见空中一将跃马而过，离地有数丈，料是妖人。慌忙攀起弓来，望空一箭，正中在马上。那箭头都蘸得有恶血，吴旺骑的是妖马，本是纸剪就的，着了箭仍变做纸，吴旺从半空中倒颠下来。孙辅带转马，正待擒人，张琪军恰好追到，看见空中坠下一人，认得是吴旺，连忙救了。曹招讨大军都到，张琪不敢恋战，保着吴旺而走。到吊桥边叫开城门，城中接应进去了。吴旺这一支兵，隔绝在后，尽数投降曹招讨麾下。

再说任迁将木凳变成大虫骑着，摇头摆尾，自谓无敌，领一支军西去。王总管前部骁将柳春生，原是猎户出身，使一柄浑铁钢叉，部下都是步军。柳春生认是真虎，提起钢叉便搠。任迁见势头来得凶猛，把大虫一拍，那大虫跳起有二丈多高，张牙舞爪，望柳春生身上扑将下来。柳春生一闪闪过，把钢叉向大虫尾后尽力一搠，喝声："着!"扢擦一声，只见大虫倒地，看时不是大虫，却是一条板凳。这板凳属木，钢叉是浑铁打就的，金能克木，况钢叉头上也蘸得有恶血，着了一些，其妖法便解。任迁脚跟着地，早落慌了，被柳春生肩胛上一叉搠倒，活活绑缚。众军无王，各自逃生。

文招讨这一阵厮杀，三路得胜，就逼着贝州城下寨。刘彦威在城下，拾得无数的怪物来献。都是纸剪草做的，及赤豆白豆之类。但是粘着秽气，故收不去了。先锋孙辅收得吴旺的纸马来献。曹招讨招降军士千余人，王信部下柳春生解到正贼一名任迁及变虎板凳一条。文招讨一一记在功劳簿上。文招讨将任迁亲自细细的审问，方知起手连王则共是六人，以后又有张琪等三人。弹子和尚先去了，张鸾、卜吉与左黜不合，也去了。今城中只有胡永儿和左黜、张琪、吴旺四个；还有胡永儿的母亲叫圣姑姑，往来不常。文招讨临行时，听包龙图说得弹子和尚恁是利害，今闻说不在城中，又放下了一头忧虑。当下审毕，喝教上了囚车，送在大寨中明镐处看守，等待捉了王则，一同解京。每早用一碗猪羊血淋头。正是从前作过事，没兴一齐来。有诗为证：

纸马形消木虎痿，数年妖法顿成灰。
何如饼面生涯稳，无是无非不吃亏。

王则输了这阵，折了许多人马，又失了任迁。正是刀添三个缺，人减七分威。这里文招讨十万大军，倍增意气。河北州县先被王则侵占的，闻得天兵得胜，都潜地差人送款，虎视贝州，指日可得。文招讨下令差五百军上山去砍伐木植，做造攻城器械，云梯炮石，天桥火箭。数日之内俱各齐备，文招讨令傍城剿战。众军士直到城濠边攻打，只见贝州乌云黑雾，罩了城子，虚空中隐隐现出神头鬼脸，毒蛇猛兽。军士都打不得城，反伤了许多人马。一连打了两三日，只打不下。

文招讨在帐中纳闷，夜间秉烛隐几而卧。忽然一阵冷风过处，见一妖娆美妇人，将白罗帕拥颈，冉冉而来，到文招讨前跪下。文招讨大喝道："我奉王命引大兵到此，是何妖精敢来冲突？"妇人道："妾非妖精，乃本州关疑之妇赵无瑕也。王则爱妾之色，强妾成婚，妾守志不从自经而死。今藁葬在城外浅土，正在老相国军营之内，被军人啰唣不安，乞老相国怜悯，迁骨于十里之外，九泉衔感！"文招讨道："原来小娘子是位烈妇，下官失敬了！小娘子精灵不泯，必知此贼何时可灭。"妇人道："贼人魔运将尽。但老相国三日之内，主有大厄，须当谨慎。"文招讨大惊。只因这番有分教：鬼怪魔君，尽被雷霆碎首；妖邪逆党，俱遭刀剑分尸。正是：不泯贞魂终作厉，无知逆贼定遭殃。要知结末，且听下回分解。

第三十七回

白猿神信香求玄女　小狐妖飞磨打潞公

人生本是三更梦，世事浑如一局棋。
但愿心田存得正，平时乱世总相宜。

话说文招讨梦见这美妇人对他说，三日之内，主有大厄，吃了一惊。醒将转来，恍惚还见这妇人的身影冉冉而去。听军中更鼓正打三更，文招讨一夜不睡。到天明，吩咐军校在营中查访烈妇赵无瑕的葬处。不多时，军校来报：“有军士李十八适间坎地埋锅，因土松掘将下去，获一妇人尸首，外边稻草包裹。那妇人颜色如生，颈上紧系着白帕子，像个新缢死的。”文招讨便教军中用棺盛殓，备下三牲祭礼，亲到灵前奠酒，离城十里外，择个高阜处安葬，亲题“贝州赵烈女之墓”七个字于石上，令石工镌石立于墓上以记之。这赵氏冤抑三年，亏得文招讨与他改葬立碑，表他是烈妇，分明受了一道封号，把这烈妇的精神洗发出来。有诗为证：

北邙山下冢累累，谁似清阳一土堆。
记得潞公题石处，年年只有子规啼。

文招讨想那烈妇所言大厄之事，只怕有刺客奸人，潜入营中。吩咐小心巡警，攻城将士暂时休息，待三日之后，再议攻取。

话分两头。却说贝州城中一班妖人，驱神役鬼，不论日子的作弄妖法。妖气直透天庭，惊动了玉皇上帝，遣太白星李长庚查看。李星君把王则等一班妖人，反叛始末，奏闻玉帝。玉帝道：“天书秘册在白云洞中，有白猿神看守。今被人盗法，生事害民，合当一体治罪。”李星君奏道：“臣闻妖不自作，皆由人兴。只因赵宋真宗，听信奸臣王钦若，引诱三遍，伪造天书，矫诬上天，欺诳百姓。以此民间竞尚妖巫，酿成妖衅。那时宫帏中便有野狐之异，必主妖狐作乱，天下不得太平。司天监失于推详，恰遇白云洞天书出现，妖法流传，延至今日，狐党猖獗，正应其祸。此乃天数，非关白猿神之咎也。况盗法乃是蛋子和尚，其人曾设大誓，合有道法因缘，白猿神原无私授之罪。”玉帝道：“蛋子和尚何人也？”李星君奏道：“昔年有优婆夷十二岁出家修行，三十余年不曾破戒，偶于莲花塘中，见鹅鸭交感，忽动欲心，从此怀孕，一十三个月不产。一日在迎晖山下经过，腹中作痒，产下一蛋，弃之水潭而去。有迎晖寺僧拾得此蛋，送鸡巢中抱出一小儿来。从幼剃度为僧，是名蛋子和尚。长成勇猛精进，一心好道，闻白云洞有天书秘法，三年辛苦，刚摹得地煞变化七十二条，央老牝狐精圣姑姑辨识其字，因而同他母子修炼。只因狐女胡永儿与王则有夙世姻缘，所以狐党辅助为乱，蛋子和尚见机而作，并不与事。”玉帝点头，便命老金星于福禄寿三司查取王则命数，就同善恶司查勘王则行过罪恶，详议来奏。

说话的，你又作谎了。普天下人如恒河沙无数，若是一个个人的命数，天上都像算命先生，流年般细细开载在那簿籍上，得几间屋装这簿籍？每日生生死死、开除添造，几千万个书手也弄不来，福禄寿三位星官好不忙哩。就是人生一日间百善百恶，善恶司那里记得许多？看官有所不知，假如平民百姓，无禄无位，亦无大善恶，此辈万千相等，他的穷通寿夭，随着世乱世治，年丰年歉，大小劫数内总来总去，不计其数了。若是低低里一个前程，小小的一个财主，上界便都有个注缘，有善则升，有恶则降。又民间极善极恶之人，也是上天间气①所钟，其姓名亦须入善恶簿内。况且草头天子，他的命数修短，大则关系天下，小则关系一方，天庭如何没有个记录？闲话休题。

原来王则原是人趣修罗中多欲魔王转劫，五百年一出世，或男或女，妖淫好杀，应人间魔运而起。遇着昏君无道，搅乱乾坤；若撞了治世明王，其魔亦不能逞也。因是真宗皇帝伪造天书，装神说鬼，酝酿妖气深重，所以生下王则，凑着魔运。幸是赤脚大仙治世，文曲武曲诸星皆为辅佐，不能成其大害。前劫武则天娘娘福寿忒过分了，这一劫虽转男身，事事减损，命中合居王位一十二年，遇天寿星而绝，享年四十。那天寿星是谁？就是招讨使文彦博了。他在唐朝姓张名柬之，一生抱文武全才，年近八旬，不得际遇，亏了梁国公狄仁杰荐为

---

① 间气：英雄豪杰禀天地特殊之气，间世而出，故称“间气”。

丞相，领羽林军剿灭了武氏，建立了李家。后因中宗皇帝不明，枉受贬死。上帝哀怜，使配天寿星之位，世享富贵遐龄。在五代为冯瀛王，在今日为文彦博。都是位极人臣，寿将百岁。当初则天之乱，是他平定了；今日王则之乱，仍要做他的功劳。天数注定，非偶然也。

据说王则有十二年王位之分，今方五年有余，还该一半。因他五年内害杀了生灵十万，又强占有夫妇女多人，逼死烈妇一名，作孽太重，善恶司议将王则两年折做一年。只今三个月内，仍受国刑诛死，以警万众。李星君同天曹各司覆奏。玉帝道："王则处分极当。只是一班妖人，恐文彦博不能料理。"李星君奏道："从来妖法易破。但此乃天书秘册，七十二般变化无穷。既从白猿神白云洞中盗出，臣愿领帝旨，仍责成白猿神令收伏妖党，以赎漏法之罪。"玉帝准奏。当下李星君领了帝旨，出了天门，拨开云头，望白玉炉中香烟而下。

却说袁公正在洞中修真养性，忽见太白老金星下降，吃了一惊，慌忙跪接，问道："星君降临凡洞，不知何谕？"李星君双手扶起，便道："我在上帝前保奏，把一件大大功绩与你干去。"袁公道："谅小神干得甚么功绩？"李星君便叙起贝州之事："这一班妖人舞弄的术法，都是白云洞壁传出去的。玉帝要问你个监守不严，是老夫保奏下来，要你平妖赎罪。"袁公慌得手足无措，道："小神粗知剑术，曾无伏妖荡魔力量，恐误大事，实不敢任。"李星君道："我说与你一个门路，除非去求九天玄女娘娘，便有个裁处。"袁公叩首谢教，送了金星起身，便把师门信香焚起，望空参拜，连呼师父九天玄女娘娘三声。

只见旌幢[①]焜耀，干羽缤纷，那娘娘圣驾在半空中驻扎。原来娘娘是九天道法之祖，但是徒弟都有信香分授，倘有急难，焚起香时，即来救护。当下袁公叩见了娘娘，将李长庚传来帝旨告诉了一遍，拜求师父圣力裁处。娘娘笑道："原来如此。文招讨与我平日有恩，我合当助他成功。但此事是蛋子和尚开端，还须他来出力。目今他在大名府

---

① 幢（chuáng）：同"幢"，旌旗、伞盖、帐幕之类。

紫金山结庵，我今同你到彼。你可便引他来见我。”说罢，乘云而起。袁公随着云车，径到紫金山高峰之上。

这紫金山是上古玉女修真之处，满山都是翠石，绝无撮土，蛋师爱他秀丽，自离了甘泉寺，便在此山结庵而住。正是：

山古仙留迹，庵幽石作邻。
一声天际籁，不惹世间尘。

蛋师正在庵前闲玩，抬头忽见一老者，认得是旧时指引他到白云洞去的，慌忙问讯道：“向日多蒙老翁指教，无门叩谢。今日幸得再遇，请到小庵攀话则个。”老者道：“老汉非别，只白猿神的就是。奉玉帝命看守白云洞天书石壁，不敢轻传。向年因见吾师三遍哀求，真心设誓，为此指点吾师到洞摹法。谁知老狐精倚赖吾师成其变化，却去帮扶王则造反称王，杀人十万。今妖气腾天，玉帝查出盗法之由。欲将吾师与老汉一同治罪，天谴难逃，为之奈何？”蛋子和尚终是本分，蚤已心慌，便道：“动问老翁，如今有何解救？”老者道：“老汉请得九天玄女娘娘圣驾到此。吾师若同去求他，此事可解。”和尚变忧作喜，拱手道：“全赖老翁引见！”当下两个上了高峰。

蛋师见了娘娘，慌忙拜倒自陈：“贫僧虽叨法缘，获遇白云洞左壁天书，并不曾欺天背誓，生事害民。今闻得上帝震怒，望娘娘解救则个！”娘娘便教袁公扶起，对他说道：“白云洞中右壁乃天罡正法，左壁乃地煞邪法。今妖狐仗此邪法，生事害民，推究这法从何来，岂能无罪？目今文招讨大兵征讨，若能助正除邪，将功掩罪，此万全之福也。”蛋子和尚道：“贫僧与他们本事，也只相等，如何胜得他？”娘娘道：“我把天罡破邪法传授与你，他的邪法自不能施。虽则如此，那狐精多年老魅，况有左道变化无穷，急切收他不得，必须请天庭照妖镜，照破原形，方才了手。”蛋子和尚当拜九天玄女娘娘为师，传授了天罡破邪法。娘娘吩咐道：“你先在贝州，住居城内城外？”和尚道：“弟子见王则不仁，便在城外甘泉寺中着脚，从不入城。”娘娘道：“你今仍到甘泉寺中住下，我自指文招讨来相会，以成三遂之事。”

蛋子和尚不知三遂是何语，也不敢问，领了法旨，辞别出山，再望贝州而去。路上想道：“我当初住在甘泉寺时，一寺中僧众，都知我名号，那个不说我是妖人一党，今番又去，好没嘴脸。”又想一想道：“我有计了，他寺中有个老和尚，姓诸葛名遂智，出外朝山，十五年不回，杳无音信，众僧疑他已死，替他排下灵位。我曾见他挂的小像，又知他生年该七十一岁，何不变他形貌，也好栖身。”少不得仍把地煞七十二变中的换形法来使，口中念咒，将脸一抹，就变做诸葛老僧。才进得甘泉寺，众僧接见，认得是本寺师父，又惊又喜，将灵位悄地撤去，大大小小尽来叙寒温，问起居。蛋子和尚因话答话，大盼盼的看他们扫舍安床，供茶敬饭，受他们叫师公师父，全不在意。

看官牢记话头，蛋子和尚自在甘泉寺中且做老僧诸葛遂智住着。再说玄女娘娘引白猿神天庭见玉帝谢罪，遂请得照妖镜来同袁公到河北界内来，云居雾宿，专等时候到时，平妖定乱。

话分两头。再说贝州城中见官军连打三日城，云梯、炮石、天桥、火箭逼近城下，虽然攻打不破，好生慌迫。降将陶必显与手下几个心腹商议城破之日，性命难保，谋要献门赎罪。写下密书缚在箭头上，等明日官军打城紧急时，捉空射去。不期第四日文招讨收兵回营，不曾射得，有同谋军士只道官军退了，要在王则面前献功，偷了密书出首。王则大怒，即将陶必显并同谋诸人，一齐捆来城上，枭首示众。出首军士，赏了千户之职。后人有诗云：

从王从贼两无成，反复偷生竟不生。
何似茹刚同死节，甘陵城下表双贞。

又有诗单道军士先见事急同谋，后因兵退出首，真小人也。诗云：

献门救死本同谋，兵退旋为媚贼图。
世上势交皆若此，几人心腹可无虞。

王则见人心变了，心内越慌急，请左黜和老婆胡永儿到点军教场，一起商议。胡永儿道："大王且不必忧虑，奴有一计，只教文招讨在城外死于非命。他十万军马，没了主将，不战而散，好么?"王则道："贤后有甚妙术，安排得他死，散得他十万人马，解吾贝州之围?"永儿向左黜耳边说道："如此如此好么?"左黜拍手大笑道："要得官军解散，除非此计!"便吩咐手下人去磨坊里取一块大磨盘来。不多时，只见十来个人，扛一块大磨盘来到厅下。胡永儿走下厅来，将朱砂笔书一道符在磨盘上，右手仗一口剑，左手持一钵盂水，口水念念有词，噙一口水，看着磨盘上只一喷，喝声道："疾!"只见磨盘在地下左旋右旋，忽地漾漾的望空便起，如风吹纸鸢儿相似，径往城外飞将去了。王则和众人见了，无不喝采。想着这块大磨盘边傍擦过，也须去一层厚皮。若是看得准打将下去，料不是个小小肐膪。莫说近八十岁一个老文招讨，就是精壮后生，一连摆他十来个在那里，怕他不都做个肉饼儿，这一番必然了事！正是急将妖法使，呆等好音来，不在话下。

却说文招讨正升帐请副招讨曹伟、总管王信、先锋孙辅等到帐中议论攻城之策。只见狂风骤起，空中飞下一个磨盘来，望着文招讨顶门上便落。一声响振天动地，众人惊得面如土色，只道打死了文招讨。却说文招讨正坐在交椅上，蓦被一人拦腰抱过一边，离交椅有五七步路。那磨盘下来，打不着文招讨，却把交椅打做粉碎，地上打一二尺一个深凹。众将见文招讨无事，俱各大喜。文招讨吃那一惊不小，别取交椅坐定，问道："适来抱我者是何人?"说犹未了，只见一个人来到面前唱喏。其人生得身材长大，面貌丑陋。众人看时，都不认得，又不是亲随人，又不是帐前士卒。文招讨问道："你是何人，来救我一命？乞道其详，自当重报。"那个人道："某不是军中人。今贝州王则使妖法将磨盘来压死相公，某特来救相公之命，报相公向日一饭之恩，方便之德。”文招讨见说大喜，道：“感谢你来救我，不知我文彦博施恩在于何处？愿求姓名！”那人说出姓名来，真个百家小说未见其名，廿一史中从无此事。正是：神圣有灵扶正直，妖邪无术害公卿。毕竟说出甚姓名来，且听下回分解。

第三十八回

多目神报德写银盆　文招讨失路逢诸葛

一饭千金信有之，鬼神亦自报恩私。
试看多目银盆事，阴德从来岂受亏。

话说文招讨若不是一代福人，险些儿被磨盘压死，亏得那人救了性命。问其姓名，那人道：“口说恐相公失忘了，可借银盆笔砚来。”手下人取银盆笔砚排列桌上。那人道：“乞退左右。”文招讨喝退了左右。那人提起笔来写罢，将银盆覆在地上，大跨步走出帐外去了。文招讨即时使人追赶，便不见了。文招讨道：“却又作怪！”教人揭起银盆来看时，中间写着“多目神”三个大字，众人皆不晓其意。文招讨沉吟了半晌，方才想得起来。原来文彦博幼年未及第时，曾在九天玄女娘娘庙中祈梦，梦见娘娘赠他十个字，道是“人间名宰相，天上老人星”。彦博从此央个高手画工，画成娘娘圣像，裱轴供养，每月朔亲自展开，拈香拜祷。又一日出路到一馆驿中借宿，驿吏告道：“此处有鬼魅，在此房宿者，常多损人。”此时文彦博不信此言，乃明点灯烛，置酒驿房独酌。夜至三更，忽然起一阵狂风，风过处见一人披发至案前低头，呼彦博为相公，觅其酒食。文彦博问道：“你是人是鬼？实说当赐你一醉饱。”那人道：“相公不闻九天玄女娘娘部下有顺风耳、千里眼二神乎？千里眼即某是也。娘娘差委瞭望一事，因贪酒醉担误，触了玄女娘娘之怒，贬在此地忍饿三月，限期未满。今见相公贵人，特来相求。”文彦博道：“你何以知吾为贵人也？”那人道：“凡大贵人所至，地方神道必先时替他驱逐野鬼妖魅之属，是以知之。某系娘娘属吏，故容留居此耳。”文彦博道：“你既被罚在此，如何敢损害居人？”那人道：“某因生来面丑，受罚之时，又被娘娘法旨将神刀在脸上刺成多目，益增凶怪。人见某乞食，便自惊死，亦系禄薄命绝，非某之罪也。”文彦博道：“你将面貌我看。”那人道：“恐怕惊了贵人。”文彦博必要相认。那人分开头发，只见青脸上霍霍眨眨有八只凶睛，闪烁可畏。文彦博见了，也自骇然。遂把酒饭尽他饮啖。文彦博又问道：“我平日敬奉玄女娘娘圣像，明蚤替你拜求方便何如？”那人道：“若得相公一言，某罪即脱。异日相公有难，某必来相救。”言讫隐然而去。次日，文彦博备下香烛在神轴前拜告，求宽千里眼之罚。是夜又梦那人来谢道：“承相公方便，已销了罚限矣。相公福寿非常，记取他时换眼相见。”文彦博从此深自抱负。后来身荣及第，出将入相，益信玄女娘娘之灵，月朔礼拜，到老恭敬不衰。虽在军中，未尝间断。因当初馆驿中见的蓬头垢面，脸上四对凶睛。今日虽然丑陋，衣冠整饰，只有一双光眼，所以文招讨一时想不起来，见了多目神三字，转起他时换眼相见之语，方知此人即娘娘部下千里眼之神也。

文招讨把这些事迹对众将说了，众将一齐拱手称贺，心中并皆骇然。都去看那银盆时，只见边旁又有六个小字写道：“逢三遂，妖魔退。”文招讨仔细看了，问众人时，都不解其意。曹伟道：“主帅福分齐天，神灵护佑。据曹某看来，此贼不日可平矣。”文招讨道：“何以见之?”曹伟道：“神名多目，又八个凶睛，乃贝字之义。今日换眼相见，八睛俱灭，此示贝州亡灭之征也。因主帅敬事玄女娘娘，所以遣神预报征兆。三遂虽然不明，后必有验，只顾进兵便了。”文招讨道：“梦中赵烈妇所言大厄，此可应矣。既有令休兵三日，待日满进兵未迟，诸公且去细想三遂之意。”众将应诺而退，各归本寨细想，不在话下。

却说贝州一班妖人，满望磨盘成功，置酒作贺，一面差人打听官军寨内动静来报。只见探事的来报道：“文招讨军容严肃，队伍整齐，依然无事。”王则与众人说道：“若那边没了主将，便不整齐，无心恋战。今文彦博阵上没一些动静，不知磨盘曾害得他也不?”左黜道：“这家法术百发百中，没人解得，必然压死了。”王则道：“若是要知虚实，可教人去下战书，便知端的。”众人道：“大王见得是。”即时写下战书，差一个的当①的军士，直至文招讨帐前去下。文招讨见说是下战书的，教唤至帐下。左右接了书安在桌上，文招讨展开看了，便解王则之意，思忖道：“他只道使妖法把磨盘压死了我，谁知我安然无事，见我这里没些动静，故以下战书为由，来看虚实。”当时文招讨当面批回“来日交战”与下书人回来。王则看了批回，问下书人道：“你曾到

① 的（dí）当：稳妥，合适。

文招讨帐下么？”下书人道：“告大王：文招讨并无疑忌，直唤小人到帐下，亲自写了批回，打发小人回来。”王则听说文招讨无事，心下忧慌，连夜请左黜到伪宫中与胡永儿商议对敌之策。左黜和胡永儿见说磨盘压文招讨不死，心下也有三分着忙。

正在踌躇，忽报圣姑姑到来。众人慌忙迎接上坐。王则告诉文彦博血筒破法，及磨盘压他不死，目今刻期交战之事。圣姑姑对左黜道：“何不行白马迷军之法？”左黜道：“男女们两次用法，皆是上等利害的，都被他解了。只恐行之无验，反折军马，所以踌躇未决。”圣姑姑道：“我这家法术，千变万化，但不可轻试，岂有试而不验之理？只因行法之人，贪酒恋色，七情六欲耗散精神，所以存想不定，取气不的，自己力量不能相配，灵气既薄，自然易解。譬如向空吹毛，或五六尺而坠，或一二尺而坠，皆由神气有足有不足之故。明日上阵，看老拙做作，他们破得破不得？”左黜和永儿低头无语。王则道：“全仗圣母娘娘神力。”

当日计议已定，次日天晓，王则整点一万人马，大开城门，放下吊桥，排成阵势。良久，两阵对圆。文招讨依旧带了唧筒手，并猪羊二血，使人高叫王则打话。王则阵里并无一人出来。却说左瘸师裸体跣足，不穿衣甲，领了张琪、吴旺一班人，拥着圣姑姑，看他作法。圣姑姑披发仗剑，牵着一匹白马，在阵中叩齿作法，脚下步魁罡，口中念念有词，喝声道：“疾！”把剑尖刺着白马的头，刺出血来，噙口血水，出到阵前一喷。不喷时天清日朗，喷了时只见乌云猛雨，霹雳交加，飞沙走石。那阵风吹得黑魆魆地，对面不相见，伸手不见掌。这班血筒手和弓箭手，不知东西南北，黑暗里如何施展？众军士们被沙石乱打，人人丧胆，个个销魂，弃甲抛戈，各自去寻生路。文招讨在乱军中左一撞，右一冲，不知高低，几乎跌下马来。忽见马前又起一阵旋风，风去处吹开一道毫光，淡如寒月。文招讨趁着这点光儿，落阵逃走，回头看时，并没一个人跟随，独自骑着匹马，好生慌张愁闷。正似：

风落荒坡，脱尽浑身锦羽；龙居浅水，失却颔下明珠。蜀王春恨啼红，宋玉悲愁怨绿。吕虔亡腰下之刀，雷焕失匣中之剑。孤客夜行灯又息，破舟风荡雨还来。

当日文招讨正行之间，只见前面是山林树木，不知是那里去处，勒马转过山嘴，天气却明朗了。见一条幡竿，又听得钟声响，驻马看时是一座寺院。文招讨道：“到此无奈，只得到寺里寻人问条归寨的路，又作区处。”来到寺前下马，入寺里来，见一个行者。文招讨对行者说要见长老。行者道：“老将军可姓文么?”文招讨道：“你那里便晓我姓文的?”行者道：“老师父说，今日有个姓文的将军到此，吩咐我伺候迎接。”文招讨口虽不语，心下想道：“他师父预知我到此，必非等闲人也。”便对行者说：“正要见你师父。”行者牵了马，前行引导。那老和尚早在方丈门首相迎，慌忙请入问讯了，分宾而坐。长老道：“将军必然饥渴了。”忙教徒弟们吩咐厨下办斋，将这马牵在院后喂草。先教行者讨茶来吃，茶罢，长老问：“老将军可是曾入中书拜相，见今领十万大军，来讨王则的文招讨么?”文招讨道：“吾师何以知之?”长老道：“昨夜伽蓝神梦中见报，所以知之。闻名久矣，今日山门多幸，得招讨到此。如何无随从之人?”文招讨道：“今蚤与贼对阵，不意大败，单骑逃难到此。”长老见说，大惊道：“莫说招讨大才，就是十万大兵，对付不易；贝州乃一洼之地，能有多少人马，如何却输与他?”文招讨道：“若论对阵，必不能取胜于我。今王则一班贼党，皆会妖法。但交战之时，他阵内便放出神头鬼脸，猛兽怪物来，军马见了，俱各惊走。副招讨曹伟献计，用猪羊二血、马尿、大蒜唧筒胜得他一阵，贼兵数日不敢出城。日前下官升帐与诸将议攻城之策，不期妖人使邪法，将磨盘从空压将下来，幸得多目神救了性命。蚤间与贼兵见阵，不提防王则阵里，起一阵恶风，忽然天昏地暗，疾雷骤雨，飞沙走石，打得阵势散乱。下官独自迷路至此，望乞吾师指引归途，到寨却当重谢。”

长老听说罢，离座拍手大怒道："当今乃尧舜之世，君圣臣贤，此一等妖人辄敢恼乱朝廷。请招讨免忧，看老僧与招讨出力，破其邪法，扫除逆党。"文招讨闻言大喜道："不敢拜问吾师高姓?"长老道："老僧复姓诸葛，名遂智。"文招讨听罢欢喜道："多目神曾写六个字道：逢三遂，妖魔退。众人晓夜参详，全然不解其意。今日天教遇着吾师，若吾师肯去，破得贝州，下官奏过朝廷，官赏功劳不小。"长老道："老僧是空门中人，岂贪富贵爵赏。但今清平世界，不可容此妖人。老僧当效犬马微劳，助招讨荡平妖逆。今晚请招讨在寺中权宿一宵，明蚤五更同往大寨。"

招讨卸了衣甲，吃了晚斋，和长老讲论了半夜，睡到五更，起来洗漱罢，吃些饭食。长老教行者："寺中有马牵一匹来，我同招讨去破贼。"众僧们一齐都叫起师公师父，说道："你老人家出外十五年，方才回家，还没有数日，闲常日里只是打瞌睡，几曾晓得厮杀事情?却跟这位老将军去，好没来头。"那长老嘻嘻的笑道："你们不须见阻，我自有破贼之法，替朝廷干场功劳，也与寺中增光。待事毕还归寺中，与你们相聚。"

众僧只得备马，文招讨与长老都骑上马，带三个行者明点火把离寺，迤逦来到寨前。众将与军士见了文招讨，不胜欢喜，迎接至中军，曹招讨等都来动问道："主帅一夜不回，众将皆忧慌无措，不知落阵走到那里，缘何同这个老师父回来?"文招讨道："昨日被王则使邪法一阵恶风，吹得我迷踪失路，到一寺中，偶遇此圣僧，说能破邪法。我想正应多目神之言。"乃去曹招讨耳边低低说道："这个和尚叫做诸葛遂智。"曹招讨大喜，屏退左右，问长老道："吾师有何神术，能破妖邪?"诸葛遂智道："老僧游方一十五年，曾遇异人传授五雷天心正法，凡遇金刚禅左道一应邪术，老僧见了，念动真言，即能反邪从正。招讨如不信，来日对阵，便见分晓。"

当日文招讨留长老与行者在中军，即修战书一封，教军士去贝州投下，约在来日交战。一面从傅家疃老营内挑选生兵一万，来补中军损折人数，及替中伤军士，退回后寨将息。

且说王则见了，批回战书，打发军士自回。乃对众妖人商议道："前日一阵，被我杀得大败而走。今日尚敢又来勒战，必须求圣母娘娘再用前日之法，直杀到界分，教他十万人马不留一个。"话休烦絮，两边各自整点人马，只等来日厮杀。

次日，王则领军马出贝州城排成一个阵势，两阵对冲，旗鼓相望。门旗影里，又见众妖人簇拥着圣姑姑披发仗剑，牵着白马在前，口中念念有词，把剑尖刺着白马，噙口血水只一喷，只见王则阵上，恶风急起，沙石雨雹，看看来到文招讨阵前。诸葛遂智在军中见了，摇动铃杵，口念真言，把铃杵一指。可霎作怪，那阵恶风沙石雨雹，转风望王则阵里打将入来。王则刚叫声"阿呀"，看那一班妖人都不见了，情知风势不好，连忙招军马急急转身。文招讨鞭梢一指，大小三军一齐掩杀过去，王则人亡马倒，折其大半，赶落城濠死者，不计其数。王则急急收拾些少败残人马，奔入贝州，拽起吊桥，关上城门，紧守不出。

却说文招讨三军杀到城下，割人头耳鼻，夺金鼓旗幡。文招讨令鸣金收军，离贝州城不远下寨。文招讨请诸葛遂智上座，躬身谢道："这一阵皆吾师之力也。若如此，贼兵指日可破。"诸葛遂智道："老僧以正破邪，无往不利。若是有老僧在阵中，何惧王则一行妖法之人！"文招讨闻言甚喜道："王则今日输了一阵，越守得城子紧了。"传令教军士并力攻城。只见贝州一股青黑之气，罩定城头，内中或时见万团烈火，或时见一派洪水，种种鬼怪无计布摆。文招讨教三路人马团团围了贝州城，周围如铁桶相似，擂鼓发喊，只等城中军马出来，这里诸葛遂智以正破邪，乘势就杀将进去。不期王则仗着妖法死守，只不出来。文招讨只得教军士离了贝州城下寨，依先提铃喝号，递箭传更。与曹招讨计议道："下官同招讨领十万人马，一日费了朝廷许多钱粮。到此将及有两个月日，破不得贝州，如何是好？"曹招讨道："主帅且请宽心，容曹伟再思良策。"当日曹招讨别了，自归本营。文招讨在帐中忧虑，不觉天色夜深。但见：

银河耿耿，玉漏迢迢。穿营斜月映寒光，透帐凉风吹夜气。雁声嘹哓，孤眠才子梦魂惊；蛩韵凄凉，独宿佳人情绪苦。军中战鼓，一更未尽一更敲；远处寒砧，千捣将残千捣起。画檐间，叮当铁马，敲碎士女情怀；旗幡上，闪烁青灯，偏照征人长叹。妖邪贼侣心如蝎，忠义英雄气似虹。

当夜文招讨在帐中，翻来覆去睡不着，至三更前后，听寨外时静悄悄地，文招讨起来离了寨房。听时正打三更，见一个军士打着梆子来交更，口里低低唱只曲儿。只因这只曲儿，有分教，司更小卒，同为讨贼之人；仗钺元戎，早定平妖之策。真个是：兵在精而不在多，将在谋而不在勇。毕竟唱甚曲儿，生出甚事端来，且听下回分解。

第三十九回

文招讨听曲用马遂　李鱼羹直谏怒王则

小斋长夏一炉烧，窗几生凉竹树交。
午睡起来无别事，听人鼓掌说平妖。

话说文招讨三更时分寝不成寐，起来离了寨房，悄地巡行，只听得唱曲之声。上前窥看，原来是个打更的军士，把那梆子按着板唱个曲儿，唱道：

恨妖人粗心大胆，不怕朝廷的法令。从你据了这贝州城，不知杀了千万军民的生命。只为你一个人儿，害我十万大军，背井离乡，操戈带甲，受这般的危困。更有俺巡更的军士们，挡着风，冒着露，整夜的行来步去，步去行来，喝号而提铃。恁般辛辛苦苦，何曾有人道个可怜的一声？想将来，只是不公道的阎君，一般样生，一般样长，如何偏派我做军人？若是有功的时节，大将算大功，小将算小功，何曾派到我小军？只有阵上的枪刀，营中的捆打，是我们做军的本分里，应受应承。不合做了小军呵，你便有张良般智，韩信般才，有谁偢睬，那里去讨个出身？笑杀那文招讨曹招讨，两个有名的招讨，到如今招得几人？讨得几人？眼盼盼看这手掌大的城儿，装妖作怪，何日得太平？酸辛！俺做小军的，倒有三分主意儿，只恨不在其位了，有忠难进，有志难伸。酸辛！若是有个筑坛拜将的萧何，俺这副忠肝义胆，情愿报效了朝廷！

文招讨听得明白，便回账房，唤身边心腹之人道：“悄悄去唤那唱曲打更的军士进来，我有话说。”须臾唤到，直至榻前。文招讨问道：“方才说有张良般智、韩信般才的，就是你么？”军士跪着磕头道：“小人信口胡诌，不期招讨闻知，小人该死！”文招讨道：“你休要慌张，目今攻城无策，正是用人之际。你的三分主意儿，是怎样？若说来可听，要我筑坛拜你，亦有何难！”军士道：“不是小人夸口，小人能斩王则之首，献与招讨。”文招讨慌忙亲手扶起，问道：“你有何计策，恁地方便？”军士道：“不瞒招讨说，小人与王则同乡，自小同堂上学，结为兄弟。”原来这军士也是贝州人，与王则相交最厚。因跟随一个房分叔叔到东京做客，消折本钱，叔叔死了，他就流落在东京，占了军籍。文招讨问道："你姓甚名谁？"那军士道："小人姓马名遂。"文招讨听了，暗喜道："想其人必应多目神之言。这汉子去，必能了事。"文招讨道："你且说如何用计？"马遂直走到文招讨身边，附耳低言语道："小人如此去，如此行事，必斩王则。"文招讨听罢大喜道："若事成之日，必当一力举荐，管你出身不小。不可漏泄于人。"马遂应诺，悄地出了账房，自去交更安息了。

到次日天明，文招讨升帐。众将官都到帐下声诺过了，摆立两边。文招讨发放军事已毕，叫左右唤昨夜打三更的军士来。不多时左右挨问是马遂，唤到帐前跪下。文招讨问道："你便是昨夜打三更唱怨词的么？"马遂道："告招讨！小人恐怕瞌睡误了更次，把个小曲儿唱着消遣，其实不曾唱什么怨词。"文招讨大怒道："你说背井离乡，挡风冒露，捆打有分，功劳无分，不是怨词么？这厮捏造谤语，怠慢军心，即当斩首！"喝教刀斧手推出辕门斩讫报来。马遂道："告招讨！饶小人之罪，小人情愿去招降王则。"文招讨教且押过来，问道："你这厮乱道，有甚本事招降王则？"马遂道："小人与王则曾有一面相识。今日贼兵连败，困于一城之中，势在危急，小人用词说之，必使他不战而降也。"文招讨道："我今写一封密书与你，你若送得此书，招得王则来降，必当记功重赏；如其不然，你的死自在后面。"文招讨当时写了书信，封固了，交与马遂。马遂慌忙出帐，径到贝州城下，隔着城河高声叫道："城上人！我有机密大事来报你大王，可开城门放我入城！"那守城军听说，禀了守门官，开了城门，用小船过河来，渡马遂上岸。少不得细细搜检，并无夹带寸铁。军人见有文招讨书信，只道下战书的，押来见王则。

王则认得马遂是同乡兄弟，便道："多时不见你，原来在文彦博军中。今日有何事却来见我？"马遂道："告大王！马遂不才，失身在军伍之中，本不敢来见大王。因前日夜间，该马遂巡三更，恐怕打瞌睡，不合唱个曲儿。文招讨道我搅乱军心，要斩我，幸我转口得快，禀道：

‘我有本事招降大王。’文招讨信了，亲笔写下一封书信，教不才来递送。不才侥幸脱身，特来投顺大王。不才尽知文招讨军中虚实，望大王收留在帐下做一走卒，当以犬马相报。”就把文招讨书信递与王则。王则看了书中有许多大话，即便扯碎。便教马遂改换衣服，请到便室同坐。马遂道：“大王是三十六州之主，小人得蒙大王收留，执鞭随镫足矣，安敢预坐?”王则道：“寡人与卿乃同乡，又是从小兄弟，与别人不同。”马遂只得坐了。王则教安排酒来，一面请马遂吃酒，一面问文招讨军中虚实。

马遂道：“文招讨只有五万人马，诈称十万。前日又输了几阵，折了一万多人马。又傅家疃明镐寨中，存下一万老弱中伤之人，如今不上三万实数。昨日计点粮草，听得说只可关支十余日。今大王用心把守，不过数日，文招讨之军，不战而自退矣。”王则听马遂说了十分欢喜。当日直饮到晚，王则对马遂道：“曾记得少时同乡，在书馆中做对吟诗。自从爱了枪棒，不攻文墨。今日故人相见，可各题诗一首，以表衷曲。”马遂道：“小人从幼愚鲁，赶大王脚跟不上，何况今日。大王请先吟，小人效颦而已。”王则教取文房四宝，带醉写出四句道：

脱却军装换衮袍，六千人内逞英豪。
他时破敌功成日，敢为贫交吝节旄。

王则道：“我为散了六千军士的钱米，知州见怪，因而起手。第四句示不忘旧之意。”马遂道：“大王制作甚妙，小人如何敢和?”王则道：“正欲观卿赓和①，以占学问消长耳!”马遂依前韵也写四句道：

交情仅见说绨袍，何幸今逢天挺豪。
佐命愿随诸将后，敢言功绩望旌旄。

---

① 赓和：用他人诗歌原韵或题意唱和。

王则看诗，大笑道："卿立意甚美，不独辞章也！"两个吃得尽醉而散。次日，马遂来谢，王则封为亲军指挥使之职，就留他在伪府中，与张琪一同值宿，时时请他谈论。马遂进此谀语，王则甚喜，并不疑他是行诈降计来的。马遂要杀王则，又下不得手。忽一夜，与张琪同坐吃酒，各谈胸臆，说到忘怀之际，马遂道："闻大王部下，人人都有道术，不知老哥有甚神通？"张琪便把水火葫芦来历妙用都说出来。马遂见他醉了，定要求来一观。张琪揭起衣服，只见贴肉汗衫上，系着一条软绦儿，绦上挂着一个小小葫芦，提与马遂看了，不解下来。马遂看在眼里，是夜只推酒醉，就与张琪同宿。马遂有心，到半夜只说解手起来，叫声："张大哥！"张琪酒醉熟睡去了，马遂要去解他腰间的法物，见缚得紧紧的，恐怕惊醒他，自己身边皮袋内带得有秽血蒜汁，轻轻的将他葫芦塞去了，滴几滴脏水在内，照旧塞好。天明起来，张琪全不知觉，正是：高兴事成没兴事，无心人对有心人，不在话下。

再说文招讨见马遂去了许多时，没些动静，传下令来，教众将引兵四面攻城。孙辅攻打西门，董忠攻打东门，柳春生攻打南门，刘彦威攻打北门。各各近城，擂鼓呐喊勒战。王则急请众人计议。只有瘸子恰遇中酒，叫唤不醒，其余都到齐上城巡看。一面差人报圣姑姑、胡永儿得知。王则唤马遂问道："你说文招讨军中缺粮，缘何又来攻城？"马遂道："他只趁这几日粮草，如何不并力来攻！只道大王折过一阵，决不敢出兵迎敌。若出其不意，必然破之，破得他一支军，其他安身不牢，必尽退矣。"马遂的意见，只要哄开王则身边一班妖人，他好于中取事。王则不解其意，点头道是，问："何人敢去冲阵？"张琪自恃水火葫芦，前番只他有功，挺身出来应道："孙辅是某手下败将，某识破他手段，情愿引一支兵出西门迎敌。"说罢，飞马下城去了。王则道："再得一人接应方好。"看着吴旺。吴旺吃过惊吓，本不愿行，出于无奈了，只得应承，怏怏而去。王则靠着悬空板，按住木栏杆，在西门城上观战。

却说先锋孙辅，正在率众打城，忽见城门开处，一彪军飞奔出来。

孙辅慌忙约退军士，挺枪立马，等待厮杀。张琪不持兵器，手中擎着葫芦，约莫官军相近，念起神火咒，把葫芦去了塞口，喝声：“疾！”不见火光透出，再念圣水咒，连喝：“疾！疾！”把葫芦签筒般摇了几摇，也没见涓滴儿倘将出来，把眼张那葫芦口内，只闻得一般血腥蒜臭之气，情知法破，拨回马头便走。孙辅引兵飞马来赶。

原来王则与胡永儿做了夫妇，只学得两个法儿，一个是禁人法，一个隐身法。行起禁人法时，随你千军万马，追赶如飞，能令登时禁住两脚，动移不得，直待一个时辰后方解。王则在城上望见张琪兵败，后军来赶，正要念禁人咒语。马遂立在身边思量道：“此时不下手，更待何时？”但两旁左右，都执着刀斧器械。马遂欲夺刀来杀王则，又怕被人知觉，乃捏得拳头没缝。说时迟，那时快，王则咒语还未念完，被马遂狠的一拳，打中嘴上，打落当门两个牙齿来，绽了嘴唇，跌倒在城楼上。马遂就夺左右的刀来砍，却被王则身边一个心腹贼将，唤做石庆，腰里早拔刀出来，手起刀落，把马遂剁落一只胳膊来。众人一齐向前，捉了马遂，救起王则，王则大怒，教左右斩讫报来。马遂大骂道：“我为无刀在手，不能砍妖贼之头，与万民除害！我死必为厉鬼杀你矣！”众人推马遂去斩了。后人有诗赞之云：

葫芦水火已成空，又见妖人折齿凶。
却笑荆卿名剑客，祖龙绕柱竟何庸。

却说张琪走到吊桥边，众军争先逃命，先把吊桥踏断，背后孙辅赶来，张琪绕濠而走，遇泥泞处，马前脚陷下，被孙辅赶上一枪，搠下马来，跌入濠中溺死。可怜张琪卖肉为生，不安本分，今日做了水中之鬼。孙辅教军士将挠钩拖起尸首，割了首级，到中军帐下献功去了。吴旺只推桥断，竟不来救应，引兵而回。

再说王则被马遂打绽了嘴唇，声也则不得。恰好圣姑姑和胡永儿都到，见王则恁般模样，又损折了张琪，深恨马遂之事。忙教人将暖舆抬王则到伪府中，一面教医人调治。左黜酒醒来，知道此事，也来问安。胡永儿埋怨瘸子吃酒误事，瘸子笑道："我嘴唇又不绽，如何禁我饮酒。"胡永儿道："且莫说笑话，则今攻城紧急，必须从长计较，斩得他正将一二员，方才肯退。"圣姑姑道："他既有破法之人，别无甚计，除非行乌龙斩将法。此法急切难破，但《如意宝册》上写道：此乃至恶之术，万万不可轻用，用之必有阴祸。如今也说不得了。"

原来这法用五金之精，聚于六甲坛下，炼七七四十九日，铸成鬼头刀一口，名曰神刀，自能鸣跃。用石匣盛之，藏于水底，金水相得，方不跃去。如遇至危之际，将纯黑雄犬一只，朱书斩将符三道，并开欲斩之人姓名，一同焚化，念斩将咒三遍，吸西方金炁一口，存想人头落地光景，将神刀猛力砍落犬头，所焚姓名人头，同时并落。若把军册焚化，虽千万人，亦皆落头。此所以为至恶之术也。

当初圣姑姑等三人炼法之时，亦为此法利害，总只铸得神刀一口，藏于天柱山顶池中。圣姑姑要去取来砍取文、曹二招讨，及有名诸将之首。左黜和胡永儿都喜欢道："必须如此，方保无虞。"圣姑姑飞身去了。左黜自和吴旺巡城守御，胡永儿也回伪府中行乐。王则疼得烦闷，饮食不进，无可消遣。平日最喜欢一个扮副净的乐人，叫做李鱼羹，弹得好琵琶、唱得好曲，又会说平话，嘲笑耍子，王则教唤他来解闷。

当日李鱼羹来到王则面前，也不弹，也不唱，闭着口只不则声。王则问道："李鱼羹，你为何不则声，心下有甚烦恼？"李鱼羹道："大王尚且烦恼，小人怎地不烦恼？小人与大王都是做私的①。大王所靠者，只几个兴妖作法的人，如今弹子国师去了，张鸾丞相避了，卜吉将军走了，左黜军师输了，任迁捉了，张琪死了，圣姑姑寻事儿躲了。今日在围城之中，城外军马越添得多了，并力攻打，双日不着单日着，终久被他捉了。如今烦恼也算迟了。"王则道："你的意思如何？"李鱼

① 做私的：从事不法活动的人。

羹道：“不如及早受了招降，反祸为福。”王则大怒道：“叵耐这厮不伏事我，反把言语来伤触我!”喝教左右拿下。手下人把李鱼羹捉了。王则教把他缚了手脚，吊在炮梢上就城上打出去，跌做骨酱肉泥。众人缚了李鱼羹，吊在炮梢上，拽动炮架，一声炮响，把李鱼羹打出城外。正是：酒逢知己千钟少，话不投机半句多。毕竟李鱼羹性命如何，且听下回分解。

第四十回

潞国公奏凯汴京城　白猿神重掌修文院

神器从来不可干，僭王称制讵能安。

潞公当日擒王则，留与妖邪做样看。

话说王则怪李鱼羹直言伤触，吊他在炮梢上，打出城外。可煞作怪，不前不后，恰好打落在城濠边河里。有攻城的军士们，见城上炮打出一个人来，即时去看，将挠钩搭上岸来，还是活的，随即解了索子，押到文招讨帐下。文招讨问道："你这汉子是什么样人，姓甚名谁，为甚事打出城来？"李鱼羹道："告招讨：小人是贝州乐人，名唤做李鱼羹。一时不合劝谏王则归顺招讨，王则大怒，把小人做炮梢打出城来，要跌小人做骨酱肉泥。天幸不死，得见招讨。"文招讨道："你是个乐人，如何的劝谏王则？"李鱼羹道："王则被一个马遂一拳打落了当门两个牙齿，绽了嘴唇，念不得咒语，叫小人解闷。小人乘着燥头，劝他归顺，不然时，旦夕之间必被招讨捉了。岂知此贼不悟，反怪小人。"文招讨见说，喜不自胜，道："你虽然是个乐人，却识进退。"教左右赏他酒饭。

李鱼羹吃了酒饭，文招讨又问道："你既是个乐人，必然在贝州久了，定知城内虚实？"李鱼羹道："告招讨：贼首王则被打绽了嘴唇，念不得咒语，已无用了。先前有国师蛋子和尚，丞相张鸾，大将军卜吉，都有本事的，因见王则不仁，前后都去了。如今出力的，只有瘸脚军师唤做左黜，善使妖术。还有王则的浑家胡永儿，也会兴妖作法。胡永儿的母亲叫圣姑姑，更是利害。王则全靠这几个妖人，其余都不足道。近日被官军破了妖法，连输几阵，也都着忙了。圣姑姑今往天柱山去取什么神刀，只怕也是脱身之计。"文招讨道："城中兵粮还有多少？"李鱼羹道："他们靠的是豆人纸鬼，若军士，在先也不过万余，连次损折大半，今佥百姓顶补，都是乌合，不谙战阵的。钱粮府库中原少，全是左黜等妖法摄来费用，所以时时不缺。"文招讨又问："城中有多少百姓，坊巷，河道，衙门，怎地模样？"李鱼羹一一都说了。文招讨道："天使此人漏泄虚实，王则可斩矣。"

文招讨正说之间，只见帐下走出一员将官来，道："告招讨！小将能生擒王则来见招讨。"文招讨见这个人出来，甚喜道："正应多目神之言，逢三遂，可破贝州。"原来这个将官姓李名遂。先前诸葛遂智曾破法，杀了一阵；次后马遂打绽了嘴唇，念不得咒语，行不得妖法；今又逢李遂，却好三遂，因此文招讨喜欢。文招讨问李遂道：“你有何计策可擒王则?”李遂道：“小将手下见管着五百名掘子军。今得李鱼羹说破城里虚实，地理坊巷，一应去处，图画阔狭，容小将再一一仔细问他端的，对图本度量地面远近相同。只须带五百名掘子手，在城北打一个地洞，直入贝州城内，到王则帐前，捉了一行妖人，然后开城门放大军入城，有何不可?”文招讨大喜，赏李鱼羹、李遂各人衣服一套，就佥补李鱼羹为帐前虞候，教李鱼羹细说城内衙门地面坊巷虚实。即令浮寨官相度，画了个图本，把与李遂。李遂看了，计算远近虚实，阔狭方向，禀复文招讨道：“这事须密切，亦不是一时一霎之事。望招讨整顿军旅，时刻打通，就好接应。就要带李鱼羹去做眼。”文招讨道：“你可仔细用心，如拿得王则，克复贝州，奏闻朝廷，你的功劳不小。”随唤五百掘子军，都赏赐发放了。

李遂正要起身，只见诸葛遂智向前道：“告招讨：李将军虽打得地洞入城，恐不能擒捉王则。”文招讨道：“吾师何以知之?”诸葛遂智道：“那贝州城中王则左右，一班俱是妖人。若李将军打地洞入去，他那里知觉了，行起妖法，非但不能擒捉王则，李将军反为他所害。”文招讨道：“若如此，何时能灭此贼?”诸葛遂智道：“不必招讨忧心，老僧当同去，以正破邪，教他使不得妖法，尽皆擒捉便了。”文招讨大喜道：“若吾师肯去，大事济矣!”诸葛遂智先辞出帐，去见九天玄女娘娘，告知其事，求他空中佑助，好歹这番要擒王则。玄女娘娘已知王则数尽，教他放心前去。这边李遂领了将令，吩咐五百掘子手，教备下猪羊二血，马尿大蒜之类。即同李鱼羹看了图本，只有城北地面上宽濠浅，计算了地理，和诸葛遂智指挥掘子手，穿地洞打入贝州来。有诗为证：

平妖一事十分难，喜得今朝有孔钻。
纵使瞒天妖术狠，管教立地欠平安。

话分两头，再说圣姑姑到天柱山顶池中，石匣内取了神刀回来，早有千里眼看见，报知玄女娘娘。娘娘则变做处女模样，中途迎住问道："婆婆何来？幸少住请教。"圣姑姑道："老拙有些政务①，不得伴话。"处女道："婆婆有何政务？"圣姑姑道："儿女们有急难，要去救他则个。"处女道："婆婆有甚本事去救得人？"圣姑姑道："老拙粗知道术。"处女道："我最好的是道术，幸教一二。"圣姑姑道："小娘子好的是那一家道术？"处女道："我好的是天罡三十六变化法，略晓得些本领，未曾炼就。"圣姑姑暗暗的吃惊道："他学的法更胜似我。"便道："老拙会的是七十二般煞变化。"处女道："这地煞法乃是左道，学之无益。"又问："婆婆手中抱的是什么刀？"圣姑姑："此乃神刀。"有诗为证：

金精自炼号神刀，仗此能令神鬼号。
时刻自鸣还自跃，等闲斩将不须劳。

处女道："此刀如何鸣跃，乞试一观。"圣姑姑将手向刀鞘上拍三拍，只听得啸声大振，惨如冤鬼哀号，猛似凶神叱喝，扑的一声响，忽然跃起空中，有一丈之高，仍落鞘内。处女道："我亦有神剑，把与婆婆一看。"袖中摸出一个铅弹丸儿，在手掌中旋了两转一抛，抛起约有三丈，化成雪霜也似白的宝剑，光芒四射，如长虹而下，直至于地，重复跃起，坠于手掌中，仍是个弹丸儿。处女道："我这剑能飞行千里，斩人之头，还自飞回，又且能舒能敛，变化无穷，比婆婆的刀不胜么？"圣姑姑暗想道："若得此剑，斩文招讨之头，有何难哉！"便道："老拙欲将神刀与小娘子换取神剑，不知肯否？"处女道："但凭尊命。"处女接得鬼头刀在手，拔出来看了一看，暗暗念了伏魔咒，摄去了他的神光，其刀便不能鸣跃。处女道："你的神刀，神气已竭，全无

① 政务：即"正务"，正事。

用处，我不换了。”圣姑姑道：“那有此理!”接过神刀来，把刀鞘左一拍右一拍，全不动弹。圣姑姑想道：“这神刀也是服善的，他见神剑威力胜他，害羞不敢出头了。”圣姑姑就起不良之意，撇了神刀，拿了神剑便走。处女道：“婆婆要换便换了罢，只是还有诀儿，一发传你。”圣姑姑不信，暗暗的道：“我且自家试看。”把弹丸儿抛向空中。这里处女手掌中又托出一个弹丸儿，那空中的弹丸儿，如长虹而下，扑地跳起，径到处女手掌中去了。原来两个弹丸，正是雌雄二剑，留了雌的，这雄的自来就他。圣姑姑还不觉着，只道抛向地下，看时不见，抬起头来，连处女也不见了。

圣姑姑不得神剑，又失了神刀，好没巴鼻①。掇身在云端瞭望，要寻那处女，只见前边一个白须老叟，坐于山岩之上，手中正弄着两个铅弹丸儿。圣姑姑走到山前，向老叟稽首道：“我翁手中弄的何物?”老叟道：“此乃神剑。”有诗为证：

雌雄二剑合阴阳，不用锋芒只用光。
飞去飞来随意便，千军万马不能当。

圣姑姑道：“这分明两个弹丸儿，如何作用?”老叟道：“老汉舞一回你看。”便把两个丸儿抛起，须臾之间，左一跳，右一跃，如两条金蛇，缠绕盘旋，不离这婆子左右，一往一来，迸出万道寒光，冷冽刺骨，耳中如闻千刀万刃击刺之声，惊得这婆子战战兢兢，捏着避兵诀，口念避兵咒，牢牢站定在魁罡位上。老叟看见害不得这婆子，收了剑术，暗叫：“师父九天玄女娘娘!”只见处女又在面前。圣姑姑一见了大怒，摇身一变，变做普贤菩萨圣像，身骑白象，望空来蹴踏处女。处女便把天庭照妖宝镜扯出锦囊，一道金光射去。那纸剪的白象，空中坠下。圣姑姑倒跌下来，把衣袖蒙头，紧闭双眼，只是磕头告饶。

---

① 巴鼻：来由，根据。

原来万物精灵，都聚在两个瞳神里面，随你千变万化，瞳神不改。这天镜照着了瞳神，原形便现。圣姑姑多年修炼，已到了天狐地位，素闻得天镜的利害，见处女取出天孙机杼上织就的无缝锦里，情知是那件法物，只恐现了本相，所以双眸紧闭，束手受缚。玄女娘娘收过了宝镜，叫袁公将老狐精解上天庭，以赎漏法之罪。袁公进了天门，刚跪在凌霄殿下，启奏其事。早有天宫十万八千听差的天狐，齐来殿下叩头，都替圣姑姑认罪求饶。圣姑姑闻得众天狐声息，才敢开眼，见了玉帝，喘做一团，哀求不已。玉帝降旨，许他不死，权且发下天狱，等妖党尽平之日，玄女娘娘来时发落。众天狐俱散了，袁公仍下天门，跟随玄女娘娘。

话分两头，却说贝州城被文招讨困住了三月有余，初时城中粮草，都是左黜四处摄来支费。如今被玄女娘娘下了天罗地网，一切妖邪符咒，都行开去不得。六丁、六甲、城隍、土地诸神都来听娘娘法旨，不被妖邪驱遣了。粮草也都竭了，只好刮取城内百姓的东西来用。其时百姓的苦楚，自不必说。左黜、胡永儿自恃千变万化，到底自己一身不得吃亏，且自及时行乐，专等圣姑姑取神刀来，看是如何。那边老狐精已在天狱中坐下，这边那里得知，呆呆的靠这一着，全不在意。

再说李遂和诸葛遂智、李鱼羹引着五百掘子军，掘了多时，到一个去处，李遂约莫是王则伪府左侧，教掘子手从这里打出去。掘子手打通了，问李鱼羹道："这是那里?"李鱼羹看时，正是伪府中后堂。此时有四更时分，李鱼羹前面引路，李遂和众人发一声喊，径奔入王则养病的卧房里来。

却说王则因齿痛未痊，睡在床上，闭着眼，便见烈妇赵无瑕领着万千鬼前来索命。王则整夜不寐，心中害怕，只教多点蜡烛，教姬妾辈做个肉团屏儿围着。又心下烦燥，不许他们说话，静悄悄地守着个活尸灵儿。忽听得喊声大起，军士蜂拥入来，惊得众姬妾们先走散了，单剩王则一个躺在床上。因打绽了嘴唇，落了当门两齿，念不得咒语，只学得一个禁人法、一个隐身法，都靠不着了。李遂上前，教军士一条麻索儿，绑缚个四马攒蹄。就打入胡永儿伪宫中来，只见一派汪洋大水，并无门路，众人都慌了。诸葛遂智摇动铃杵，念那破邪神咒，登时不见了水。李遂只听得脚头下踢着铛的一声，拾起来，原来是一股银钗。此是胡永儿邪法。却说胡永儿正与小王子王俊在床上快活，行云雨之事，众军士猝然打进，胡永儿不知高低，刚扯得一件小衣服穿了，还不曾下得床来，众军士那管三七廿一，把猪羊二血、马尿、大蒜，俱望床上乱泼。诸葛遂智又念动咒语，胡永儿没做手脚处，和王俊一齐绑了。李遂使群刀簇拥着王则、胡永儿、王俊，军士就伪宫放起火来。因是诸葛遂智施了道术，外面人全然不觉。吴旺见火起，只道失火，引着守府亲军，拿着挠钩水桶入来扑救，正遇着李鱼羹，指点与李遂看了，并心腹石庆等一齐都被擒拿绑缚。不管会妖法不会妖法，但是拿到的，都用猪羊二血，马尿大蒜劈头浇过。

文招讨大军在外，准备接应，看见城中火起，已知掘子军于中发作，一齐并力来攻。也有从地洞入城来的。众军将将守城军乱砍，大开了贝州城，放下吊桥。文招讨即时入城，向伪府中偏厅坐定，一面教人救灭了火。李遂解王则、胡永儿一班人到面前，文招讨教上了囚车，并吊老寨中先擒的贼犯任迁，一同监候，吩咐先锋孙辅牢固看守。

再说诸葛遂智领着众兵将围住军师府，要拿左黜。搜到中堂，一个军士喊道："在这里了！"众军扑入看时，分明见瘸子靠在壁上，眨眼之间，走入壁里去了。众军一齐把壁推倒，并无踪影。正在四下搜寻，只见总管王信处差人来报道："有人看见左黜走入一家碓坊①里去了，特请诸葛老师父去擒拿则个。"原来左黜立心要走，争奈天罗地网密密布置，脱不得身，偶然躲在碓坊里去，被人看见了。诸葛遂智当同众人径奔入碓房人家。总管王信亲自引军到来，教军士把前后门围了，入去搜捉。这个人家吃了一惊，问道："我家有甚么事，如此大惊小怪？"众军道："有妖人左黜走入你家，会事时放他出来，免得遭

---

① 碓（duì）坊：舂米的作坊。

累。”这主人家道：“告将军！自不曾有人入来躲在我家。”王信教军士屋里细细搜寻。诸葛遂智入碓房周围看了，指着一个碓嘴，叫主人家问道：“这个可是你家物也不是?”主人家看了，道：“我家不曾有这个闲碓嘴。”诸葛遂智道：“这个正是左黜，他两个瞳神分明在碓嘴上，不是老僧，无人认得，快教取秽物来浇。”

说犹未了，已不见了碓嘴，重复搜寻，并无踪迹。忽听得青天上一连数声霹雳，如山崩地裂。众军士发起喊来。王信亲去看时，却是一个瘸脚雄狐，震死在地。原来左黜变了碓嘴，指望瞒过众人，却被和尚识破，又复隐身而去，要变做诸葛遂智模样，去害文招讨。被玄女娘娘将照妖宝镜空中悬起，照破了他的原形，变化不得，就差雷部登时震死，以全白猿神石壁之誓。可怜左黜多年做了有法的瘸妖，一朝做了无灵之孤鬼。正是：会施天上无穷计，难免酆都永劫灾。不在话下。

再说诸葛遂智看了死狐，认得是左黜，已知玄女娘娘神力，欢喜不胜。便教军士抬到伪府门前，文招讨和众将看验过了，文招讨大喜道：“若非吾师以正破邪，妖人一党如何平静！”诸葛遂智向文招讨耳边道：“此乃朝廷有道，去奸用贤，感动天庭，有九天玄女娘娘空中佑助，非老僧之功也。”正说间，有先锋孙辅差人禀话，方知妖犯胡永儿适才亦被天雷震死，益信生事害民，天诛难免，非虚誓也。

文招讨见两个魔头都死，方才放心。即忙出榜安民，凡贝州军士，不会妖法者俱系胁从，一概免究。王则、左黜采取民间美妇，有夫者给还原夫，无夫者听凭父母领回择配。其富户之家，被贼搜刮受害，就将余下的军饷，计户分给，以赡穷民。合城欢呼载道。文招讨一面在府堂上置酒庆贺，并请明镐赴席，大小三军扎营城外，俱有犒赏；一面具表申奏朝廷，叙明功次，并一行妖贼或解京，或本州发落，专等圣旨定夺。功劳簿上，诸葛遂智第一。诸葛遂智道：“老僧出世之人，要叙功何用？乞分派与效劳将士名下，只还老僧原来马匹，到甘泉寺去回复徒弟们，以全老僧之信，吾愿毕矣。”文招讨再三劝留不从，赠以金帛，无所取受，原领着三个小行者，别了众将，骑马出城而去。文招讨潜地差人随去打探他下落。

却说甘泉寺中老和尚叫做诸葛遂智的，出外一十五年，恰好这几日真个回了。众徒弟徒孙们只道他征战回来，问起文招讨事情，全然不知。众僧也委决不下。忽一日，只见远远的三个行者，控马而回。马上坐的，又是一个诸葛遂智，与寺中的全然无异。众僧大惊，商量道："我们不须费嘴，竟去请里面的老和尚出来，待他两个自辨真假。"却说外边的长老下了马，一径走入佛堂中去，里边的长老出来一见了，便骂道："什么怪物假老僧的面貌！"气忿忿的正要发作，众僧都两旁站着冷看。只见外边的长老听得个假字，连忙摇手道："老菩萨莫要开口，贫僧已悟了，还你个明白去也。"取笔砚就经桌上写下一偈云：

> 假你本非真，真我亦是假。撇却假你我，自有真爹妈。
> 咦！亏你今朝肯认真，笑我十年空作耍。

又写四句道：

> 贝州城下霹雳吼，白云洞里翻筋斗。
> 万法皆空归去来，蛋子如今不出丑。

写完投笔，盘膝坐下，瞑目而逝。众僧上前看时，已换了形像。只见浓眉隆准，阔口方颐，分明是蛋子和尚模样了。方知蛋子和尚是个圣僧，各各惊讶不已。却说文招讨差人来看下落的，知道此事，慌忙回报。文招讨大惊，即同曹招讨、王信三匹马领了随身军士，亲到甘泉寺来。众僧正待商量盛殓之事，报道："文招讨到了。"吓得他颠之倒之，连老僧诸葛遂智也出来迎接，见了文招讨，一齐下跪。文招讨还在疑信之间，慌忙扶住，道："吾师何行此礼？"众和尚禀道："这是本寺住持，前随招讨去的，乃是蛋师假托。见今坐化在佛堂之内，已复原形。”文招讨方才信了。众僧引至佛堂中，文招讨看了蜕体，见他威容凛凛，俨然如生。对曹招讨说道：“包待制曾说此僧利害，教老夫仔细防备。今反助我成功，乃知此僧非凡人也。”众僧将二偈呈与文招讨，看了赞叹不已。同众将一齐拈香下拜。拜毕，吩咐访取高手匠人，就将他肉身漆好，造龛供养。又于军中支取千两银子，以为众僧修庵香火之费。至今蛋子和尚真身还在甘泉寺中，做了本寺伽蓝，土人称为弹子菩萨，或称蛋头菩萨，香火不绝。后人有诗题甘泉寺壁云：

三遍盗书都是假，一朝破假即成真。
若从得意中间破，便是竿头进步人。

文招讨再修一道表章，奏上朝廷，单奏九天玄女娘娘及蛋子和尚灵迹。却说枢密院将两次表章尽呈御览，仁宗皇帝龙颜大喜，即时圣旨行下贝州：将妖贼王则即于本州市曹，凌迟碎剐。从贼任迁、吴旺、王俊、石庆等尽行处斩。胡永儿虽已受天诛，仍行枭首，俱传首京师告庙后，递送各府州县号令，左黜狐尸烧灰风化。贝州百姓遭王则暴虐，准留兵饷若干计户给散，以赡穷民。其王则所造违禁伪府，即改作九天玄女娘娘庙，赠号圣佑。本州厅治，另行相地起建。蛋子和尚弃邪归正，平妖有功，追赠护国禅师之号。马遂、茹刚，忠节可嘉，俱从厚赠荫。烈妇赵无瑕，准立贞烈牌坊。贝州知州久缺，就着文彦博于附近官僚量才推补。河北各州县官，多有先行被贼胁从，以后归正者，都着分别事情轻重，便宜处分。其征讨有功，偏正将佐，俱俟还朝之日，论功升赏。

文招讨与各官接了圣旨，一一奉行。次日早起，监中取出一行妖人写了犯由牌，打开囚车，推上木驴。文招讨判了剐字、斩字，推出市曹。王则和任迁、吴旺等都各眼中流泪，面面相觑，做声不得。贝州看的人，压肩叠背。也有唾骂的，也有嗟叹的。但见：

两声破鼓响，一棒碎锣鸣。皂纛旗，招展如云；柳叶枪，交加似雪。犯由牌高贴，人言此去几时回；白纸花双摇，都道这番难再活。长休饭，喉内难吞；永别酒，口中怎咽。高头马上监斩官，胜以活阎罗；刀剑林中刽子手，犹如追命鬼。请看当日凌迟者，尽是兴妖叛逆人。

刽子手叫起“恶杀都来”①，恰好午时三刻。将王则等押到十字路口，读罢犯由，尽行如法凌迟处死。可怜王则刚刚反了五年零六个月，今日受了极刑，绝了王大户的后代。当时第五胎生的，背上刺五个福字，小名五福，此五年乃之谶也。监斩官正坐在芦席棚里面，看刽子手行刑。只见人丛中一个人，扶着个老婆婆挨挤上来，跪在案桌前，摆着八锭金银，放声大哭。问其缘故，那人正是关疑，这老婆婆是他母亲。妻房就是赵烈妇了，因被王则逼娶不从，自缢而死。他母子逃在东京，今日闻王则已擒，圣旨就在贝州发落，两口儿复回故乡。这金银便是王则聘财，情愿将来纳官分用，买王则几块肉去祭奠亡妻。监斩官不敢擅便，禀知文招讨。文招讨吩咐教刽子手，将王则心肝把与关疑母子，其金银听他自造烈妇祠堂费用。又将关疑补了州学秀才。后来关疑读书登第，终身不立正妻。人谓义夫节妇出于一门，此是后话。

当日文招讨将各犯枭首，传送京师处分。地方官吏，安抚军民了当。修整了玄女娘娘行宫，并塑多目神像供养在内，招集有行道流主持香火。文招讨又在庙中打了七日七夜醮事，超度阵亡军将，及贝州屈死冤魂。事毕，择日班师回京。真个是：喜孜孜，鞭敲金镫响；笑吟吟，齐唱凯歌回。一路行军都有纪律，与民秋毫无犯。百姓们闻得文招讨年已八旬，今日平妖定乱，成了大功，人人要争先，个个怕落后，都来认识文招讨容颜。文招讨恐怕挤坏了百姓，每日只是骑马，不乘暖轿，尽人观看。看的人无不喝采，都道：“当初太公吕尚八十遇

---

① 恶杀都来：刽子手行刑前喊的口头禅。

文王，兴师灭纣，后来更无第个二人。今日文招讨恁般精神丰采，可不是朝廷有道，生此福神治世。我等百姓都有造化。”

闲话休提，不一日到了东京面君。仁宗天子玉音慰劳了，文彦博仍为首相，封潞国公。包拯荐举得人，就拜次相，同平章事。曹伟封枢密使之职。其余王信以下，各各加官进级，李鱼羹也升做统制之职，刘彦威就升河北总管。不多时，狄青也平了邕州侬智高，差官献捷；范仲淹威振西夏，赵元昊害怕，遣人纳了降书，年年进贡。正是：朝廷有道民安乐，四海无虞国太平。不在话下。

再说九天玄女娘娘除了贝州妖乱，同袁公回复天庭。玉帝奖白猿神之功，释其前罪，复了白云洞君之号，仍在修文院掌九天秘书。蛋子和尚已证了菩萨正果，自不必说。老牝狐精虽有众天狐保奏，罪业不小，罚在白云洞替白猿神看守天书。圣姑姑听说，虽说折了一双儿女，且喜出了天狱，又拨到这个好处去，喜不自胜，想道：我到那里，落得饱看天书，连天罡变化，都是有分。比到白云洞石室之中，忽然一声响亮，那安放白玉炉的山峰崩将下来，恰好塞了洞门。雾幕白玉炉仍收回天上，从此白云洞再无人到。此是玉帝杜绝后患之意。

仁宗皇帝圣明有道，能任用贤良，安民安国，天赐享国长久。后来坐了四十三年天下，一生有一件不可解之事，不肯册立太子，百官为此事上了许多章奏，只不依允。忽一日，召翰林学士王珪作诏，立宗实为皇子。是夜，仁宗到福宁殿中沐浴，坐定，蹝脱双履，奄然而崩。此乃预知生死之期。满宫中都听得仙乐嘹亮，异香馥郁，仍归赤脚大仙之位矣。

诗曰：

一盏清茶一炷香，闲将往事细商量。
万般气数难逃避，一片精神可主张。
天子昏明分治乱，人心邪正判灾祥。
但能行奇终无愧，养得真君胜假王。

图书在版编目（CIP）数据

新平妖传/（明）罗贯中著；（明）冯梦龙增补. —成都：巴蜀书社，2021.9（2024.10 重印）
ISBN 978-7-5531-1539-9

Ⅰ.①新… Ⅱ.①罗… ②冯… Ⅲ.①章回小说－中国－明代 Ⅳ.①I242.4

中国版本图书馆 CIP 数据核字（2021）第 192118 号

新　平　妖　传
XIN PING YAO ZHUAN　　（明）罗贯中著　（明）冯梦龙增补

责任编辑	王群栗　黄凤娇
责任印制	田东洋　谷雨婷
封面设计	淼　玖　工作室：远涉文化
出　　版	巴蜀书社 四川省成都市锦江区三色路 238 号新华之星 A 座 36 楼 邮编：610023　总编室电话：（028）86361843
发　　行	巴蜀书社 发行科电话：（028）86361852　86361847
经　　销	新华书店
照　　排	四川胜翔数码印务设计有限公司
印　　刷	成都东江印务有限公司　电话：(028)82601551
版　　次	2021 年 9 月第 1 版
印　　次	2024 年 10 月第 5 次印刷
成品尺寸	148mm×210mm
印　　张	12
字　　数	320 千
书　　号	ISBN 978-7-5531-1539-9
定　　价	59.80 元